Susanne Billig
Ein gieriger Ort

Lesben- und Schwulenverband in Deutschland
Landesverband Berlin-Brandenburg e.V.
Katzbachstraße 5 · 10965 Berlin

AUSSORTIERT

Of

Susanne Billig
Ein gieriger Ort

Roman

Lesben- und Schwulenverband in Deutschland
Landesverband Berlin-Brandenburg e.V.
Katzbachstraße 5 · 10965 Berlin

Orlanda

Die Deutsche Bibliothek - CIP-Einheitsaufnahme
Billig, Susanne: **Ein gieriger Ort:** Roman/Susanne Billig. –
1. Aufl. - Berlin: Orlanda, 2000
ISBN 3-929823-65-9

1. Auflage 2000

© 2000 Orlanda Frauenverlag GmbH, Berlin
Alle Rechte vorbehalten

Lektorat: Ekpenyong Ani
Coverfoto: Annett Ahrends, Berlin
Umschlaggestaltung: Birgit Lukowski, Berlin
Herstellung & Satz: Anna Weber
Druck: Fuldaer Verlagsanstalt

Lesben- und Schwulenverband in Deutschland
Landesverband Berlin-Brandenburg e.V.
Katzbachstraße 5 · 10965 Berlin

Danksagung

Für ihre guten Ideen, ihre Kritik, ihr Lob, ihre Ermutigung und ihr Korrekturlesen danke ich ganz herzlich: Judy Bräg, Petra Geist, Tina Fritsche, Sabine Riewenherm, Edda Sichelschmidt, Angelina Maccarone, Susanne zur Nieden und den Frauen des Orlanda Verlags.

1. Kapitel
Anfang Mai

Es gab Momente, da fühlte ich die Kraft in mir, einen großen Roman zu schreiben. Mein Roman würde von unserem Jahrhundert handeln, von der Generation meiner Eltern und von meiner Generation. Es würde ein Roman in einem grellen Licht werden, über die Lüge, den Verrat und das Verbrechen, die kleinen Leute und die großen Gefühle, die Angst und den Tod und die Befreiung. Es würde um die Politik darin gehen, Betrug, Bereicherung, Halsabschneiderei und all die anderen Schamlosigkeiten.

Von gescheiterten Utopien wäre die Rede.

Und viele Fragen würden offen bleiben.

Ich hatte gerade meinen Job verloren, was nicht so schlimm war, weil ich wahrscheinlich in einer Neuköllner Videothek anfangen konnte. Wenn ich nichts Besseres finde, lebe ich davon, in Cafés Kuchenstücke hin- und herzutragen oder in Videoläden an der Kasse zu sitzen. Ich verabscheue diese Art von Arbeit. Ich werde verrückt von den vielen Menschen und dem Piepen der elektronischen Kasse. Nach ein paar Wochen, wenn ich die Menschen und den Lärm nicht mehr ertragen kann, gebe ich den Job auf. Ich melde mich nicht ab, rufe den Chef nicht an und stammele keine Entschuldigungen. Ich gehe eines Tages einfach nicht mehr hin, die Chefinnen und Chefs lasse ich auf meinem Anrufbeantworter sterben.

Ich verabscheue Chefinnen und Chefs.

Alle Arten, alle Sorten.

Der Sommer kündigte sich an. Es war unerwartet warm schon jetzt Anfang Mai, und ich beschloß, die kommenden Wochen mit meiner Sonnenbrille, meiner gelben Decke und einem Stapel Bücher im Park um die Ecke zu verbringen. Ich lese viel. Ich lese und lese und lese. Sachbücher, Romane, Zeitungen, Zeitschriften, Kinoprogramme, Comic-Hefte, Plattencover, die Aufschriften auf Videohüllen, Klopapierpackungen und Haarwaschmitteln. Wenn ich nicht lese, sitze ich im Kino oder ich höre mir Vorträge über den Sternenhimmel im November oder die hinduistische Mythologie an. Das alles hilft mir, die Welt zu begreifen, in der ich leben muß. Ich bin achtunddreißig Jahre alt und mittlerweile fast jedem Gespräch über fast jedes Thema gewachsen. Ich habe zehnmal mehr Wissen zusammengetragen, als wenn ich mein Studium abgeschlossen hätte. Hundertmal mehr. Versöhnlicher hat mich das nicht gemacht. Auch nicht froher. Aber darauf kommt es mir auch gar nicht an.

Ich will nicht froh sein. Das kann ich gar nicht.

Ich bin mit dem nicht einverstanden, was um mich herum vor sich geht, ganz grundsätzlich nicht. Ich bin so grundsätzlich uneinverstanden, daß die Haltung, die mich am zuverlässigsten mit der Welt verbindet, Wut ist: eine reine, klare, kompromißlose Wut.

Wenn ich durch die Stadt laufe, richtet sich meine Wut gegen die Werbeflächen und Plakate, die zu lesen ich gezwungen werde. Ich setze meine Sonnenbrille auf, lege meinen Kopf in den Nacken und starre verbissen in den grauen Himmel, um den Schlagzeilen zu entgehen, den witzigen Sprüchen und Parolen, den aufdringlichen Bildern, mit denen sie uns das Gehirn zukleben wollen. Wenn ich Zeitung lese, gehöre ich nicht zu den Leuten, die sich für die Artikel interessieren. Eigentlich will ich das alles gar nicht wissen. Nichts davon. Es widert mich an. Mir treten auch keine Tränen in die Augen, wenn ich von Katastrophen lese. Ausgerottete Tierarten und explodierende Menschenbeine lassen mich kalt. Zeitung lesen, das ist für mich so etwas wie ein innerer Zwang, eine seelische Notdurft. Ich weiß nur nicht, wer sich da in wen entleert. Ich glaube tatsächlich, die Welt entleert sich in mich, rücksichtslos und pausenlos und ohne daß ich mich dagegen wehren könnte. So fühle ich mich: wie der Abfalleimer einer Welt, mit der ich nichts zu tun haben möchte.

Vielleicht schreibe ich meinen Roman deshalb nicht. Er müßte so massiv sein, so zwingend und überzeugend, so aus einem Guß und in einem heftigen Wurf – diese Kraft habe ich nach achtunddreißig Jahren einfach nicht mehr. Der Roman müßte ein flammender Aufruf werden, ein unwiderstehliches Pamphlet, eine leuchtend-gewalttätige öffentliche Erklärung oder auch einfach ein Schrei, er müßte einschlagen wie eine Bombe.

Aber mir ist schon klar, daß die Leute für solche Bomben heute nicht mehr offen sind. Es sind ja ganz altmodische Überlegungen, die mich zur Verzweiflung bringen. Ganz altmodische Analysen. Ich sehe mir an, nein, ich werde täglich gezwungen zu sehen, wer an wem Geld verdient und wer die Kosten trägt, wem es gutgeht und wer sich ruiniert, wer sein Leben genießt und wer nur mit Mühe überleben kann, und weiß genug. Es sind auch ganz altmodische Utopien, an denen ich hänge. Ich höre Schallplatten von Neil Young, wenn ich allein zu Hause sitze. Neil Young oder die Sex Pistols. Ich streife die Schallplatten sorgfältig mit einem Tuch ab, setze behutsam die Nadel auf die Rillen und lasse mich auf mein Bett fallen, wenn die Musik beginnt.

Es ist nicht leicht, mein Leben auszuhalten, auch wenn äußerlich recht wenig darin passiert. Aber alle, die aktiv sind und sich einmischen, werden früher oder später zu einem Teil des Räderwerks, auch wenn sie noch so widerständig begonnen haben. Das hat meine persönliche Statistik ergeben, und ich habe gut achtgegeben. Ich will nicht Teil des Räderwerks werden. Da liege ich lieber auf meinem Bett und höre Neil Young. Einen Teil des Räderwerks wird man aus mir nicht machen können. Niemals. Das wird nicht möglich sein.

Meine Verweigerung ist vielleicht das einzige, worauf ich wirklich stolz bin im Leben.

Dabei habe ich durchaus meine sanften Momente. Wenn ich abends mit Gerlinde zusammensitze und sie mir von ihren Träumen erzählt, ganz bodenständigen Träumen, die so anders als meine eigenen sind. Wenn Gerlinde mir mit leuchtenden Augen zuflüstert, sie habe Jodie Foster in einer Bar gesehen, kein Zweifel, die Frau sei in der Stadt unterwegs, anonym, und jetzt gelte es, sie ausfindig zu machen. Wenn Gerlinde aussieht wie sechzehn und nicht wie eine gestandene Geschäftsfrau von zweiundvierzig, wenn ich die kleinen Fältchen in ihrem Gesicht ansehe, während sie redet, und die vielen Jahre, die wir uns jetzt schon kennen, mit uns im Raum sitzen wie eine dritte Person. Wenn ich im Park liege und den Tauben zusehe und den alten Frauen, die sich müde auf ihre Stöcke stützen. Ich nehme die Sonnenbrille ab, schiebe die Ärmel meines Hemdes nach oben, der Skateboardfahrer übt seine Drehungen, die Radfahrerin summt ein Lied, der Hund riecht schwanzwedelnd an einem Rosenstrauch. Meine Gedanken berühren sie vorsichtig, während sie sich an mir vorbeibewegen. Ich spüre, wie eng wir alle miteinander verbunden sind.

Manchmal wünsche ich mir, daß auch ich etwas beweglicher wäre, etwas energiegeladener. Und etwas weniger allein. Ich möchte die Freundin der Radfahrerin sein und ein Ziel haben, das ich summend und strampelnd mit ihr erreiche. Ich möchte dieselbe Geduld aufbringen wie der Skateboardfahrer und Sprünge üben, ein ums andere Mal, bis mein Körper sie im Schlaf beherrscht. Ich möchte mich, wie die Tauben, einem Lebensplan hingeben, der in mir angelegt ist und den zu erkennen mich keine Mühe kostet. Aber solange ich auch daliege und in mich hineinhorche, einen Lebensplan habe ich bis jetzt nicht erkennen können. Alles was ich weiß ist, daß ich viel Ruhe brauche, auch wenn man damit kein Geld verdienen kann. Ruhe, um nachzudenken. Ruhe, um täglich neu herauszufinden, wie man es schaffen kann, in dieser Welt zu überleben, ohne sich ihr anzubiedern. Wenn ich im Park liege und das Gras und die Bäume und die Menschen betrachte, spüre ich, welches Potential in uns steckt und wie unendlich glücklich wir alle sein könnten.

Aber ich bin nicht im Park, um glücklich zu sein.

Ich bin im Park, um mich dem Leiden auszusetzen, das aus dem Abstand quillt zwischen dem, was ist, und dem, was möglich wäre. Ich sitze im Park und lese, weil ich wissen möchte, was in dieser entsetzlichen Dürftigkeit und Rohheit, in der wir unser Leben eingerichtet haben, vor sich geht und was vor sich ginge, wenn es anders wäre. Mit anders meine ich: ganz anders. Eine andere Zeit, ein anderer Ort, den niemand bislang entdeckt hat. Unter der Kuppel des Planetariums denke ich: am besten gleich ein anderer Stern. Weit draußen in der Milchstraße, wo sich unter zweihundert Milliarden Möglichkeiten doch eventuell eine bessere finden lassen sollte.

Ich gebe zu, manchmal beschleicht mich die Angst, mein Lebenskreis könnte enger und enger werden, bis ich eines Tages mein Bett nicht mehr verlasse und nur noch von Brotscheiben und Buchstaben lebe. Hör auf zu spinnen, erwidert meine Freundin Gerlinde. Sie meint, zumindest meine Bücher müsse ich weiterhin persönlich aus der Stadtbibliothek holen. Sie würde jedenfalls keine Bücher an das Bett eines gesunden Menschen tragen, und an mein Bett schon gar nicht. Gerlinde arbeitet fünfundsechzig Stunden in der Woche in der Werbeabteilung einer Möbelfirma, und ich habe es ihr sofort geglaubt. Es macht mir nichts aus, daß Gerlinde so strebsam ist. Ich mag strebsame Menschen. All meine Freundinnen gehören in die Kategorie der strebsamen Menschen. Ab und zu übernachte ich bei Gerlinde, nach einer durchzechten Nacht, und es erfüllt mich mit Befriedigung, morgens den Wecker klingeln zu hören, das Rumoren im Bad, das Klappern in der Küche. Ich lasse im Halbschlaf den Kaffeeduft an mir vorüberziehen, lausche der Tür, die ins Schloß fällt. Dann dämmere ich weiter, während die Welt da draußen von meinen tüchtigen Freundinnen in Bewegung gehalten wird.

Welche Freundinnen, fragt Gerlinde.

Du, sage ich, du und...

Und wer? fragt Gerlinde.

Ich könnte ein paar Namen aufzählen, aber ich verzichte darauf. Gerlinde ist meine beste Freundin, und sie darf sich ruhig Sorgen um mich machen.

Das tue ich ja auch.

Als der Junge auf dem Skateboard mit der Radfahrerin zusammenstieß, saß ich unter dem Ahornbaum in der Maisonne und las einen traurigschönen Roman von Banana Yoshimoto. Plötzlich hörte ich vom Ende der abschüssigen Wiese her einen scheppernden Aufprall und einen Schrei. Ich löste mich langsam von meiner Lektüre, hob den Kopf und legte mir die Hand über die Augen. Der Junge lag reglos auf dem Schotterweg, daneben ein Fahrrad mit verbeultem Vorderreifen, in der Wiese das Skateboard. Bis hier oben sah ich das helle, frische Blut auf seinen Beinen leuchten. Die Radfahrerin kniete neben ihm, es dauerte einen Moment, bis mir ein Wort für ihren Gesichtsausdruck einfiel. Ratlos. Ich legte mein Buch beiseite und stand auf.

»Kann ich helfen?« rief ich.

Sie drehte den Kopf nur kurz, dann wandte sie sich wieder dem Jungen zu und fing an, ihre Fäuste auf seinen Brustkorb zu pressen. Ich hatte nicht viel Ahnung von Erster Hilfe, aber daß das nicht gut sein konnte, sah ich sofort. Ein Wind kam auf, über mir raschelten die Ahornblätter, und plötzlich raffte ich meine Sachen zusammen, stürzte die Wiese hinunter und zog sie von dem Jungen weg.

»Dort hinten ist ein Café«, sagte ich. »Ruf einen Krankenwagen. Schnell. Ich bleibe bei ihm. Wir sollten ihn am besten gar nicht bewegen!«

Sie stolperte los.

Polizei und Krankenwagen trafen gleichzeitig ein, gerade als sie aus dem Café wieder zurückkam. Die Polizisten nahmen ihre und meine Personalien auf und kündigten an, wegen fahrlässiger Körperverletzung ermitteln zu wollen. Der Junge wurde auf eine Bahre geladen. Er war noch immer bewußtlos.

Als der Krankenwagen hinten am Ende des Parks aus unserem Blickfeld verschwand, setzte sich die Radfahrerin auf die Wiese und weinte. Ich beobachtete sie eine Weile, sie hatte sich beide Hände vors Gesicht gelegt und vergoß Tränen wie ein kleines Kind.

»Ich konnte ihn nicht sehen«, schluchzte sie. »Er kam einfach von rechts angefahren. Er war gar nicht mal schnell!«

»Komm«, sagte ich unbeholfen. »Ich lade dich auf eine Tasse Kaffee ein. Der Junge wird schon wieder. Er hat bestimmt nur eine Gehirnerschütterung. Kinder sind robust. Er erholt sich bestimmt bald.«

Sie nahm die Hände von ihrem Gesicht, kramte in ihrem Stoffbeutel nach einem Taschentuch, drückte es sich vor die Nase und schluchzte weiter. Sie war einige Jahre jünger als ich, vielleicht nicht einmal dreißig, hatte schulterlange, dunkelrote Haare, lockig und etwas struppig und ohne erkennbare Frisur. Sie trug ein kurzes, weißes Hemd, das ab und zu den Blick auf ihren Bauch freigab, Jeans und hochhackige Sandalen. Sie sah nicht sehr nach Lesbe aus, aber auch nicht so, als ob man nicht weiter darüber nachdenken dürfte. Ihr Gesicht kannte ich ja schon. Es war, im Vergleich zu ihrem ausladenden Haar, ziemlich zierlich und klein, mit einer etwas eingedrückten, schiefen Nase. In ihren wasserblauen, fast unnatürlich hellen Augen lag etwas Zupackendes, sehr Direktes. Ich habe dich oft hier gesehen, hätte ich gerne gesagt. Ich sitze immer da oben, siehst du? In einem gelben Hemd und gelben Jeans unter dem Ahornbaum. Ich gehe gern in einer grellen Farbe, gelb ist eine gute Antwort auf den Kapitalismus, finde ich, denn so viele andere gibt es ja nicht. Wußtest du, daß Kinder auf Krebsstationen ihr Leben in gelben Farben malen? Solche Dinge lese ich, und nach jedem Kapitel mache ich eine Pause und beobachte die Menschen auf dem Weg. Du fährst Tag für Tag hier entlang, so gegen drei, halb vier. Du kommst über die Brücke, trägst dein Rad die Stufen hinunter und fährst dann den schmalen Weg durch den Park bis zum Ausgang am Spielplatz. Manchmal frage ich mich, wohin du wohl fährst, du siehst immer so fröhlich aus. Du lachst die Leute an und summst Lieder, nein, du summst nicht: Du singst. Laut! Manchmal holperst du auf deinem Rad quer über die Wiese, einfach nur so; es scheint dir Spaß zu machen. Es gibt Tage, da merke ich, wenn es drei Uhr wird, daß ich darauf warte, dein Rad da oben auf der Brücke auftauchen zu sehen. Ich lege mein Buch zur Seite, setze mich auf, betrachte dein Lächeln und versuche, etwas von dem Lied zu hören, das du summst. Ich hoffe, ich trete dir nicht zu nahe, wenn ich sage...

»Wenn du was sagst?«

»Wenn ich *was* sage?«

Sie stand vor mir, drückte sich das Haar nach hinten und lächelte verständnislos. Sie weinte nicht mehr.

»Du hast da etwas vor dich hingemurmelt«, sagte sie. Dann schüttelte sie den Kopf, bückte sich und hob ihre Tasche und ihr verbeultes Fahrrad auf.

»Na, ist auch egal. Wir sind wohl beide ein bißchen durcheinander. Wie war das? Du gibst mir einen Kaffee aus?«

Ich nahm das Skateboard und nickte. Schweigend liefen wir über die Wiese zum Café.

Ich hoffe, ich trete dir nicht zu nahe, wenn ich sage, daß ich dich um deine Lebensfreude beneide.

2. Kapitel
Mitte Mai

Ich denke nicht, das Denken erfaßt mich, es nistet sich in meinem Kopf ein und versucht, mich zu überwuchern, das Denken ist ein Alien, es bricht aus mir hervor wie eine Masse Schleim und Blut aus dem Bauch des Filmpartners von Sigourney Weaver.

Ich denke Bedeutsames, Lächerliches, Grandioses, Peinliches, Wütendes, Wehmütiges und An-den-Haaren-Herbeigezogenes, alles in einer Minute. Es fällt mir nicht schwer, auf eine Frage aus dem Stehgreif zehn Antworten zu geben. Jede Antwort anders als die andere, jede in sich logisch, geschlossen, überzeugend – und alle zusammen ein lähmender Widerspruch.

Wir haben meine Fähigkeit zur Fließbandproduktion von Gedanken reichlich genutzt, Gerlinde und ich, erst bei ihrer Magister- und später bei ihrer Doktorarbeit. Ich bin gut zu gebrauchen, wenn es um das Erörtern theoretischer Konstrukte geht. Gerlinde konnte mich ein- und ausschalten wie ein Diktaphon; sie mußte nur mitschreiben. Erst hat sie mich mit Sekundärliteratur gefüttert, dann ging es los. Wer schreibt schon eine Promotion über den Zeitbegriff des Konstruktivismus in acht Monaten? Wir haben das geschafft, Gerlinde und ich. Ich lieferte die Ideen, sie brachte alles in eine ordentliche Reihenfolge, und den Widerspruch, an dem ich ständig scheitere, hat sie einfach ausgelassen oder übersprungen.

Es hat mir gut getan, Gerlinde beim Aufräumen meines Kopfes zuzusehen. Wenn sie mir bloß nicht immer mit meinem eigenen Studienabschluß in den Ohren gelegen hätte. Sie war überzeugt davon, daß ich die Uni hätte beenden sollen.

»Du hättest das mit links geschafft«, meinte sie.

»Ich will nicht in der Werbung arbeiten«, erwiderte ich.

»Meine Güte, wer spricht denn davon!? Du hättest auch irgendwas anderes machen können!»

»Ach ja? Und was denn so?

»Journalismus, Filme.«

»Brauche ich keinen Uniabschluß für.«

»Und warum machst du's dann nicht?«

»Filme?«

»Ja, zum Beispiel.«

»Gibt doch kaum noch Förderung. Die streichen alles zusammen, und das, was gefördert wird, nein danke, da bin ich lieber arbeitslos.«

»Oder Journalismus. So viel, wie du liest. Du bräuchtest dich doch nur an den Computer zu setzen, und die Sachen würden nur so sprudeln.«

»Habe ich einen Computer? Und das, was aus mir heraussprudelt – glaubst du im Ernst, das würde jemand drucken?«

»Du hast es doch noch nie ausprobiert!»

»Ich hab sie wiedergetroffen.«

»Wen?«

»Die Frau. Die Radfahrerin.«

Gerlinde schob sich die schicke neue Frisur hinter die Ohren, steckte sich eine Zigarette an und lächelte ihr weißzahniges

Geschäftsfrauenlächeln.

»Und?«

»Was und?«

»Wo, wie, was! *Einzelheiten*, Baby. Alles. Los.«

»Bei Karstadt, in der Parfümerieabteilung. Ich hab Haarwaschmittel gesucht und – «

»Was meinst du mit gesucht? Gesucht, und nicht gefunden? Oh Gott, du machst mich fertig, Maria! Sag bloß, das fand sie sexy!?«

Gerlinde weiß, wie unfähig ich bin. Daß ich nur unter Mühen einkaufen kann, gehört dazu. Ich versuche es, aber ich kann nicht. Ich lese die vielen Aufschriften auf den Packungen und bin schon nach zehn Minuten völlig erschlagen. Ich stehe da, in der Parfümerieabteilung, im Begriff, eine unerhebliche Kleinigkeit zu erstehen, und lese einen Satz wie: ›Die neue Freiheit an den stärkeren Tagen‹. Und dann frage ich mich: stärkere Tage? Auf der letzten Packungsgeneration war noch von ›stärkerer Blutung‹ die Rede. Jetzt vermeiden sie das Wort. Warum? Haben die Leute in diesem Jahr zuviel Angst vor Blut? Wie kommt das? Werden Umfragen geplant, ausgearbeitet, von eigens dafür eingestellten Mitarbeiterinnen und Mitarbeitern gewissenhaft durchgeführt und in Computerprogramme eingespeist – und dabei stellt sich heraus, daß die Frau an der Schwelle des neuen Jahrtausends mehr Abneigung gegenüber Körperflüssigkeiten empfindet als noch vor fünf Jahren? Oder sind es die Männer, die es nicht ertragen können, von Blut zu lesen, wenn sie das familiäre Bad betreten? Da sitzt doch offenbar jemand in seinem Büro und trifft diese Entscheidung: Blutung, das Wort muß weg. Wie kommt er auf diesen Gedanken? Mit wem diskutiert er das? Sitzen fünf Männer in grauen Anzügen gewissenhaft im Kreis und debattieren Verpackungsentwürfe mit und ohne Blutungen, manche mit ganz anderen Ausdrücken wie ›die besonderen Tage‹ oder ›die speziellen Tage der Frau‹? Oder mehr medizinisch vielleicht: ›Die wichtigste Zeit im Menstruationszyklus‹ ... nein, das wäre zu lang für eine Normalpackung mit sechzehn Tampons. Früher waren es zwanzig. Ganz früher sogar fünfundzwanzig. Jemand wollte, daß wir für weniger Tampons mehr Geld bezahlen. Aber warum gerade sechzehn? Warum nicht zwölf, anknüpfend an das alte Dutzend, das doch sicher noch im Unterbewußtsein der Kundin schlummert, und mittels dieses Schlummerns ließe sich die Profitmarge noch höher treiben? Und wenn ich dann so da stehe, bei drospa oder Karstadt, ganz am Anfang eines langen Regals, das abzuschreiten noch vor mir liegt, in meiner Hand eines der unzähligen Produkte, die auf vier Regaletagen ausgelegt sind, dann wünsche ich mir in meiner Not, es gäbe so etwas wie ›Die Sendung mit der Maus‹ für Erwachsene. Ein Team von engagierten Pädagogen und Redakteuren, das sich dem Strom der Medienseichtigkeiten mutig entgegenwürfe und sich täglich die Mühe machte, mir die Welt richtig und gut zu erklären, damit ich das nicht fortwährend selber tun muß. Sie müßten sich um alles kümmern, warum die Blutung auf den Tamponpackungen verschwindet. Weshalb kluge Leute wie meine neue Arbeitskollegin Vera glauben, woanders sei es besser als in Videotheken, und warum sie Karriere machen und zehn Stunden am Tag arbeiten wollen, obwohl man von niemanden je hörte, der davon glücklicher geworden wäre. Haben die Menschen zu wenig Ideen? Ist das alles eine Frage der Phantasielosigkeit? Hat Glück damit zu tun, sich im ersten Schritt so unglücklich zu machen, daß man hinterher schon froh ist, halbwegs davongekommen zu sein? Und wie ist es zu erklären, daß sich Politiker vom Nordpol bis nach Feuerland so ähnlich sehen? Was sind das für physiologische Zusammenhänge, die es zustande bringen, daß sich aus einer inneren Haltung ein Gesicht formt nach und nach? Bis zu welchem Alter ist dieser Prozeß reversibel, und ab wann hat man sich damit abzufinden, es mit dem eigenen Gesicht aushalten zu müssen bis zum Ende aller Tage? Haben Politiker Angst vor der fleischwülstigen Machtgier in ihrem Gesicht, wenn sie in den Spiegel sehen? Oder schauen sie irgendwann nicht mehr hin? Und liebend gerne würde ich erfahren, warum alle Welt diesen Politikern so bereitwillig glaubt, es gebe zu wenig Geld, wo doch der Globus für jeden offensichtlich davon überquillt. Woher kommt diese Bereitschaft, sich wider jedes bessere Wissen belügen zu lassen? Was macht uns denn nur so anfällig für fadenscheinige Erklärungen und Versprechungen? Hat es mit Hoffnung zu tun? Oder auch mit Gier? Ich lege die Tampons beiseite, greife zum Makeup, das – dort steht es – gleichzeitig sichtbar und unsichtbar sein soll. Wie kann das möglich sein? Ein Koan für Kaufhauskunden? Kosmetik-Zen? Wollen sie uns mit Makeup erleuchten? Und hier, das Haarwaschmittel. Wash & Go. Wo doch allen Menschen vertraut ist, daß das Duschen zu den wenigen uns verbliebenen archaischen Freuden des Leibes gehört. Aber wir sollen uns nicht mal mehr Zeit für eine *Spülung* nehmen? Und wahrscheinlich schaffen sie das, sie bringen das wirklich fertig: Um Wash & Go willen, um der Wahrheit der Propaganda willen, die täglich zu beweisen unser aller Fluch und Lebenssinn ist, verkürzen die Leute ihre Zeit unter der Dusche, springen nach zwei Minuten schon auf die Kälte der Badezimmerfliesen zurück und meinen, sie hätten etwas gewonnen. Dabei verlieren wir doch nur: unsere Hoffnung, die Früchte unserer Arbeit, unsere Gefühle, unsere intimsten Augenblicke, alles nur für Wash & Go!

Jule stand plötzlich neben mir, nahm mir lachend das Haarwaschmittel aus der Hand und legte es in meinen Korb. Sie zog mich zur Kasse und bezahlte sogar mit ihrem Geld. Draußen setzten wir uns auf die Motorhaube eines schmutzigen Golfs, mitten in den Frühling und den Lärm und die Abgase der Kantstraße. Sie kaufte einen riesigen Becher Eis, den wir mehr oder weniger schweigend auslöffelten. Schweigend und auch ein bißchen schüchtern.

Aber ich war trotzdem froh, daß ich das getan hatte – ich war zu Karstadt gegangen und hatte mich in der Parfümerieabteilung so lange bei den Rolltreppen herumgedrückt, bis sie auftauchte. Ich wußte, daß sie hier Kinderspielzeug verkaufte, sie hatte es mir erzählt. Im dritten Stock, Brettspiele und Stofftiere, zwei halbe Tage in der Woche, und ich hatte gehofft, daß sie mich aufspüren würde, irgendwie. Ich fragte sie nach dem Jungen mit dem Skateboard.

»Er lag drei Tage im Koma, aber er scheint keine Schäden davongetragen zu haben. Die Eltern haben zum Glück dafür gesorgt, daß es keine Anzeige gibt. Körperlich ist der Junge jedenfalls wieder auf der Höhe«, sagte sie.

»Drei Tage? Das ist ganz schön lang.«

»Ich weiß. Absurd, nicht wahr? Von einem einfachen Sturz auf den Hinterkopf. Der meistert bestimmt in einer einzigen Stunde auf seinem Skateboard zwanzig gefährlichere Situationen – und dann stößt er in Zeitlupe mit meinem alten Fahrrad zusammen, fällt hintenüber und ist drei Tage weg. Mein Gott, die Eltern waren froh, als er wieder aufgewacht ist! Und ich auch!«

Sie ließ sich langsam auf die Motorhaube zurücksinken und starrte in den schmutzigen Himmel.

»Ich war auch mal im Koma, mit sechzehn. Fast vier Wochen lang. Autounfall. Seitdem ist meine Nase schief. Ich saß auf dem

Rücksitz und war nicht angeschnallt. Es ist im Urlaub passiert, in Schottland. Wir sind auf einer Landstraße gefahren, und auf einmal kam uns in einer Kurve ein Motorradfahrer auf der falschen Straßenseite entgegen. Mein Freund hat versucht auszuweichen, und dabei sind wir gegen einen Felsbrocken auf der andere Straßenseite geprallt, so einen großen Stein, wie sie da überall liegen. Wir haben uns überschlagen. Ich weiß nichts mehr davon, kann mich nicht mal mehr an die Straße oder den Motorradfahrer erinnern. Alles weg.«

Im Schutz meiner Sonnenbrille sah ich auf sie hinunter, wie sie dalag, in ihren hellen Augen spiegelte sich der Himmel. Sie sah mit einem Mal sehr ernst aus, und ich schämte mich, weil ich in diesem Moment an nichts anderes denken konnte als an das Wort ›Freund‹ – ›*mein* Freund‹ – was absurd war. Jede hat einen Freund, wenn sie sechzehn ist, nun ja, fast jede.

»Wie war das«, fragte ich, »als du wieder aufgewacht bist? Wie ist das so? Weiß man, daß man lange ohnmächtig war? Oder hat man das Gefühl, man wäre gestern noch wach gewesen, wie am Morgen nach einem tiefen Schlaf?«

»Ich habe Stimmen gehört«, sagte sie langsam. »Meinen Vater und meine ältere Schwester. Ich habe ihre Stimmen gehört. Und dann... ich mußte mich entscheiden, so hat sich das angefühlt. Als ob ich mich *entscheiden* müßte, zu ihnen zu gehen. Da war ein Nebel, und hinter dem Nebel stand mein Vater und sagte immer wieder meinen Namen. Aber ich habe erst später gemerkt, daß es mein Name war. Zuerst habe ich den Namen nicht verstanden, als ob ich nicht mehr wüßte, wie ich heiße oder wer ich bin. Ganz seltsam. Dabei hatte ich, außer an den Unfall selbst, nichts von meinem Gedächtnis verloren. Es war nur dieser eine Moment, als er meinen Namen sagte und ich das Gefühl hatte, das... das bin ich doch gar nicht mehr.« Sie lachte leise.

»Und dann? Was hast du zuerst gesagt?«
»Ich habe nichts gesagt.«
Sie setzte sich auf, blickte die Straße entlang.
»Ich habe gar nichts gesagt, ganz lange nicht. Ich hatte keine Lust zu sprechen. Da war ein taubes Gefühl in mir, eine taube Stelle, als ob etwas ausgelöscht worden wäre, und ich mußte mich erst daran gewöhnen. Es gibt Tage, an denen spreche ich viel weniger seit dem Unfall, seltsam, oder? Ich bin auch öfter allein. Ich brau-

che das richtig, seitdem. Vorher nie. Da wollte ich immer nur unter Leuten sein, aber seitdem... ich weiß auch nicht. Vielleicht bin ich auch einfach älter geworden. Warum fragst du?«

Ich zog die Schultern noch. »Weiß nicht«, sagte ich. »Es hat mich einfach interessiert. Es gibt Leute, die wachen nie wieder auf, oder? Glaubst du, die nehmen nichts mehr wahr? Daß sie wie tot sind, nur ihr Körper lebt noch? Oder träumen sie? Sind sie in ihrem Kopf, in ihren Träumen und Phantasien, als ob sie in einer eigenen Welt leben, ganz lebendig, wie ein Mensch, der nachts schläft, nur wir sehen nicht, was er alles erlebt?«

Sie schüttelte den Kopf, drehte sich zu mir, nahm mich genau in den Blick, ich spürte, wie mir das gelbe T-Shirt auf der Haut klebte. Dann lachte sie wieder, aber dieses Mal lauter und herzlicher.

»*Du* lebst viel in deinem Kopf, habe ich recht? Wenn du so redest, hört sich das fast so an, als würdest du dich danach sehnen, ein bißchen ins Koma zu fallen und die Welt für ein paar Monate loszusein!«

Erst mußte ich auch lachen. Dann drückte ich mir die Sonnenbrille fester auf die Nase, senkte den Kopf und stocherte in dem leeren Eisbecher.

»Kann schon sein. Manchmal. Ich träume sowieso viel, aber wenn ich im Koma liegen würde, dann hätte ich wenigstens nicht die Sorge, wie ich meine Brötchen verdienen und meine Freundschaften pflegen und meine Wohnung halbwegs sauberhalten soll. Abgesehen von allem andern. Ich würde einfach vor mich hinträumen. Nicht mal essen müßte ich, das gäb's alles ganz appetitlich intravenös, und ab und an würde mir eine nette Krankenschwester das Kopfkissen aufschütteln.«

»Weißt du«, sagte sie, griff einfach nach meinem Ärmel und zerrte daran. Es gefiel mir, ihre Hände an mir zu fühlen. »Weißt du, Maria, ich träume auch viel. Träumen ist wunderbar und absolut lebensnotwendig. Träumen ist... wir wären arme Kreaturen, wenn wir nicht träumen könnten. Niemals träumen, das ist wie Theater ohne Vorhang, Weitsprung ohne drei Versuche, Urlaub auf der Insel ohne Meer und Horizont.

Aber ich will dir eins sagen: Die Träume merken, wenn sie nie Wirklichkeit werden dürfen. Und wenn ein Traum nie Wirklichkeit werden darf, dann verändert er sich. Er wird ranzig und schal und hört auf, sich wie ein Versprechen anzufühlen. Er kann sogar zur

Qual werden, etwas, das dich verfolgt und das du, selbst wenn du es möchtest, nicht mehr abschütteln kannst. Es ist nicht gut, das ganze Leben den weggeschobenen Träumen zu überlassen. Du hast zwei Beine, eins zum Geradeausgehen und eins zum Ballspielen, so sehe ich das jedenfalls. Oder«, sie beugte sich zu mir, bis ich ihre Locken an meiner Wange fühlen konnte und stieß mir lachend die Faust in die Rippen, »banaler gesagt: Es lohnt sich, Baby, ab und zu mal den *Arsch hochzukriegen*!«

»*Baby* hat sie gesagt? Und all das andere auch?« fragte Gerlinde ungläubig. »Mitten auf der Kantstraße?«

»Ja. Baby. Und all das andere auch. Mitten auf der Kantstraße, nicht mal eine halbe Stunde, nachdem wir bei Karstadt raus waren. Und, um deine Frage zu beantworten – ja«, sagte ich, langte nach Gerlindes Zigarette, nahm einen tiefen Zug und lächelte Gerlinde an. »Ja. Ich glaube, sie fand mich sexy.«

3. Kapitel
Mitte Mai

Giovanna ging an den Obdachlosen vorbei, die vor dem Eingang zum Bahnhof Zoo in der Sonne saßen, rauchten, laut redeten und tranken. Sie spürte, wie ihre hohe, schmale Gestalt sich von dem Elend der Straße abhob, helle Eleganz und Dreck. Zwei der Männer riefen ihr mit schweren Stimmen etwas zu und lachten laut. Giovanna atmete auf, als sie die Obdachlosen hinter sich gelassen hatte.

Neben dem Bürgersteig standen Taxis und warteten auf Fahrgäste. Der Parkplatz quoll über von Autos und Bussen. Giovanna sah, wie der Bus der Linie 100 seine Türen öffnete. Wenn sie jetzt losliefe, könnte sie ihn wohl noch erreichen. Aber sie würde heute nicht mehr fahren, nicht mehr zur Uni jedenfalls. Sie würde ihr Auto bis morgen auf dem Uni-Parkplatz stehenlassen, und die Fotokopien für das Seminar konnte sie auch morgen früh noch machen.

An der Stelle, wo das Bahnhofsgebäude endete, überquerte sie die Straße und ging den holprigen Weg zum Tiergarten hinauf. Unter den dünnen Ledersohlen ihrer Schuhe spürte sie jedes einzelne Steinchen. Mit Schuhen wie diesen ging sie eigentlich nur auf literaturwissenschaftliche Konferenzen, besuchte Fachbereichsausschüsse der Universität und hielt vor einem Meer müder Gesichter morgens um neun Vorlesungen über die deutsche Romantik. Heute trug sie hohe Absätze und dünne Sohlen, weil sie am Vormittag eine Unterredung mit dem Fachbereichsleiter gehabt hatte, wegen der Einstellung einer Mutterschaftsvertretung für eine wissenschaftliche Mitarbeiterin. Und danach war sie zu ihrer Ärztin gefahren.

Ein junges Pärchen kam ihr entgegen, er einen ganzen Kopf kleiner als sie. Die beiden trugen Plateausohlen und Schlaghosen und hielten sich so eng umschlungen, daß sie beim Gehen kaum vorwärts kamen. Als das Pärchen Giovanna passierte, vermischte sich der Parfümduft der jungen Frau mit dem intensiven Geruch der Dromedare, deren Gehege an dieser Stelle ganz nah an den Tiergarten heranreichte. Giovanna hörte die Rufe der tropischen Vögel, ein paar Kinderstimmen legten sich darüber. Die Maisonne verstreute sich auf den Wiesen. Irgendwo bot jemand Eis und heiße Würstchen zum Verkauf an.

Giovanna weinte selten, eigentlich fast nie.

Neben einer der schmalen Brücken, die sich überall im Tiergarten mit ihren schmiedeeisernen Geländern über die Kanäle beugten, setzte sie sich ins Gras und starrte auf die blasige, mit braunen Blättern und Papierfetzen übersäte Wasseroberfläche. Es kam ihr vor, als hätte jemand ein kleines Schräubchen in ihrem Inneren verstellt und sie wäre nun ganz plötzlich in der Lage, auf eine ungewöhnliche, seltene Weise überdeutlich wahrzunehmen. Die vielen Stimmen der Spaziergänger, manche hell und silbenklar, manche vom Wind auseinandergerissen. Das quietschende Fahrrad hinter ihrem Rücken. Ein Flugzeug setzte weit oben zur Landung auf dem Tegeler Flughafen an. Sie sah die Farbe des Grases und der Bäume am anderen Ufer, des dichten Schilfs, der ausladenden Seerosenblätter, all die tausend Möglichkeiten von Licht und Schatten, die mit dem Wort grün nur so dürftig beschrieben sind. Moosgrün, grasgrün, seetanggrün, unterwassergrün, libellenhautgrün, verschwindendgrün, traumgrün, totengrün.

Dafür hatte sie die deutsche Sprache immer am meisten geliebt, diese unendlichen Möglichkeiten, Worte zu bilden, nicht aneinandergereihte Genitive, sondern endlos lange, phantasievoll ineinandergefügte, nie und niemals endende Wortgebilde. Das ist der Augenblick, den man für sich selbst immer ausschließt, nicht wahr? Man weiß, daß es das gibt, das Endende. Jedes Wort, und sei es noch so lang, hat einen Anfang und ein Ende. Solche Augenblicke, in denen die Endlichkeit an dich herantritt, unmißverständlich, unaufschiebar, unausweichlich, sind für andere Menschen reserviert, das jedenfalls denkt man, bevor es geschieht. Bisweilen sprechen diese anderen darüber, oder schreiben Bücher, erschreckende, anrührende oder auch einfach nur peinliche Biographien. Meistens schweigen sie. Es kann schließlich nicht jeder ein Buch über sein Schicksal schreiben, vor allem, wenn es so gewöhnlich ist. So ganz und gar gewöhnlich und banal.

Giovanna mußte an die Gerüchte in ihrem Bekanntenkreis denken, an das Flüstern, das bisweilen auf den Fluren der Universität zu hören war: die. Und die. Und der. Das Halbwissen schiebt sich als unsichtbare Trennwand zwischen diejenigen, die es verbreiten, und diejenigen, die es betrifft. Man weiß etwas, nichts Genaues, wünschte, man wüßte nicht einmal das. Sucht nach Spuren der Angst auf den plötzlich so fremden Gesichtern der Kollegen, und ein paar Wochen lang – Giovanna konnte nicht umhin, sich das jetzt einzugestehen, es beschämte sie – ein paar Wochen lang meidet man diese Menschen. Setzt sich aus Unbehagen in der Mensa nicht an ihren Tisch. Trägt das Tablett zu einer anderen Runde, wo die Arbeitspause einfach nur mit Lachen und Tratschen und Belanglosigkeiten ausgefüllt wird. Läßt sie allein, mit schlechtem Gewissen. Und dann vergißt man es. Man vergißt es einfach. Es rutscht aus dem Gedächtnis, und das ist wahrscheinlich das Beste, was ihnen passieren kann.

Ihnen.

Den anderen.

Denen, die bis heute, bis vorhin, bis vor einer einzigen Stunde die anderen gewesen sind.

Giovanna legte die Hände neben ihre ausgestreckten Beine auf das kühle Gras. Wie ein Kind saß sie hier, mit langen Beinen, die Hände auf der Suche nach einer sinnlichen Erfahrung, feuchte Halme und eine friedliche, runde Erde, die sich in den Handteller schmiegt, eine friedliche, runde, kühle kühle Erde. Sie schloß die Augen. Es würde nicht mehr lange dauern, bis die Angst sie in Besitz nahm. Schon jetzt kroch ihr ein kalter Schrecken die Wirbelsäule herauf, bald würde er ihren Brustkopf erreicht haben, den Nacken, den Hinterkopf. Was tut man, wenn die Angst explodiert? Wie hält man das aus? Wie lange dauert es, bis die Explosion des Schreckens wieder abschwillt und man sich abgefunden hat? Man findet sich ab, oder nicht? Das ist doch der einzige Trost, liest man denn nicht darüber? Daß es Phasen der Empörung gibt, des Haderns, der Anklage und der Bitterkeit, aber irgendwann findet man sich ab, schickt sich in die Gegebenheiten, in den Lauf der Dinge, gibt auf, und in dieser Hingabe wird man plötzlich weit und würdevoll. Ein Bild drängte sich Giovanna auf: Ettas Freund Sebastian. Aids im Endstadium. Ein Gesicht unter einer Sauerstoffmaske. In jede Furche tief die Schmerzen eingegraben. Schmerzen, davor hatte sie Angst. Sebastian war nicht weit und würdevoll gewesen, er hatte bis zum letzten Atemzug gekämpft und gelitten – und gehofft.

Vorhin, als sie im Sprechzimmer gesessen und ihrer Ärztin dabei zugesehen hatte, wie die sich umständlich und sichtlich gequält eine Erklärung abgerungen hatte, die in den schlichten Worten ›möglicherweise Brustkrebs‹ mündete, vorhin waren diese Worte auf eine taube Stelle in ihrem Inneren gefallen, wie wenn man sich mit dem Hammer den Daumennagel einschlägt und die versehrte Stelle anstarrt und nichts spürt außer einem Erstaunen darüber, wie seltsam der Finger plötzlich aussieht. Man starrt auf die entstellte Fingerkuppe und versucht, sich den nächsten sinnvollen Schritt zu vergegenwärtigen. Ich sollte einen Arzt rufen, denkt man, unnatürlich ruhig, besser noch einen Krankenwagen.

Giovanna preßte die Lippen aufeinander. Das war es ja gerade. Sie konnte keinen Arzt anrufen. Sie hatte den Arzt schon angerufen. Das mit dem Arzt, das war womöglich einfach schon vorbei. Die Ärztin hatte angedeutet, daß der Krebs möglicherweise schon auf ihre Lymphknoten übergegriffen hatte, was bedeutete, daß es an weiteren Stellen im Körper Metastasen geben könnte. Man würde das jetzt alles überprüfen müssen. »Ich möchte Ihnen nichts vormachen«, hatte die Ärztin gesagt. »Nichts ist schlimmer, als wenn die Patientin im unklaren gelassen wird. Sie glauben gar nicht, wie oft das heute noch passiert. Es muß kein Krebs sein.

Aber die Wahrscheinlichkeit ist nicht gering.« Giovanna dachte: Sie ist eine gute, ehrliche Ärztin. Sie flüchtet sich in die Ehrlichkeit, um in diesem Schrecken nicht mit mir unterzugehen. Sie ist ehrlich, und ich bin allein.

Giovanna öffnete die Augen. Eine junge indische oder pakistanische Familie hatte sich am anderen Ende der Wiese auf einer Decke niedergelassen, die beiden Kinder spielten im Gras mit einem zerdrückten Ball und zwei Ästen. Der Mann und die Frau unterhielten sich leise, ohne sich anzublicken. Ihre Gesichter sahen entspannt aus, zufrieden. Glücklich vielleicht sogar. Die Frau lehnte sich zurück. In einer unbequem, aber weiblich wirkenden Geste streckte sie ihr Gesicht der Sonne entgegen. Setz dich zu mir, ich möchte mit dir sprechen. Ob sie so anfangen sollte? Wann? Abends, oder morgens, oder irgendwann zwischendurch, so wie die Frauen in Filmen ihren Männern erzählen, daß sie ein Kind erwarten? Meist schaltet sich ein Streit davor, eine Diskussion eskaliert, und dann sagt sie, »...weil es nicht mehr nur um uns beide geht!« Und er unterbricht sich mitten im Satz, stolpert unbeholfen auf sie zu und schließt sie fest in seine Arme. Oder er stürmt aus dem Zimmer und knallt die Türen, je nachdem.

Aber sie war nicht schwanger, und Etta kein Mann, und Ettas Umarmungen waren auch nie fest gewesen, sondern eher fahrig und ungeduldig. Giovanna hatte mit der Zeit Wege gefunden, Etta ein bißchen von sich fern zu halten. Ihr Film, der Film von Etta und Giovanna, hatte vor sechs Jahren angefangen, und nun war er vielleicht auch schon vorbei. Welche Ironie, dachte Giovanna. Sie hatte Jahre gebraucht, Jahrzehnte, um einen Menschen zu finden, bei dem sie sich ganz sicher war. Sie liebte Etta, mehr als jeden anderen Menschen zuvor. Und jetzt? Wenn es scheiterte, so nicht an Etta, und nicht an ihr, sondern einfach am Ende des Lebens.

Der Ball torkelte durch die Luft und rollte Giovanna vor die Füße, sie beugte sich vor, warf ihn den Kindern zurück. Der Mann nickte ihr freundlich zu und forderte die Kleinen auf, sich zu bedanken, was sie schüchtern taten. Giovanna mußte an die vergangenen Wochen denken, all die Arbeit, die sie hinter sich hatte. Ob es an ihrer neuen Stelle lag, daß Etta und sie zur Zeit so selten miteinander sprachen? An Ettas Doktorarbeit? Sie fühlte sich Etta nicht wirklich entfremdet, aber doch ferner als in den Jahren zuvor. Sie hatten beide so unendlich viel zu tun, waren über alle Maßen in

Verpflichtungen, Terminen, Befürchtungen und ganz eigenen, schwer kommunizierbaren Gedanken verstrickt. Giovanna hatte jahrelang auf diese Stelle hingearbeitet. Der Weg von den grauen Straßen Ludwigshafens, wohin es ihre Eltern aus Norditalien verschlagen hatte, zur C2-Professur an der Humboldt-Universität in Berlin war mühsam und dornig gewesen, nur mit viel Leidenschaft für ihr Fach, aber auch Verzicht, langen Nächten vor der Schreibmaschine, später dem Computer, einer verläßlichen Portion Härte gegen sich selbst und Disziplin an sieben Tagen in der Woche zu bewältigen.

Da war sie nun. Da war sie nun gewesen.

Giovanna stand auf, nickte dem Mann zu, ging über die Wiese zum Weg zurück. Würde die Krankheit Etta und sie wieder näher zusammenbringen? Das wäre kein guter Weg. Sie wollte Ettas Herz nicht mit einer tödlichen Krankheit für sich einnehmen. Lieber wäre ihr ein gemeinsamer Urlaub, ein Land im Süden, vielleicht sogar Italien, oder Frankreich, wo sie Zeit und Ruhe füreinander hatten. Giovanna mußte zugeben, daß Etta sie seit vier Jahren vergeblich um einen gemeinsamen Urlaub bat. »Du mußt deine Promotion endlich schreiben!« hatte sie eingewandt, Fürsorge vortäuschend, aber in Wirklichkeit hatte sie selbst das Gefühl gehabt, in der entscheidenen Phase nach ihrer Habilitation ihre Zeit nicht mit Urlaubsreisen verplempern zu können. Und inzwischen befand sich Etta wirklich in der absoluten Endphase ihrer Doktorarbeit – der Abgabetermin, auf den sie sich mit ihrem Doktorvater verständigt hatte, war der 20. September. Danach wollte ihr Doktorvater für längere Zeit verreisen. Die Abgabe zu verschieben, war wirklich nicht möglich. Wollte sie, Giovanna, in Ettas Anstrengung hineinplatzen mit einer Eröffnung, die zu nichts führen konnte als geteiltem, halbem Leid – aber was ist halbes Leid angesichts einer solchen Krankheit? Etta hatte es jetzt vier Jahre hintereinander respektiert, daß sie nicht zusammen in Urlaub fahren konnten, wenn auch widerwillig. Sollte sie dann nicht auch Respekt zeigen und Etta in Ruhe zuende schreiben lassen, wenigstens diese vier Monate lang, wie auch immer sie, Giovanna, das durchstehen sollte? Denn für Etta würde es ein Danach geben, mit allen Regeln, die dazu gehörten, und an die Regel der wissenschaftlichen Qualifikation glaubte Giovanna schließlich noch immer, auch und gerade jetzt, in diesem Augenblick.

Woran sollte sie auch sonst in aller Eile glauben?

Giovanna blieb stehen. Legte den Kopf in den Nacken und starrte in das dichte Grün der Bäume. Sie mußte es Etta nicht erzählen. Nicht heute, nicht sofort. Und sie mußte sich auch nicht sofort operieren lassen, auch wenn die Ärztin drängte. Sie durfte sich Zeit zum Nachdenken nehmen; mit einem linsengroßen Knoten Fremdheit in der Brust durfte sie doch wenigstens versuchen, mit etwas Bedacht an ihre eigenen Wünsche und Ziele zu denken, und an Etta, und an ihr Zusammenleben. Oder etwa nicht?

Ein Blatt löste sich und fiel herab, mitten im Mai. Sie streckte die Hand aus, um es aufzufangen, aber es schwebte an ihr vorbei und wehte ins dunkle Gebüsch. Giovanna weinte selten, eigentlich fast nie.

4. Kapitel
Ende Mai

Etta langweilte sich.

Etta langweilte sich seit drei Jahren.

Etta sah aus dem Fenster, wo ein Parkplatz und ein Supermarkt zu sehen waren, und langweilte sich. Sie kochte eine Kanne Tee, öffnete eine Tafel Schokolade und versuchte, sich wieder auf die Bücher zu konzentrieren, die vor ihr lagen, aber das half nicht. Es hatte noch nie geholfen. Etta wußte genau, warum sie Schokolade aß und nicht Brot oder Gemüse oder einen Apfel. Sie schlang die Schokolade hinunter, ohne Angst um ihre Figur, ein paar Pfunde mehr oder weniger machten ihr keine Sorgen, und hoffte auf eine beruhigende, heilsame, erleichternde Wirkung. Sie starrte über ihre Bücher hinweg auf die Schreibtischplatte, auf die Wand oder eben auf den Parkplatz, und wartete darauf zu spüren, wie sich die Schokoladenmoleküle in Endorphine umwandelten und sie wieder zufrieden oder gar glücklich machten. Sie war lange zufrieden und glücklich gewesen und wäre es gern wieder geworden. Sie hätte ihrer Freundin und sich selbst gern den Gefallen getan, ihr gemeinsames Leben auch weiterhin friedlich und freundlich und genügsam und mit welchen Begriffen auch immer man das Gleichmaß belegen mochte, das ihre Freundin im Liebes- und Berufsleben so schätzte, zu gestalten. Aber die Zufriedenheit war ihr abhanden gekommen, weil es keinen Raum für etwas anderes als Zufriedenheit gab. Seit Jahren nicht. Sie lebten so, wie sie es sich immer ausgemalt hatten, und deshalb mußten sie glücklich sein.

Etta ließ ihren Blick über den Parkplatz schweifen, wo kleine bunte Stadtwagen ankamen und abfuhren, kein Anblick, an den sich Sehnsüchte nach Flucht oder Entkommen oder Fernreisen oder gar dramatischen Ausbrüchen knüpfen ließen. Alles das wollte sie auch gar nicht. Sie wollte keinen dramatischen Ausbruch. Sie wollte ihrer Freundin untreu sein, das war alles, und deshalb aß sie Schokolade. Sie hätte gern einmal wieder gespürt, wie es war, frisch verliebt zu sein, einfach so. Es war Frühling, und sie fühlte sich wie ein junges Kalb, das den ganzen langen Winter über brav und ohne sich zu beschweren im Stall auf dem Stroh verbracht hat und es nun nicht mehr erwarten kann, auf der Wiese umherzutollen, Gras unter den Hufen, die Nase in den Butterblumen, den Rücken an der Baumrinde schaben, einfach so. Nur aus Spaß, nur als Ausdruck von Lebensfreude, nur ein paar Tage oder Wochen lang. Nur um das Herz schlagen zu fühlen. Aber sie hatte ihrer Freundin versprochen, treu zu sein, und dieses Treueversprechen, gegeben vor Jahren, in der Euphorie des anfänglichen Verliebtseins, gegeben auch in dem Wissen, daß eine große Liebe in ihr Leben gekommen war, eine Liebe, für die es sich lohnte, Dinge anders zu machen als sonst, Versprechen zu flüstern, die sie nie zuvor geflüstert hatte, Änderung zu schwören, noch bevor ihr Sosein zum Problem geworden war, dieses Treueversprechen fühlte sich zunehmend an wie eine Fußangel, wie ein Tor, durch das sie in ein Gefängnis getreten war.

Es hätte keinen Sinn gehabt, darüber zu sprechen oder darum zu bitten, es wieder zurücknehmen zu dürfen. Wer darum bittet, ein Treueversprechen zurücknehmen zu dürfen, ist fast so verachtenswert wie jemand, der bereits betrügt, oder nicht? Ein Treueversprechen ist ja nicht irgend etwas. Es ist, oder jedenfalls war es das in Ettas Fall, die Eintrittskarte zur Liebe. Liebe nur mit Treue. Ohne Treue keine Liebe. Mit Treue viel Liebe.

Über einen Mangel an Liebe konnte sich Etta nicht beklagen. Sie wurde geliebt und sie liebte, keine Frage. Sie lebte in einem wundervollen Gefängnis.

Etta knüllte das Schokoladenpapier zusammen, warf es quer durchs Zimmer, ließ den heißen Tee stehen, zog ihre Schuhe an und machte einen Verdauungsspaziergang durch Wilmersdorf. Die Sonne schien warm. Weil sie gerne dazugehörte und beliebt war, rief sie hallo zum Gemüsehändler, winkte der Pommesbudenbesitzerin zu, kaufte eine Zeitung am Zeitungsstand, setzte sich auf eine Parkbank, schloß die Augen, genoß die Wärme auf ihrer Haut. Die Schokoladenendorphine halfen heute nicht. So viel Schokolade, wie sie gebraucht hätte, um ihr Treueversprechen vergessen zu können, hätte selbst sie niemals verzehren können, und sie aß gern und reichlich.

Etta stand wieder von der Parkbank auf, schlenderte zum Zeitungsstand zurück, kaufte ein großes Schokoladeneis, warf die Zeitung in einen Mülleimer und ging die Pariser Straße entlang. Sie betrachtete die Schaufensterauslagen, knabberte an der Eiswaffel, besah ihr Spiegelbild, machte ein paar Schritte vor und zurück und kämmte ihre Haare mit den Fingern. Sie überquerte die Straße, schlenderte auf der anderen Seite wieder zurück, ging noch eine Straße entlang, beschloß, heute nicht mehr an ihren Schreibtisch zurückzukehren, beschloß, noch ein Eis zu essen, oder nein, lieber ein amerikanisches Menü, mit Spare Ribs, Pommesfrites, Eisbergsalat und einem überdimensionierten Glas Coca Cola in dem Restaurant am Ludwig-Kirch-Platz, das auf dem Bürgersteig Tische aufgestellt hatte. Man konnte dort draußen sitzen und amerikanisches Fast-Food essen, in großen Portionen, zwischen lauter Sechzehnjährigen, die sich über Treue wenig Gedanken zu machen schienen. Vielleicht sah man es ihnen auch einfach nur nicht an.

Der einzige freie Platz befand sich an einem Tisch mit zwei jungen Frauen. Jung war untertrieben. Mädchen waren das, dreizehn oder vierzehn vielleicht. Sie zupften fortwährend an ihren winzig kleinen T-Shirts und sahen sich beim Sprechen kaum an, weil sie ständig nach links und nach rechts und hinter sich schauen mußten, als passierte dort etwas, das sie keinesfalls verpassen dürften. Dort passierte jedoch nichts. Genausowenig wie in Ettas Leben. Etta setzte das Colaglas an ihren Mund und verspürte eine gemeine kleine Schadenfreude über die Tatsache, daß auch andere in dieser Stadt weder zu wissen noch zu bekommen schienen, was sie brauchten. Das Problem war nur, daß diese Mädchen vierzehn und Etta beinahe fünfzig Jahre alt war. Ein Unterschied lag sicherlich auch darin, daß diese Mädchen das, was sie brauchten, nach außen abstrahlten wie paarungsbereite Schmetterlingsweibchen und es gewiß früher oder später einen Schmetterling geben würde, beziehungsweise einen jungen Mann, der sich der Pheromone in seiner Nase nicht erwehren konnte. Ob das den Mädchen und ihren Sehnsüchten helfen würde, war natürlich eine andere Frage.

Etta jedoch strahlte, das wußte sie, überhaupt nichts nach außen ab. Nichts von ihrem Mißbehagen an der Treue zumindest. Etta war als Mensch darauf abonniert, glücklich auszusehen. Alle nahmen das von ihr an, und so nahm auch sie selbst das gern von sich an. Ihre Lieblingsfarbe war ein frohes Orange, ihr Lieblingsfilm Harry und Sally, ihr Lieblingsgetränk Champagner oder gern auch nur Sekt, ihr höchstes Glück, mit Freundinnen Doppelkopf zu spielen oder laut zu lachen.

Giovanna war sich sicher, daß in ihrer Beziehung alles zum Besten stand. Sie machte sich höchstens Sorgen, daß sie beide ein bißchen viel arbeiten mußten und selten genug Zeit füreinander fanden, und das, obwohl sie wie ein Ehepaar zusammenlebten. Giovanna vertröstete sie auf den nächsten Sonntag, das kommende Wochenende, nur um erneut so schuld- wie pflichtbewußt am Schreibtisch zu sitzen. Dann setzte auch Etta sich an den Schreibtisch, täuschte Arbeit vor, oder eine Schreibhemmung, die besonderer Aufmerksamkeit bedurfte, oder die Notwendigkeit einer zusätzlichen Recherche. Dann setzte auch Etta sich an den Schreibtisch und beteuerte, nichts wichtiger zu finden, als Buchstaben in den Computer zu tippen und Fußnoten exakt zu formatieren. Dann stellte auch Etta ihren Körper still, ließ ihn einrasten im Neunzig-Grad-Winkel, Schultern angespannt, Nacken nach vorn gedrückt, stundenlang, mit allen Knochen und Muskeln einzig darauf konzentriert, dem Gehirn zu Diensten zu sein.

Die Mädchen erhoben sich gelangweilt von ihren Plätzen und verließen das Restaurant, um sich an anderen Orten auf dieselbe Suche zu machen. Etta bestellte noch ein großes Glas Coca Cola.

An dem Tisch gegenüber nahm jetzt eine Frau Platz, die nicht ganz so jung aussah wie die anderen Gäste. Sie war ebenfalls jünger als Etta, aber vielleicht nur zehn oder fünfzehn Jahre. Sie bestellte einen Salat und ein Mineralwasser.

Die Frau sah überhaupt nicht aus wie ein Schmetterlingsweibchen auf der Suche nach Glück, ganz und gar nicht. Und doch meinte Etta, hinter der dünnen, randlosen Brille eine Nervosität zu bemerken, eine Rastlosigkeit, eine offene Frage, gut versteckt, nur bemerkbar in den kleinen Handbewegungen, dem raschen Glattstreichen der Tischdecke, dem kurzen Blick über die Speisekarte hinweg, der zeigte, daß sie sich nicht wirklich konzentrieren konnte auf das, was sie in ihrem Buch las. Als ihr Salat kam, fing sie sofort an zu essen, mit sorgfältigen kleinen Bewegungen, Messer und Gabel schön ordentlich verteilt auf die richtigen Hände, während die Teenager am Nachbartisch die zerlaufenden Hamburger messer- und gabellos in ihre Münder schoben. Etta mußte lächeln. Die Frau wollte gern geradlinig und abgezirkelt und in sich ruhend erscheinen. Ein bißchen zu gern.

Etta langweilte sich. Seit drei Jahren. Als die Frau aufstand, stand auch Etta auf. Und dann folgte Etta der Frau. Einfach so. Die Straße entlang, ein paar Busstationen, in die U-Bahn, aus der U-Bahn hinaus. Weil etwas passieren sollte. Etwas Anderes. Etwas Neues. Etwas, an dem sie heute von gestern unterscheiden konnte. Etta war noch nie zuvor einem Menschen gefolgt, einem wildfremden Menschen, einer nervösen, leicht überzüchteten, hübschen, fünfzehn Jahre jüngeren Frau, deren gute Manieren und deren innere Unruhe sie in einem Straßenrestaurant beobachtet hatte. Heute tat sie es. Und je tiefer die Frau auf ihren eigenen, geheimnisvollen Wegen in das Gewirr der Stadt eintauchte, um so glücklicher machte es Etta, ihren Schritten zu folgen und, in einem Abstand von etwa fünfundzwanzig Metern, wie ein Schmetterling den Duftstoffen der Fremden auf der Spur zu bleiben.

5. Kapitel
Ende Mai

Ich begann, auf eine Art von Jule zu träumen, die nicht viele Fragen offen ließ. Ich stellte mir vor, wie sie auf mir lag und mir ihre warme, nasse Zunge ins Ohr schob, während sie mir erlaubte, meine Hände in ihrem Slip zu vergraben. Ich stellte mir vor, wir lägen oben auf der Anhöhe über dem Park in der Nachmittagssonne und sie würde mir wider jeden Anstand langsam den Gürtel aus der

Hose ziehen, bis ich es vor Erwartung nicht mehr aushalten konnte. Ich stellte mir vor, wir gingen die Brücke entlang, sie mit ihrem Fahrrad und ich mit meinen Büchern, und sie nähme mich mit, irgendwohin, oder dorthin, wo sie zu Hause war. In ihren Armen wollte ich einschlafen und von ihr träumen, und während ein Teil von mir in Bildern spazierenging, sollten sich meine Sinne in der Sicherheit wiegen dürfen, daß Jule mir näher war als alle Träume. Aber auch, wenn wir nur noch mal zusammen ein Eis essen gegangen wären, hätte mich das schon glücklich gemacht.

Es war unglaubliche sechs Jahre her, daß ich mich das letzte Mal verliebt hatte. Sechs Jahre, in denen ich vieles, und vor allem alle Formen körperlicher Sehnsucht, beiseite geschoben hatte. Ich bin eine Expertin im Verdrängen, und zum Ärger Gerlindes stehe ich sogar dazu: Ich fülle meinen Kopf mit mehr oder weniger bedeutsamen Gedanken an, bis alle Alltagsanforderungen, auch die meines Körpers, keinen Platz mehr in mir finden. Wenn ich soweit bin, daß mich außer dem Sternenhimmel im November und meinen generellen Wutattacken wider den Kapitalismus nichts mehr interessiert, geht es mir leidlich gut. Oder sagen wir so: Es scheint denjenigen meiner Freundinnen, die sich stets mit allem psychologisch auseinandersetzen, jedenfalls nicht besser zu gehen als mir. Bisweilen rutscht mir der Alltag allerdings so aus dem Kopf, daß Gerlinde es für nötig hält, mir wahlweise einen Zwanzigmarkschein oder eine warme Mahlzeit anzubieten. Aber jetzt brauchte ich keine warmen Mahlzeiten, denn in meinem Kopf hatte nichts Platz außer der Sehnsucht, Jule in meiner Nähe zu haben.

Gerlinde riet mir, sie anzurufen, aber ich traute mich nicht. Ich war mir auch plötzlich nicht mehr sicher, auf welchem Ufer sie leben mochte und ob sie sich zugänglich zeigen würde für die Annäherungen einer Frau, und noch dazu einer, die einige Jahre älter war als sie. Zum Glück rief Jule mich an. An einem Samstagnachmittag. Wie alle Anrufe ließ ich auch diesen zunächst von meinem Anrufbeantworter filtern, erschrocken verharrte ich im Flur, als ich ihre Stimme durch den Lautsprecher hörte. Sie fragte mich, ob ich mit ihr am Abend auf eine Party gehen wolle. Als ich endlich den Hörer von der Gabel hob, zitterten meine Hände.

»Ja«, sagte ich. Sie lachte. Ich lachte auch.

»Zwei meiner Freundinnen feiern ihr Fünfjähriges«, erklärte sie.

»Ach«, entgegnete ich. Und dann atmete ich erleichtert aus, was sie nicht merken sollte, aber ich glaube, sie merkte es trotzdem.

Jule hatte mich angerufen, und sie nahm auch den Rest in die Hand. Als ich auf der Party ankam, war sie schon da und empfing mich an der Tür. Sie trug einen kurzen, schwarzen Rock und Stiefeletten mit riesigen, quadratischen Absätzen, was mich ein wenig verwirrte. Ich hatte sie immer nur in ihren ungebügelten Hemden gesehen. Als sie mich kurz umarmte, versank mein Gesicht in einer Wolke aus rotem Haar und frischer Seife. Ich hätte ewig so stehenbleiben können, doch Jule nahm mir die Tasche aus der Hand, zog mich in die Küche und stellte mich den Gastgeberinnen vor, die wie ein Zwillingspaar aussahen, kahlrasierte Köpfe, seltsam weiche Gesichter, dickleibige Körper, die jeweils in einem blauen Overall steckten. Sie streckten mir gleichzeitig ihren muskulösen rechten Arm entgegen, da drückte mir Jule auch schon ein Glas Wein in die Hand und schob mich wieder aus der Küche hinaus. Es war erstaunlich, wie selbstverständlich Jule mich anfaßte, als wären wir schon seit Jahren befreundet. Es kam mir vor, als müßte ich mich nur in ihre Richtung fallen lassen, und schon wäre sie da. Sie nahm mich am Ellenbogen, lotste mich durch das Wohnzimmer, wo getanzt wurde. Und dann standen wir nebeneinander auf dem Balkon, ans Geländer gelehnt, tausend Sterne am schwarzen Himmel, wie man es selten sieht in Berlin. Ich weiß nicht mehr, worüber wir sprachen. Es war immer leicht, mit Jule zu reden zu jener Zeit. Vielleicht war es zu leicht. Jule redete und redete, mindestens so schnell, wie ich dachte, sie quoll über von Gedanken und Geschichten, und es tat mir so gut, meine eigenen Gedanken ruhen lassen zu können, wenn sie bei mir war. Mein Herz und mein Kopf, das war ein einziger offener Raum, wenn Jule mit mir sprach, und ihr ging es mit mir nicht anders. Sie fand nichts an mir seltsam, nicht, daß ich so viel las und so viel dachte, und auch nicht, daß ich alles verdrängte und nie mit meinem Geld und meinen Jobs und meiner Lebensplanung klar kam. Nicht, daß ich nichts außer halb zerrissenen gelben Hosen anziehen mochte und daß ich wütend sein konnte, geradezu von Ekel gepackt und geschüttelt, stundenlang oder gar über mehrere Tage hinweg, weil mir ein Auto an einer Ampel die Vorfahrt genommen hatte, so daß ich zur Seite hatte springen müssen, und mir einmal mehr vor Augen geführt worden war, wie die weltweite Automobilindustrie uns in unseren einfachsten Bewegungen täglich tödlich bedroht. Ich fand Jule ja auch nicht seltsam.

Dabei war sie mir nicht ähnlich. Jule schien ihr Leben viel besser im Griff zu haben als ich. Aber unterhalb dieser Ebene, wo man den Tag und den Monat planen und sich irgendwie durchschlagen muß, finanziell und auch sonst, untendrunter, da wo die Instinkte geboren werden, da wo man in demselben Moment lachen oder weinen oder ein- und ausatmen möchte, wo man sich an den Händen faßt und zwischen der einen und der anderen Haut keine Zweifel mehr bestehen – da unten kannte ich Jule, und sie kannte mich. So war das damals, und ich wünschte mir, natürlich wünschte ich mir, daß es so immer bleiben sollte.

An jenem Abend tranken wir Wein, redeten, lachten, philosophierten, wurden betrunken, die Sterne leuchteten immer weiter. Ab und zu kam eine der Frauen auf den Balkon und ging rasch wieder. Nach dem dritten Glas Wein wollte ich mich in Jules Richtung fallen lassen, wollte die Stelle küssen, wo ihr die Locken in die Stirn fielen, wollte mein Ohr an ihren weichen Mund legen und all die lebendigen Worte, die sie fortwährend aus sich hervorbrachte, in mich einsaugen, ohne dem Rest der Welt etwas davon zu überlassen.

»Du bist schön«, sagte ich. Sie war schön.

»Du bist betrunken«, sagte sie.

»Das sollte ich doch werden, oder?«

»Ja, ich glaube schon. Ich wollte dich heute betrunken machen.«

Sie streckte die Hand nach mir aus. Zog mich am Ärmel zu sich. Drehte meine Hände um, hob sie an ihr Gesicht und küßte meine Handinnenflächen, erst die linke, dann die rechte. Ich legte meine Hände über ihr Gesicht, fühlte ihren Wimpernschlag, ihren Atem, die kalte Spitze ihrer schiefen Nase. Einen Moment lang wurde ich von dem Impuls erfaßt, ihr meine Hände zu entziehen und einfach aufzustehen und wegzugehen, den Balkon, die Party, das Treppenhaus, diese Straße hinter mir zu lassen und wieder frei zu sein. Die Sehnsucht der vergangenen Wochen fühlte sich plötzlich wie ein großes Gewicht an, ein Stempel, der sich in meine Eingeweide gepreßt und mir die Luft zum Atmen genommen hatte. Ich blickte wie aus großer Entfernung auf Jule, ihr ungebändigtes Haar, ihr Gesicht, das sich über meine Hände beugte und das es schaffte, gleichzeitig so lebendig und so verträumt auszusehen, darin diese blauen blauen blauen Augen, und dachte: Ich kann das doch gar nicht, eine Liebhaberin sein, eine Geliebte glücklich machen, ich bin aus der Übung.

Ich bin alt geworden, seit ich allein bin, nun, vielleicht nicht direkt alt, aber doch älter, alt genug, um mir Sorgen zu machen, was du sehen könntest, wenn wir uns entkleiden. Ich trage meine streng gescheitelten schwarzen Haare und meine Sonnenbrille und meine gelben Hosen und Jacken und gelben Hemden und Unterhemden und meine gelben Schuhe mit Trotz und mit Stolz, ein revoltensehnsüchtiger Papagei, aber wirst du nicht übermorgen schon vor mir stehen und mich in gesittetem Grau oder kühlem Schwarz verlangen?

Und außerdem weiß ich nicht mehr, wie man am Ende einer solchen Nacht die Minuten nach dem Aufwachen überbrückt und den hellen Morgen, und wie man sich in den Wochen danach einen Weg bahnt zwischen Fremdheit und sehnsüchtiger Auflösung und den Stunden allein, die mit einem Mal nicht mehr so sind wie früher. Ich fürchte mich davor, daß du mich und mein Leben aus allzu großer Nähe angucken könntest, all die Leerstellen und deprimierenden Räume voller Unrat und Langeweile, die ich verbergen möchte. Die schiefen Nähte und das notdürftig übertünchte Scheitern, dessen schmerzhaftem und zunehmend auch peinlichem Vorhandensein ich mich, seit es mit den Jahren immer offensichtlicher wird, nicht mehr dadurch zu stellen versuche, daß ich etwas verändere, sondern indem ich meine Freundinnen abschaffe, diese potentiellen Beobachterinnen, eine nach der anderen, so daß mir fast nur noch Gerlinde geblieben ist, meine geduldige Gerlinde, die alles hinnimmt mit ihrer Freundlichkeit und der vielen Arbeit, die sie hat.

Ich sitze im Park und befasse mich mit der Kommunitarismusdebatte, den Brief mit der Strom- und Gasrechnung trage ich seit zwei Wochen ungeöffnet mit mir umher. Ich träume mich als berühmte Schriftstellerin, als Journalistin in einflußreichen politischen Ressorts, als eine, die dazugehört und etwas zu sagen hat in der Welt. Aber gleichzeitig verabscheue ich diese Welt, so sehr, daß aus mir nie jemand werden wird, dessen Wort etwas gilt. Also schlafe ich lang. Und denke. Und grüble und esse trockenes Brot aus dem Spätkauf. Es ist mir lieber, du weißt das schon jetzt, als daß du es langsam herausfindest und es mir zum Vorwurf machst irgendwann. Ich bin ein schwieriges Gegenüber, entweder ich fühle mich niedergeschlagen, oder ich träume und träume und träume.

»Küß mich«, flüsterte Jule und legte meine Hände an ihre Wangen. »Hör einfach auf, dir Sorgen zu machen, und küß mich.«

Ich beugte mich vor, zog ihr Gesicht zu mir und tauchte meine Zunge in ihren Mund, der sich weit öffnete und mich zu sich nahm, bis all das Nasse unserer Münder sich nicht mehr halten konnte und zueinander schwamm. Ich kann nicht sagen, daß sich meine Ängste in diesem Augenblick in Luft auflösten, so bin ich nicht beschaffen. Aber ich spürte doch, wie mein Körper jetzt übernahm, auf Autopilot schaltete, und das, was sich da pausenlos Gedanken macht in mir, verschob sich auf den kommenden Tag, eine spätere Stunde, auf ein nüchternes Erwachen morgen irgendwann. Jule rutschte immer näher zu mir, preßte ihren Körper an mich, ich fühlte ihre großen Brüste, die harten Spitzen bohrten sich durch ihr Hemd und erregten mich in ihrer Eindeutigkeit so sehr, daß mir der Balkon auf einmal mehr als unpassend erschien für so viel Gefühl. Ich löste dennoch meine Hände von ihrem Gesicht und legte sie auf ihre Brüste. Ich konnte einfach nicht anders. Oh mein Gott, sechs Jahre, dachte ich, als ich ihre Brustwarzen unter meine Handteller nahm und rieb, bis ich wußte, mit welchen Gefühlen sie bei mir war. Sechs Jahre keine fremde, nackte Haut zwischen meinen Beinen, keine Küsse, die jede Zurückhaltung verlieren, nichts, was die Bezeichnung animalisch auch nur im entferntesten verdient hätte, außer gelegentlichen Trinkgelagen mit Gerlinde. Jule und ich waren mittlerweile so heiß, daß wir uns kaum noch beherrschen konnten. Ich hätte sie am liebsten auf die grünen Plastikmatten geworfen, mit denen der Balkon ausgelegt war, und mein Gesicht und alles andere von mir fester als fest auf ihren nackten Körper gepreßt. Aber noch saßen wir hier. Jule seufzte, vergrub eine Sekunde lang ihr Gesicht an meinem Hals. Dann machte sie sich los, küßte mich aufs Ohr, flüsterte, sie werde ein Taxi für uns bestellen, und verließ den Balkon.

Dreimal sah ich auf die Uhr. Fünfmal.

Sie kam nicht zurück.

Sie ist einfach nicht zurückgekommen.

6. Kapitel
Ende Mai

Der rote Renault von Matthias schoß um die Ecke und raste auf die Bordsteinkante zu. Konstanze sprang zur Seite. Knapp vor ihren Beinen bremste der Wagen ab. Konstanze mußte lachen – Matthias fuhr wie ein Halbstarker, und im Grunde war er auch nichts anderes als das: ein Halbstarker im zur Fettleibigkeit neigenden Körper eines Fünfzigjährigen, der hellblaue Anzüge mit gelben Krawatten kombinierte und auch sonst mit seinen fuseligen roten Haaren und den ausladenen Vorderzähnen ziemlich unmöglich aussah.

»Meine Herren«, rief Matthias und stieß ihr die Beifahrertür auf. Er warf einen anerkennend-ausdauernden Blick auf Konstanzes nackte Beine, zog die Brauen hoch, pfiff leise durch die Zähne und sagte: »Was hast du vor, Schätzchen? Willst du den Alten verführen?«

Konstanze lachte und ließ sich neben ihn auf den Beifahrersitz sinken. Der Alte liebte rassige langbeinige Blondinen – Konstanze befand sich mit ihren kompakten rundlichen Formen und ihrem kurzen, braunen Haar also weit jenseits seiner Vorstellungen, da konnte sie knappe T-Shirts und Miniröcke und silberne Klunker tragen, so viel sie wollte.

»Fahr schon los«, sagte sie. »Der Alte interessiert mich ungefähr doppelt so viel wie du. Und was ist Null mal zwei?«

Matthias lachte und trat aufs Gaspedal. Das Nette an ihm war, daß er wußte, wie wenig ernst sie ihn nahm, und es ihm dennoch nichts ausmachte.

Matthias schlängelte sich in seiner rabiaten Art durch den Straßenverkehr, hupte und eiferte vor sich hin, während Konstanze ihren Gedanken nachhing. Sie genoß es, schweigend neben Matthias zu sitzen, so wie sie den ganzen Tag in freundlicher Unkompliziertheit neben ihm im Büro saß. Er flötete in sein Telefon, sie flötete in ihr Telefon, und wenn mal gerade niemand anrief, schlugen sie sich auf die Schenkel und zogen die Kunden durch den Kakao. Warum kam sie mit Männern so oft viel besser klar als mit Frauen? Matthias war einfach ein netter, gutgelaunter Typ, der den ganzen Tag nur Unsinn im Kopf hatte und nie etwas übel nahm. Er wußte, daß sie lesbisch war. Alle im Büro wußten es. Sie hatte es auf einem dieser Geburtstagsgelage erzählt, vor zwei oder drei Jahren, kurz nachdem sie in der Versicherungsagentur angefangen hatte. Es war völlig unproblematisch gewesen, niemand fand etwas dabei, auch nicht hinter ihrem Rücken, das hätte sie gespürt. Matthias zog sie hin und wieder mit Fragen nach ihrem Liebesleben auf und nutzte ansonsten die Gelegenheit, eine Komplizin zu haben, mit der er sich über die Dessous von Madonna oder die Oberweite der Kolleginnen austauschen konnte. Während sie an einer roten Ampel hielten, sah Konstanze einer Frau nach, die auf dem Bürgersteig entlangschlenderte, und ertappte sich bei einem Lächeln. Sicher, es war politisch unkorrekt, mit einem männlichen Kollegen den Busen anderer Frauen zu erörtern. Keine Frage.

Aber Spaß machte es trotzdem.

Während Matthias wieder aufs Gas trat, spürte Konstanze, wie sehr sie sich freute, einen freien Abend vor sich zu haben. Sie wußte selbst nicht genau warum. Vorhin schon, als sie ihren braunen Minirock angezogen und sich vor dem Spiegel hin- und hergedreht hatte, war es ihr vorgekommen, als ob etwas Besonderes auf sie wartete. Was absurd war. Gar nichts wartete da, außer einem Abendessen mit sämtlichen Kolleginnen und Kollegen aus der Agentur am Geburtstag ihres Chefs, lauter Gesichter, die sie tagsüber zu Genüge um sich hatte. Vielleicht lag es an dem milden Wetter. Eine Hormonkaskade sorgte dafür, daß man Kräfte und Leidenschaften in sich spürte und gar nicht wußte, wohin damit. Aber vielleicht freute sie sich auch einfach, weil sie ihren Job und die Leute mochte. Sogar den Chef mochte sie, zumindest auf diesen Geburtstagsfeiern. Und nach dem ersten Glas Wein würde sie alle noch viel lieber mögen. Sie freute sich auf das erste Glas Wein.

Eine heiße Wolke Zwiebeldunst und Zigarettenrauch schlug den beiden entgegen, als sie die Tür zur Pizzeria öffneten. Das hier war keine beliebige Pizzeria, sondern das Beste vom Besten, was Charlottenburg zu bieten hatte, nicht edel, aber teuer und vor allem in. An seinen Geburtstagen zog der Alte die Spendierhosen an. Diese Feiern waren ihm heilig, da erlaubte er jedem, ihn nach Strich und Faden auszunehmen, so unleidlich er sonst auch oft war. Aber an seinen Geburtstagen wollte er Spaß haben und das Leben genießen, so feucht und so laut es ging, und da war er sogar bereit, kräftig dafür ins Portemonnaie zu greifen. Die andern saßen schon an einem ausladenden ovalen Tisch am Fenster, der fast den ganzen vorderen Teil der Pizzeria ausfüllte. Konstanze sah etliche unbekannte Gesichter. Neben der Bürobelegschaft lud der Chef an seinen Geburtstagen so ziemlich alles ein, was er im Laufe des letzten Jahres bei seinen Kneipentouren aufgegabelt hatte, und das war nicht wenig. Im Grunde handelte es sich um ein offenes Geheimnis, daß Möllinghoff an der Flasche hing, aber irgendwie fiel das bei ihm nicht weiter unangenehm auf.

Ein allgemeines Hallo erhob sich, als Konstanze und Matthias kamen. Stühle wurden gerückt, Champagnergläser herumgereicht, die Kellner eilten herbei, und ehe Konstanze sich überlegen konnte, wo sie sitzen wollte, zerrte die dicke Anna sie zwischen sich und den Chef, und Konstanze war zufrieden damit. Das erste Glas Wein war also kein Wein, sondern Champagner. Auch gut. Kühl floß er Konstanze die Kehle hinunter, ja, so fühlte sie sich wohl. Während sie sich entspannte und das Gespräch seinen Fortgang nahm – es ging um die Frage, ob fünf Mark für einen Liter Benzin der allergrößte Schwachsinn oder ökologisch sinnvoll waren, und alle riefen durcheinander, was man bei einem solchen Thema so rufen kann – mußte Konstanze an den kleinen, unangenehmen Streit denken, den sie vorhin mit ihrer Mitbewohnerin ausgefochten hatte.

Vera war vor einem knappen Jahr eingezogen, und Konstanze hatte im Grunde schon nach drei Wochen gewußt, daß das mit Vera und ihr in derselben Wohnung keine Zukunft haben konnte. Schade, die letzte Mitbewohnerin hatte es fünf Jahre bei ihr ausgehalten, völlig problemlos. Konstanze wußte, daß sie eine passable Mitbewohnerin sein konnte, großzügig, gleichermaßen kontakt- wie distanzfähig und selten schlecht gelaunt. Die andere mußte es allerdings auch nett haben wollen, und das schien bei Vera der schwierige Punkt zu sein. Der Wortwechsel heute abend hatte sich um einen Spruch gedreht, den Matthias auf dem Anrufbeantworter hinterlassen hatte, irgend etwas mit »... Arsch hoch, Titten klar, Süße, um halb acht hole ich dich ab.«

Sie hatte Matthias schon mehr als einmal gesagt, daß sie nicht alleine wohnte und daß er sich mit seinen Sprüchen gefälligst zusammenreißen sollte. Seitdem machte es ihm noch mehr Spaß zu provozieren, und, zum Teufel, was sollte diese Bigotterie denn auch? Vera war keine Nonne, vermutlich jedenfalls, und die zweite deutsche Frauenbewegung hatte sich längst in Luft aufgelöst. Und was hätte schon Besseres passieren können? Wer die Dinge heute noch so eng sehen wollte wie Vera, der hatte es wirklich nicht anders verdient. »*Die* hätte es nicht anders verdient«, hörte sie Veras Stimme. »Du sprichst manchmal eine völlig sexistische Sprache, ist dir das noch nie aufgefallen?« Vera brachte es tatsächlich fertig, ganz nebenbei, ja, ganz selbstverständlich Sätze zu sagen wie: »Ich wollte heute Batterien für meine Walklady kaufen, aber die Kaufhäuser waren so voll, das kann eine sich wirklich nicht vorstellen.« Unglaublich.

Anna goß Champagner nach, und Konstanze nahm das Angebot dankbar an. Der Streit heute mit Vera hatte ein anderes Kaliber gehabt als sonst, war bösartiger gewesen. Gemeiner. Vor allem von Veras Seite aus. Bis heute hatte Konstanze gedacht, Vera sei nichts weiter als nervig mit ihrer ausgefeilten feministisch-korrekten Lebenshaltung in tausend Einzelfragen, auf die man erst mal kommen mußte, bevor man darin korrekt sein konnte. Konstanzes Gehirn war entschieden weniger kleinteilig gebaut. Mußte es nicht, fragte sich Konstanze, während sie den nächsten Schluck Champagner zu sich nahm, auch ein *paar* Menschen geben, die die Dinge etwas lockerer und unkomplizierter angingen? Konnten die Komplizierten und Tiefsinnigen das nicht als freundlichen Hintergrund ihres Lebens akzeptieren, wie eine bunte Tapete vom Vormieter, deren außerordentlich fröhliches Muster man aus Gründen des guten Geschmacks persönlich nie zu kaufen gewagt hätte? Aber wenn die Tapete nun schon da hängt – warum nicht? Denn eigentlich – wenn man ganz ehrlich ist – fühlt man sich in diesem farbenfrohen Zimmer nämlich ziemlich wohl.

In den ersten Monaten ihres Zusammenlebens hatten Konstanze und Vera also hin und wieder über den korrekten Spülmittelverbrauch debattiert, und die korrekte Art, saisonal und regional produziertes Gemüse zu sich zu nehmen. Ein Streit hatte sich um die Frage gedreht, ob Menschen das Recht hatten, eine Putzfrau – oder in Dreiteufelsnamen einen Putzmann – für sich zu beschäftigen, wenn sie zu lange arbeiten mußten, um noch zum Badezimmerschrubben zu kommen. Und ein anderer Streit hatte die Frage der öffentlich zugänglichen Pornographie zum Gegenstand gehabt. Pornographie! Als ob nicht jede Lesbe die heute selbst unterm Kopfkissen liegen hätte. Veras Gedankenwelt hatte vor zwanzig Jahren aufgehört, sich weiterzuentwickeln, dabei war sie nicht einmal viel älter als dreißig. Und außerdem kümmerte sie sich als unbezahlter nützlicher Idiot um dieses Filmarchiv und befaßte sich täglich mit hochintellektuellen Überlegungen, die Konstanze schon beim bloßen Anhören schwindeln ließen. Wie schaffte es Veras Gehirn bloß, bei so viel Beschäftigung mit hochgeistigen Gedanken seine eigene Entwicklung einzustellen?

Heute abend hatte Vera sich allerdings von einer anderen Seite gezeigt, hatte nicht, wie sonst, insistierend-freundlich die randlose Brille auf ihrer schmalen Nase hin- und hergerückt und mit diesem leicht leeren, abwesenden Blick all ihre sonderbar dezidierten Ansichten zu Spül-, Wasch- und sonstigen Mitteln vorgebracht, sondern sie war sehr direkt gewesen. Beinahe kalt. Hatte Kontanze mit erstaunlich festem Blick in die Augen mitgeteilt, für wie verachtenswert sie eine Kreatur wie Matthias hielt und für wie verachtenswert eine lesbische Frau, die sich nicht schämte, einen solchen Mann zum Freund zu haben. Dann war sie unerklärlicherweise in Tränen ausgebrochen und in ihr Zimmer gerannt. Seltsam. Befremdlich.

»Etwas Nachhilfe in Ökologiefragen in allen Ehren«, rief Konstanze in dem allgemeinen Lärm der dicken Anna ins Ohr, »aber auf eine echte Psycho-Mitbewohnerin habe ich wirklich keine Lust!«

»Was?« rief Anna zurück und schüttelte lachend den Kopf. Und ohne weiter nachzuhaken – das war so eine Spezialität von Anna, sie hörte nur, was sie hören wollte, und das meiste wollte sie nicht hören – schob sie hinterher »willste noch was?« und füllte Konstanzes Champagnerglas erneut auf.

In diesem Moment öffnete sich die Tür der Pizzeria und ein neuer Schwall Geburtstagsgäste kam herein, drei jüngere Männer in Jeans und Turnschuhen und eine blonde junge Frau. Möllinghoff sprang auf und orderte eine Runde Schnaps. Anna, der Chef und Konstanze rückten zur Seite und die vier neuen Gäste holten sich Stühle und setzten sich mit an den großen Tisch. Die junge Frau verschlug es neben Konstanze. Sie trug einen weißen Minirock, der so ähnlich geschnitten war wie Konstanzes. Darüber hatte sie einen hellen Rollkragenpullover an, dessen Farbton sich in einer kleinen, aber entscheidenden Nuance von der des Rockes unterschied. Und ihre hochhackigen Schuhe sahen aus, als trüge sie

sie jeden Tag und nicht nur, wenn sie ausging. Auf jeden Fall standen die Absätze schon leicht schief. Wo um alles in der Welt gabelte Möllinghoff nur solche Leute auf? Aber sie roch gut, die junge Frau, nach einem Parfüm, das Konstanze an etwas erinnerte. An was nur? Eine verflossene Liebschaft vielleicht? Konstanze beugte sich zu ihrem Champagnerglas und versuchte dabei, einen möglichst unauffälligen Blick auf das Gesicht ihrer neuen Nachbarin zu werfen. Sie trug einen lässig geschnittenen Pagenschnitt; eine der blonden Strähnen fiel ihr so elegant über die grauen Augen, daß es sich dabei nur um die Absicht der Friseurin handeln konnte. Das Auffälligste war ihr Mund – er sah aus wie ein Messer, langgezogen und schmal und ein bißchen gefährlich. In der Mitte der Oberlippe war eine kleine Kerbe in der Form eines Dreiecks. Die junge Frau erinnerte an Jodie Foster, auf ihrem Gesicht lag die gleiche schmale Lebendigkeit. Sie hielt die Hände auf ihrem Minirock ineinander gelegt, eine Achtjährige, die in der ersten Schulstunde artig auf das Fräulein hört. Für diese Geste sah sie, obwohl sie wohl kaum älter als zweiundzwanzig sein konnte, dann doch zu alt aus. Auf einmal merkte sie, daß Konstanze sie beobachtete. Sie zog eine Zigarette aus der Handtasche, zündete sie an, blies den Rauch aus, zog die Augenbrauen fragend hoch und lächelte. Das Lächeln sah aus wie: »Na, und was willst *du*?« Konstanze starrte auf den schmalen Mund der Frau und spürte, wie ihr das Blut ins Gesicht schoß. Im gleichen Augenblick nahm sie Matthias Blick wahr, der die Szene von der anderen Seite des Tisches aus neugierig und grinsend mit ansah. Vera hatte recht – er *war* eine verabscheuungswürdige Kreatur!

»Konstanze Gebhard«, sagte Konstanze rasch. »Ich arbeite in seiner Versicherungsagentur.« Sie deutete auf Möllinghoff. »Kundenbetreuung. Wenn die Leute irgendwelche Nachfragen oder Beschwerden haben, landen sie meistens bei mir in der Leitung. Und du?«

»Auch«, antwortete die junge Frau lächelnd und höflich. »Kundenbetreuung. Telefondienst. Büro. Was so anfällt.«

Sie sprach etwas schleppend, langsam, fast so, als hätte sie einen Akzent, aber Konstanze wußte nicht richtig auszumachen, was für einer das sein konnte. Welch interessante Wendung, dachte sie.

Diese Frau war nicht so wie die meisten Menschen, die sie kannte. Entschieden nicht. Sie hatte etwas Ungewöhnliches an sich, eine Mischung aus Reife, Überlegenheit und Jugendlichkeit, wirklich sehr interessant.

»Auf seinen Geburtstagen ist er wenigstens mal ein Mensch«, schob Konstanze hinterher und wies noch einmal auf Möllinghoff. »Im Büro kann er ziemlich nerven. Er hat einen Kontrollzwang, meiner Meinung nach. Aber man gewöhnt sich ja an alles.«

Die junge Frau lächelte und rauchte. In ihren Augen schwelte etwas Spöttisches, Abwartendes. Sie schien Konstanze zu taxieren.

»Also deine Schuhe!« Konstanze hatte keine Lust mehr, sich zu reglementieren. Sie wollte mit der Frau ins Gespräch kommen, jetzt, sofort, irgendwie, sollte Matthias da hinten seine Mätzchen machen, sollte die Frau sie für eine Quasseltante halten, alles egal, Hauptsache Kontakt. Der Champagner half nicht schlecht. »Es ist mein Traum, mehr als zwei Zentimeter tragen zu können, ehrlich, aber ich schaff's einfach nicht. Letzte Woche war ich in einem Schuhgeschäft und hab versucht, mir welche von den neuen Stiefeletten zu kaufen, die so breit sind vorne und diese viereckigen Absätze haben, du weißt schon, die oben beziehungsweise unten auseinandergehen. Na, ist auch egal, auf jeden Fall mußte die Verkäuferin mich stützen, damit ich es überhaupt ein paar Meter durch den Laden schaffen konnte!«

Konstanze lachte laut, sie wußte nicht, ob ihre Geschichte wirklich lustig gewesen war, aber sie fühlte sich lustig, und sie hatte Lust zu lachen. Die junge Frau drückte ihre Zigarette aus und lachte jetzt auch, ein wirklich nettes, glucksendes kleines Lachen, das sie auf einmal gar nicht mehr wie zweiundzwanzig erscheinen ließ, sondern eher wie achtzehn. Hoffentlich nicht noch jünger. Konstanze spürte, daß sie nur noch ein bißchen weiterreden mußte, bis die Frau auftaute. Also redete sie, was ihr einfiel, über Matthias und sich und die Kunden im Büro. Über die Episode letzte Woche, als ihre Mutter sie in Berlin besucht hatte und gleich am ersten Tag mit dem Auto in einen Lieferwagen voller Gemüse geschlittert war und mit Kohlköpfen auf dem Dach und Auberginen vor der Windschutzscheibe am Maybachufer Ecke Kottbusser Damm unverletzt, aber seelisch völlig erschüttert mit dem gemüseübersäten Auto liegengeblieben war. Die junge Frau rauchte noch mehr Zigaretten, es war nicht ganz ersichtlich, was sie über Konstanzes endloses Reden denken mochte. Aber inzwischen legte sie sogar den Kopf zurück beim Lachen, sie schien wirklich ihr Vergnügen zu haben, bis einer der jungen Männer, mit denen sie gekommen war, sich verwundert umdrehte und fragte, was die Mädels denn da bloß so viel zu lachen hätten.

»Nadja!« rief er. »Haste deinen Lachabend heute, was?«

Der grobe, ungelenke Ton in seiner Stimme und die plötzliche Erkenntnis, daß sie die junge Frau bislang nicht einmal nach ihrem Namen gefragt hatte, ernüchterten Konstanze ein wenig. Sie sollte vielleicht nicht ganz so dick auftragen.

»Nadja«, sagte sie ganz aufrichtig. »Schöner Name.«

»Russisch«, gab Nadja abwesend zurück.

»Russisch? Bist du russisch?« fragte Konstanze erstaunt. »Du sprichst perfekt Deutsch!«

»Ich bin Deutsche, aber in Rußland aufgewachsen. Meine Familie und ich sind hierher gekommen, als ich zehn war.« Es hörte sich nicht an, als ob Nadja viel Lust hätte, das Thema ihrer Herkunft zu vertiefen, aber Konstanze hakte trotzdem nach.

»Nicht leicht, oder? Auf einmal das Land zu wechseln? Warum habt ihr euch dafür entschieden? Ging's nicht mehr zu Hause?«

Nadja zog abwesend die Schultern hoch. »Jetzt bin ich hier zu Hause, mehr oder weniger. Reicht das?«

»Entschuldigung, ich wollte nicht aufdringlich sein. Aber das ist doch auch eine Chance, findest du nicht? Ich meine, du sprichst jetzt mindestens zwei Sprachen perfekt, du könntest – «

»Ja?« Nadja versteckte sich hinter ihrer blonden Strähne und war wieder dazu übergegangen zu lächeln. Ihr Lächeln wirkte ebenso höflich wie abweisend.

»Du könntest als Übersetzerin arbeiten. Was für eine Ausbildung hast du überhaupt?« Konstanze merkte, daß sie sich ein bißchen mütterlich fühlte plötzlich, als hätte sie dieser jungen Frau Vorschläge zu machen, die für ihre Zukunft eventuell von Bedeutung sein könnten. Dabei arbeitete sie nach einem abgebrochenen Studium doch auch nur im Büro, wie Nadja.

»Hast du das gelernt, Versicherungskauffrau? Oder ist das gar kein Versicherungsbüro, in dem du arbeitest?«

In diesem Augenblick ging ein Ruck durch die ganze Tischrunde, zwei Kellner nahten mit großen Tabletts voller Antipasti, ein dritter schleppte Dutzende von Grappas herbei. Möllinghoff sprang auf, sprach einen Toast auf seine versammelten Gäste. Matthias sprang ebenfalls auf, revanchierte sich mit einem Toast auf den Chef, vier Strophen, gereimt. Die ganze Runde sprang auf und ließ Grappagläser aneinanderstoßen.

»Du bist ganz schön neugierig!« rief Nadja und blies sich die Haarsträhne aus dem Gesicht. »Aber ich mag das irgendwie. Die meisten Menschen hier sind ziemlich wenig interessiert an den anderen, finde ich.« Sie legte den Kopf schräg und zog ihre Augen zu zwei Schlitzen zusammen. Konstanze lächelte, ließ ihren Blick einen Moment auf der Kerbe in Nadjas Oberlippe ruhen. Dann stieß sie ihren Grappa an Nadjas, kippte den Schnaps hinunter und fühlte sich innerlich sehr erwärmt.

Gegen halb zwölf dünnte sich die Geburtstagsgesellschaft aus. Selbst Matthias erhob sich schwerfällig und verließ die Runde. Vorher beugte er sich noch an Konstanzes Ohr und flüsterte: »Die Kleine gefällt dir, habe ich recht? Aber irgendwoher kenne ich sie. Woher nur? Sie sieht aus, sie sieht aus wie... jetzt hab ich's: Sie sieht aus wie das Kätzchen, das mir letztens in einem Nachtclub angeboten hat, ich dürfte ihr für hundert Mark die Stunde — «

Konstanze stieß ihm den Ellenbogen in die Rippen, und Matthias sprang lachend Richtung Ausgang.

Möllinghoff trank wie immer unverdrossen weiter. Konstanze setzte ihren ganzen Ehrgeiz daran, Nadja so lange wie möglich in ihrer Nähe zu halten. Sie fragte sich, ob Nadja mit den Männern, mit denen sie gekommen war und die sich als ähnlich trinkfest wie Möllinghoff erwiesen, auch wieder weggehen würde. Einer von ihnen stand allerdings jetzt auf, verabschiedete sich und verließ den Tisch. Es gab also eine Chance.

»Was hieltest du davon«, Konstanze gab ihrer Stimme einen möglichst aufgeweckt-fröhlichen Klang, »was hieltest du davon, wir beide würden noch ein bißchen tanzen gehen? Was meinst du? Wäre das nicht nett? Ich entführe dich hier...«

Konstanze stand auf, zog die Jacke an, die über ihrer Stuhllehne hing.

»Ich entführe sie euch!« rief sie. »Keine Widerrede! Nadja und ich werden jetzt noch ein bißchen das Tanzbein schwingen!«

Die Männer waren zu betrunken, um sich ernsthaft dafür zu interessieren. Sie diskutierten mit schleppenden Zungen über Wechselkurse, und Nadja war ganz offensichtlich echt überrumpelt. Konstanze zog sie am Arm hoch, Nadja ließ sich ziehen, eindeutig verwirrt.

»Meinst du?« fragte sie. »Aber wohin denn nur? Ich... ich muß morgen eine Menge Dinge erledigen, weißt du, ich...«

»Keine Widerrede!« rief Konstanze noch einmal. Der Satz fühlte sich gut an, fest, und gleichzeitig fröhlich. Durchsetzungsfähig. »Komm, du wirst Spaß haben, ganz bestimmt. Nur auf ein Stündchen, dann nimmst du dir auf meine Kosten ein Taxi und fährst nach Hause, in Ordnung?!«

Nadja zog tatsächlich zögernd ihren Mantel an, auch weiß, und doch wieder so ganz anders weiß als alles andere, das sie trug. Sie stöckelte zu ihren beiden verbliebenen Freunden, flüsterte dem einen etwas ins Ohr; er nickte gleichgültig und schaltete sich gleich darauf wieder in die Wechselkursdiskussion ein. Als Konstanze und Nadja Tschüß riefen, reagierten die drei kaum.

Im Taxi fragte Konstanze sich, ob sie wirklich noch bei Verstand war. Sie kannte ausschließlich Frauendiskos, das hieß also Lesbendiskos. Und natürlich hatte Matthias nicht unrecht gehabt, das Mädchen sah nach Halbwelt aus, nicht ganz und gar, aber doch erheblich. Was um alles in der Welt sollte sie mit einer zweiundzwanzigjährigen Hetera, die ihr Geld wer weiß wie verdiente und die in schiefen, weißen, überdimensionierten Stöckelschuhen herumlief, in einer Lesbendisko anfangen? Das Taxi wechselte mit so viel Schwung die Spur, daß ihr Nadja mit einem kleinen Jauchzer entgegenfiel.

»Kennst du diese Straße?« rief Nadja. »Sieh mal, in dem Haus habe ich früher gewohnt!« Sie drehte sich um, stützte sich mit beiden Händen auf Konstanzes Beine und starrte an deren Seite aus dem Fenster auf die triste Gegend, durch die sie fuhren. »Wir waren mindestens zwanzig Kinder in dieser Straße, alles Rußlanddeutsche. Als Kind wollte ich Seiltänzerin werden. Meine beste Freundin und ich haben ein Seil zwischen zwei Straßenschildern gespannt und versucht, darauf entlangzugehen. Meine Freundin hat es dreimal geschafft, ich nie!«

Konstanze hörte Nadjas unschuldiges Lachen, roch das Parfüm und hätte all die Jugendlichkeit am liebsten in ihre Arme gezogen. Oh Gott, sie war nicht mehr nüchtern und Nadja das Süßeste, was ihr in den letzten drei Jahren über den Weg gelaufen war. Dazu diese leise verruchte Ausstrahlung, dieser Hauch von Nachtclub und verbotener Liebe. Wenn sie ehrlich war – sie wollte das schon seit Jahren. Einmal eine Nacht mit einer Frau verbringen, deren Liebe käuflich war. Das war es, was sie reizte. Insofern mußte alles genauso sein, wie es war. Drei Sorten weiß, schiefe Stöckelschuhe, zu dick aufgetragene Wimperntusche, schweres Parfüm – Nadja war perfekt.

»Wir sind da!« sagte Nadja. »Hier ist es doch, oder?«

»Ja«, murmelte Konstanze, öffnete ihr Portemonnaie und zahlte.

Gemeinsam betraten sie die Bar.

Wenn die Atmosphäre Nadja irritierte, so gab sie sich viel Mühe, sich das nicht anmerken zu lassen. Gleich an der Bar knutschen zwei Frauen in Ledermontur, und auch im Hinterzimmer saßen einige der Pärchen in den Sesseln mehr auf- als nebeneinander. Nadja und Konstanze verloren kein Wort darüber, aber Konstanze spürte doch, wie sich eine leichte Anspannung auf Nadja legte. Zunächst jedoch tranken sie weiter, Creme de Cassis, darauf hatte Nadja bestanden. Die Musik war so laut, daß sie sich nur mit Mühe verständigen konnten. Konstanze genoß es, ihren Mund ganz nah an Nadjas Ohr zu senken. Nadja schien mittlerweile wacher als je zuvor, man merkte, daß die Nacht ihr eigentliches Element war. Streckenweise übernahm sie die Gesprächsführung jetzt ganz, erging sich kunstvoll in small talk, wechselte elegant von einem Thema zum nächsten, während Konstanze immer betrunkener wurde. Als ein langsames Lied kam und bis auf zwei eng umschlungene Paare die meisten Frauen die winzige Tanzfläche verließen, stand Nadja formvollendet auf, strich sich den Rock glatt, legte ihre Tasche beiseite, baute sich vor Konstanze auf und streckte ihr die Hand entgegen.

»Oh nein! Nein, nein! Ich bin nicht mehr nüchtern! Du willst doch nicht ernsthaft mit mir tanzen!« rief Konstanze.

»Und ob ich will. Keine Widerrede. Das habe ich heute von dir gelernt. Schöner Spruch. Hilft in allen Lebenslagen.« Nadja lachte und zerrte Konstanze hoch. Gemeinsam gingen sie zur Tanzfläche, das heißt, Konstanze wankte schon ein wenig. Auf den polierten Metallplatten blieb sie etwas unschlüssig vor Nadja stehen. Sollte sie wirklich? Aber Nadja hatte sich offenbar längst entschieden.

»Du kannst dich an mir festhalten, wenn du magst«, sagte sie und legte Konstanze langsam die Hände auf die Hüften.

Konstanze schob sich das Haar aus der Stirn und schüttelte lächelnd den Kopf. Wer wollte hier wen verführen? Vielleicht spürte Nadja, worauf sie hinauswollte, sie war ja nicht dumm, und später würden sie beide... Konstanze weigerte sich weiterzudenken. Es war schön, Nadja beim Tanzen so nah bei sich zu fühlen. Sie legte ihre Hände auf Nadjas Schultern und sie fingen an, sich langsam umeinander zu drehen. Nach ein paar Runden zog Nadja sie noch ein bißchen näher zu sich. Konstanze senkte den Kopf und trieb Nadja entgegen, bis sie den schmalen Mund an ihrer Wange spürte.

»Hast du ein Lieblingslied?« flüsterte Nadja.

Konstanze schüttelte den Kopf. Das hier ist mein Lieblingslied. Es darf nur nicht aufhören, es soll immer weitergehen.

»Weißt du, was mir an dir am besten gefällt?« flüsterte Nadja jetzt. Danach gluckste sie wieder ihr entzückendes Lachen. Konstanze schüttelte den Kopf.

»Ich kann mich nicht entscheiden, aber ich glaube, es ist diese Stelle hier.« Nadja löste ihre Hand von Konstanzes Hüfte und berührte die Haut vor Konstanzes Ohr. »Du hast so einen kleinen Flaum hier, ganz hellblond. Das gefällt mir am besten. Und deine grünen Augen natürlich, aber das brauche ich dir wohl nicht zu sagen.« In diesem Augenblick hörte die Musik auf, Nadja hauchte Konstanze einen Kuß aufs Ohr und zog sie an der Hand wieder zu den Sesseln zurück.

Als sie saßen und Konstanze Nadja dabei zusah, wie sie ihren Creme de Cassis nippte und dabei mit ihrer Haarsträhne halb kämpfte, halb kokettierte, lag ihr eine Frage auf der Zunge. Nadja war so routiniert, so ganz und gar souverän, es war fast etwas einschüchternd. Kontanze streckte die Hand aus und begann, leicht über Nadjas Arm zu streicheln.

»Hast du schon mal... ?« fragte Kontanze leise, ohne Nadja anzusehen.

»Was?«

Konstanze lächelte.

»Du meinst, mit einer Frau?« erriet Nadja. »Ich habe meine beste Freundin geküßt, als wir dreizehn waren. Das war alles.«

»Und?«

Nadja zuckte mit den Schultern. »Sie war meine beste Freundin. Es war nur ein Joke, ein Spaß, nichts weiter.«

»Ich würde dich gern... « Konstanze brach ab. Einen Moment lang sahen sie sich in die Augen. Dann legte Konstanze ihre Hand an Nadjas Wange, zog sie zu sich und küßte sie vorsichtig auf den Mund.

»Alles in Ordnung?« flüsterte sie. Nadja nickte. Konstanze küßte sie noch einmal, eine Spur leidenschaftlicher und fordernder als vorhin. Nadja wehrte sich nicht nur nicht, sondern sank ihr mit geöffnetem Mund entgegen.

»Oh, mein Gott«, flüsterte Konstanze und schloß beide Arme um Nadjas weißen Pullover.

Die Nacht wurde mehr als Konstanze erwartet hatte, viel mehr. Etwas unbeholfen landeten sie in Konstanzes Bett, aber Nadja nahm das Ganze mit Humor, fragte viel, probierte aus, wurde sogar richtig übermütig. Je heller es draußen wurde, umso freier und zufriedener fühlte sich Konstanze. Wie lange war es her, daß sie eine solche Nacht verbracht hatte? So unbeschwert, so verspielt, so ungestüm und zärtlich? Alles schmeckte neu und anders, es kam ihr vor, als steckte Nadja sie mit ihrer Neugier und Abenteuerlust an, und jeder Kuß, jede Berührung wurde aufregend und unerwartet. Je mehr Selbstsicherheit Nadja gewann, um so übermütiger stürzte sie sich in den Liebesakt, irgendwann holte Nadja den Obstkorb aus der Küche, und das Bett verwandelte sich in eine bunte Oase aus glitschigen Weintrauben und zerquetschten Bananen, die sie sich gegenseitig von der Haut lutschten. Erst gegen sieben Uhr schliefen sie erschöpft ein, Arm in Arm, das letzte, woran Konstanze sich erinnern konnte, war der Geruch von Nadjas Haarspray.

»Ich bin glücklich«, murmelte sie.

»Ich auch«, murmelte Nadja.

Eine Polizeisirene weckte sie fünf Stunden später auf. Konstanze erhob sich mühsam aus dem verklebten Bett und kochte Kaffee. Nadja lächelte müde, als sie ihr die Tasse reichte. Konstanze setzte sich neben sie und schob ihr die Haarsträhne aus dem Gesicht.

»Ausgeschlafen?« fragte sie leise. Es war nichts Seltsames an diesem Morgen, nichts Unangenehmes, keine Peinlichkeit.

Nadja schüttelte den Kopf und nippte an ihrem Kaffee. »Nee«, sagte sie. »Kann ich wirklich nicht sagen. Erwartest du das etwa?«

Konstanze schüttelte lächelnd den Kopf.

»Es ist schon mittags. Ich rufe im Büro an und melde mich krank. Am Tag nach Möllinghoffs Geburtstag ist zum Glück alles erlaubt. Was ist mit dir? Mußt du nicht auch los?«

Nadja schwieg eine Weile. »Nachmittags«, sagte sie dann abwesend, während sie das bunte Bild auf der Kaffeetasse betrachtete. »Ich gehe erst nachmittags. Meistens.«

Konstanze nickte und versuchte, ihrer folgenden Frage einen möglichst beiläufigen Klang zu geben. »Wohin gehst du denn dann, nachmittags?« Sie trank einen Schluck Kaffee und wartete ab. Nadja hörte auf, die Tasse zu betrachten, und sah aus dem Fenster. Sie nahm sich Zeit. Konstanze spürte eine Art Anspannung in sich, sie hätte zu gern gewußt, ob es wirklich stimmte.

»Ich arbeite ein paar Abende in der Woche in einem Café«, antwortete Nadja. »Ein ziemlich lauter Schuppen. Touristen vor allem. In Charlottenburg. Am Wochenende arbeite ich für so eine Art... einen Begleitservice. Wir gehen mit den Leuten ins Theater, ins Kino, in einen Club, je nachdem. Das ist ganz locker. Theater, quatschen, Sekt trinken, ein bißchen Konversation machen. Die meisten Typen sind ganz nett eigentlich.«

Konstanze nickte und schlug die Beine übereinander. Von einem Büro war anscheinend nicht mehr die Rede.

»Manchmal wollen die Typen hinterher mit einem ins Bett«, fügte Nadja hinzu, als spürte sie, daß es das war, was Konstanze mehr als alles andere wissen wollte. »Nicht jeder. Von fünf Männern will es einer, würde ich mal sagen. Die meisten sind wirklich ganz zufrieden, wenn sie einen netten Abend mit dir haben und sich ein bißchen ausquatschen können.«

»Und wenn sie es doch wollen?«

»Was? Mit mir schlafen?« Nadja lächelte, blies sich die Strähne aus dem Gesicht. Streckte ihre Hand aus und fing an, Konstanzes Knie zu streicheln. »Kommt drauf an, würde ich sagen. Kommt ganz drauf an.«

»Worauf?«

»Ob er mir gefällt. Ob ich es mir vorstellen kann. Wie ich drauf bin an dem Abend. Wie es so läuft, finanziell und so weiter. Aber ich gehe nicht mit jemandem ins Bett, wenn ich es nicht will.«

Konstanze sah Nadja an, nickte. Der letzte Satz war sehr schnell gekommen. Eine Minute lang schwiegen sie beide. Nadjas Gesicht wurde etwas blasser in dem Schweigen. Nachdenklicher. Trauriger vielleicht. Konstanze betrachtete ihr hellhäutiges Gesicht, das so jung und auf eine ungewöhnliche Art weise aussah, oder lebenserfahren. Ihr Blick glitt über die verletzliche Nacktheit ihrer Brüste, die schmalen Hände, die die Kaffeetasse drehten. Eine Welle der Anteilnahme durchflutete Konstanze plötzlich, es war, als zöge ein Hauch Verlorenheit und Einsamkeit durch das Zimmer. Konstanze nahm Nadja die Kaffeetasse aus den Händen, stellte sie beiseite und zog Nadjas Kopf in ihren Schoß.

»Ich bin froh, daß du bei mir warst«, flüsterte sie, an Nadjas Ohr gebeugt. »Es war eine schöne Nacht, denkst du nicht?«

Nadja nickte stumm. Konstanze strich über ihr Haar und wiegte sie.

»Kann ich dir irgendwie helfen?« fragte sie. »Brauchst du was?«

Nadja umklammerte Konstanzes nackte Knie und antwortete nicht sofort. Dann sagte sie leise: »Ich habe angefangen, einen Spanischkurs zu machen. Ein Freund von mir hat ein Reisebüro, er hat gesagt, ich könnte dort eine Stelle haben, aber ich muß Spanisch können. Sie vermitteln Reisen nach Argentinien und so. Südamerika. Der Kurs hat drei Teile, den ersten habe ich schon gemacht. Der zweite fängt bald an. Aber mein Vermieter hat die Miete erhöht. Total ungerecht, mitten im Jahr. Ich weiß gar nicht, ob er das darf.« Nadja hörte auf. Konstanze wiegte sie weiter.

»Na klar«, sagte sie. »Ich kann dir ein bißchen was geben. Kein Problem, wirklich nicht. Aber wegen der Miete solltest du dich wirklich noch mal erkundigen. Ich glaube, wenn man eine Miete ein- oder zweimal gezahlt hat, dann ist es schwierig, das im nachhinein wieder zurückzunehmen. Wieviel ist es denn?«

»Was? Die Miete? Hundertzwanzig Mark mehr pro Monat, mitten im Jahr, einfach so. Der Spanischkurs kostet vierhundert Mark. Es ist so eine Art Intensivkurs.« Nadja drehte sich, streckte ihre Hand nach den Zigaretten auf dem Nachttisch aus und steckte sich eine an.

Konstanze sah ihr eine Weile beim Rauchen zu. Dann schob sie sanft Nadjas Kopf von ihrem Schoß, stand auf, ging zu der Jacke, die auf dem Boden lag, und zog ihr Portemonnaie aus einer der Jackentaschen. Sie holte zwei Hundertmarkscheine heraus, ging zum Bett zurück und legte die Scheine auf den Nachttisch. Dann steckte sie sich auch eine Zigarette an und ließ sich neben Nadja aufs Bett fallen.

»Alles okay?« fragte Nadja und blies ihr Rauch ins Gesicht.

Konstanze lächelte, beugte sich hinunter und küßte den schmalen Mund. »Ja, klar«, flüsterte sie. »Klar. Alles okay.«

7. Kapitel
Ende Mai

Vera ließ die schwere Eingangstür des Filmarchivs hinter sich zufallen und trat auf die Straße. Es war schon halb neun. Der Asphalt und die Häuser schimmerten bläulich in der einsetzenden Dämmerung, einige Schaufenster waren bereits erleuchtet. Vera schloß das Rad vom Zaun los und band ihre Tasche auf dem Gepäckträger fest. Sie fühlte sich müde, abgekämpft. Der Mai war ein freundlicher, lichter Monat gewesen, aber ihr kam es vor, als hätte dieses Jahr schon zwölf und nicht erst fünf Monate gehabt. Langsam radelte sie den Bürgersteig entlang, in ihren Händen das kühle Lenkrad, in ihrem Kopf kreiste der Tag. Da war das unerfreuliche Frühstück mit ihrer scharfzüngigen Mitbewohnerin Konstanze, die ihr schon um sieben Uhr morgens detailfreudig sexuelle Abenteuer auftischen mußte. Da war der triste Videoladen mit seinen endlosen Schlangen von Menschen und Computerlisten. Und die Unterlagen des Filmarchivs waren da, die sie abends zu sortieren half und die gleichzeitig ihrer Fortbildung dienen sollten. Noch vor dem Frühstück hatte der Postbote zu allem Überfluß drei Ablehnungsbescheide auf Veras Bewerbungen im Briefkasten versenkt. Nicht einmal die ABM-Stelle im Archiv war zustande gekommen, obwohl sie seit Monaten ehrenamtlich aushalf. Sie hatte dort ihre Kontakte ausbauen und sich weiter umhören wollen, hier und da in Gesprächen mit Mitarbeitern des Kunstamtes oder der Senatsverwaltung andeuten, daß sie auf der Suche nach einer festen Stelle war, daß die zusätzlichen Qualifikationen, die sie in den Jahren nach dem Ende ihres Studiums der Literatur- und Theaterwissenschaften erworben hatte, mehr als ausreichten, um sie an einer beliebigen Stelle im Kunst- und Kulturbetrieb kompetent einzusetzen. Vera umklammerte den Fahrradlenker. Qualifikationen, Kompetenzen hin oder her – ihre Aussichten sahen nicht sehr vielversprechend aus. Sie vermied es meistens, über dieses Thema nachzudenken. Sie konnte all das Jammern in ihrem Freundinnenkreis um Zukunft und Arbeit schon lang nicht mehr ertragen. So viel Schwäche und Negativität, nein: Sie glaubte an ihre Fähigkeiten und an ihr Talent, sich etwas aufzubauen, an ihre Ausdauer und Zähigkeit. Nur heute nicht. Heute glaubte sie nicht daran. In die ganz normale Müdigkeit nach einem langen Tag sickerte ein seltsames Gefühl der Erschöpfung, einer grundsätzlichen, tiefen Erschöpfung.

An einer Straßenkreuzung hielt Vera an und sah sich erstaunt um. Sie war gar nicht zur Stadtmitte gefahren, sondern in die umgekehrte Richtung – zum Villenviertel. Da lag der abschüssige, von Holunderbüschen gesäumte Weg zum Seeufer. Im vergangenen Sommer war sie oft nach der Arbeit hierher gefahren. Sie hatte es genossen, nach dem anstrengenden Tag im Archiv noch etwas in der Sonne zu liegen und Zeitung zu lesen. Im See schwimmen mochte sie nicht, man wußte nie, in welchem Zustand das Wasser war, und schon allein die vielen Hunde zu sehen, die am Strand auf und ab liefen, nein, das mußte nicht sein. Im Sommer war es um diese Zeit noch warm und hell gewesen. Jetzt im Frühjahr dagegen lag eine kühle, abendliche Frische über den Straßen. Vera beugte sich vor, legte den Dynamo an das Voderrad, überquerte die Straße und ließ sich den Weg zum See hinunter rollen. Im Licht der Fahrradlampe sahen die Büsche unheimlich aus, wie kleine, winkende Arme. Nach etwa fünf Minuten endete der Weg auf einer großen Wiese. Dahinter lag der See. Vera bemerkte erleichtert, daß sie nicht allein war. Zwei Lagerfeuer brannten, in der Nähe standen einige Zelte. Ein paar Jugendliche schienen hier zu übernachten, obwohl der Sommer eigentlich noch nicht wirklich begonnen hatte. Ob sie obdachlos waren? Vera nahm ihre Tasche vom Gepäckträger, ließ das Rad ins Gras fallen, zog Schuhe und Strümpfe aus und ging langsam zum See hinunter.

Ehrlich gesagt, mir können sie gar nicht jung genug sein.

Konstanzes Stimme. Wie sie gelächelt hatte dabei, so selbstsicher und, ja: irgendwie unanständig. Der ganze Satz, die ganze Situation war unanständig gewesen.

Wie konnte sie so etwas tun? Ein blutjunges Mädchen, das mit drei Männern unterwegs war, mehr oder weniger auf der Straße aufgabeln und mit nach Hause nehmen? Was war daran anders, als wenn ein Mann das mit einer Frau machte? Eine Prostituierte wahrscheinlich, und so jung, mindestens fünfzehn Jahre jünger als Konstanze und möglicherweise drogenabhängig. Nun, vielleicht auch nicht.

Vera stand jetzt am See, unter ihren Schuhsohlen spürte sie die kalte, nackte Erde, hartgetreten von hunderten von Füßen, die jeden

Sommer an dieser Stelle zum Wasser liefen. Sie setzte sich auf einen Baumstumpf, zündete sich eine Zigarette an und blickte über die schwarze Wasserfläche.

Ehrlich gesagt, wenn sie nicht so bereitwillig mitgekommen wäre, hätte ich ihr auch vorher schon Geld angeboten. Oh Gott, die ganze Situation war so absolut heiß und aufgeladen. Dieses blonde, unschuldige, achtzehnjährige Ding und ich. Weißt du, daß ich mir das ausmale, seit ich zwanzig bin? Seit ich diesen hirnrissigen Film mit Lex Barker gesehen habe? Einmal käufliche Liebe, einmal eine Frau dafür bezahlen, daß sie mit mir ins Bett geht!

Und dann Lachen.

Vera spürte den Unmut in sich aufsteigen, der sie immer überkam, wenn sie Konstanze zuhörte. Diese rüde, unangenehm offene Art, sich mitzuteilen. Diese penetrante Lautstärke, mit der sie ihre Ansichten kundtat, ganz egal, ob man sie hören wollte oder nicht. Dieses überdrehte, schrille, aufdringliche Lachen. Diese permanente Selbstgewißheit. Zweifelte Konstanze nie an sich? Hier am See war es ganz still. Vera atmete tief aus. Die Glut ihrer Zigarette zitterte in der Dunkelheit. Sie dachte an Edith und deren Sohn Tommy. Vor sieben Monaten hatten sie sich getrennt, das heißt Vera hatte sich von Edith getrennt. Abends um diese Stunde vermißte sie Edith und Tommy manchmal, das gemeinsame Abendbrot, den Fernsehabend danach, die Friedlichkeit, die sie mit Edith und Tommy verbunden hatte. Friedlich, das Wort paßte so sehr: Edith war ein so friedlicher, ruhiger Mensch, ganz ernst und strebsam und introvertiert, genau wie Vera. Sie hatten wie zwei Schwestern zusammengepaßt.

Vera ließ die Zigarette zu Boden fallen und drückte sie mit dem Schuh aus.

Sie wollte nicht mit ihrer Schwester zusammensein. Das wollte sie nicht. Dahin zog sie nichts zurück.

Aus den Zelten hinten drangen Stimmen, jemand sang ein Lied.

Vera zog ihre Jacke aus und legte sie neben sich.

Wie dunkel das Wasser aussah, beinahe schwarz.

Da war diese Sehnsucht wieder. Entweder sie arbeitete viel, oder sie sehnte sich nach etwas und wußte nicht wonach. Im Sommer hatte sie sich manchmal an den See gestellt und die Menschen um sich her vergessen. Das Wasser hatte den Himmel gespiegelt, und sie hatte auf die zerrissenen Wolken gestarrt und versucht, mit

Gott zu sprechen, wie sie es früher gekonnt hatte, vor Jahren als Kind, bis sie erwachsen und dann lesbisch wurde und Gottes Mannsein zunehmend unerträglich fand. Eine Göttin fand sie nicht weniger befremdlich. Sie hatte versucht, sich mit der Göttin zu befreunden, hatte sich mit feministischer Theologie befaßt und die verschüttete Weiblichkeit Gottes in der Bibel aufgespürt. Am Ende war nur eine Verwirrung und Ernüchterung dabei herausgekommen. Sie wollte weder zu einem Gott noch zu einer Göttin beten.
Vielleicht wollte sie einfach nur beten, egal wohin.
Vielleicht wollte sie einfach nur ergriffen werden, egal wovon.
Ehrlich gesagt, mir können sie gar nicht jung genug sein.
Wie dunkel das Wasser aussah, beinahe schwarz. Ein endloser, schwarzer Spiegel.
Spiegel?
Vera stand auf.
Zog ihre Bluse aus.
Ging zum Rande des Sees, streifte die Schuhe ab und öffnete die Knöpfe ihrer Hose, einen nach dem andern. Langsam rutschte die Hose an ihren Beinen hinunter. Sie zog sie aus und machte einen Schritt nach vorn. Das Wasser war weniger kalt, als sie erwartet hatte. Als sie bis zu den Knien darin stand, hielt sie inne. Ein Augenblick der Wahrheit, dachte sie unvermittelt.
Sie löste ihren Blick vom See und sah an sich hinunter. Immer hatte sie sich kleinere Brüste gewünscht, ihr Körper war schlank, fast dürr, nur diese Brüste quollen unpassend daraus hervor, ein Ausbruch weiblicher Fülle, dessen sie sich immer geschämt hatte. Sie hob die Hand, ihre Finger umfaßten ihre linke Brustwarze, die sich in der Kälte aufgerichtet hatte und hart geworden war. Bilder liefen in schneller Folge hinter ihren Augenlidern entlang. Konstanze mit dem Mädchen in ihrem Zimmer... Konstanzes lautes Stöhnen... das will sie nicht hören... das Mädchen wirft sich über Konstanze, ihre nasse Zunge verschwindet in Konstanzes Mund... ehrlich gesagt, mir war einfach so, ehrlich gesagt, ich hatte nicht die geringe Lust, mir das zu verbieten... Vera hielt ihre Brust umklammert und schloß die Augen.

Es ist Winter, früh dunkel geworden. Um kurz nach sieben schließt Vera mit klammen Händen die Tür auf und ruft einen Gruß.

Wo warst du so lange? Edith steht im Flur und hängt Gardinen auf. Von Tommy ist nichts zu sehen.

Vera zieht ihre Schuhe aus, geht zu Edith und umarmt sie müde. Tut mir leid, sagt sie, es hat sich da etwas verzögert, der Bericht an die Senatsverwaltung.

Möchtest du, daß ich dir den Gemüseauflauf noch mal in die Mikrowelle schiebe? Wir haben dir etwas übrig gelassen.

Nein, Edith. Nein danke, das ist lieb von euch.

Vera läßt sich aufs Sofa fallen, fünf Minuten später sitzt Edith bei ihr und legt ihren Arm um sie. Edith? Edith hat die Augen geschlossen. Vera schließt ihre Augen auch. Ich möchte nichts essen. Ich möchte, daß du mich in eine Situation bringst, der ich mich nicht entziehen kann. Ich möchte mich ergeben und dir zeigen und mit dir teilen, was wirklich in mir ist. Ich bin mir nicht nah, Edith. Niemals. Merkst du das eigentlich nicht? Ich bin mir nicht nah, und dir auch nicht. Wir leben ein glattes, wohlanständiges Leben, alle Oberflächen poliert. Wir versuchen so verdammt hart, uns niemals eine Blöße zu geben. Und wenn wir miteinander schlafen – schon dieses Wort! – wenn wir das Licht ausmachen, dann spüre ich an der Art, wie du dich mir zuwendest und mir einen Gutenachtkuß gibst, daß wir uns anfassen werden. Weil es an der Zeit ist. Weil eine Woche, ein Monat vergangenen ist, oder vielleicht auch, weil du es wirklich willst, ich weiß das nicht einmal. Für dich ist das vielleicht Zärtlichkeit. Du findest dich darin zurecht, aber ich begegne mir nicht. Ich muß Mauern sprengen, Edith. Steine abtragen. Ich muß Wege zurücklegen, Ängste durchmessen und Schrecken hinter mir lassen und all die Oberflächen, das Polierte, das Abgezirkelte und Geordnete und Geregelte. Ich brauche eine, die die Zündschnur anlegt, denn ich will nicht hinter Mauern leben. Ich brauche eine, die weiß – und die mir zeigt, daß sie weiß – wie weit ich gehen muß, um bei ihr anzukommen. Verstehst du das, Edith? Verstehst du irgend etwas von dem, was ich da gerade sage?

Edith hat die Augen noch immer geschlossen. Nicht mehr lange, dann wird sie einschlafen. Wie Vera. Heute war ein langer Tag.

Vera ließ ihre Brust los und blickte wieder auf das Wasser. Jetzt hätte sie sich der Länge nach fallen lassen können. Jetzt hätte sie ihren ganzen Körper in die Schwärze sinken lassen und losschwimmen können, kraulen, tauchen, um tief unten im Wasser vielleicht eine Antwort auf ihre Sehnsucht zu finden.

Statt dessen blieb sie stehen, wo sie war, und schüttelte den Kopf. Über sich selbst, wie lächerlich und steif sie hier herumstand, mit nackten Beinen in einem See mitten im Frühjahr, wo es doch viel zu kalt für alles war.

8. Kapitel
Mitte Juni

Jule sprach eine Entschuldigung auf mein Band, aber ich rief nicht zurück. Sie rief ein zweites Mal an. »Ich mußte plötzlich weg«, sagte sie. »Bitte, heb ab. Ich weiß, daß du zu Hause bist. Laß es mich erklären. Es ist sehr persönlich, ich kann dir das nicht auf dem Anrufbeantworter erklären. Ich *möchte* dir das nicht auf dem Anrufbeantworter erklären. Bitte ruf mich zurück. *Bitte.*« Ich rief nicht zurück. Sie stand abends vor meiner Wohnungstür und klopfte. Ich hielt die Luft an, hoffte, daß sie das Licht unter dem Türspalt nicht sah. Sie klopfte lange, geduldig. Verbissen starrte ich in das Buch, das ich las. Als sie fortging, mußte ich daran denken, wie ich auf dem Balkon ihre Brüste in meinen Händen gehalten hatte.

»Gib ihr eine Chance«, riet mir Gerlinde nach einer Woche. »Hör dir ihre Erklärung doch wenigstens an! Du *weißt* doch nicht, warum sie nicht zurückgekommen ist. Stell dich *doch* nicht immer so gottverdammt dickköpfig an!«

Gerlinde telefonierte von ihrem Büro aus mit mir, sie flüsterte und schrie gleichzeitig, und als sie auflegte, hörte ich sie seufzen. Ja, sie hatte recht. Ich bin dickköpfig. Ich kann das selbst kaum ertragen, diese Starre, diese unendliche Unbeweglichkeit. Jule hatte mich verletzt, das fühlte sich an, als hätte mir jemand eine Metallplatte vor die Brust geheftet und alle Schrauben fest angezogen, und da war ich jetzt. Ich fühlte nichts mehr, außer einem steten, gleichmäßigen Zustrom von Kälte, und etwas anderes wollte ich auch gar nicht fühlen. Ich wollte im Park sitzen und lesen, irgend jemand auf diesem beschissenen Planeten mußte schließlich auch von sich absehen und *begreifen* können, was hier vor sich geht, oder etwa nicht? Es können doch nicht alle einfach so vor sich hinleben, Generation um Generation um Generation, und so tun, als ob alles in Ordnung wäre?! Ich wußte, daß es Gerlinde erleichtert hätte, wenn ich endlich unter die Haube gekommen wäre. In unsere Freundschaft hatte sich nach und nach eine Schieflage eingeschlichen. Gerlinde sah mich auf dünnem Eis und empfand es als ihre Verantwortung, mich wieder aufs Land zurück zu ziehen. Andererseits hatte sie aber auch wenig Zeit, sich um andere Menschen zu kümmern, auch wenn es ihre besten Freundinnen waren.

Jule erwischte mich, als ich aus dem Videoladen auf die Straße trat. Es war halb zwölf nachts, und es nieselte. Ich winkte gerade meiner Kollegin Thea zum Abschied, die sich auf den Heimweg machte, um mit ihrem Schweißbrenner an Skulpturen zu sägen, die niemanden je ernsthaft interessieren würden. Als Thea mit ihrem schweren Schuhwerk abzog, schloß ich die Ladentür und ließ das Gitter herunter. Plötzlich legten sich mir von hinten zwei Hände um den Bauch.

»Nein«, sagte ich und schüttelte den Kopf, ohne mich umzudrehen.

Jule legte ihren Mund an mein Ohr.

»Meine Mutter ist krank«, flüsterte sie. »Ich wollte gerade das Taxi anrufen, da klingelte das Telefon. Meine Mutter war mit dem Notarzt ins Krankenhaus gebracht worden, sie hatte einen vorübergehenden Atemstillstand, ich mußte sofort zu ihr.«

Ich machte ihre Hände los und drehte mich um.

»Das ist ja schrecklich«, murmelte ich erschrocken.

Sie lächelte ernst, zog die Schultern hoch.

»Meine Mutter lebt allein in Berlin, in einem Hotel. Wir haben nur selten miteinander zu tun, sie ist Künstlerin, Komponistin. Ein bißchen verrückt, aber auch grandios und ziemlich berühmt. Mechthild Muldawia, vielleicht hast du den Namen schon mal gehört. Sie ist wahnsinnig exzentrisch, wie sich das für Künstlerinnen gehört. Meistens nehme ich ihre Macken nicht ernst, aber diesmal war es wirklich wichtig. Sie hat offenbar eine seltene Virusinfektion. Inzwischen haben sie das Tropeninstitut eingeschaltet. Die Ärzte sind zuversichtlich, aber ihre Lähmungen sind schon ziemlich bedrohlich. Meine Mutter ist eine grandiose Frau, aber das hilft ihr jetzt leider auch nicht.«

»Du hast ja ganz nasse Haare.« Ich legte meine Hand an ihr

Gesicht, strich über ihre Augenbrauen. Ihre Augen sahen aus wie zwei kühle klare Seen hoch oben in einem Gebirge, selbst jetzt, im matten Licht der Straßenlaterne.

»Willst du mit zu mir kommen? Ich... ich kann dir nicht versprechen, daß ich sofort wieder auftaue, aber ich werde mir alle Mühe geben. Es tut mir leid. Das mit deiner Mutter, meine ich. Und daß ich nicht zurückgerufen habe.«

»Ich bin zu Fuß vom Krankenhaus hierher gekommen«, sagte sie. »Ich habe bei jedem Schritt gedacht, hoffentlich spricht sie mit mir, hoffentlich spricht sie mit mir.«

»Komm mit«, sagte ich. Sie nickte. Als wir die schwarze, regenglänzende Straße hinuntergingen, hätte ich gern meinen Arm um sie gelegt.

»Erwarte nicht zuviel«, erklärte ich, als wir vor meiner Wohnungstür standen. »Ich bin keine Weltmeisterin im Aufräumen und auch nicht in Innendekoration. Die Feng-Shui-Welle ist komplett an meiner Wohnung vorübergegangen, genau genommen... « Ich kam nicht dazu weiterzusprechen. Jule nahm mir den Schlüssel aus der Hand, hob mich mit einer erstaunlichen Leichtigkeit in die Höhe, stieß mit dem Fuß die Tür auf, trug mich hinein und trat die Tür wieder zu.

»Frau!« rief sie, ohne mich wieder zu Boden zu lassen. »Ist dir schon mal aufgefallen, daß du dich fortwährend entschuldigst? Du bis eine einzige wandelnde Entschuldigung! Ist dir das eigentlich klar? Wo ist dein Schlafzimmer? Hier? Nein das ist die Küche. Küche, Klo – was haben wir noch? Abstellkammer. Ahh, hier ist es. Und sooo unaufgeräumt. Ich glaube, ich muß mir das mit uns doch noch einmal überlegen. Was meinst du? Soll ich es mir überlegen?«

»Laß mich runter!»

»Unter einer Bedingung.«

»Was?«

»Keine Entschuldigungen mehr. Für nichts. Für absolut gar nichts. Mindestens 24 Stunden lang. Ich werde das kontrollieren.«

»Du willst 24 Stunden lang bei mir bleiben?«

»Mindestens«, lächelte sie. »*Mindestens.*«

Wir fielen an Ort und Stelle übereinander her, schafften es nicht einmal mehr bis ins Bett, verwandelten uns in ein Gemenge aus Händen, Armen, Zungen, während wir uns auszogen, sie mich, ich sie, ich mich selbst, sie sich selbst.

»Ja, bitte, *bitte* sei gierig«, flüsterte sie und nahm meine Brustwarzen in ihren Mund. »Sei gierig, oh Hilfe, wie ich mich danach gesehnt habe, dich gierig zu sehen! Komm zu mir, leg dich auf mich, bitte, ich brauche dich, jeden Millimeter, ich will nichts mehr zwischen uns haben, gar nichts mehr, du könntest tausend Tonnen wiegen, wirklich wahr, tausend Tonnen, ich würde jedes Gramm davon wollen, jedes einzelne Gramm...«

Sie hörte überhaupt nicht auf zu reden, die ganze Zeit nicht, die Worte und Zärtlichkeiten sprudelten nur so aus ihr hervor, als wäre ein Damm gebrochen und wir müßten nun mit endlosen Kubikmetern Wasser klarkommen. Mich erstaunte ihre ungestüme Rauhheit, sie war viel kräftiger als ich gedacht hatte und zögerte nicht, davon Gebrauch zu machen. Wir stürzten zu Boden, fanden uns an der Wand wieder, fielen erneut zu Boden, mir gingen die Koordinaten meines Zimmers verloren, alles schien an der falschen Stelle, das Fenster stand auf dem Kopf, die Kommode in der verkehrten Ecke. Während Jule nicht aufhören konnte zu reden, wurde ich von dem wilden Bedürfnis erfaßt, sie mit Armen und Beinen so zu umschlingen, daß uns beiden die Luft wegblieb.

»Manchmal, wenn ich abends am Fenster stehe«, flüsterte sie, schob ihre Hände in meine Armbeugen, hob mich zu sich und bedeckte mein Gesicht mit Küssen, »dann sehe ich die Farben da draußen so klar und deutlich, daß ich mir nicht mehr sicher bin, ob ich die Farben so sehe, wie sie wirklich sind, oder ob die Farben und ich eine Art geheimes Abkommen haben, in dem Sinne, daß die Farben mir eine Seite von sich enthüllen, die sie sonst niemandem zeigen, außer mir. Kennst du das Gefühl?« – »N... nein, nein, ich glaube nicht«, stammelte ich, ich hatte keine Ahnung, wovon sie sprach. »Doch, du kennst es«, beharrte sie. »Heute abend, als wir hierhergegangen sind, die Straße war schwarz und naß, schwärzer als schwarz, ganz unglaublich, unwirklich, ganz erstaunlich tief, tief schwarz, so schwarz wie dein Haar und wie deine Augen, in denen man ertrinken könnte, du mußt es gesehen haben! Hast du nicht?« Sie lag auf dem Bauch, ich saß über ihr, eines meiner Knie in der Nässe zwischen ihren Beinen. »Bitte komm zu mir«, flüsterte sie. »Komm zu mir. Sei bei mir. Laß mich nicht länger warten!« Ich legte mich neben sie, drehte sie zu mir, wir lagen Bauch und Bauch, sie tastete nach meiner Hand und legte sie in einem Moment des Innehaltens über ihre Augen. Wir atmeten gleichzeitig ein und aus, eine Insel im Meer, Ruhe, Weite und Wind, unsere Herzen schlugen, der Wecker tickte, draußen schlug der Regen gegen das Fenster. »Komm zu mir«, flüsterte sie, griff nach meiner Hand und schob sie an ihrem Körper entlang ihr Brustbein hinunter über ihren Bauch zwischen ihre Beine. Ich setzte mich auf, küßte sie noch einmal, schloß die Augen, als ich meine Hand tief in ihre Schamlippen tauchte, und dann stieß ich mich in sie. Ja, ich will zu dir kommen, dachte ich. Ich will dich finden, dort drinnen bei dir, ich will bei dir sein, dort drinnen, und bei mir sein, und fühlen, wie du mir unter meinen Stößen entgegentreibst, mit jedem schweren Atemzug ein Stückchen mehr, damit wir uns treffen können, du und ich, damit wir an diesem heiligen, gierigen Ort ineinanderprallen können. Mitten im Orgasmus fing sie an zu weinen, bat mich, nicht aufzuhören, weiterzumachen, sie noch fester zu nehmen, aber dann weinte sie so sehr, daß ich doch aufhörte. Ich zog meine Hand langsam aus ihr heraus, legte sie noch einmal auf all das Nasse, Weiche zwischen ihren Beinen, dann griff ich hinter mich, zog die Bettdecke vom Bett, legte sie über uns, nahm sie fest in die Arme und wiegte sie wie ein Kind.

Sie weinte so lange, daß ich fast anfing, mir Sorgen zu machen. Ich wiegte sie und verliebte mich in ihren Geruch. Sie sprach nicht mehr, bestand nur noch aus Schluchzen und Tränen. Es war ein Moment, in dem man sagen möchte, »ich liebe dich«, einfach weil es so groß und tröstlich klingt. Aber wäre das nicht absurd gewesen? Ganz und gar übereilt und verfrüht, einer flüchtigen postorgasmischen Anwandlung von Weite entsprungen. »Ich liebe dich« – am ersten Abend? Ich hielt ihr die Bettdecke vor die Nase, mit dieser mütterlich-einladenden Geste, die sie sofort verstand. Sie schneuzte in den Bezug, und dann mußten wir beide plötzlich lachen. »Hast du ein Bier?« fragte sie und wischte sich mit der Decke über die Augen. »Jetzt könnte ich ein Bier gebrauchen.« Ich nickte, ließ sie unter der Bettdecke zurück. Als ich mit zwei Flaschen Bier zurückkam, war sie mitsamt Decke ins Bett umgezogen. Ich setzte mich neben sie. Schweigend tranken wir, sahen uns an, senkten den Blick, sahen uns wieder an. Kleine Mädchen.

Ich wußte, daß ich es ihr sagen würde. Bald. Heute nicht, aber nächste Woche vielleicht schon. Oder übernächste Woche. Ich liebe dich. Weil es stimmte. Ich liebte sie, jetzt schon, am ersten Abend. Absurd verfrüht, übereilt, geradezu unentschuldbar schnell. Aber es war so. Ich liebte sie. Die leuchtenden Augen, die wirren Locken, die dunkle Haut, die schwarzen Brustwarzen, daß sie vor dem Orgasmus Reden hielt und danach nur noch weinte. Ich wollte mehr über ihre Mutter wissen, die grandiose, verrückte, viruskranke Komponistin, und über ihren Vater, den Geschäftsmann in den USA. Ich wollte bei ihr sein, wenn sie las oder lachte oder Rad fuhr oder kochte oder Kaffee trank oder gar nichts tat oder mich vergaß. Ich wollte bei ihr sein, wenn der Widerwillen in mir aufstieg, wenn ich meinen Ekel über diese Zeit und ihre Gesetze nur noch in empörten Reden auszudrücken vermochte, oder stammelnd, oder schweigend, in Depressionen ertrinkend, dieser Wunde, die man mir zugefügt hat und die ich mit Absicht offen halte. Ich wollte sie anrufen können, wenn ich mittags um zwölf aufwachte und mir nichts einfiel, nicht ein einziger Grund, warum ich aus dem Bett steigen und den Tag beginnen sollte, welchen Tag, welchen beschissenen Tag denn auch schon?! Ich sehnte mich danach, in ihr einen Grund zu kennen. Und daß ich ein Grund sein könnte für sie. Ein Grund, hier zu sein. Hier und nicht woanders. Hier, und nicht bei den Sternen da draußen, Äonen von Lichtjahren entfernt. Ich wollte bei ihr sein, denn mein Leben hatte auf sie gewartet, und jetzt war sie da.

9. Kapitel
Mitte Juni

»Thea, wenn du es mir dann bitte zeigen könntest!?« – »Klar, bin schon so weit.« Thea rückte die Staffelei ein Stück nach rechts. Sie versuchte, den Pinsel so zu halten, daß die rote Farbe nicht zu Boden tropfte, und trat zur Seite. Gundula trug einen energischen Lufthauch vor sich her. Thea wußte, daß sie keine Zusprache erwarten durfte.

»Die Grundidee«, bemühte sich Gundula, nachdem sie das Bild eine Weile angestarrt hatte, »nicht uninteressant, ich meine, durchaus ausdrucksstark. Ich denke nur...« Gundula wandte sich von dem Bild ab und starrte auf Theas Schuhe. »Hast du eigentlich den Zeichenkurs inzwischen belegt, zu dem ich dir geraten hatte?«

Thea schüttelte stumm den Kopf. Laß es, dachte sie. Laß es einfach. Geh weiter, vergiß mein Bild. Bitte. Hör auf zu sprechen. Aber Gundula, die Meisterschülerin, bestand darauf.

»Der Zeichenkurs ist wichtig, Thea! Du kannst die Aufnahmeprüfung und die Kunsthochschule komplett vergessen, wenn du nicht wenigstens *einen* Zeichenkurs belegst. Ich meine, wozu kommst du in meine Vorbereitungskurse, wenn du die Sache nicht ernst nimmst? Sieh dir dein Bild an. Die Figur da unten rechts. Ich meine, ich will dir nicht zu nahe treten, dein Bild ist wirklich interessant angedacht. Von der Grundidee her. Aber die Figur – da fehlt alles, entschuldige bitte. Jede Linie, jede Konturierung, jedes Gespür für Körperformen. Diese Figur ist einfach da grob in die Ecke geknallt. Bein, Bein, Arm, Arm, Kopf, und damit der Mangel nicht so auffällt, kommt viel rote Farbe obendrauf, und das war's. Das geht so nicht. So etwas nimmt dir in der Prüfungskommission niemand ab, glaub mir das. Du kannst dir die Bewerbungsmappe schenken, wenn du nicht... Bist du nicht überhaupt schon zweimal durchgefallen?«

Laß es, flehte Thea. *Bitte*! Ich stehe gar nicht hier. Ich habe nie angefangen, dieses Bild zu malen. Niemand sieht dieses Bild. Nur ich. Ich stehe in meinem Zimmer am Fenster und male, ganz für mich allein. Ich bin allein. Niemand sieht mich, niemand hört mich, niemand spricht mit mir.

Gundula ging kopfschüttelnd weiter. Thea atmete tief durch. Von ihrem Pinsel troff Farbe in dicken Striemen zu Boden und begann, einen roten See um Theas Stiefel zu bilden. Sie sah an sich hinunter, die schweren Stiefel, die weite, khakigrüne Militärhose, drei Nummern zu groß, der breite Gürtel mit dem Adlerkopf auf der rostigen Schnalle, das bekleckerte Hemd, das halb aus der Hose gerutscht war. Einen Moment lang sah sie sich so, wie Gundula sie sehen mußte: jung, kaum älter als zwanzig, aus dem rasierten Kopf sprossen gerade wieder die ersten Haarstoppel, jedes Kleidungsstück ein Trotz gegen Konventionen, das Gesicht glatt und frisch, doch so verschlossen, daß es immer aussah, als ob sie schlechte Laune hätte. Wie sollte Gundula ihr etwas beibringen? Gundula hatte recht: Ihr war nichts beizubringen. Sie hatte keine Lust, sich etwas beibringen zu lassen. Sie wollte nicht lernen, wie man mit schwarzer Kohle nackte Frauenkörper auf dreißig mal dreißig Zentimeter bannte. Sie wußte genau, wie sie malen wollte, für sie stand das alles längst fest: Bilder, Skulpturen, Performances, Fotografien, Videoinstallationen, sie hätte ohnehin nicht sagen können, wo das eine aufhörte und das andere begann. Ihre Kunst sollte mit dem Leben zu tun haben, mit dem echten Leben, mit dem Lärm und dem Dreck und den Straßen von Berlin und nicht mit den stumpfsinnigen Regeln Gundulas. In den vergangenen Monaten zeichneten sich in ihrem Kopf immer häufiger die Konturen eines Projektes ab, einer Art Performance, die alle Kunststile der vergangenen drei Jahrhunderte miteinander verband. Eine Art offenes Gesamtkunstwerk schwebte ihr vor, von der Grundidee her.

Thea nahm das nasse Bild von der Staffelei, rollte es ein, stopfte es mit all der tropfenden Farbe in ihren Rucksack und verließ grußlos die Fabriketage. Als sie auf der Straße stand und den Kopf in den Nacken legte, überquerte ein Flugzeug den weiten Himmel, in der diesigen Ferne ragte der Funkturm auf. Thea dachte: ein Glück.

Ein Glück, daß es *meinen* Bildern nichts ausmacht, wenn sie naß zusammengerollt werden.

Zu Fuß wanderte sie nach Hause. Sie hatte sich erst letzte Woche ohne Fahrschein erwischen lassen müssen und konnte sich weitere U-Bahnfahrten nicht leisten, weder mit noch ohne Bezahlung. Zu Hause warf sie das nasse Bild und den Rucksack in die Ecke und hörte ihren Anrufbeantworter ab. Auf dem Band war nur eine Nachricht. Maria, ihre neue Kollegin aus dem Videoladen.

»Hallo Thea! Tut mit leid, habe eben vergessen, es dir zu sagen. Kannst du morgen nachmittag meine Schicht übernehmen? Ich hab dich schon eingetragen. Bitte tu mir den Gefallen, das ist wirklich nett von dir! Werd ich dir nicht vergessen, danke!«

Thea stellte den Anrufbeantworter wieder auf Aufnahme und drückte müde auf den Einschaltknopf ihres Computers. Mit einem hohen Pfeifton hängte sich das Modem in die Leitung. Eigentlich hatte sie gar keine Lust auf die Chatline. Spät abends wählte sie sich manchmal ein, wenn sie eigentlich schon ausgepowert war und nur noch ins Bett wollte.

»Hello ladies, tee-tee here«, tippte sie. Ein Sturm von Begrüßungen quoll aus dem Bildschirm, dabei hatte sie sich noch nie unter tee-tee hier eingewählt, der Name war ihr gerade so eingefallen.

»Hi, tee-tee!«, »great to see-see you, tee-tee«, »tee-tee, do you drink a lot of tee?«, und so weiter. Manche tippten auch einfach nur Zeichen wie {{{{ }}}}, das hieß so viel wie 'ich drück dich'. Thea spürte die Müdigkeit in ihrem Nacken. Daß sie morgen arbeiten mußte. Wie konnte ihr Maria einfach ihre Schicht aufdrücken, ohne vorher zu fragen? Sie würde wahrscheinlich mit Vera zusammenarbeiten. Vera war die einzige ihrer Kolleginnen, die sie mochte. Nein, das war unfair: sie mochte auch Maria, obwohl die an Faulheit nicht zu überbieten war, was die Zusammenarbeit mit ihr ziemlich anstrengend machte. Außerdem lächelte Maria, wenn Thea über ihre Kunst sprach. Das verunsicherte Thea, auch wenn sie sich das nie hätte anmerken lassen. Vera lächelte nicht über sie. Vera lächelte überhaupt sehr selten. Statt dessen sprach sie, wenn keine Kunden im Laden waren, leise über Filme, und Thea hörte ihr zu. Vera wußte eine Menge über Filme, sie lebte für Filme und sprach auf eine Weise darüber, versonnen und konzentriert und weiche Teppiche von Fremdwörtern um sich verbreitend, deren bloßer Klang Thea gefiel. Vera hatte Literatur- und Theaterwissenschaften studiert, nach der Doktorarbeit allerdings nie eine Stelle gefunden. Vielleicht war es das, was sie mit dieser in sich gekehrten und um einige Jahre älteren Vera verband: Sie waren beide auf der verzweifelten Suche nach eine Möglichkeit, gleichzeitig Geld verdienen und das machen zu können, wofür sie sich entschieden hatten.

Nachdem die Welle der virtuellen Begrüßungen abgeebbt war, nahm die Unterhaltung in der Chatline wieder ihren Gang, es ging um... Thea konnte nicht richtig erschließen, worum es ging. Meistens ging es hier nicht wirklich um etwas, es war mehr das Gefühl, zeitgleich mit so vielen Lesben auf der ganzen Welt am Computer zu sitzen und Botschaften auszutauschen. Die Müdigkeit kroch Thea vom Nacken in die Wirbelsäule. Das bläuliche Flimmern des Bildschirms wirkte wie Kaffee, es machte nicht wirklich wach, hielt aber die elektrischen Ströme in den Nervenbahnen in Gang. Plötzlich flammte eine rote Zeile auf Theas Bildschirm auf. Das bedeutete, daß eine Frau sich an sie persönlich wandte, an der Chatline vorbei.

»Tee-tee, where do you come from?«, stand da. Hoffentlich kein Mann.

»Germany«, tippte sie etwas einfallslos und fügte rasch hinzu: »But I live in Rome!«

»How interesting! I am from Iceland!»

Thea spürte, wie ihr warm wurde. Sie war müde. Sie hatte schlafen gehen und zuvor kurz in der Chatline vorbeigucken wollen – und jetzt sollte sie hier eine private Konversation überstehen, zumal auf Englisch. Sie wünschte, ihr fiele etwas ein, um das Gespräch abzubrechen.

»Where is that?« fragte sie.

Die Fremde – hoffentlich war es eine Sie – ging darauf nicht weiter ein. »What are you doing and how old are you, tee-tee? Do you have a job?«

Okay, die wollte es nicht anders. »I am twenty-six and a film producer«, hackte Thea leicht genervt in die Tasten. »I organise film festivals. I also give money to artists who want making exhibition and film. I have my own company.« Mehr paßte nicht in die Zeile.

Es dauerte eine Weile, bis die Fremde wieder antwortete. Ob die gleichzeitig noch mit anderen sprach? Das konnte man nie wissen.

»That's great, tee-tee!«

Das war alles. Wie peinlich, wahrscheinlich hatte sie ihr kein Wort geglaubt. »And what do you do? And what is your name?« tippte Thea. Jetzt gar nichts mehr zu schreiben, wäre auch daneben gewesen.

Die Antwort kam sofort. »My name is Brit, and I am twenty-two. I do sports, swimming. I want to take part in the next championship of Iceland. 100 meters and 200 meters, freestyle.«

Auch nicht schlecht. Ob das stimmte? Als Schwimmerin sah sie bestimmt gut aus, schöne, braungebrannte, muskulöse Arme. Aber auch eine Sackgasse, oder? Worüber sollten sich eine Schwimmerin und eine Filmproduzentin jetzt unterhalten?

»Last year we made a film about a woman who does swim«, schrieb Thea zurück. »How hard it is, winning and losing.«

»»Sigh««, antwortete Brit. »Yes, it is very hard. But there's nothing else in my life, really. Swimming is the best. The blue water and how fast my muscles can carry me. It's also a kind of art, don't you think? Oh – I also like beautiful women of course.«

Und dann kam ein zwinkerndes Gesicht: ;-).

»I like also beautiful woman«, schrieb Thea – und ärgerte sich sofort. Über sich selbst. Plumper ging es wirklich nicht mehr.

»Your job sounds most interesting, tee-tee!« schrieb Brit

zurück. »Tell me more about your work, it's really great what you do!«

Daß die gleich so begeistert war. Thea hätte gedacht, die Isländerinnen wären zurückhaltender, von ihrer Natur her. Nun, ihr sollte es heute nacht recht sein, sie konnte etwas Aufbauendes gut gebrauchen. Sie entschloß sich, ihr Kunstprojekt mit der Fremden zu besprechen. Eigentlich erzählte sie selten davon, damit niemand die Idee klauen konnte. Aber Island war schließlich weit weg.

»Do you know the history of the four elements?« fragte Thea und beantwortete ihre Frage gleich selbst: »Some scientist have the theory that it comes because how people bury deads. You can bury the deads in four ways: you can put the body into a river or the sea. You can burn it. You can put it on a hill and the birds take it in the sky. And of course you can put it in the earth. There you have the four elements.«

»The people in China, didn't they have different elements? What were they? Have you ever heard of it?« fragte Brit, was Thea erstaunte. Mit echtem Interesse hatte sie gar nicht gerechnet.

»Yes, they say wood is element, in other country they say iron is element. I like elements because they are simple and deep.«

»Ahhh, tee-tee, that sounds good. I like your work, I really do. By the way – would you prefer writing in German? I speak a little German, you know.«

Prefer? Thea stand auf und holte ihren alten Langenscheidt aus dem Regal. Bevorzugen, vorziehen.

»Ich bin keine Filmemacherin«, schrieb sie zurück. »Ich produziere den Film. Ich entscheide alles, was mit Geld zu tun hat. Meine Firma gibt der Künstlerin das Geld für den Film über die Elemente, weil das Konzept gut und schlüssig ist.« Gut und schlüssig. Wie cool sie sich präsentieren konnte.

»Ich sehe das du bist sehr reich, tee-tee«, schrieb Brit zurück. Anscheinend sprach sie wirklich etwas Deutsch. Aber war das jetzt Ironie oder Anerkennung oder einfach eine Nachfrage? Egal, Thea war mittlerweile richtig gut drauf.

»Ja, meine Eltern haben mehrere Firmen, sie haben mir einen Teil von meinem Erbe schon ausbezahlt, damit ich mich selbständig machen kann. Es war immer mein Plan, Filme zu produzieren.«

»tee-tee, hast du kein Lust Film zu machen auch?« fragte Brit. »Es erscheint zu mir wie ein Schwimmerin das immer andere

Menschen trainiert als selbst auch zu schwimmen.«
Thea lächelte. Brit hatte so recht. »Liebe Brit«, schrieb sie. »wenn meine Firma fest auf dem Markt etabliert ist, werde ich eine Geschäftsführerin einstellen und selbst Kunst und andere Sachen machen. Bis dahin geht es leider nicht anders. Pläne gibt es schon. Ich werde einen dreiteiligen Dokumentarfilm über Beerdigungsriten in der heutigen Zeit machen, außerdem ein Porträt einer unbekannten Bildhauerin. Danach sehen wir weiter.«
Fest etabliert, danach sehen wir weiter – sie konnte ja wirklich auf Geschäftsfrau machen. Es dauerte dieses Mal eine Weile, bis Brit sich wieder zurückmeldete. Die unendlichen Nachrichten der anderen Frauen in der Chatline rollten über den Bildschirm, unverständlich und im Fließbandtempo, bis endlich wieder eine rote Botschaft kam.
»tee-tee, es ist mir sehr verzeihung. Ich bin leider unterbrochen. Kein Zeit mehr. Kannst du mir vergeben? Schreiben wir morgen weiter? Es werde mir sehr freuen, tee-tee. Bye-bye, see you tomorrow!»
Thea schaltete den Computer aus. Auf einmal war es seltsam still im Raum. Sie trat ans Fenster, öffnete es. Ihr war etwas schwindelig, vielleicht weil sie sich so in Fahrt geschrieben hatte, vielleicht aber auch nur aus Müdigkeit. Oben am Himmel flackerten zwei Sterne, klar und deutlich. Irgendwo mußte der Mond scheinen, der Himmel sah so hell aus. Im Hof ging das Tor auf, ein Radfahrer schob sein Rad hinein, schloß es an einem der Kellerfenster an und ging in den Seitenflügel. Dann lag der Hof wieder still da. Wieviel Uhr es wohl war? Bestimmt schon halb eins. Thea schob ein paar Farbtöpfe beiseite und setzte sich müde auf die Fensterbank. Sie fühlte sich ausgelaugt, hohl und leer. Vorhin am Computer hatte es ihr Spaß gemacht, diese Geschichte von der Filmproduzentin zum besten zu geben. Jetzt war nur ein schaler Geschmack übriggeblieben. Sie hatte Brit gar nichts gefragt, dachte sie jetzt. Sie hatte nur von sich selbst geschrieben, lauter Unsinn, von Geld und großen Plänen. Wie die wohl aussah? Island. Thea hatte keine Vorstellung von Island. So ähnlich wie Finnland wahrscheinlich, aber von Finnland hatte sie auch keine Vorstellung. Viele Flüsse und Seen. Wahrscheinlich schwamm die deshalb so viel. Man springt als Kind schon ins Wasser und wächst einfach damit auf. Theas Magen meldete sich, sie hatte Hunger, aber ihr

Kühlschrank war seit Tagen schon leer. Sie schloß die Augen. Sie mußte morgen mit dem Chef des Videoladens reden, damit er endlich das Geld für den letzten Monat überwies. Sie brauchte neue Pigmente, und ihr Schweißbrenner funktionierte auch nicht mehr richtig. Sie hatte einmal in ihrem Leben selbst versucht, den Brenner zu reparieren, und beinahe das Haus in die Luft gesprengt. Ob es am Ende dieser Zeit eine Zukunft geben würde? Oder würde sie fünfundzwanzig oder sogar dreißig werden über diesem Mangel an Geld und Möglichkeiten, bis nichts mehr ging und sie nur eine gefrustete Angestellte in einem Videoladen war, eine von Tausenden, die sich nur noch durchschlagen konnte? Inzwischen machten sogar schon die Videoläden dicht. Thea stand auf, schloß das Fenster, ging müde zur Matratze und warf sich darauf, so wie sie war, mit ihren Knobelbechern, in Hose und Hemd. Sie fing schon an zu träumen, noch bevor sie einschlief. Eine Flamme war da, eine ganze Flammenmauer, bis hoch in den Himmel hinauf. Sie hörte das Lodern und Krachen, das Zischen und Fauchen und die rohe Gewalt, mit der die Flammenzungen sich vorwärts wälzten, eine umbarmherzige, gleißend rote Wand. Nichts konnte sie aufhalten. Gar nichts. Das Feuer bahnte sich einfach seinen Weg, komme was wolle.

10. Kapitel
Ende Juni

»Wenn die Pipeline explodiert! Rauchsäulen über Alaska!« Vera stand im Videoladen, schob Cassette um Cassette über den Counter und hatte Zeit nachzudenken. Die Menschen wollten nicht viel und hatten selten Fragen. Sie legten die Magnetkärtchen hin, auf denen die Nummern der gewünschten Videos eingeprägt waren, Vera suchte die Bänder heraus und machte eine Eintragung im Computer, manchmal sagte jemand danke oder bitte, dann war das nächste Magnetkärtchen an der Reihe. Am frühen Nachmittag fand sie hin und wieder Zeit für eine Tasse Kaffee und eine kurze Unterhaltung mit Thea oder Maria. Beide standen ihr fern und bedeuteten darum keine wesentliche Unterbrechung ihres Gedankenflusses. Thea hatte diese steife Schüchternheit gepaart mit jugendlicher Selbstüberschätzung und war ansonsten viel zu unreif, als daß sie zu Gesprächen, die Vera interessiert hätten, etwas Substantielles beizusteuern gewußt hätte. So zu denken war ein bißchen überheblich, Vera wußte das wohl. Dennoch überfiel sie bei jedem Gespräch mit Thea das dringende Bedürfnis, ihre eigenen Themen auszubreiten. Maria hätte Vera schon eher interessiert, aber die sprach so schnell und so viel, daß Vera sie, bei aller Sympathie, letztlich doch nur an sich vorbeiwirbeln lassen konnte – und sich wundern, wieviele Worte und Gedanken ein Mensch in einer Minute ineinanderschachteln kann.

Die Junisonne schien in den Videoladen. Draußen hasteten die Menschen vorbei, Plastiktüten in den Händen, eine ältere Frau drückte sich seit Stunden neben dem Zeitungskiosk auf der anderen Straßenseite herum und starrte in den Laden. Vera bediente die Computertasten, griff nach dem Band, schob es über den Counter, hob das nächste Magnetkärtchen auf. Kein danke, kein bitte.

Mit wem unterhielt sie sich eigentlich sonst noch? Jenseits der Kolleginnen im Videoladen und jenseits ihrer scharfzüngigen Mitbewohnerin Konstanze, die sich am liebsten über die Unzulänglichkeiten anderer Leute amüsierte? Im Filmarchiv wurde so gut wie gar nicht gesprochen – und sonst? Seit jenem Abend vor einigen Wochen – als sie bis zu den Knien im See gestanden hatte und dann doch nicht schwimmen gegangen war und als sie »ein Augenblick der Wahrheit« gedacht hatte – fühlte sich Vera verlassener als je zuvor seit ihrer Trennung von Edith. Letztes Jahr im Sommer waren Edith und sie noch zusammengewesen. Damals hatte sie noch mit Edith gesprochen, leidenschaftlich und suchend, nah und vertraut und hin und wieder auch schlecht gelaunt.

Vera reichte dem Kunden, einem jungen Mann mit langem Haar und einem sanften Lächeln, seine Kundenkarte zurück und nickte ihm zu. Mein neues Leben hatte freier werden sollen, dachte sie und wandte den Blick wieder von ihm ab.

Statt dessen ist es einsamer geworden.

Sommer. Vergangenes Jahr. Ein Sonntagnachmittag am See. Tommy reißt den Ball an sich und wirft ihn geschickt zwischen Martin und Edith hindurch ins Tor.

»Für deine miesen fünf Jahre bist du ganz schön ausgebufft!« ruft Martin und läßt sich ins Gras fallen.

»Mehr!« ruft Tommy. »Noch ein Spiel! Noch eins, noch eins, noch eins!«

Aber alle Erwachsenen sind müde; er sieht ein, daß er keine Chance hat und rennt Richtung Seeufer.

»Nur bis zu den Knien!« ruft Edith ihm hinterher.

»Laß ihn doch«, brummt Martin. »Er weiß schon, was er vertragen kann und was nicht.«

»Und wenn er noch nicht ganz so reif und vernünftig ist wie sein großartiger Vater? Wie wär's, wenn du dich mal aufraffst und dich zu deinem Sohn begibst? Du weißt doch, wie sehr er sich freut, dich zu sehen!«

Martin verzieht das Gesicht, legt sich lang auf den Rücken und macht die Augen zu. Vera beobachtet ihn unter ihrem Buch hindurch. Er ist fetter geworden in letzter Zeit. Ein paar Jahre noch, und er wird genauso aussehen wie alle Männer um die vierzig, die als leitende Angestellte in der Dienstleistungsbranche tätig sind: etwas aufgedunsen von zu viel Alkohol und ungesundem Essen, nach außen hin über alle Maßen von sich selbst überzeugt, aber in den hochgezogenen Schultern und im zusammengekniffenen Hintern jede Menge Angst. Manchmal fragt Vera sich, warum sie überhaupt so viel Wert darauf legt, beruflich voranzukommen. Die Menschen, denen das gelingt, scheinen größtenteils nicht besonders glücklich damit zu sein. Wie Martin zum Beispiel, oder auch die Chefin des Filmarchivs: so viel Ärger über Kollegen und Arbeitsabläufe, Reibereien um Dutzende von Kleinigkeiten, so viel Gier nach mehr. Mehr Karriere, mehr Einfluß, mehr Geld, mehr Möglichkeiten – und schließlich auch mehr Freizeit. Aber es ist wie ein Sog: Sie weiß, daß eine Karriere oder ein solider Beruf, was immer das bedeuten mag, für nichts wirklich garantiert. Aber ohne die Aussicht, dem Arbeitsamt irgendwann entrinnen zu können, fühlt sie sich trotzdem wie ein trostloses Nichts.

Vera wendet sich wieder ihrem Buch zu und versucht weiterzulesen. Aber es ist schwer, sich in der Julihitze und in dem Lärm runderherum – Kinder, Hunde, aufgeregte Mamis – auf filmtheoretische Texte zu konzentrieren. Sie wäre lieber zu Hause geblieben heute, aber Edith hat es geschafft, sie zu überreden.

Für Edith ist das wichtig: Sie will Martin, der sich drei Jahre nach der Scheidung noch immer weigert zu begreifen, warum sie ihn verlassen hat, beweisen, daß es für sie ein neues Leben gibt. Ein glückliches, lesbisches und trotzdem ernstzunehmendes Leben, mit Vera und Tommy und fast ganz normal.

Vera ist es glücklicherweise gleichgültig, was Martin über sie denkt. Daß er Edith und sie je ernstnehmen wird, kann ohnehin nur Ediths naiver Wunschtraum sein. Männer nehmen Lesben nicht ernst, die meisten jedenfalls. Dennoch bemüht sich Vera um Höflichkeit, warum auch nicht. Sie schafft es bloß selten, ein gemeinsames Gesprächsthema zu finden. Martins lukrativer Job bei einem expandierenden Notreparaturdienst für industrielle Pumpanlagen ist nichts, das sie auch nur entfernt interessiert hätte, und Martin fällt zu Filmen nicht mehr ein, als daß er irgendwann mal gerne Wim Wenders gesehen hatte, wegen der Kameraführung natürlich. Vera schätzt diese Nachmittage wenig, an denen sie beweisen muß, daß sie Teil der besseren neuen Familie ist. Sie tut es Edith zuliebe. Edith ist vorher noch nie mit einer Frau zusammengewesen, sie hat Nachholfbedarf in Punkto Identitätsfestigung, das kann Vera durchaus nachvollziehen. Vera liebt Edith. Sie ist bereit, Ediths Leben in allen Apsekten zu teilen.

Endlich erhebt Martin sich schwerfällig und geht zum See hinunter, um mit Tommy zu spielen.

Edith robbt zu Vera und küßt sie auf den Hals.

»Alles in Ordnung?« fragt sie. Vera nickt.

»Worum geht's denn da?« Vera versucht, das Buch beiseite zu legen, aber Edith greift schon danach und wirft einen Blick auf den Umschlag.

»Die Pornografie-Debatte und der deutsche Film der achtziger Jahre.«

Edith schmunzelt und fängt an, ein paar Sätze laut vorzulesen.

»Bitte!« sagt Vera. »Da sitzen überall Leute.«

Edith legt das Buch ins Gras.

»Heiße Literatur am See lesen, aber wenn ich dich abends anfassen will, dann bist du angeblich müde«, flüstert sie in Veras Ohr und nestelt am Träger ihres Badeanzuges.

Vera dreht den Kopf weg und wünschte, Tommy und Martin wären wieder da.

»Das ist keine heiße Literatur, sondern eine ziemlich nüchterne filmtheoretische Betrachtung. Findest du das hier den passenden Zeitpunkt, ein Gespräch über unsere Sexpraktiken zu führen?«

Veras Stimme klingt ungehalten. So fühlt sie sich auch.

»Und wann ist der passende Zeitpunkt? Welche Sexpraktiken überhaupt?«

Edith schmunzelt, als sie das sagt, aber Vera setzt sich auf, klappt das Buch heftig zu, umklammert ihre Knie und schweigt.

»Sorry, Süße. Verzeih mir«, lenkt Edith ein. »Ich wollte dich nicht ärgern.«

»Du denkst noch an gestern abend?« fragt Vera.

Edith blickt sie zärtlich an. »Ich weiß auch nicht warum«, antwortet sie. »Es ist ja in Ordnung, wenn du mal eine Zeitlang nicht mit mir schlafen willst. Du brauchst mir auch nichts zu erklären. Es ist absolut in Ordnung, wenn du mal müde bist oder mit deinen Gedanken woanders.«

»Ich war nicht müde«, entgegnet Vera. »Ich war auch mit meinen Gedanken nicht woanders. Ich wollte nur mit dir reden.«

»Ja klar. Reden. Finde ich gut. Wir können immer reden, das weißt du doch.«

Hört Edith sich jetzt auch ungehalten an? Vielleicht ist sie immer noch enttäuscht. Edith ginge am liebsten dreimal am Tag mit Vera ins Bett, und in letzter Zeit kommt es immer häufiger vor, daß Vera sich ihr entzieht. Edith umklammert jetzt auch ihre Knie und schweigt, die Augen auf denn See geheftet. So sitzen sie beide nebeneinander in der Sonne.

»Edith, ich kann manchmal nicht mit dir... weil... ich komme nicht klar mit dem, was du von mir willst.«

»Was will ich denn von dir?«

Edith hat ihre Augen noch immer auf den See geheftet. Wenn sie sich doch nur etwas weniger verschließen würde, denkt Vera. Wenn sie doch nur etwas zugänglicher wäre. Aber Vera weiß auch, daß in Wahrheit sie selbst die Unzugängliche ist. Und daß sie Edith keine Chance gibt, etwas zu verstehen.

Sie wird sprechen müssen, mitten in die Verständnislosigkeit hinein, egal wie, egal was daraus werden würde, sie wird ehrlich sein müssen, auch wenn sie gar nicht genau weiß, was das bedeuten soll. Am liebsten nähme sie Ediths Hand und sagte, weißt du was? Laß uns dieses unbeholfene Gespräch vergessen. Komm einfach zu mir, küß mich. Vielleicht hat mich das Buch durcheinander gebracht.

Aber das ist schon vorbei. Ich arbeite zu viel, ich mache mir zu viele Sorgen um meine Zukunft, ich bin schon ganz wirr davon.

Wir sollten mal wieder zwei, drei Wochen raus aus Berlin, ganz allein, ohne Tommy, denkst du nicht?
»Du gibst mir keine Antwort«, sagt Edith.
»Worauf?«
»Was will ich denn von dir? Womit kommst du nicht klar? Du hast doch gesagt, daß du reden möchtest. Also rede mit mir.«
»Jetzt? Hier? Zwischen tausend Leuten?«
»Gestern abend waren wir allein. Du hast gesagt, du wolltest nicht mit mir schlafen, sondern reden, aber dann hast du auch nichts gesagt. Erinnerst du dich? Womit kommst du nicht klar?«
Vera holt tief Luft und sagt dann doch nichts.
Edith wendet ihr den Kopf zu.
»Woran denkst du, wenn du mit dir allein bist? Erzähl es mir.«
Vera beißt sich auf die Unterlippe. Schließt die Augen, schüttelt langsam den Kopf. Nein, denkt sie. Nein. Ich bin gewohnt, mich zu verstecken. Ich lebe gut damit, ich habe mich aufgeteilt, so ist es sicher, so ist es gut. Es gibt ein Außen und ein Innen, ich zeige euch, was ihr sehen wollt, was ihr erträglich findet, ich verstecke mich so tief in mir, daß ich selbst Mühe habe, mich wiederzufinden.
»Ich komme manchmal mit deiner Art von Zärtlichkeit nicht klar. Wenn du so... so sehr... wenn es keinen Raum dafür gibt, was ich gerade will.«
Edith lächelt, schüttelt den Kopf. »Vera, danach habe ich jetzt nicht gefragt!«
Vera senkt den Kopf, lächelt auch. Ediths Hang zum analytischen, geordneten Denken ist nicht leicht auszutricksen.
»Ich sehne mich nach Intensität«, sagt Vera nach einer Weile. »Nach Direktheit vielleicht. Viel Direktheit. Aber erst, wenn ich weiß, daß ich auch gerade will. Verstehst du?«
»Wenn ich allein bin«, sagte Edith jetzt, leise, als spräche sie zu sich selbst, »wenn ich mit mir allein bin, ich meine, wenn ich onaniere, dann stelle ich mir vor, ich würde nach einem Konzert hinter die Bühne zu der Sängerin gehen und an ihre Garderobentür klopfen. Es ist eine langbeinige, wunderschöne Soulsängerin.«
Edith lächelt in sich hinein. »Frag mich nicht, warum sie unbedingt so lange Beine haben muß. Aber so geht diese Phantasie: Ich besuche das Konzert, gucke mir zwei Stunden diese Sängerin an, die sich da oben völlig verausgabt, und danach gehe ich hinter die

Bühne, sie macht die Garderobentür auf. Sie ist immer noch total naßgeschwitzt, ich sehe die Schweißperlen auf ihrer Haut, wir reden einen Moment, trinken ein Glas Sekt auf ihren Auftritt, und dann kommt sie auf einmal auf mich zu, bis sie ganz nah vor mir steht und fängt plötzlich an, mir beide Hände unter den Pulli zu schieben und mich langsam auszuziehen. Wir hören auf zu reden, küssen uns, ich habe keine Ahnung, ob die Tür abgeschlossen ist oder nicht, es ist mir auch egal. Wir sinken langsam auf den Fußboden, drehen uns umeinander, Haut an Haut, ich fühle ihre Hände überall auf mir, ich habe das Gefühl, noch nie zuvor so angefaßt, so geküßt worden zu sein, sie gibt mir nicht einen Moment Ruhe, es ist, als wüßte sie schon alles über mich, als könnte sie jeden Wunsch erraten, noch bevor ich ihn ausgedrückt habe, ihre Hände sind wie...«

Edith hört auf zu sprechen, wendet sich Vera zu. »Und du?« fragt sie. »Woran denkst du, wenn du mit dir allein bist?«

Vera sieht ihr starr in die Augen. Das kann ich nicht, denkt ein Aufruhr in ihr. Das kann ich einfach nicht!

Weder Vera noch Edith noch überhaupt jemand auf der ganzen Wiese hat zuvor eine verdächtige Wolke ausgemacht, als es plötzlich zu regnen beginnt. Buchstäblich aus heiterem Himmel fallen die Tropfen, erst einige wenige, dann mehr und mehr, dann wälzt sich ein schwarzer Wolkenberg hinter dem Waldrand hervor, ein Blitz zuckt, und der Himmel öffnet seine Schleusen. Edith steht auf und ruft nach Martin.

»Hol Tommy aus dem Wasser, schnell. Ich pack die Sachen zusammen!« schreit sie. Vera springt auf und rafft die umherliegenden Bücher und Gegenstände zusammen, doch es hilft nichts – als Martin mit dem Kleinen wieder zurückkommt, ist alles schon völlig durchnäßt. Und dann geht ihnen auch noch auf, daß sie unmöglich drei Fahrräder in Martins Wagen unterbringen können. Schließlich entscheiden sie, daß Martin den Jungen im Auto mit in die Stadt zurücknehmen wird, während Edith und Vera sich irgendwo unterstellen, bis das Schlimmste vorüber ist.

Vera atmet auf, als Martin mit Tommy hinten am Waldweg verschwindet.

Sie steht mit Edith unter einem der Bäume, ein großes Handtuch über den Köpfen aufgespannt. Überall sieht man Menschen, die genauso dastehen, bunte Punkte unter Blätterdächern, die meisten lachen. Der feuchte Waldboden riecht nach Erde und Baumrinde. Edith beugt sich vor und küßt Vera auf den Hals.

»Ich liebe dich«, flüstert sie ihr ins Ohr. Vera lächelt und sagt nichts. Edith wiederholt den Kuß, leidenschaftlicher als zuvor. Vera zieht ein bißchen den Kopf zur Seite.

»Ich bin so froh, daß Martin endlich weg ist. Endlich sind wir allein!« flüstert Edith und fängt an, Veras Hand zu streicheln.

»Wir sind nicht allein«, sagt Vera. Sie kann Ediths harte Brustwarzen unter dem T-Shirt sehen.

Edith legt ihre Lippen auf Veras Hals und lächelt noch immer. Vera weiß, wie Edith lächelt, sie braucht sie nicht einmal zu sehen. Edith kann so lächeln, als wäre sie ganz allein, versunken und irgendwie abwesend und fern. Beim Sex lächelt sie immer so, fast die ganze Zeit über. Am Anfang konnte Vera es kaum glauben, dieses wehe, schiefe Lächeln irritierte sie. Doch dann wurde es Teil dessen, was Vera an Edith liebt, weil sie alles liebt an ihr, einfach alles, bis auf wenige, sehr unwesentliche Kleinigkeiten, wie ihr sinnloses Herumgezerre an Martin und daß sie abends manchmal einschläft, während sie sich unterhalten, mitten im Gespräch, von einem Moment zum nächsten. Und das mit dem Sex, das hat doch mit Liebe nichts zu tun. Das hat es nicht. Es ist so furchtbar banal.

Edith zieht das Handtuch tiefer nach unten, so daß niemand sie mehr beobachten kann, und bedeckt Veras Kinn mit ihren Küssen. Jetzt spürt Vera endlich, daß sich in ihr etwas öffnet, sie breitet dankbar die Arme aus und holt Edith zu sich, so nah, daß ihre Brüste aneinanderstoßen. »Komm!« flüstert sie und zieht Edith hinter den Baum, unter dem sie stehen. Edith läßt sich nur zu gerne ziehen. Das Handtuch hängt noch immer über ihren Köpfen. »Komm noch weiter«, flüstert Vera und drängt Edith hinter einen der Büsche und dann tiefer ins Unterholz. Es ist dunkel hier, dunkel und naß. Von jedem Zweig, den sie berühren, rieseln Wasserschauer auf ihre Gesichter und Schultern. Vera breitet das Handtuch auf dem Boden aus und greift nach Ediths Arm. Es ist verrückt, hier Sex zu haben, hinten am Waldrand stehen noch immer Dutzende von Menschen, aber in diesem Augenblick werden sie beide von dem Wunsch fortgetragen, sich endlich wieder aneinanderzudrängen, sich im Regen und im Schlamm und in der Feuchtigkeit miteinander zu vermischen, bis es zwischen ihnen keine Grenzen mehr gibt.

Ediths Hose steht offen.

Vera hat keine Hose mehr an.

Veras Kopf liegt auf Ediths Brust, sie schmeckt sich selbst und Edith auf ihren Lippen. Sie fühlt, wie Ediths Brustkorb sich mit jedem Atemzug ausdehnt und wieder zusammenzieht.

Müde schließt sie die Augen.

Ich bin glücklich, denkt sie.

»Es hat dir doch gefallen, oder?« fragt Edith.

»Natürlich hat es mir gefallen. Gefallen ist gar kein Ausdruck!« Vera will ihren Kopf wieder auf Ediths Brust legen, aber Edith hält sie fest und sucht ihren Blick.

»Du mußt mir sagen, wenn es dir nicht gefällt«, sagt sie fordernd.

»Aber natürlich. Natürlich sage ich das.«

»Nein«, widerspricht Edith und schüttelt den Kopf, wobei sie immer weiter Veras Kopf festhält, mit beiden Händen wie mit einer Schraubzange.

»Du tust mir weh«, sagt Vera und will ihre Hände abstreifen.

»Manchmal habe ich Angst, du begreifst nicht, wie wertvoll das ist, was wir haben«, bringt Edith vor. Ihre Stimme klingt angespannt.

Vera atmet tief durch, löst Ediths Hände von ihrem Gesicht und setzt sich auf. Nein, denkt sie. Nicht schon wieder. Wir können uns doch nicht jeden Tag verpassen. Wir waren glücklich.

»Ich weiß doch, wie wertvoll das ist«, murmelt sie und spürt, wie die Kälte des Windes und des nassen Waldbodens in ihre Haut eindringt. »Meine Güte, du weißt doch, wie sehr ich dich liebe.«

»Ich weiß überhaupt nichts mehr«, widerspricht Edith erneut und setzt sich ebenfalls auf. »Ich habe das Gefühl, es zählt überhaupt nicht, was ich mir wünsche. Ich bin so froh, daß ich endlich weiß, wie ich liebe, wen ich liebe. Daß ich endlich weiß, daß ich lesbisch bin! Warum kommst du mir nicht ein bißchen entgegen? Warum... warum...«

»Warum was?«

»Warum willst du alles kaputtmachen?!»

»Das will ich doch gar nicht! Das ist doch absurd! Ach, vergiß es doch einfach.«

»Zum Vergessen ist es jetzt ein bißchen spät«, entgegnet Edith kalt, schließt ihre Hose und steht auf.

»Das war auch nicht ernst gemeint«, sagt Vera.

»Warum sagst du es dann?«

Vera sieht sie an, zieht die Schultern hoch. »Nur so«, gibt sie zurück. »Einfach nur so. Was ist jetzt? Wollen wir zum S-Bahnhof fahren?«

Edith anwortet nicht, sondern dreht sich von ihr weg und starrt in den Wald. Vera tritt hinter sie, legt ihre Stirn auf Ediths Rücken.

»Bitte!« flüstert sie. »Nicht so wütend sein. Uns fällt schon was ein, oder nicht? Uns fällt doch immer was ein.«

Ohne sich umzudrehen, schüttelt Edith den Kopf. Dann bückt sie sich, hebt ihren Rucksack und das Handtuch auf, kriecht unter dem Gebüsch hindurch und ist fort. Vera zieht sich ebenfalls an, kriecht hinter ihr her, doch am Waldrand bleibt sie stehen und sieht Edith nach, die weit hinten ihr Rad von Veras Rad losschließt, ihren Rucksack auf den Gepäckträger klemmt, hastig losfährt und schließlich in der Biegung des Waldwegs verschwindet.

Noch jetzt, ein Jahr später, fühlte sich Vera, als hätte Edith ihr damals ein Messer in den Magen gerammt, obgleich das ungerecht war. Edith trug keine Schuld an der Trennung. Genauso wenig wie sie selbst. Niemand trug Schuld daran. Dennoch spürte Vera das Messer in ihrem Magen. Es ist erstaunlich, dachte sie, während sie das nächste Viedoband in die Kasse eintippte. Es ist erstaunlich, daß es manchmal nicht blutet, obwohl der Schmerz so plötzlich und einschneidend ist. Sie machte eine kurze Pause, legte sich die Hände auf den Magen. Hier. An dieser saß das Messer. Genau auf halbem Wege zwischen Bauchnabel und Solar plexus, genau hier, wo der Magen sich gegen die Bauchdecke drückte. Als Kind hatte sie das machmal getan, ein Messer genommen und sich die Haut aufgeritzt, an Stellen, wo niemand es sah, am Arm oder oben auf den Füßen. Sie hatte sich mit dem Taschenmesser ihres Bruders ins Badezimmer gesetzt, auf den Boden vor der Heizung, und in gleichmäßigen Bewegungen solange die Haut entlanggeritzt, bis das Blut hervorgequollen kam. Es schmeckte salzig, das Blut, und nach Eisen. Und nah schmeckte es, nach Wärme und Beisichsein. Damals im letzten Jahr, in jener Stunde, allein im Regen am Waldrand, fiel ihr wieder ein, warum sie als Kind zum Messer gegriffen hatte.

Was soll man auch tun, wenn der Schmerz so übermächtig wird, daß man ihn *sehen* möchte?

Mit viel Willenskraft hatte sie wieder davon abgelassen, sich zu verletzen, während der Pubertät. Andere Mädchen hatten begonnen, sich seltsame Dinge anzutun, aber sie hatte am Ende ihrer Kindheit aufgehört damit. 'Ich muß mich zusammenreißen.' Das war damals eine ihrer Standardformeln geworden, wie ein Mantra, das sie innerlich fortwährend in ihrem Kopf bewegte. 'Ich muß mich zusammenreißen. Ich muß stark sein. Ich darf mich nicht gehenlassen.'

Vera nahm die Hände von ihrem Magen und fing an, den nächsten Kunden zu bedienen. In Gedanken ging sie zurück zu dem Sommerausflug. Sie sah sich selbst da stehen, am Rande der Wiese mit hängenden Armen, das Haar klebte naß an ihrem Kopf. Blaß war ihr Gesicht. Schmal und immer viel zu streng.

Vera hebt die Hände an ihre Wangen, tastet nach ihrer Brille und nimmt sie ab. Dann klappt sie die Brille zusammen und steckt sie in die vordere Hosentasche. Die Wiese verschwimmt vor ihren Augen, aber nur ein bißchen. Eigentlich braucht sie die Brille nicht wirklich, die Gläser sind so schwach, daß es sich kaum lohnt, sie zu tragen. Aber die Brille ist eine Sicherheitslinie zwischen ihr und der Welt, sie schafft eine schützende Barriere. Hinter der Brille kann sie immer denken, was sie will, da redet ihr niemand herein.

'Ich muß mich zusammenreißen.' Der Satz besitzt keine Kraft mehr. 'Ich muß stark sein. Ich darf mich nicht gehenlassen.' Das Mantra löst nichts mehr in ihr aus, veranlaßt sie zu nichts mehr, klingt ausgepreßt, nichtssagend, bedeutungslos. Jahrelang ist das ein Halt gewesen, die letzte Bootsplanke im Meer, nachdem alles andere untergegangen ist. Zusammenreißen, weitermachen, den Tag überstehen, zäh sein, oh ja: Zähigkeit. Mit diesem Wort hat sie ihre komplette Jugend überstanden, all die endlosen Jahre zwischen zwölf und achtzehn. Sich nichts anmerken lassen (was?), nichts fühlen (was denn nur?). Wimperntusche und ein dicker schwarzer Lidstrich und eine Zigarette nach der andern. Manchmal, wenn sie heute die glatten Gesicher der Siebzehnjährigen sieht, diese zurechtgemachten, leeren, weißen Flächen ohne jede sichtbare Emotion – so hat sie auch ausgesehen, sieht sie vielleicht noch immer aus, nur etwas älter. Aus der unnahbaren Glätte, dem Nichtsfühlen, Nichtszeigen, Nichtsanmerkenlassen, sind Falten geworden, schmale, nach unten gezogene Striche rechts und links ihres Mundes. Edith hat sie letzte oder vorletzte Woche gefragt, wovor sie sich denn hat schützen müssen als Kind. Im Gegensatz zu ihr erinnert sich Edith an eine reiche und beglückende Kindheit, viel Streit mit den Eltern und genau so viele Umarmungen. Ediths Teenagerzeit ist mit Partys angefüllt gewesen, Motorradfahrten ins Grüne, Baggerseen und Campingurlauben. Ich weiß es nicht, hat Vera geantwortet. Ich weiß nicht, warum ich so einsam war. Ich weiß nicht, wovor ich Angst hatte. Niemand hat mir je wirklich etwas angetan, ich wüßte nicht was. Ich war einsam, und das kümmerte niemanden, vielleicht hat es damit zu tun. Niemand hat mit mir gestritten, aber es hat mich auch niemand umarmt. Niemand wollte etwas mit meinen Gefühlen zu tun haben, und dann wollte ich das selbst auch nicht mehr. Ich muß mich zusammenreißen. Ich muß stark sein. Ich darf mich nicht gehenlassen. Vera bückt sich und zieht ihre Socken und ihre Schuhe an.

Warum eigentlich nicht?
Was passiert denn, wenn man sich gehenläßt?
Was tritt denn dann zutage?
Der Regen hört auf, hier und da singt wieder ein Vogel. Ein paar Kinder lösen sich aus den Menschengruppen unter den Bäumen und beginnen, auf der Wiese fangen zu spielen. Jetzt bricht sogar die Sonne durch, Regentropfen leuchten im Gras. Vera setzt die Brille auf, verläßt den Waldrand und wandert langsam zum Wasser hin. Ihre Füße sinken mit jedem Schritt tief in die nasse Erde. Als sie am Seeufer steht, ist sie nicht mehr wütend auf Edith. Sie fühlt sich auch nicht mehr allein. Es ist gut so, denkt sie auf einmal. Es ist alles gut. Edith hat recht. Auf ihre Weise, von ihrer Warte aus. Vielleicht weiß ich nicht, wie wertvoll das alles ist, Edith, Tommy, unsere Liebe, vielleicht schätze ich es nicht genug. Es stimmt, daß ich ihr nicht entgegenkomme. Das tue ich nicht. Aber die Kette bricht immer am schwächsten Glied, ist es nicht so? Hier, an dieser Stelle, bricht die Kette meines Lebens. Ich will nicht sein müssen, wie ich nicht bin. Ich will mich nicht länger zusammenreißen. Ich will nicht immer noch stärker und kompromißbereiter sein. Ich bin schon stark genug gewesen. Ich war stark, aber jetzt will ich schwach sein. Ich will mir nachgeben. Ich will meine Wünsche fühlen und sie nicht befragen und nicht an ihrem Recht zweifeln, in mir zu sein. Vera hört die Kinder, die Hunde und den Wind, wie er gierig in die Baumkronen greift. Sie blickt über den See,

nimmt jede Einzelheit in sich auf, so klar wie möglich. Das Boot, die weißen Segel, die Möwen weit hinten, den Waldrand am anderen Ufer. Das ist alles wertvoll. Es gibt nichts, das nicht wertvoll wäre. Alles hat seine eigene Zeit, seinen eigenen Rhythmus. Man kann das nicht gegeneinander aufrechnen, so wie es unmöglich ist, die vielen Filme miteinander zu vergleichen, die ich jeden Monat sehe. Jeder Film beherbergt eine eigene Welt, entfaltet sich nach seinem eigenen Maßstab. Ediths Wünsche sind nicht weniger wertvoll als meine. Aber es gibt eine Grenze, die ich nicht überschreiten kann, und sei diese Grenze auch aus Zärtlichkeiten aufgebaut. Es gibt den einen Ring in der Kette, der einfach nicht mehr hält. Kaputtmachen? Wenn sich das nicht vermeiden ließe – ja, dann würde sie es kaputtmachen.

11. Kapitel
Mitte Juli

Das erste Zeichen, daß mit mir nicht mehr alles so war wie früher, ereilte mich an einem Sonntagmittag. Ich lag im Bett und trank Kaffee, wie jeden Sonntagmittag und wie überhaupt jeden Mittag, und konnte nicht mehr lesen. Ich umklammerte die heiße Tasse mit beiden Händen und heftete meine Augen auf einen Artikel über die Weltbank in der Tageszeitung, ›Le Monde Diplomatique‹, aber nach einigen Minuten mußte ich mir eingestehen, daß ich nichts aufgenommen hatte, nicht eine einzige Zahl. Statt dessen mußte ich fortwährend daran denken, daß Jule am Abend zu mir kommen würde.

Und dann tat ich etwas ganz und gar Außergewöhnliches. Ich legte die Zeitung beiseite. Freiwillig, ohne daß das Telefon geklingelt oder mich der Beginn meiner Arbeit dazu getrieben hätte. Ich stand auf, trank den Kaffee in ein paar großen Schlucken aus und fing an, meine Wohnung aufzuräumen.

Ich wußte, daß es Jule vollkommen gleichgültig war, wie es in meiner Wohnung aussah. Wir beide befanden uns in einem Stadium, in dem wir uns selbst in einem Müllcontainer aufeinandergeworfen hätten. Dennoch überkam mich das Bedürfnis, alle

Fenster aufzureißen, das Radio so hochzudrehen, daß der Lautsprecher schepperte, und klar Schiff zu machen. Mit dem Kleiderschrank fing ich an, mistete Blusen und Hosen aus, die schon vor zehn Jahren unmodern geworden waren. Dann kamen die Regale an die Reihe, die vielen Umzugskisten, die ich mangels anderen Mobiliars zu hohen Türmen aufeinandergestapelt hatte, die Küche, der man nach all den Jahren, die ich in dieser Wohnung lebte, nicht mehr ansah, daß ich nie darin kochte. Gegen halb vier am Nachmittag mußte ich eine Welle der Erschöpfung abwehren, die Wohnung hatte sich selbst für meine Verhältnisse in ein komplettes Chaos verwandelt. Aber sogar das gelang mir erstaunlich leicht – ich putzte einfach weiter, und die Erschöpfung verging. Als Jule klingelte, so gegen halb zehn, war ich halb tot vor Müdigkeit und erkannte meine Wohnung selbst nicht mehr. Ich war dreimal zur allgemeinen illegalen Kiez-Schutthalde am Bahndamm gelaufen, fünfmal zum Mülleimer im Hof, der Altpapiercontainer quoll über von den jahre- und jahrzehntealten Papierbergen und Leitzordnern, die ich, ohne sie noch einmal in Augenschein zu nehmen, dort hineingeworfen hatte. Es roch nach Neutralseife und Scheuerfix, als ich die Tür öffnete und Jule in die Arme schloß.

»Hallo Mädchen«, sagte sie und ließ sich an meine Schulter fallen.

Mit einem Mal war mir die Aktion peinlich, verlegen versuchte ich, Jule von der sauberen Leere in meinem Rücken abzulenken, doch sie lachte nur, umfaßte meine Hüften und tanzte auf den Holzdielen, deren schöne dunkle Maserung wieder sichtbar geworden war, einen Walzer mit mir, bis uns die Socken von den Füßen rutschten.

»M-a-r-i-a!!!« sang sie aus voller Kehle. »M-a-r-i-a!!! Die schö-ö-nste Tä-hä-hä-nzer-i-i-i-n der W-ä-ä-l-t!!!«

Das war alles. Kein Kommentar zu meiner Wohnung. Ich mußte sie gegen die Wand drücken und küssen.

Eine Stunde später saßen wir auf dem Boden, dem offenen Fenster gegenüber, und teilten uns ein Glas Wein. Ein paar Motten umflatterten die Reihe elektrischer Kerzen, die mir als Leselampe dienen.

Unten auf der Straße hörte man Schritte, ab und an fuhr ein Wagen vorbei. Jules Herz schlug unter meinen Händen. Ich hätte ewig hier sitzen können.

Wir waren jetzt seit vier Wochen zusammen und immer noch so gücklich wie am ersten Tag. Vier Wochen sind nicht viel, aber nach sechs Jahren Einsamkeit doch auch eine enorme Umstellung. Wir sahen uns jeden zweiten oder dritten Tag, und die Zeit dazwischen war schwer auszuhalten. Ich wußte nicht, was schwerer auszuhalten war: Jules Abwesenheit, oder die Tatsache, daß es mir nicht leicht fiel, ihre Abwesenheit zu ertragen. Ich wußte inzwischen, daß Jule den Job im Kaufhaus nur zeitweilig machte und eigentlich als Cutterin arbeitete, keine großen Spielfilmjobs, nur bei einer kleinen Produktionsfirma in der Oranienburger Straße Werbespots und Magazinbeiträge schneiden, mit der Hoffnung, eines Tages größere Aufträge zu ergattern. Drei- oder viermal hatte ich bei ihr übernachtet, aber sie wohnte in einer dunklen, seltsam deprimierenden Einzimmerwohnung in Friedrichshain, die wenig zu ihr paßte und auch eigentlich nicht ihr, sondern dem Freund eines Freundes gehörte. Und so hielten wir uns lieber bei mir auf, wo wenigstens die Sonne aufs Unaufgeräumte schien. Ich hatte einmal am Telefon die eigenartig blutleere Stimme ihrer Mutter mitgehört, der es wieder besser zu gehen schien. Jule hatte gegen mein Lauschen lachend protestiert. Und einmal hatte ich sie dabei beobachtet, wie sie versuchte, ohne Hefe ein Brot zu backen. Ich wußte, oder glaubte zu wissen, daß es nicht möglich war, Jule wütend oder auch nur ungehalten oder ungeduldig zu machen, es ging einfach nicht. Wenn Jule etwas störte, dann schaltete sie einfach auf stur, lachte nur oder zog sich in ihre blauen Augen zurück und ignorierte mich. Ich wußte auch, daß es vor mir eine Frau gegeben hatte, die nicht ganz unwichtig gewesen war. Sie hieß Yoko, ihre Eltern stammten aus Japan. Yoko war vorbei, zum Glück. Jetzt war ich an der Reihe.

»Morgen muß ich ganz früh zur Arbeit«, unterbrach sie die Stille. »Sabine war heute da, weißt du, diese junge Regisseurin. Sie wird vielleicht ein Feature für's ZDF machen. Sie möchte mich dafür engagieren. Ich soll Tonassistenz machen und es für sie schneiden, daß heißt, wenn sie den Auftrag bekommt.«

Ich drehte mich zu ihr um, eine Welle des Stolzes überflutete mich.

»Aber das ist ja wunderbar!« rief ich. »Wann erfährst du, ob es klappt?«

»Morgen«, lächelte sie verlegen. »Deswegen muß ich ja so früh hin. Sabine will gleich loslegen, das ganze Konzept, Drehtermine und so, steht im Grunde schon. Wir wollen morgen gleich anfangen, die Details zu planen, wenn der Redakteur grünes Licht gibt.«

Ich küßte ihre schiefe Nase. »Wenn es nicht klappt, lade ich dich in das teuerste Restaurant in meiner Straße ein«, flüsterte ich. »Und du weißt, daß ich kein Geld habe. Es darf also nichts schief gehen, klar?!«

Sie schloß die Augen. »Das teuerste Restaurant in deiner Straße ist der indische Imbiß an der Ecke«, murmelte sie. »Das Gemüse-Subji kostet fünf Mark fünzig.«

»Trotzdem«, sagte ich, drehte mich um und lehnte meinen Rücken an ihre Brust. Es tat gut, in ihren Armen zu liegen, sie hatte so etwas Bodenständiges, Beruhigendes an sich. Von draußen her wehte die kühle Nachtluft ins Zimmer. Vom Holzboden stieg noch immer der Geruch von Putzmitteln auf.

»Ich habe darüber nachgedacht, ob ich nicht... ich meine...«
»Ja?«
»Ich würde gern einen Kurs machen, in Porträtfotografie, oder überhaupt, Menschen fotografieren, von nahem, von weitem«, sagte ich. »Ich weiß nicht genau, wohin mich das bringt und ob es mich irgendwohin bringt, aber... ich habe in den letzten Tagen ein paarmal gedacht, das wäre etwas, das mich wirklich interessieren würde.«
»Warum?«
»Weil... weil es... man würde sich mit den Leuten genau beschäftigen, ich meine, Zeit mit ihnen verbringen und verstehen, wer sie sind und wie sie sich sehen und wie ich sie sehe.«
»Du würdest den Menschen nahekommen und sie gleichzeitig auf Distanz halten, nicht wahr?«

Ich mußte lächeln. Sie hatte den Nagel auf den Kopf getroffen.

»Du weißt zu viel über mich«, gab ich zurück. »Nach nur vier Wochen. Vielleicht sollte ich Angst vor dir haben?«

Sie beugte sich ein bißchen vor und schloß die Arme enger um mich. »Angst? Vor mir? Nein«, sagte sie langsam und schüttelte den Kopf. »Nein, nein. Du brauchst vor mir keine Angst zu haben. Es ist nicht schlimm, was die Menschen sehen können, wenn sie in uns hineingucken. Das ist doch alles sowieso da, ob es jemand sieht oder nicht, das macht doch keinen Unterschied. Schlimm ist nur, wenn man Angst vor sich selber hat.«

»Angst vor sich selber?«

»Ja. Und du hast Angst vor dir.«

»Und warum habe ich das?« Mir wurde mulmig, wie immer, wenn jemand sich in mich bohrte. Ich wollte weglaufen, oder mich verschließen, aus mir selbst verschwinden. Meine Haut kühlte ab, alles um mich herum und in mir drinnen wurde mit einem Mal drei Grad kälter. Aber Jule blieb ganz ruhig. Ihre Arme lagen über meinen Schultern, fest und behutsam, als wäre gar nichts dabei, so zu reden, so offen, so direkt, so genau dorthin, wo die Wunden klaffen. Gerlinde hätte ich an diesem Punkt bei Androhung schwerer Strafen das Weitersprechen verboten, aber bei Jule war das anders. Es muß wohl so gewesen sein, daß ich ihr sehr vertraute.

»Du hast Angst vor dir, weil du dich vor deinem eigenen Urteil fürchtest. Alle Menschen, die überheblich sind, haben Probleme damit, ihre Selbstachtung zu bewahren.«

»Du findest mich überheblich?«

»Ich finde alle Menschen überheblich, die keinen Respekt für sich selber haben. Es macht keinen Unterschied, ob man andere Menschen verachtet oder sich selbst. Ich kann da keinen Unterschied entdecken. Es kommt alles aus der Arroganz, das denke ich. Jemand, der sich selbst verachtet, muß sich vorher aufteilen – und in dir gibt es eine, die ist nichts wert, und die andere sitzt oben auf ihrem hohen Roß.«

»Und warum sagst du nicht, ich hätte wenig Selbstachtung? Warum sagst du es anders herum? Daß ich arrogant bin? Das ist ein ziemlicher Brocken, oder?«

»Es ist egal, wie herum man es sagt«, entgegnete sie ruhig. »Ich sage es so herum, weil das mit dem mangelnden Respekt für dich – ich glaube, das sagst du dir selbst oft genug. Manchmal kommt man so nicht weiter.«

»Wie?«

Sie küßte meinen Nacken. »Du weißt schon, was ich meine«, sagte sie. Ich versuchte, mich ihr zu entwinden. Dann atmete ich tief durch und gab meinen Widerstand auf. Schloß die Augen und legte meine Hände auf ihre Arme.

»Ja. Ich weiß, was du meinst«, gab ich leise zurück. »Mit Selbstmitleid kommt man nicht weiter. Glaubst du, ich wüßte das nicht? Aber es ist stark, wie ein Sog, wie eine Sucht, es hält mich manchmal völlig gefangen, tagelang. Manchmal kommt es mir vor, als wäre da drinnen ein kleines Kind, ein paar Monate alt – nicht älter. Das ist nicht sehr originell, aber es ist trotzdem ein übermächtiges Gefühl. Das Kind ist nur ein paar Monate alt. Und es schreit. Es schreit, weißt du. Es schreit und schreit und schreit. Und wenn ich das höre, will ich da hin, irgendwie, ich will bei diesem Kind sein und es beschützen, aber ich weiß gar nicht, wie ich das machen soll!«

»Du machst es doch schon«, sagte sie sanft. »Du beschützt dich, sehr gut. All die Jahre hast du dich beschützt. Du bist dir ein gutes Zuhause, glaube ich.«

Ich merkte plötzlich, wie mir der Boden wegbrach. Ich – mir ein gutes Zuhause? Nein. Nein, nein, nein! Jule hielt mich, als meine Arme und Beine zu zittern begannen.

»Sag das nicht«, stammelte ich. »Sag das doch nicht. Ich kann das nicht, ich will das nicht! Sag das nie wieder!«

Am nächsten Morgen lag ich wach, nachdem sie die Wohnung verlassen hatte. Es war erst kurz nach sieben, eine Uhrzeit, zu der ich normalerweise sofort wieder eingeschlafen wäre. Doch ich konnte nicht mehr schlafen, vielleicht wollte ich auch nicht. Ich legte die Hand neben mich und fühlte noch immer Jules Wärme in den Laken, ich vermißte sie, sehnte mich nach ihr, schon wieder, nur zehn Minuten, nachdem sie sich etwas Wasser ins Gesicht gesprenkelt, mehr schlecht als recht ihre Locken zusammengebunden hatte und aufgeregt aus dem Haus gelaufen war.

Ich stand auf und ging in die Küche, um Kaffee zu kochen. Während das Wasser durch die Maschine lief, versuchte ich, in ein paar Zeitschriften zu lesen, aber ich konnte mich nicht konzentrieren. Die Aussicht auf ein größeres Filmprojekt regte mich mindestens so auf wie Jule. Sie wünschte sich so sehr, zeigen zu können, was an Ideen und Kreativität in ihr steckte, und vielleicht erhielt sie heute endlich eine Gelegenheit dazu. Die Tonassistenz eröffnete ihr zusätzlich noch die Möglichkeit, bei den gesamten Dreharbeiten dabeizusein. Denn eigentlich träumte sie selbst davon, eines Tages Filme zu machen, Buch und Regie und Schnitt, alles nach ihren eigenen Ideen. Sie sagte das nicht so offen, vielleicht um den Gedanken nicht zu zerreden, ich konnte es jedoch heraushören aus der Art, wie sie manchmal über ihre Zukunft sprach. Ich hatte Jule gebeten, mich anzurufen, wenn es paßte, irgendwann gegen Mittag, und mir zu erzählen, ob etwas werden würde aus dem Projekt mit der Regisseurin. Doch als das Telefon endlich klingelte, war nur Gerlinde am anderen Ende. Sie saß in ihrem Auto und telefonierte vom Handy aus.

»Ich muß gerade noch bei der Druckerei vorbei!« rief sie mit ihrer Geschäftsfrauenstimme ins Telefon. »Laß uns danach ein Stück Kuchen essen gehen, ja?«

Ich zögerte, sagte dann aber zu – es war albern, hier zu sitzen und auf den Anruf einer Frau zu warten, die vor vier Wochen in mein Leben geschneit war und auch gut ohne mich zurechtkam.

»Sieht so aus, als kämst du nicht ohne sie zurecht«, kommentierte Gerlinde lächelnd, als wir in der Auguststraße in einem Hinterhofcafé saßen und Eisschokolade schlürften. Ich zog die Schultern hoch und konzentrierte mich auf meinen Strohhalm. Es wäre sinnlos gewesen, irgend etwas abzustreiten – ich war so verliebt, ich war nicht mehr zu retten, meinen verzückten Zustand trug ich wie ein großes Schild vor mir her: Seht nur, hier ist eine, die wacht früh auf und kann abends nicht schlafen, sie hat schon Ränder unter den Augen, ihre Füße berühren tagsüber den Boden nicht mehr, und nachts träumt sie von der Liebe, aber keiner fernen, sondern von der hier, von dieser, dieser, dieser Frau.

»Was mir am besten an ihr gefällt ist, glaube ich, daß sie so lebendig ist«, sagte ich.

»Ach«, sagte Gerlinde.

»Ja, sie hat eine unglaubliche Energie, aber sie ist nicht nervig damit, also sie zwingt mich nicht, ständig auf demselben Level mit ihr zu sein oder so, es ist völlig in Ordnung, zum Beispiel, wenn ich manchmal sehr viel Zeit brauche, bis ich antworten kann oder sprechen kann – du weißt, daß ich manchmal lange nachdenken muß, bevor mir klar ist, was ich eigentlich genau denke, und damit ist sie unglaublich geduldig, finde ich.«

»Tatsächlich?« fragte Gerlinde.

»Ja, und sie findet das sogar gut, das sagt sie jedenfalls. Es gefällt ihr, daß wir so verschieden sind. Wir sind auch ziemlich verschieden. Andererseits auch wieder nicht, also in so wesentlichen Punkten, und ehrlich gesagt ist es für mich auch nicht ganz unwichtig, daß sie ziemlich, wie soll ich sagen? Also daß sie sehr weiblich im Bett ist, ich finde das sehr, nun ja, aufregend.«

»Wirklich wahr?« fragte Gerlinde.

Und da mußten wir beide laut lachen.

Nach dem Eisessen entschied ich mich, noch mutiger zu sein, als ich es bislang gewesen war. Ich würde die paar Ecken weit laufen und Jule in der Oranienburger Straße abholen, einfach so, und weil sie mir mehrmals ans Herz gelegt hatte, nicht zu zögern, wenn ich etwas von ihr brauchte oder haben wollte. Heute brauchte ich es, ihr nah zu sein. Ich wollte sie umarmen, wenn sie sich freute oder wenn sie traurig war.

Die Produktionsfirma hieß »filmbuero«, klein geschrieben und ohne ü. Man mußte über zwei Hinterhöfe und dann in den dritten Stock laufen. Jule hatte den Namen ein paarmal nebenbei erwähnt, die genaue Adresse hatte ich im Telefonbuch gefunden. Im Hausflur roch es nach Holz und frischer Farbe, offenbar war gerade alles neu renoviert worden. Aufstrebende junge Unternehmen hatten sich hier niedergelassen; beim Treppensteigen las ich die Türschilder – ein Landschaftsplanungsbüro, eine Architektengemeinschaft, eine Beratungsfirma für baubiologische Fragen. Im dritten Stock stand es dann: »filmbuero«. Ich klingelte, eine junge Frau mit modischer Brigitte-Bardot-Frisur öffnete die Tür. Sie sah etwas mißgelaunt aus. Ich fragte nach Jule, aber die junge Frau zuckte nur mit den Schultern und bat mich einzutreten. An der Rezeption ließ sie mich stehen und verschwand mit x-beinigem Gang und stöckeligen Schritten in den Tiefen der Büroräume. Nach einer Weile kam sie mit einem schwarz gekleideten Mann wieder, der ganz enorm nach meinen Vorstellungen vom Filmgeschäft aussah.

»Sie will zu einer... wie hieß sie noch?« fragte die junge Frau.

»Jule Meissner«, sagte ich. »Sie arbeitet hier als Cutterin. Ich dachte... wenn sie noch zu tun hat, komme ich später noch einmal wieder. Ich dachte, ich könnte sie vielleicht einen Augenblick sprechen. Ein paar Minuten nur.«

Der Mann sah mich schweigend an, und ich bereute auf einmal, hierher gekommen zu sein. Was für eine dumme Idee. Jule würde mich wahrscheinlich dafür verabscheuen, ungebeten in ihre Arbeitswelt eingedrungen zu sein. Am besten wäre es, wenn ich mich einfach umdrehte und wieder verschwand. Ich überlegte, wie ich es schaffen konnte, direkt nach der Begrüßung den Rückzug anzutreten, da sagte der Mann ganz freundlich und etwas erstaunt:

»Jule Meissner? Eine Jule Meissner arbeitet nicht hier. Es würde mich wundern, wenn sie überhaupt bei einer der Produktionsfirmen hier in Berlin-Mitte oder im Osten arbeiten würde. Ich kenne das Geschäft eigentlich sehr genau, aber Jule Meissner ist mir kein Begriff.«

12. Kapitel
Mitte Juli

Der Raum war von tiefblauem, fast schwarzem Licht erfüllt. Eine Tür, sie war zuvor kaum sichtbar gewesen, öffnete sich, und eine junge Frau trat auf die Bühne. Sie trug das Haar kurzgeschoren; durch die schwarzen Stoppeln hindurch konnte man auf ihren Schädel blicken. Ein helles Gewand floß ihr bis zu den Knien und gab den Blick auf ihre nackten Waden und Füße frei, die in dem blauen Licht seltsam bleich und blutleer aussahen.

Bis auf das leise Surren der Ventilatoren, die kaum Erleichterung in den stickigen, von verbrauchter Sommerluft erfüllten Raum brachten, und bis auf ein Räuspern hier und da war kein Laut zu hören.

Die Schauspielerin bewegte sich mit langsamen Schritten nach vorn zum Rand der Bühne hin. Giovanna beobachtete sie gespannt. Bis jetzt war das Stück flach und nichtssagend gewesen; die aufgeregte Fingerübung überambitionierter Schauspielschüler, die sich an Antigone versuchten, obgleich sie ganz offensichtlich kaum mehr als die Oberfläche dieses Stücks begriffen hatten und das Drama infolgedessen an ihrer eigenen Oberfläche abprallte, beziehungsweise an der Oberfläche des Publikums, und das nennt so etwas Langeweile.

Diese junge Frau da vorne vermochte es jedoch, das Publikum in ihren Bann zu ziehen, durch die Art, wie sie ging: konzentriert, doch ohne ihre Konzentration zur Schau zu stellen, langsam und unprätentiös. Sie tänzelte nicht, und sie balancierte nicht, und sie schritt nicht, und sie wandelte nicht. Sie ging.

Giovanna starrte auf die bleichen Füße, die Schritt um Schritt nach vorne taten. *Gehen.* Einen Fuß vor den anderen setzen. Den Boden spüren. Mit jedem Schritt darauf vertrauen, daß da vorne noch etwas ist, ein weiteres Stück Boden, auf das man sich fallen lassen könnte mit allem Gewicht, das dem Leben eigen ist. Denn es hat doch Gewicht, das Leben, es ist schwer, das Fleisch, mit dem wir geboren werden, ohne das wir nicht existieren können, es wiegt etwas, und unser Leben verzeiht es uns nicht, wenn das Fleisch versagt, es hängt an diesem Fleisch, diesen ganz banalen Pfunden von Haut und Eingeweiden.

Jahrelang habe ich in meinem Kopf gelebt, dachte Giovanna, in meinem Kopf und in Büchern, Filmen, Geschichten und Ideen. Nichts kam mir näher oder wurde mir lebendiger als das kunstvolle Aneinanderfügen von Überlegungen und Zitaten. Es bedeutete mir so viel, das Denkbare und das schon Gedachte zu erkunden. Und jetzt?

Ich wünschte, morgen und übermorgen und überübermorgen einfach nur weitergehen zu können, wie die junge Frau da vorne, immer weiter gehen, Boden spüren, Schritte tun, Gebrauch machen können von meinen Sehnen und Knochen und Knorpeln und Muskelfasern und all dem Fleisch, das ich bin. Die junge Frau hatte den Rand der Bühne erreicht und blieb stehen. Sie hob den Kopf – und auf einmal kam es Giovanna vor, als blickten sie sich an, nur sie beide, Giovanna und die Schauspielerin, als verbände sie etwas, ganz grundsätzlich und tief.

Drehten nicht einige Zuschauer jetzt die Köpfe und blickten Giovanna ebenfalls an, neugierig, wer sich da in den Publikumsreihen verbarg und was jetzt weiter passieren würde?

Giovanna merkte, wie ihr Herz schneller schlug, sie griff nach Ettas Hand. Doch es war nicht Ettas Hand, die sie halten wollte. Sie wollte etwas halten, irgend etwas, und etwas sollte sie halten, damit sie weitergehen konnten. Bitte, laß uns weitergehen, flüsterte Giovanna.

Die Schauspielerin sah sie noch immer an, eine Mischung aus Mitgefühl und Trauer auf dem Gesicht. Und dann lächelte sie plötzlich, machte, ohne den Blick abzuwenden, einen weiteren Schritt – und stürzte in die Leere vor ihren Füßen.

Sie blieb liegen. Regte sich nicht. Als zwei junge Männer, offenbar technisches Personal, hinter der Bühne hervorkamen und zu ihr hinliefen, wurde das Publikum unruhig. Die jungen Männer sahen ernsthaft besorgt aus, und wer wollte sich die Blöße geben und nichtstuend sitzenbleiben, wenn dort unten womöglich eine Verletzte lag? Andererseits konnte es ja wohl kaum sein, daß eine

Schauspielerin sich absichtlich vom Bühnenrand stürzte.

Etta beugte sich zu Giovanna und stellte die unvermeidliche Frage: »Was meinst du«, flüsterte Etta, »haben sie das so eingeplant oder nicht?«

Giovanna nahm ihre Hand, drückte sie, schüttelte den Kopf. Sie hatte das Gefühl, in einem taghellen Raum zu sitzen, und eine Klinge bohrte sich in ihren Kopf und stäche mitten durch ihren Körper. Der Schnitt schmerzte, aber er traf sie auch dort, wo sie getroffen werden wollte, mußte.

»Ich habe keine Ahnung«, antwortete sie mit belegter Stimme.

Ein Mann in der zweiten Reihe gab sich jetzt einen Ruck und ging zögernd ebenfalls nach vorn. Er zog ein Handy aus dem Jakkett und fragte, ob er jemanden zur Hilfe rufen solle. Doch als er das Telefon einschaltete, kam wieder Leben in die Schauspielerin. Das Publikum reckte neugierig die Köpfe. Die Schauspielerin drückte sich mit den Armen hoch, gab dem Mann ein Zeichen, daß er sein Telefon wieder einpacken solle. Dann stand sie, gestützt von den beiden Technikern, auf und humpelte hinter die Bühne. Zwei Minuten lang geschah gar nichts, außer daß der Vorhang vor die Bühne gezogen und helles Licht im Zuschauerraum eingeschaltet wurde.

Bald ging das Licht wieder aus. Der Vorhang schob sich zur Seite, und das Stück nahm seinen Fortgang, ebenso langweilig, wie es, von der seltsamen Unterbrechung abgesehen, zuvor begonnen hatte. Die Schauspielerin kam nur noch einmal zum Einsatz, kurz vor Ende des Stückes. Als sie auf die Bühne trat, piff einer der Zuschauer und rief laut »Pfui!«. Ein paar Menschen klatschten zustimmend; zwei, drei andere riefen »Ruhe!« und »Unverschämtheit!«

Die Schauspielerin ließ sich von keiner dieser Reaktionen beirren. Sie humpelte über die Bühne und sprach unterkühlt und abwesend ihren Text. Giovanna sah, daß ihr linkes Bein deutlich geschwollen war und sich unter der Haut ein dunkler, großer Bluterguß bildete. Giovanna fühlte sich schuldig.

Eine dreiviertel Stunde später saß sie mit Etta in einem Restaurant am Spreeufer, so hatten sie es sich vorgenommen. Dabei wäre Giovanna jetzt lieber allein gewesen, wäre an diesem Juliabend gern allein am Ufer entlang durch die Dunkelheit gelaufen.

Der Befund stand seit Wochen schon fest, und er bestätigte, was

Giovanna von Anfang an sicher gewußt hatte, seit der Knoten erstmals fremd und hart wie eine Kugel in der Brust unter ihren Fingern aufgetaucht war. Er war bösartig. Aber er wuchs nicht, und das beruhigte sie.

Wenn der Knoten nicht wuchs, war es nicht unvernünftig, mit der Operation zu warten, auch wenn ihre Ärztin diese Auffassung nicht teilte. Je schneller, desto besser, drängte die Ärztin, und erklärte ihr das Ausbreitungsverhalten von Brustkrebs. Aber ich bin keine Statistik, wandte Giovanna ein. Ich bin keine Kurve in einem Diagramm. Ich brauche Zeit, um nachzudenken. Ich nehme mir mein Recht auf Zeit.

Giovanna besuchte die Ärztin regelmäßig, um sich über den aktuellen Stand unterrichten zu lassen. Sie betrat das Sprechzimmer, verbat sich Belehrungen, mit aller Autorität, die sie sich im Laufe ihrer Karriere zugelegt hatte, sah der Ärztin zu, wie sie mißbilligend den Kopf schüttelte, die Brüste abtastete, ihre Geräte daraufgte. Und Giovanna saß wie eine Fremde in ihrem eigenen, nackten Körper und hörte, was die Ärztin zu berichten hatte.

Es erstaunte sie selbst, wie wenig Gefühl sie zu dem Knoten hatte. Manchmal, nach dem Duschen, tastete sich ihre Hand wie nebenbei zur rechten Brust vor und befühlte das Ding darin, das da hockte und sie bedrohte und nicht wuchs und schwieg. Es schwieg.

Es wuchs nicht. Es war nicht unvernünftig, mit der Operation zu warten. Es war nicht unvernünftig, Etta nichts zu erzählen, bis sie die Dissertation fertig geschrieben hatten. Der Knoten wuchs nicht, und Giovannas Angst war nicht explodiert. Die Angst war überhaupt nicht aufgetaucht. Statt dessen war eine kühle Fremdheit sich selbst gegenüber in sie eingezogen.

Giovanna löste den Blick vom Wasser und sah ihre Freundin an, die die Speisekarte studierte, wie immer vor lauter Lust auf alles, was dort angeboten wurde, so unentschieden, daß der Kellner sich bemüßigt fühlte, ihr gute Ratschläge zu geben, die sie dankbar mit ihm durchdiskutierte.

Giovanna lächelte. Etta war ein so lebensfroher, lebenszugewandter, sinnlicher Mensch.

Etta hatte nie Schwierigkeiten, sich irgendwo zu Hause und zugehörig zu fühlen; wo immer sie mit ihrem breitbeinigen Gang und ihrer lauten, freundlichen Art auftauchte – so offensichtlich lesbisch, daß auch dem rückschrittlichsten Kellner und der konservativsten Verkäuferin ein Licht aufgehen mußte -, nahm sie die Leute für sich ein, einfach, weil sie so viel Freundlichkeit und Wohlwollen ausstrahlte. Etta trug das Zu-Hause-Sein in sich, und deswegen brauchte sie eigentlich nichts als sich selbst – was paradoxerweise dazu führte, daß sie mehr nahe und innige Freundschaften pflegte als jeder Mensch, den Giovanna sonst noch kannte.

Giovanna wußte manchmal selbst nicht, warum Etta überhaupt mit ihr zusammen war und sogar mit ihr zusammen wohnte. Sie führten eine Ehe, mit allem, was dazugehörte: Alltag, Küchenabwasch, lange Abende, Sonntagmorgene, Spaziergänge, Reden und Schweigen und inneres Zugewandtsein, viel davon.

Auch Treue, das hatte Giovanna sich so gewünscht: Ich möchte mich auf dich verlassen können, hatte sie gesagt. Mein Mann war mir ständig untreu, und ich weiß, daß ich das nicht ertragen kann. Das hat nichts mit Moral zu tun, ich halte es einfach nicht aus.

Etta, zuvor nicht gerade ein Ausbund an Beständigkeit, hatte sich dazu bereit erklärt vor sechs Jahren. Zu allem: der Treue, dem gemeinsamen Wohnen, der Ehe – und sie hatte gelernt, es zu schätzen. Dennoch überkam Giovanna bisweilen eine Unsicherheit, trotz der Treue und trotz des Zusammenwohnens.

Was wollte Etta, die freundliche, füllige, breitbeinige, laute, lebensfrohe Etta, die ihre Promotion über »Verschiebungen in der schriftlichen und bildlichen Darstellung des tierisches Sexualaktes in der Biologie des achtzehnten Jahrhunderts« schrieb – und ihr Schreibtischleben laut lachend und bar jeder Ernsthaftigkeit mit großformatigen Stichen von Eselsschwänzen und Einhornpaarungen beglückte – was wollte diese Etta mit einer Freundin, die vor lauter Intellektualität schon ganz dünn geworden war, die sich an klugen Gedanken festhielt, als gäbe es sonst keinen Halt auf der Welt, die ihre Sonntagabende am liebsten auf Konzerten junger Nachwuchssolisten verbrachte und die niemals tanzte, außer hin und wieder und nach mehrmaliger Aufforderung einen Foxtrott?

»Ich habe dich ausgesucht«, entgegnete Etta schlicht, wenn Giovanna ihr solche Unsicherheiten mitteilte. Und dann lachte sie laut, was so viel hieß wie: 'Ich weiß, daß ich nichts daran ändern kann, daß du permanent an dir zweifelst, aber es ist dennoch ganz und gar überflüssig.'

Ich habe dich ausgesucht. Das hörte sich schlicht an, es hieß aber auch so viel wie: Allein die Tatsache, daß *ich* dich erwählt habe, macht dich besonders. Das Besondere an dir ist, daß du von mir ausgesucht wurdest.

Aber vielleicht, dachte Giovanna, ist es ja tatsächlich das, was unsere Beziehung wach und spannend hält: Etta war so lebendig und so fest im Leben verankert und auf eine solch selbstverständliche, unarrogante Weise von sich überzeugt, daß Giovanna gut und gerne mit davon lebendig sein konnte. Jedenfalls war das sechs Jahre lang so gewesen.

Während sie auf das Essen warteten – Etta hatte sich nach der ausführlichen Diskussion mit dem Kellner für Kalbfleisch mit Kartoffeln und Estragonsoße entschieden, wohingegen Giovanna, wie es ihre Gewohnheit war, wenig Hunger verspürte und eigentlich nur Weißwein trinken wollte – kamen sie noch einmal auf das Theaterstück zu sprechen.

»Ich weiß nicht«, murmelte Etta, drehte das Bierglas in ihren Händen und schüttelte den Kopf. »Ich glaube, das ist der Grund, warum ich so selten ins Theater gehe. Diese Provokationen, damit kann ich nichts anfangen. Warum läßt sie sich da so fallen? Kann sie nicht wenigstens vorher abrollen oder hinfallen üben? Was soll das? Und wir sitzen dumm da und wissen nicht, was wir tun sollen. Diese Art, das Publikum, die Leute fühlen zu lassen, wie dumm oder beschränkt oder verklemmt sie sind – dabei sind die Schauspieler auf der Bühne wahrscheinlich genauso dumm und beschränkt und verklemmt. Das sehe ich nicht ein. Ich habe einfach keine Lust dazu, mich derart vorführen zu lassen – was nicht heißen soll, daß ich dir nie wieder erlauben werde, mich ins Theater zu zerren!«

Etta lachte herzlich und beugte sich über den Tisch, um Giovannas Hand hochzuheben und zu küssen. Es machte ihr nie etwas aus, wenn die Leute merkten, daß sie lesbisch waren, im Gegensatz zu Giovanna, die, auch wenn sie damit bei Etta wenig Chancen hatte, Wert auf etwas legte, das man gerne als altmodische Zurückhaltung bezeichnen mochte.

Aber Giovanna stand dazu – ihr paßte es schließlich auch nicht, wenn die Studenten mitten im Vorlesungssaal anfingen herumzuknutschen, hetero oder homo oder wie auch immer. Die Mißachtung des öffentlichen Raums und die Penetranz zur Schau gestellter Intimität gehörten zu ihren Lieblingsthemen, wenn sie bei einem

Vortrag ins Abschweifen geriet.

»Ich glaube gar nicht, daß das zum Stück gehört hat«, erwiderte Giovanna und entwand Etta ihre Hand. »Sie hat sich das in dem Moment plötzlich so überlegt, oder besser gesagt, sie wußte, als sie auf die Bühne gekommen ist, selbst nicht, daß sie da über den Rand hinaus weitergehen würde.«

»Aber was soll das dann? Es hat nicht zum Stück gepaßt, es hat keinen Sinn gemacht, gar nichts. Dann kann ich nur sagen, sie sollte entweder von der Regie eins auf den Deckel kriegen oder sich mal in psychologische Behandlung begeben! Hast du ihr Bein gesehen? Mein Gott, sie hätte sich alle Gräten brechen können!« Etta polterte jetzt; wer sie nicht kannte, hätte denken können, sie sei wütend, aber das war sie nicht. Etta war selten wütend, immer nur sehr laut.

»Doch, es hat zum Stück gepaßt«, widersprach Giovanna und ließ ihren Blick die schwarze Kante zwischen Kaimauer und Wasseroberfläche entlangwandern. »Es hat mehr zum Stück gepaßt als alles andere vorher. Sie wollte nicht stehenbleiben. Sie wollte zeigen, wie das aussieht, wenn man sich nicht aufhalten läßt. Sie ist *weitergegangen*, weißt du.«

»Aber da war doch gar nichts. Da war nichts zum Weitergehen!«

»Ja. Eben. Das ist es doch gerade. Da war *nichts*. Sie ist dahin gegangen, wo nichts mehr ist. Sogar... sogar von dieser Leere hat sie sich nicht aufhalten lassen. Es hat sie nichts mehr beschützt, und trotzdem ist sie weitergegangen.« Giovanna griff schnell nach ihrem Wein.

»Gesund sah das jedenfalls nicht aus«, befand Etta, bodenständig wie immer. »Und überhaupt – sie hat doch gar nicht die Rolle der Antigone gespielt.«

»Nein, das hat sie nicht«, gestand Giovanna ein. »Vielleicht hätte sie einfach gern. Es war wie ein Kommentar oder so, ein Kommentar zur Rolle Antigones. Die Regie *war* miserabel, vielleicht wollte sie einfach im Alleingang – ach, ich rate doch auch nur.«

Giovanna unterbrach sich.

Sie wußte nicht, ob sie Etta erzählen sollte, wie sie sich gerade fühlte, oder ob es besser wäre, auf einen ehrlicheren Moment zu warten.

Einen Moment, an dem nichts mehr zwischen ihnen stand.

Keine Geheimnisse. Kein Sichverstecken.

»Hattest du auch den Eindruck, sie sieht mich an?« fragte Giovanna leise.

»Wann?«

»Als sie zum Bühnenrand gegangen ist. Hattest du das Gefühl, sie guckt zu mir hin? Mir ging das so. Es kam mir vor, als guckte sie mir direkt in die Augen, und wir...«

Etta zog halb befremdet, halb belustigt die Augenbrauen hoch. »Ja?«

Es wurde allmählich dunkel und auch etwas kühl. Ein Ausflugdampfer zog mit hell erleuchteten Fenstern vorbei, Wortfetzen und Musik wehten über das Wasser. Giovanna zog die dünne Strickjakke enger um ihre Schultern und rief sich das Bild noch einmal vor Augen: die junge Frau in dem hellen Gewand, mit weit ausgebreiteten Armen ins Leere schreitend – jetzt wußte sie es: Wie eine Priesterin hatte sie ausgesehen.

»Du weißt, daß ich nicht sehr esoterisch bin«, sagte Giovanna, bemüht, ihrer Stimme einen nüchternen Klang zu geben. »Aber es kam mir wirklich so vor, als wäre da eine Verbindung gewesen zwischen dieser Schauspielerin und mir... etwas ohne Worte, als ob ich sie richtig über diesen Rand *gezogen*... ach, vergiß es einfach. Da kommt das Essen. Du bist schon halb verhungert, habe ich recht?«

Natürlich hatte sie recht. Etta war, obwohl sie viel und häufig aß, meistens halb verhungert. Als Etta genüßlich die Kartoffeln mit der Estragonsoße zu vermengen begann, sagte Giovanna plötzlich:

»Laß uns in Urlaub fahren.«

Etta ließ erstaunt die Gabel sinken. »Bitte? *Was* willst du?«

»Mit dir in Urlaub fahren. Diesen Sommer. Oder Herbst. Wenn deine Dissertation fertig ist. Zum Feiern oder so. Das muß doch gefeiert werden. Du weißt, daß das Geld kein Problem ist.«

»Du meinst, *du* hast Zeit, mit *mir* in Urlaub zu fahren? Du hast seit Jahren keine Zeit dafür gehabt! Ich habe schon gar nicht mehr damit gerechnet, daß wir überhaupt noch jemals zusammen in Urlaub fahren würden.« Etta lachte, sie sah nicht, wie Giovanna unter diesem Satz zusammenzuckte.

»Ich habe auch keine Zeit. Aber ich dachte, versuchen könnte ich es doch wenigstens, ich meine, mir etwas Zeit freizuschaufeln, zwei oder drei Wochen oder so. Oder vier, wenn ich es schaffe, mich aus den Zwischenprüfungen ein bißchen auszuklinken.«

»*Vier* Wochen? Wohin willst du fahren, vier Wochen lang? Du hältst es, entschuldige bitte, doch nicht mal eine Woche ohne deinen Computer aus.«

»Ich dachte an Südfrankreich.«

»Oh, Baby...« Etta legte ihr Besteck beiseite, stand auf, ging um den Tisch herum, ließ sich neben Giovanna in die Hocke sinken und legte beide Hände auf Giovannas dünne Knie. »Oh, Baby, wie bist du denn auf *die* Idee gekommen? Ich bin überwältigt. Wirklich. Ich weiß gar nicht, was ich sagen soll.«

Giovanna lächelte unsicher. Sie hatte keinen Wein mehr, an dem sie nippen konnte, deswegen war sie Ettas Blick fluchtlos ausgesetzt.

Etta sah wirklich überwältigt aus. Wie gut das tat, sie so zu sehen, so nah, so innig. Nach Südfrankreich waren sie vor sechs Jahren zusammen gefahren, es war ihr erster großer gemeinsamer Urlaub gewesen, in einem Wohnmobil, hemmungslos romantisch und wunderschön. Etta hatte den Urlaub manchmal herbeizitiert, sozusagen als Zeugen dafür, wie beglückend es sein konnte, zusammen in Urlaub zu fahren. Vorsichtig hatte sie das getan, am Anfang ihrer Auseinandersetzungen um Zeit und Arbeit und Prioritäten. Dann hatte sie wieder aufgehört damit, und Giovanna hatte gewußt warum: Weil sie die Erinnerung nicht gefährden wollte, weil der Urlaub wie etwas Heiliges war, das sie, nur um eines argumentativen Vorteils willen, nicht einmal im Streit antasten mochte.

»Ich liebe dich«, sagte Giovanna leise.

Etta nickte und ließ ihren Kopf auf Giovannas Knie sinken.

Giovanna legte ihr die Hand aufs Haar. Hinten am Kai plätscherte das Wasser gegen den Beton. Sie hätte jetzt gern ein paar Sterne gesehen, aber da oben war nicht mal der Mond. Nur die Laserstrahlen der Technischen Universität irrten über den Himmel, wie jede Nacht, als suchten sie etwas, das sie niemals finden würden.

13. Kapitel
Mitte Juli

Etta kannte die Fremde inzwischen so gut, daß sie ihr vertrauter schien als viele andere Menschen. An ihrem Schreibtisch saß sie nun nicht mehr jeden Tag von morgens bis abends, sondern an manchen Tag nur noch ein oder zwei Stunden. Sie bemühte sich darum, in diesen zwei Stunden mehr zustande zu bringen als sonst an ganzen Tagen, was ihr mitunter sogar gelang.

Dann starrte sie nicht mehr aus dem Fenster auf den Parkplatz, sondern beeilte sich, das, was sie las, sogleich mit anderen Worten ihrer Doktorarbeit einzuverleiben.

Und dann verließ sie ihre Wohnung, um, in einiger Entfernung, vor dem Haus der Fremden darauf zu warten, daß die aus der Tür trat, auf ihr Rad stieg und zur Arbeit oder woandershin fuhr. Auch vor dem Videoladen, in dem sie offenbar ihr Geld verdiente, saß Etta und wartete auf die Mittagspause der anderen, auf ihren Feierabend, darauf, daß sie noch ein wenig durch die Straßen lief oder fuhr und sie ihr folgen konnte.

Das Warten war nicht langweilig, es hatte einen Sinn und ein Ziel, es würde früher oder später immer beantwortet werden, wenn die Fremde aus der Tür trat und sich von einem zu einem anderen Ort begab. Während sie wartete, konnte Etta das Straßenleben genießen. Sie lächelte Kindern zu, streichelte Hunde, warf den Tauben Brotkrumen hin.

Dann wieder schaute sie durchs Fenster des Videoladens, beobachtete die Fremde und lernte ihre Kolleginnen kennen, sah zu, wie die Frauen lachten und Kaffee tranken und mit den Stunden immer müder wurden. Etta drängte nichts, sie starb nicht vor Neugier, sie sehnte sich nicht danach, die Fremde kennenzulernen. Es reizte sie, in das Leben einer anderen einzutauchen, ohne daß diese davon wußte. Es reizte sie herauszubekommen, was unter der zur Schau gestellten Klarheit der Frau rumorte, was vor sich ging hinter der randlosen Brille.

Und es gefiel Etta, Giovanna zu betrügen, ohne sie zu betrügen. Sie hatte nichts zu gestehen. Sie war weder verliebt noch faßte sie jemand anderes auf unbotmäßige Weise an. Sie lief einer hinterher, aber wirklich nur das, im allerwörtlichsten Sinne. Sie brach aus, ohne auszubrechen. Sie folgte einer Frau auf ihren Wegen, lernte Straßen und Orte kennen, an denen sie nie zuvor gewesen war, lief über Plätze, ging einkaufen in Geschäften, von deren Angebot sie nichts brauchte, betrat mitten am Tag mit der Fremden ein Kino und sah sich arabische Filme in Originalfassung an, stand vor Zahnarzt- und Gynäkologiepraxen, die nichts mit ihr zu tun hatten und nun auf einmal doch.

Sie führte ein anderes Leben, nicht indem sie ein anderes Leben führte, das sie hätte gestehen müssen, weil man in der Ehe nicht ohne Erlaubnis das eigene Leben verändern darf, sondern indem sie sich ein anderes Leben lieh. Sie war eine Freigängerin geworden.

Einmal, noch ganz am Anfang des Beobachtungsprojektes, war die Frau nach dem Besuch des Filmarchivs in Berlin-Dahlem, in das sie sich jeden zweiten Abend begab, an einen See gefahren. Es war schon dunkel gewesen. Sie hatte sich ausgezogen, war splitternackt ans Ufer des Sees getreten und dann doch nicht losgeschwommen.

Etta hatte sich im Dunkel der Büsche versteckt gehalten und gehört, wie die Frau da draußen am See leise weinte. Ein berührender Augenblick der Intimität. Sie wäre gern über die Wiese gelaufen und hätte die Frau mit der mütterlichen Kraft, die ihr eigen war, in die Arme genommen und getröstet. Seitdem war die andere nicht mehr irgendeine Fremde, sondern ihre Fremde. Die einzige Fremde auf der Welt, der sie folgen wollte.

Manchmal, wenn Etta am Ende eines Nachmittags oder Abends nach Hause zurückkehrte, die Fremde ihrem Leben überließ und ihren eigenen Lebensfaden wieder aufnahm, fühlte sie sich allein, auch etwas schal und traurig, was sie schnell verbarg, sobald sie zu Hause die Wohnungstür aufschloß.

Sie hätte gern mit ihrer Freundin über diese seltsame Erfahrung gesprochen. Sie hätte gern zu erklären versucht, warum sie das tat. Giovannas Rat hätte ihr möglicherweise gutgetan, und es hätte sie interessiert, sich selbst dabei zuzuhören, wie sie das, was hier vor sich ging, zu erläutern versuchte. Weißt du, was Pheromone sind? Es sind Duftstoffe, du kannst dich nicht dagegen wehren. Sie dringen dir in die Nase, sie riechen nicht einmal nach etwas – und dann bist du ausgeliefert. Es hat mit dem Tier in uns zu tun, mit dem Stammhirn, mit unserer Herkunft aus den Tiefen der Evolution. Es bedeutet nicht, daß wir nicht auch ernsthaft sein könnten, nicht auch treu und verläßlich, wir schaffen Zivilisation und Kultur und können sogar zu zweit zusammenleben, jahrzehntelang. Das tun wir ja auch, du und ich, und wir sind dabei sogar ziemlich glücklich. Aber dieses Tier da drinnen will auch leben. Nein. Es lebt. Es hält seine eigenen Gesetze aufrecht, ob es uns paßt oder nicht. Doch Etta wußte, daß sich das verbat.

Für Giovanna hätte es primitiv geklungen, sie konnte nichts anfangen mit Stammhirnen und Evolution. Für ihre Freundin gab es nur die Welt der Literatur und Musik und dann lange nichts und dann eine vorsichtige, gleichmäßige Begegnung der Körper. Dabei hatte der Schmetterling nichts damit zu tun, wissenschaftsgläubig oder biologistisch zu sein.

Er flatterte da drinnen, das war alles. Er schlug mit den Flügeln und wollte dem Kästchen entfliehen, in das er eingesperrt war. Er war ein Teil von Etta, nur ein Teil, aber doch eben sehr lebendig, so war das.

Wenn Etta neben Giovanna saß und ihre Gedanken versteckte und sich darauf verließ, stets glücklich zu wirken, überfiel sie nicht selten ein schlechtes Gewissen.

Auf einmal schienen ihr Schmetterlinge und Pheromone sehr banal; sie kam sich vor wie ein Lüstling, daß sie einer Frau durch die Straßen hinterherlief, ohne ihrer Freundin davon zu erzählen. Daß sie wie ein Spanner in den Büschen stand, wenn eine andere nackt an einem Seeufer stand.

Sie fragte sich, wie weit sie gehen würde mit dieser befremdlichen Neugier. Würde sie sich in einigen Wochen dabei ertappen müssen, wie sie mit einem Fernrohr auf einer Mauer stand und einer Frau ins Schlafzimmmerfenster hinterherspionierte? Würde sie mit einem Kleiderbügel ihre Briefe aus dem Briefkasten ziehen und heimlich mitlesen? Wo würde sie die Grenze setzen können?

Dann nahm sie sich vor, in den nächsten Tagen das Spionieren ausfallen zu lassen, blieb am Schreibtisch, arbeitete, reflektierte ihr Alter und versuchte, vernünftig zu sein.

Auf dem Parkplatz kurvten die kleinen, bunten Stadtautos umher, Frauen und Männer schleppten große Einkaufstüten aus dem Supermarkt, und Etta aß Schokolade.

An einem Montagmorgen Mitte Juli, nachdem sie das Wochende sehr glücklich mit Giovanna verbracht hatte – sie waren

Hand in Hand im Tiergarten spazierengegangen und hatten Kaninchen beobachtet, und ihre Freundin hatte verstanden, daß Tiere nur wie Tiere fühlen können – nahm Etta sich vor, den Bann zu brechen. Sie wollte die fremde Frau kennenlernen, sich bekannt machen mit ihr. Entschuldigung, können Sie zehn Mark wechseln? Wo geht es zum nächsten S-Bahnhof? Mir ist so seltsam zumute, ich glaube, in meine Nase sind Moleküle gedrungen.

An diesem Montag ging die Frau nach der Arbeit weder ins Filmarchiv noch an einen See oder nach Hause. Sie nahm auch ihr Fahrrad nicht mit. Zu Fuß begab sie sich in die Hasenheide, sie sah nachdenklich aus, wie sie so daherging. Etta wußte inzwischen schon, welcher Gang welche Stimmung ausdrückte, sie konnte die angewinkelten Arme interpretieren, die Beugung der Knie, die großen und kleinen Schritte, die Art, wie die Fremde ihren Kopf auf dem Hals balancierte.

Heute ging die Frau langsam, mit kleinen Schritten und hängenden Armen, sie dachte nach. Worüber nur? Über Filme? Sie nahm es genau mit ihrem Interesse an Filmen. Selbst in der Mittagspause, wenn ihre Kolleginnen draußen vor dem Videoladen saßen und rauchten und redeten und lachten, las sie offenbar noch anspruchsvolle filmtheoretische Literatur.

Es sah aus, als gönnte sie sich selten Pausen, als hätte sie ihr ganzes Leben der Effektivität unterworfen. Sie lebte für ihren Ehrgeiz und wollte das gar nicht so, das war Etta längst klar. Sie wollte etwas anderes. Es rumorte etwas in ihr. Sie sandte Botschaften aus, die nach nichts rochen und dennoch den Raum um sie erfüllten.

Eine Kirmes gastierte in der Hasenheide, ein Jahrmarkt. Zuckerwatte, Losverkäufer, Autoscooter, gebrannte Mandeln. Die Fremde mischte sich in das Gedränge, es sah ihr nicht ähnlich, das zu tun. Sie hielt sich sonst gern abseits. Heute offenbar nicht. Etta spürte eine Aufregung und beschleunigte ihren Schritt.

Die Frau kaufte tatsächlich Zuckerwatte, drückte sich den unschuldigen weißen Bausch vor den Mund, sah hierhin und dorthin, machte sich zu einem Teil der Menschen und hörte irgendwann sogar auf, ängstlich ihre Tasche mit dem Portemonnaie festzuhalten.

Etta ging jetzt ganz nahe zu ihr. Die Frau stand am Autoscooter, wippte mit der Musik, beobachtete, wie die Wagen zusammenstießen. Dann ging sie weiter, sah das Kettenkarussel, steuerte darauf zu und blieb lange davor stehen.

Etta stand jetzt so nah neben ihr, daß sie sie hätte berühren können. Etta hob die Hand. Die Frau zögerte. Sie wollte mitfahren und fand das albern. Dann gab sie sich einen Ruck, lief zur Kasse, kaufte ein Billet und kletterte auf einen der Sitze.

Etta wußte, wie sich die Frau fühlte. Das Kettenkarussell sieht altmodisch aus, aber es war einmal das erste richtige Abenteuer. Nicht mehr das hölzerne Pferd oder das Feuerwehrauto, sondern hoch in die Luft gehoben werden und weite Kreise ziehen, während die Eltern unten stehenbleiben.

Auch Etta läßt sich in die Luft hochheben. Sie umfaßt die kalten Kettenglieder, beginnt, sich mit sanftem Schwung hoch über den Menschen zu drehen, lächelt der Fremden zu, die neben ihr sitzt. Und dann dreht sie sich auf ihrem Sitz um sich selbst, einmal, ein zweites, ein drittes Mal, läßt sich zurück in die andere Richtung schnellen, schaukelt zu allen Seiten hin, stößt mit ihrem Sitz an den Sitz der Fremden, lacht laut, ruft etwas, greift nach deren Sitz und zieht ihn zu sich.

Und in dem Augenblick, als die Fremde sie berührt, versteht Etta, worum es geht. Die Fremde löst die Hände von den Ketten ihres Sitzes, umklammert ein wenig ängstlich Ettas Unterarme, lacht, läßt sich ihr entgegenfallen, und Etta schließt die Augen und saugt die Pheromone der Fremden in sich auf.

14. Kapitel
Mitte Juli

Einige Wochen nach der Nacht mit Nadja endete Konstanzes Selbstbeherrschung. Sie hatte sich selbst sowie sämtlichen ihrer Freundinnen, an die sie das Abenteuer selbstverständlich noch hautwarm weitergetragen hatte, hoch und heilig geschworen, es bei dieser einen Nacht zu belassen, die schließlich alles gehabt hatte: Aufregend war sie gewesen, ein wenig teuer, aber interessant, unanständig, lustvoll und ohne jede Zukunft. Lange hielt Konstanze das nicht durch. Sie hockte abwesend im Büro und sehnte sich danach, Nadjas schmalen Mund auf ihren Lippen zu spüren, oder sonstwo, es war kaum auszuhalten. Konstanze versuchte sich abzulenken, verschrieb sich täglich tausend Meter Brustschwimmen, rief ihre Eltern an, vermied es, mit ihren Freundinnen das Thema weiter anzuschneiden, weil es ihr peinlich war, wimmelte Matthias und seine neugierigen Nachforschungen ab und konzentrierte sich zur Freude ihrer pingeligen Mitbewohnerin Vera auf die Reinigung der Wohnung. Vergeblich.

Schließlich gab sich Konstanze geschlagen, entlockte ihrem Chef unter dem Vorwand, Nadja ein verlorengegangenes Etui zurückgeben zu müssen, die Adresse des Begleitservice, für den sie arbeitete, und rief dort an.

Es kostete sie einige Mühe, die penetrant gutgelaunte Dame am anderen Ende der Leitung davon zu überzeugen, daß sie, nein, wirklich kein Interesse an dem Begleitservice als solchem hatte, sondern Nadja tatsächlich in einer rein privaten Angelegenheit zu sprechen wünsche und leider ihre Telefonnummer verloren habe.

Die gutgelaunte Dame kühlte etwas ab, und Konstanze hatte plötzlich das Gefühl, sie könne Nadja in Schwierigkeiten bringen, denn wahrscheinlich schätzte es der Begleitservice nicht besonders, wenn die Mädchen nebenher Geld verdienten, an der Kasse des Unternehmens vorbei. Dabei ging es doch hier tatsächlich eher um etwas Privates, aber wie hätte sie das erklären sollen?

Nach einigem Hin und Her rückte die Dame endlich Nadjas Telefonnummer heraus, nicht ohne vorher noch einmal nach Konstanzes Namen gefragt und ihn samt Adresse schriftlich notiert zu haben.

Nervös wählte Konstanze Nadjas Nummer. Die Nacht war schon so lange vorbei, ob Nadja sich überhaupt noch an sie erinnerte? Es klingelte, einmal, ein zweites, ein drittes Mal, dann sprang ein Anrufbeantworter an. Nadjas Stimme. Butterweich. Auf Deutsch. Auf Englisch. Auf Französisch. Auf Russisch. Der Piepton. Konstanze lieh sich den Tonfall der gutgelaunten Dame von vorhin und sprach ein paar belanglos-fröhliche Sätze.

»Ruf mich an, wenn du Lust hast, ins Kino oder tanzen zu gehen. Meine Nummer ist... « Sie legte auf. Und fing an, Gymnastikübungen zu machen.

Noch am selben Tag, abends um neun, rief Nadja zurück, überrascht und ganz offensichtlich erfreut, daß Konstanze sich bei ihr noch einmal gemeldet hatte. Etwas ungelenk unterhielten sie sich miteinander, Konstanze erzählte von Matthias und seinen Sprüchen im Büro, und Nadja lachte entgegenkommend, auch wenn es gar nichts zu lachen gab.

»Wollen wir ins Kino gehen, heute oder morgen?« fragte Konstanze.

»Fahr mit mir ins Grüne«, schlug Nadja vor, die Vorfreude schon in ihrer Stimme. »Am Sonntag. An einen See!»

Sie fuhren an den See und legten sich auf die grüne Wiese. Sie trieben im Wasser, Nadja auf dem Bauch und Konstanze auf dem Rücken. Sie aßen Melone und Pommes frites. Und Eis. Sie lasen sich ihre Horoskope aus der Brigitte vor, machten sich Gedanken über ihren Farbtyp und schlossen müde die Augen.

Sie schoben ihre Hände ineineinander, während sie dalagen und sich die Sonne in ihre Haut brannte. Sie hätten sich gerne geküßt, aber zwei Meter weiter lag eine Gruppe junger Männer, die nicht schwul aussahen, also küßten sie sich lieber nicht. Nach einer langen Heimreise mit mehreren S-Bahnen standen sie am Alexanderplatz voreinander und konnten sich nicht entschließen.

»Komm mit, ich koche uns was«, sagte Konstanze. Nadja senkte den Kopf, schwieg.

»Mußt du arbeiten heute nacht?« fragte Konstanze. Nadja zog die Schultern hoch. »Nicht unbedingt«, sagte sie. »Vielleicht. Ein bißchen.«

»Komm mit. Ich koche uns was. Wir... wir hätten noch ein bißchen Zeit zusammen. Mach dir keine Gedanken. Komm einfach mit.« Nadja lächelte Konstanze unentschlossen an, mein Gott, sah sie jung aus.

»Überredet?« fragte Konstanze. Und dann fragte sie gar nichts mehr, sondern hakte sich einfach bei Nadja ein und zog sie mit sich.

Konstanze liebte es, Nadjas schmalen Oberkörper zu umfassen, die Rippen unter ihren Händen zu fühlen, die durchsichtige, spröde Haut. Nadja schien etwas weniger unbeschwert als in der ersten Liebesnacht, sie reagierte empfindsam und nervös auf jede Berührung, als wäre dies nicht auch eine Art Routine für sie, als verbrächte sie nicht jede dritte oder vierte Nacht...

Konstanze schob den Gedanken beiseite. Sie wollte nicht daran denken, was Nadja in anderen Nächten tat, es war ihr egal, sie verspürte keine Eifersucht, alles, was sie wollte, war, Nadja jetzt und heute und in dieser Sekunde und nach all der Zeit, in der sie sie so sehr hatte vermissen müssen, bei sich zu haben, ihr schweres Parfüm auf der Zunge zu schmecken, zu beobachten, wie der zu dick aufgetragene Lippenstift unter den Küssen verschwamm, und sich sicher zu sein, daß sie und Nadja die Routine durchbrachen, daß das hier, trotz aller Erfahrenheit Nadjas, etwas Neues, Anderes für sie war.

Vielleicht, gestand Konstanze sich vage ein, hatte dies auch mit Macht zu tun: Sie vermochte, Nadjas Inneres zu berühren, gerade weil sie kein Mann war, sondern eine Frau, und sie genoß es, Nadja sanft zu sich hin zu führen, in der Gewißheit, daß sie dieses eine Mal alle Karten in der Hand hatte, nur aufgrund der Tatsache, daß sie weiblich war. Wie oft kommt das vor? Ziemlich selten.

Nadja vergrub ihren Kopf an Konstanzes Hals, als sie aufgehört hatten, sich zu lieben, und atmete tief ein und aus, erschöpft, so hörte sich das an, aber auch erleichtert, zufrieden, zutraulich, Wärme suchend, alles das. Konstanze drückte sie fest an sich, fühlte sich neben Nadjas Jugendlichkeit sehr erwachsen, sehr stark und beschützend. Vor dem Einschlafen teilten sie sich eine letzte Zigarette, die Spitze glühte in der Dunkelheit bei jedem Zug rot auf.

Nadja lag noch immer in Konstanzes Arm, als sie vom Wecker aus dem Schlaf gerissen wurden. Es gab keine Zeit für ein gemeinsames Frühstück. Konstanze sprang aus dem Bett, lief ins Bad, setzte im Vorübergehen den Kaffee auf, verbreitete ihre morgendliche Lautstärke und Hektik.

Als sie frisch geduscht mit dem Kaffee ans Bett trat, war Nadja wieder eingeschlafen. Konstanze stellte leise die Kaffeetasse auf den Nachttisch, schrieb einen Zettel mit einem Gruß und ihrer Telefonnumer darauf und legte ihn neben die Tasse.

Dann beugte sie sich über das Bett, zog die Bettdecke ein wenig beiseite, küßte Nadja behutsam auf die nackte Schulter und verließ den Raum. Doch draußen auf dem Flur zögerte sie. Leise betrat sie das Schlafzimmer noch einmal, öffnete ihr Portemonnaie und legte einen Hundertmarkschein auf das polierte Holz neben die Kaffeetasse. Nadja würde protestieren, wenn sie das Geld als beleidigend empfand. Vielleicht kam sie auch gar nicht auf die Idee, der Hundertmarkschein sei für sie bestimmt, und ließ ihn liegen? Konstanze hoffte nur, daß Nadja den Hundertmarkschein nicht für so beleidigend hielt, daß sie sich nie wieder bei ihr meldete. Als Konstanze die Tür hinter sich schloß, fühlte sie sich, wie sie sich immer fühlte, wenn sie Geld ausgab oder am Telefon über Geld verhandelte: Erleichtert. Die Dinge konnten so klar und einfach sein.

Nadja ließ den Kaffee ungetrunken, nahm den Zettel mit der Telefonnummer und den Hundertmarkschein mit und meldete sich nicht.

Konstanze stand Nadjas Schweigen rund eine Woche mit der Unterstützung mehrerer Freundinnen durch – selbst Matthias war inzwischen ins Vertrauen gezogen, und er steuerte ernsthaft bemüht einige selbst erlebte Begegnungen mit Frauen bei, die ihren Lebensunterhalt in Nachtbars verdienten –, dann rief sie erneut bei Nadja an.

Diesmal wählte sie eine bessere Zeit, den Mittag, und Nadja ging tatsächlich persönlich an den Apparat. Sie klang müde, fast desinteressiert, was Konstanze einen heftigen Stich versetzte und ihr völlig den Wind aus den Segeln nahm. Die Frage, ob sie sich wiedersehen könnten, wirkte dieser fernen, müden Stimme gegenüber deprimierend unangemessen. Konstanze stellte sie trotzdem. Mehr als sich einen Korb holen konnte sie sich nicht, das war schon immer ihr Motto gewesen. Wie lächerlich oder nicht lächerlich sie sich machte, wen sollte es, gottverdammt, stören.

»Am Wochenende ist ein Kulturfest in meiner Straße«, setzte Konstanze an. »Es gibt Schupfnudeln und abends Musik, ich dachte... wenn du magst...«

Nadja murmelte ein abwesendes »Mal sehen« und sagte weiter nichts. Konstanze versuchte, locker zu klingen. »Ich mach dir Bauchtanzen vor, exklusiv. Du kannst mich fotografieren und mich später mit den Fotos erpressen – «

Und plötzlich fing Nadja an zu weinen, einfach so, aus heiterem Himmel, von ostentativer Langeweile zu herzzerreißendem Schluchzen innerhalb von drei Sekunden.

»Süße – was ist los mir dir? Was hast du? Soll ich zu dir kommen? Geht's dir nicht gut?«

»Warum rufst du mich an?« schluchzte Nadja. »Was soll das, warum, Mann, was hast du davon? Ich rufe dich nicht an, oder? Rufe ich dich an? Ich rufe dich nicht an! Ich hab dich noch nie angerufen!«

»Ich... ich mag dich. Ich habe dich sehr gern. Darum rufe ich dich an. Das ist ganz normal, das ist... es ist normal, daß man sich anruft, wenn man sich mag.«

Konstanzes Stimme klang sanft, beruhigend.

»Was willst du denn von mir, Mann? Was willst du? Du weißt überhaupt nicht, wie ich lebe, was ich mache den ganzen Tag, du hast keine Ahnung von mir. Du tauchst auf einmal auf in so 'ner komischen Pizzeria und später rufst du mich an und erzählst mir Sachen, Scheiße, Mann, das ist nicht gut. Ich kann dir das nicht erklären, aber das ist nicht gut. Es ist nicht gut für mich. Es ist nicht gut für dich. Kapierst du das? Ich komm ohne dich klar, ich brauch das nicht, ich... ich komm ziemlich gut klar! Ach, Scheiße!«

Und dann fing sie wieder an zu weinen.

»Wo wohnst du?« fragte Konstanze. »Ich komme vorbei. Ich sag dem Chef, ich hätte Zahnschmerzen und müßte zur Zahnärztin oder so. Sag mir wo du wohnst, Süße. Ich will nicht, daß du so weinst. Ich will einfach nicht, daß du weinst, meine Güte, gleich wein ich mit. Ich warne dich, ich werde unglaublich häßlich, wenn ich weine, das liegt bei uns in der Familie, wir kriegen alle riesige rote Nasen, wenn wir weinen, am schlimmsten ist mein Vater, seine Nase wird so groß wie ...«

Nadja schluchzte weiter, aber sie lachte auch schon wieder ein bißchen.

»Tempelhofer Damm 230«, sagte sie leise. »U-Bahnhof Ullsteinstraße. Seitenflügel, erster Stock. Du mußt bei 'Rubenick' klingeln. Kommst du? Komm bald.«

15. Kapitel
Anfang August

»Jule? Jule bist Du zu Hause? Kannst du bitte ans Telefon gehen, wenn du da bist? Es war vielleicht ein Fehler, daß ich versucht habe, dich auf deiner Arbeit zu besuchen. In diesem filmbuero, dieser Produktionsfirma in der Oranienburger Straße. Ich wollte dich doch nur besuchen. Es ist mir wirklich egal, ob du arbeitest und was du arbeitest... »

Ich ließ den Telefonhörer sinken. Was sollte ich nur sagen? Was hier geschah, war mir so unbegreiflich. Jule hatte es doch nicht nötig, mir – mir! – Märchen über ihr Berufsleben zu erzählen. Ich hielt mich seit Jahren mit Videoladenjobs über Wasser oder pumpte meine Freundinnen an, zum hundersten Mal und ohne viel Aussicht, das Geld je zurückzahlen zu können. Mir mußte doch keine erzählen, was sie vollbrachte im Leben. Und seit ich auf Jules Band gesprochen hatte, daß ich in dem Filmbüro gewesen war, hatte ich von ihr nichts mehr gehört. Konnte sie mir den ungebetenen Besuch denn so übelnehmen? Ich versuchte, meine Gedanken zu sammeln, hob den Hörer wieder und sagte mit einigermaßen fester Stimme:

»Meldest du dich bei mir? Bitte. Wir wollten doch feiern, daß du diesen Film machst eventuell, mit der Regisseurin zusammen... aus diesem Filmbüro. Wir können auch was anderes feiern. Ich vermisse dich. Ruf mich einfach an, ab halb sieben bin ich wieder zu Hause. Sprich aufs Band, dann nehme ich ab. Ich freu mich auf dich.«

Ich suchte meine Bücher zusammen und machte mich auf den Weg in den Park, passierte drei Straßen und zwei Kreuzungen und die Bänke, auf denen die Obdachlosen sitzen.

Manchmal grüßen wir uns, manchmal nicht. Heute grüßten wir uns nicht. Der alte Mann, den ich mochte, ein Wanderer mit grünem Hut und Stock und Kniebundhosen und einem alten Militärrucksack, der jeden duzte und seit mehr als dreißig Jahren auf der Straße lebte, saß nicht dabei, und die anderen stritten sich über irgend etwas. Sie wankten umeinander und versuchten sich anzuschreien, nicht einmal das gelang ihnen noch.

Sie deprimierten mich, ihre Verwahrlosung, ihr Gestank, das Ausmaß, in dem sie sich aufgegeben hatten, schienen mir heute unerträglich. Ich wandte meinen Blick ab. Sie widerten mich an, und ich schämte mich nicht einmal dafür.

Als ich im Gras saß, oben unter dem Ahornbaum, war mir gar nicht danach zu lesen. Lustlos schlug ich meine Bücher auf, eines nach dem andern, nichts interessierte mich. Ich fühlte, wie mein Herz schlug. Laut. Schneller als sonst.

Ich machte mir Sorgen.

Ich fragte mich, was diese Geschichte mit dem Filmbüro zu bedeuten hatte und malte mir Erklärungen aus, die verblüffend einfach gewesen wären: Es gibt zwei Filmbüros in Berlin, ich hatte mich in der Straße geirrt. Der schwarzgekleidete Erfolgsmensch war neu im Büro und kannte Jule einfach noch nicht. Jule arbeitete in dem Büro nicht als Jule Meissner, weil... weil sie sich für ihre künstlerische Arbeit einen wohlklingenderen Namen zugelegt hatte. Aber das war natürlich alles Unsinn. Jule arbeitete nicht in dem Büro. Es gab nur das eine Büro. Der Mann war seit Jahren dort beschäftigt, wenn er nicht gar der Geschäftsführer war.

Jule hatte mich angelogen. Ich setzte mich auf und umschlang meine Knie.

Jule hatte mich angelogen, weil sie mich für sich begeistern wollte. Das konnte ich verzeihen. Es war albern, aber absolut verzeihlich. Wo lag dann das Problem? Was immer ihre Gründe gewesen sein mochten, ich würde ihr verzeihen. Sofort. Ohne viel zu fragen... ob sie eine zweite Freundin hatte? Eine, die sie mir verschwiegen hatte? Von der ich erst später erfahren sollte, wenn ich mich so an sie gewöhnt hatte, daß ich mich nicht mehr ohne Schmerzen zurückziehen konnte? Würde ich ihr auch das verzeihen?

Ich ärgerte mich, daß mir eine solch profane Erklärung überhaupt in den Sinn gekommen war. Jetzt fiel mir wieder ein, warum ich dem Liebesleben so lange den Rücken gekehrt hatte: Weil man sich die Hälfte der Zeit wie in einem schlechten Film vorkommt; es ist alles so berechenbar und banal und billig, die eigenen Gefühle inbegriffen.

Ich schloß die Augen. So wollte ich nicht anfangen zu denken. Ich wollte mich nicht dafür verachten, daß ich zugelassen hatte, jemandem nah zu kommen. Mein Herz tat immer noch weh. Ich legte die Stirn auf die Knie.

Mein Herz tat weh, nicht weil Jule mich angelogen hatte, sondern weil ich mir Sorgen machte, daß Jule log. Ich machte mir Sorgen um Jule. Ich fragte mich, was um alles in der Welt mit ihr los war, verdammt noch mal, daß sie mich anlog. Wir waren uns nah. Wir küßten uns nachts und am Tag. Sie fiel mir in die Arme und lehnte sich an mich, minutenlang, ganz still, mit geschlossenen Augen. Sie legte ihren Kopf auf meinen nackten Bauch und philosophierte. Sie lächelte, wenn ich sprach, und flüsterte mir Unziemlichkeiten ins Ohr, damit ich auch anfing zu lächeln. Sie vertraute mir. Und sie log mich an.

Der Wanderer tauchte plötzlich neben mir auf und wollte sich zu mir setzen. Er stank nach Schnaps und Urin. Ich hätte ihn am liebsten fortgeschickt, aber da saß er schon neben mir mit seinen karierten Wollstrümpfen und seinen Wanderschuhen. Ich mochte ihn doch. Er versuchte auch nur, das Beste aus allem zu machen.

»Können wir einfach still sein? Mir geht's nicht gut«, bat ich geradeheraus. Er nickte.

»Was ist denn los mir dir, Mädchen?« fragte er. »Siehst ja ganz blaß aus.«

»Mir geht's nicht gut«, wiederholte ich.

»Siehst ja ganz blaß aus«, sagte er.

»Ja«, erwiderte ich. »Mir geht's nicht gut.«

Als ich um halb sechs nach Hause kam, waren vier Anrufe auf meinem Band. Ich hörte sie ab. Gerlinde. Gerlinde. Meine Mutter. Gerlinde. Ich ließ mich auf mein Bett fallen und wartete. Bis um halb zehn klingelte das Telefon noch zweimal. Einmal wurde aufgelegt, einmal war es Gerlinde.

»Madonna Maria!« rief sie. »Ich *weiß*, daß du da bist! Jodie ist wirklich in Berlin, meine Arbeitskollegin hat sie gestern gesehen! Maria! Ran, ran, ran, ran rangehen!« Ich blieb auf dem Bett liegen, drehte mich um und starrte die Wand an.

Am nächsten Tag zwang ich mich, zu meiner Routine zurückzukehren, der Routine, die ich gehabt hatte, bevor ich Jule kennenlernte.

Ich trank viel Kaffee und frühstückte spät, ein halbes Brötchen ohne Belag.

Ich las. Ich ging in den Park und las weiter. Ich sprach mit Gerlinde am Telefon, verschwieg ihr meine Trauer, obwohl sie mich mehrfach danach fragte, und entlockte ihr Tiraden wider ihre Chefin im Möbelhaus, die sie in einem sklavereiähnlichen Verhältnis zu unterjochen versuchte, wie Gerlinde gerne und ausschweifend kundtat.

Am Nachmittag oder am Abend ging ich in den Videoladen, schob Horror- und Sexbänder über den Ladentisch, las in jeder freien Minute, hastete zwischen Regalen und Computer hin und her und scherte mich nicht darum, wenn die Leute mich hinter meiner Sonnenbrille für unfreundlich hielten. Ich war unfreundlich. Ich wollte unfreundlich sein. Wenn ich abends ins Bett fiel, fühlte sich mein Magen an wie ein kleiner fester Gummiball. Essen konnte ich nicht.

Einige Tage später, es war mein freier Abend, kam Gerlinde nach der Arbeit einfach vorbei. Als ich die Tür nicht öffnete, schloß sie selbst auf. Ich hatte ihr einen Schlüssel gegeben, vor Jahren schon.

»Ich hätte die Kette vorlegen sollen«, murmelte ich, als sie an mein Bett trat und die Hand auf meine Schulter legte.

»Komm, dreh dich um. Sieh mich an. Hast du geweint?«

»Ich? Nee.« Ich drehte mich um. »Du weißt doch, daß ich nicht weine«, sagte ich. »Wie die Königin in dem Märchen. Ich muß immer lachen, wenn ich weinen sollte. Ich bin verflucht.«

Ich mußte an die Nacht neulich denken. Jule hatte mich fast zum Weinen gebracht. Sie hatte eine Hand auf eine Wunde gelegt und mich mit der anderen gehalten. Ich hatte gezittert, und sie hatte gewußt, daß sie mich würde trösten können.

»Wir gehen was essen. Und danach in ein Konzert«, sagte Gerlinde, in jenem Ton, der keinen Widerspruch duldet und den ich gewöhnlich seiner aufdringlichen Geschäftigkeit und Möbelhaus-Munterkeit wegen verabscheue. »Los, steh auf. Draußen scheint die Sonne, es ist wunderschön. Zieh deine Schuhe an. Übers Gesicht waschen könntest du dir auch mal wieder.«

Im Bad betrachtete ich mich im Spiegel, Gerlinde lehnte in der offenen Tür. Meine schwarzen Haare hingen an meinem Kopf wie seit zwei Wochen nicht gewaschen, unter den Augen lagen breite dunkle Ringe, der Rest sah eingefallen und erbärmlich aus. Ich schöpfte mir Wasser ins Gesicht, wie Gerlinde mir befohlen hatte. Es tat gut.

»Sie hat sich nicht wieder gemeldet, habe ich recht?« fragte sie.
Ich nickte.

»Hast du eine Ahnung, was los ist?«
Ich schüttelte den Kopf.

»Hast du versucht, Kontakt zu ihr aufzunehmen?«
Ich fing an, meine Haare zu bürsten.

»Ich meine, es könnte doch sein, daß irgend etwas vorgefallen ist, wie neulich schon, mit ihrer Mutter. Und daß sie keine Zeit hatte, dich anzurufen oder so.«

»Ich hätte ihr das nicht aufs Band sprechen sollen«, sagte ich erschöpft.

»Was? Daß du auf ihrer Arbeitsstelle warst?«
Ich nickte. »Ich hätte sie, wenn mir das schon so wichtig war, persönlich bitten sollen, es mir zu erklären. Aber so... es muß wie ein Schock für sie gewesen sein. Schließlich spricht sie von dieser Arbeit, seit wir uns kennen.«
Gerlinde ließ einen Ausdruck über ihr Gesicht gleiten, den sie für Situationen reserviert hält, in denen sie mich, bei aller Liebe zwischen uns, für hoffnungslos idiotisch hält.
»Maria!« sagte sie nachdrücklich. »Du willst mir doch nicht erzählen, daß du die junge Dame *verstehst*, die dich, a, angelogen hat und die sich, b, seit du sie darauf angesprochen hast – wie auch immer angeprochen – nie wieder hat blicken lassen!«
Gerlinde baute sich vor mir auf und wedelte mit den Armen. Das tut sie manchmal, wenn ihr etwas wichtig ist.
»Nun gut, nun gut, ich kenne dich. Meinetwegen sollst du sie verstehen. Aber ich finde es wirklich absolut unangemessen, daß *du* dir jetzt den Kopf zerbrichst, ob *du* einen Fehler gemacht hast. Das hast du nicht!«
Ich trocknete mein Gesicht ab und schwieg.
Gerlinde sah mich an und schüttelte den Kopf. Etwas leiser fragte sie: »Du vermißt sie, habe ich recht?«
»Ja«, sagte ich. »Ich vermisse sie. Ich habe entsetzliche Angst, daß sie wieder verschwindet. Ich wünschte, es wäre anders. Aber es ist nicht anders. Es ist, Scheiße, genau so. Es ist entsetzlich, jemanden gern zu haben, oder nicht? Ich weiß gar nicht, warum es alle so darauf anlegen. Ich habe jahrelang zufrieden vor mich hingelebt, und jetzt das.«
»Du hast nicht zufrieden vor dich hingelebt«, sagte Gerlinde streng.
»Habe ich nicht?«
»Nein, hast du nicht. Du warst einsam. Du hast dich immer mehr in dir verkrochen. Seit du Jule kennst bist du richtig aufgeblüht, du hast richtig Farbe bekommen, du hast auf einmal den Eindruck gemacht, als ob in deinem Leben –»
»Komm«, sagte ich, griff nach Gerlindes Arm, zog sie mit mir aus dem Bad und macht das Licht aus. »Laß uns essen gehen. Ich kann zwar nicht behaupten, daß ich hungrig wäre, aber du wirst mich schon überreden. Und dann... was hast du gesagt? In ein Konzert?«

Wir fuhren die Frankfurter Allee entlang und dann weit Richtung Osten. Ich hatte nicht die geringste Ahnung, wohin Gerlinde uns kutschierte, ich mochte auch nicht danach fragen. Es war mir gleichgültig, solange sie mich nur in Ruhe hier neben sich sitzen ließ. Ein buntes Band an Feldern und Wiesen zog vorbei, ich starrte auf die sommerliche, sonnenüberflutete Landschaft und fühlte mich mit einer kaum auszuhaltenden, dumpfen, raumgreifenden, alles erstickenden Traurigkeit angefüllt. Es war nett, daß Gerlinde versuchte, sich um mich zu kümmern. Aber es half nicht. Ich wußte nicht, was mir helfen konnte. Ich wünschte, ich hätte Jule nie kennengelernt. Es bereitete mir Mühe, mich oder das Leben oder wen auch immer nicht dafür zu hassen, daß ich in ihren Armen gezittert hatte.

Ich weiß nicht, wie lange wir fuhren. Lange. Irgendwann bog Gerlinde von der Autobahn ab, nahm eine Bundesstraße, dann eine andere. Hin und wieder tätschelte sie mein Knie oder meine Wange, dann konzentrierte sie sich wieder auf den Verkehr. In einem brandenburgischen Örtchen, das hinter einer Kurve auftauchte, suchte sie schließlich einen Parkplatz. Nur ein paar Häuser gab es hier, einen Fluß mit hohen Bäumen am anderen Ufer und einen Gasthof.

»Hierher wollten wir?« fragte ich ungläubig. »Über eine Stunde Autofahrt, um in einem deutschen Gasthof einzukehren?«

»Sei still«, sagte Gerlinde. »Setz dich hin, guck in die Karte, und wenn du nicht wenigstens ein Hauptgericht bestellst, kriegst du Ärger.«

Gerlinde hatte recht, das Essen schmeckte gut, oder es hätte gut schmecken können, wenn ich hungrig gewesen wäre. Die Sonne stand inzwischen schon etwas tiefer, neben uns plätscherte ein Fluß, eine Amsel sang.

»Wie heißt das hier?« fragte ich Gerlinde.

»Was?«

»Der Ort. Wie heißt der Ort?«

»Chorin«, antwortete Gerlinde.

»Ich wußte gar nicht, daß es so schöne Ecken hier gibt«, gab ich zu.

»Wo? In Brandenburg? Spinnst du? Es gibt wunderschöne Ecken hier. Du machst dir nur nie die Mühe, das herauszufinden.«

»Und wann findest du das heraus?«

»Immer dann, wenn ich dich auf einen Ausflug einlade und du nein sagst. Jeden zweiten Sonntag so ungefähr.«
»So oft sage ich nein?«
»Du sagst immer nein. Immer, wenn ich dich zu einem Ausflug einlade. Du kommst nie mit.«
»Nie?«
Gerlinde lächelte. »Nein, meine Süße. Nie.«
»Heute bin ich mitgekommen.«
»Ja, heute bist du mitgekommen. Wenn du halb tot bist, machen meine Vorschläge offenbar einen gewissen Eindruck auf dich. Komm, wir müssen uns beeilen, das Konzert fängt gleich an.«
Gerlinde winkte dem Kellner und bezahlte, wie sie immer für mich bezahlt.

Ich folgte ihr über eine kleine Brücke einen unbefestigten Weg hinauf, der vor einer hohen Sandsteinmauer endete. Ein Trampelpfad führte um die Mauer herum, und als wir aus dem Schatten der Buchen hervortraten, tat sich dahinter eine wunderschöne, alte Klosteranlage aus Backstein auf. Jetzt sah ich, daß auch von der anderen Seite her Menschen kamen, einzeln oder in kleinen Gruppen schlenderten sie die Wege hinauf.

Am Klostereingang stellten wir uns zusammen mit ihnen an, kauften Karten und traten ein. Gerlinde ging mit mir einen dunklen Flur entlang, rechts und links waren Stände mit Wein und Saft und Kuchen aufgebaut, und dann traten wir auf eine Wiese, die auf allen vier Seiten von den Gemäuern des Klosters umrahmt wurde. Da war ein Klostergang mit Dutzenden von Säulen, und vor uns lag das Kirchenschiff, seiner Fensterscheiben entledigt, ganz offen da. Durch all die Mauerdurchbrüche hindurch konnte ich die Menschen auf den Kirchenbänken sitzen sehen, auch die Wiese war voller Menschen. Familien saßen auf Klappstühlen oder hatten Wolldecken ausgebreitet, Kinder, Weinflaschen, Picknickkörbe darauf; manche Besucher lehnten an den steinernen Säulen, hier und da saß ein Pärchen eng umschlungen.

Gerlinde holte ein Wolltuch aus ihrer Tasche und legte es aufs Gras. Dann nahm sie mir das Faltblatt mit dem Musikprogramm aus der Hand und versenkte es sehr bestimmt in ihrer Tasche.

»Du sollst *sehen* und *hören*, nicht lesen!« rief sie und legte sich auf den Rücken, die Beine angewinkelt. »Voilá! Jetzt fehlt bloß noch die Musik!«

Ich lehnte an Gerlindes Beinen, als die Musik erklang. Aus dem Kirchenschiff tönten mit einem Mal, ganz leise noch und verhalten, Geigen und ein Cello und eine einzelne, helle Barocktrompete. Langsam verstummte das Murmeln auf der Wiese, bis nur noch die Musik da war. Das abendliche Licht fiel auf den gelbroten Stein der Klostermauern und von dort auf die Wiese herab, es verstreute sich auf den Gesichtern, golden, warm und ungemein tröstlich. Die Frau dort hinten wiegte einen Jungen in ihren Armen, zehn oder elf Jahre alt, beide hielten die Augen geschlossen und lauschten der Musik. Ein Mann folgte mit seinem Lächeln der Trompete, seine Mundwinkel tanzten mit der Musik.

Ich legte den Kopf in den Nacken. Rot setzten sich die Schindeln des Kirchendaches vom abendblauen Himmel ab. Eine Nebelkrähe saß auf dem Dachfirst und blickte still zu uns nieder. Ich spürte, wie ich seufzen mußte, es war so friedlich hier, so umfassend friedlich, daß ich mich nicht erwehren konnte. Menschen an einem Sommerabend auf einer Wiese, die zusammenkommen, um gemeinsam schweigend eine leise, friedliche Musik zu hören. Ich schloß ebenfalls die Augen. Gerlindes Knie in meinem Rücken taten mir gut, die hymnische Musik tat mir gut, der Sommerabend, die Kühle der Klostermauern, die leisen Menschen taten mir gut. Ich hörte ein Flattern. War die Krähe fortgeflogen? Nein, da saß sie auf einer der Säulen, sie war näher gekommen, näher zu mir. Sie blickte zu mir her, als wollte sie mir etwas bedeuten, als wüßte sie etwas, das ich mir anhören sollte. Ist es nicht erstaunlich? Daß es das Leben da unten gibt. Immer. Unter der Traurigkeit, unter den Schmerzen? Es ist wie ein ruhiger Strom in uns, der immer da ist, nur können wir ihn nicht immer spüren. Jetzt spürte ich den Strom wieder, das Meer, die Weite in mir, das Leben, die Zugewandtheit. Nein, ich wollte nicht wieder verschwinden, mich nicht wieder totstellen, wie so viele Jahre lang.

Ich wollte hier sein, genau hier, wo ich war. Ich wollte Gerlinde wertschätzen, die so viel für mich tat und so häufig nichts weiter dafür bekam als meine freundliche, routinierte Abwesenheit. Ich wollte lernen, die Bücher beiseite zu legen und zu fotografieren oder andere Dinge zu tun, die mir Freude machten und mich in Kontakt hielten mit der Welt, in der ich mich bewegte und die doch mein Leben war, das ich nicht immer nur von Ferne betrachten und mit Abscheu bedenken wollte. Jule. Vielleicht würde ich sie nicht

wieder sehen. Vielleicht. Vielleicht auch nicht. Es war gut zu trauern, aber jetzt, hier, unter dem Abendhimmel, im Angesicht der Krähe dort oben und mit Gerlindes Beinen in meinem Rücken, jetzt nahm ich mir vor, daß die Trauer ein Ende haben würde. Und dann würde ich wieder aufstehen und weiterleben. Einfach so. Ich legte die Arme nach hinten und umfaßte Gerlindes Füße.
Einfach so.
Es gibt keinen Grund dafür.
Man ist da und sollte es nicht vergeuden.

16. Kapitel
Anfang August

Thea stand entnervt hinter dem Counter und versuchte, die elektronische Kasse zur Vernunft zu bringen. Es war elf Uhr vormittags, auf der anderen Seite hatte sich bereits eine Schlange gebildet, die übliche Neuköllner Mischung, Betrunkene und Arbeitslose, die, während andere Menschen in ihren Büros am Computer saßen und wichtige Dinge vollbrachten, vier Teile ›Auf dem Highway ist die Hölle los‹ konsumierten oder was es sonst im Sonderangebot der Woche auszuleihen gab. Die Kasse spuckte nur Zahlensalat aus, die Arbeitslosen standen geduldig in Reih und Glied, Thea maulte jeden an, der ihr quer kam, sie hätte gut einen zweiten Kaffee gebrauchen können, aber der Kaffee war alle, die Kaffeekasse leer und sie selbst zu pleite, um für Ersatz zu sorgen. Elf Uhr vormittags war einfach nicht ihre Zeit.

Gestern hatte sie bis nach Mitternacht am Computer gesessen und sich mit Brit ausgetauscht. Brit, die in Island lebte und Rekorde schwamm. Zunächst hatten sie ein bißchen über ihre Familien gesprochen. Die Frau hatte Thea von ihren drei Brüdern berichtet, die ebenfalls Leistungsschwimmer waren, und Thea hatte Brit von ihrer älteren Schwester Hanna erzählt, der warmherzigen, älteren Schwester, die immer eine beschützende Hand über sie hielt und die sie sich ihre ganze Kindheit hindurch gewünscht hatte. Danach war, wie auch in den übrigen Nächten, Theas Kunst das Thema gewesen, die tiefe Bedeutung der Elemente vor allem hinsichtlich des Todes, der alle Menschen und ja auch alle sonstigen Lebewesen ereilt, sowie weitere Symbole, die für das Leben eine Rolle spielen, wie zum Beispiel Haare und Frisuren. Thea hatte Brit verraten, daß sie kaum Haare auf dem Kopf trug, der Klarheit wegen, die sie sich in ihrem Leben zur Aufgabe gemacht hatte. Brit staunte nicht schlecht und lobte dies sowie alles weitere, was Thea schrieb, wie jede Nacht, und wie jede Nacht konnte Thea sich kaum vom Computer lösen.

Als Thea heute morgen aufgewacht war, hatte sie sich sogar eingestehen müssen, daß die Frau in ihrem Träumen aufgetaucht war, ziemlich unverblümt. In dem Traum hatte es ein ozeanisches Schwimmbecken gegeben, der Grund mit türkisfarbenen Edelsteinen bedeckt. Sie waren gemeinsam hinuntergetaucht, um ihre Hände mit Edelsteinen zu füllen. Wieder zurück an der Luft hatten sie die Steine einfach in die Höhe geworden und ins glitzernde Meer zurückprasseln lassen, dann waren sie sich lachend in die Arme gefallen. Türkisfarbene Augen hatte die Frau gehabt, wie die Edelsteine im Meer, ganz hell und klar.

Um halb eins tauchte Vera endlich auf, glücklicherweise mit einer Packung Kaffee unterm Arm. Während Thea vorn die Kunden weiterbediente, begann Vera in der Kochnische zu hantieren. Bald zog der Kaffeeduft durch den ganzen Laden. Jetzt kam die übliche Flaute des frühen Nachmittags, der Laden war leer, bis auf zwei Jungen, Dauergäste, die beinahe jeden Tag zwischen den Nintendobändern umherstreiften, ohne je etwas auszuleihen. Vielleicht fehlte ihnen das Geld. Ihre Turnschuhe sahen billig aus. Thea saß mit Vera in der kleinen Küchennische, wo sie essen, rauchen und Kaffee trinken konnten, ohne den Überblick über den Laden zu verlieren.

Thea spürte, daß Vera nervös war. Sie sah noch blasser aus als sonst, rückte an ihrer Brille und nippte schweigend an der Kaffeetasse. Thea fiel wenig ein, was sie Vera fragen konnte. Es war nicht ihre Art, persönliche Fragen zu stellen, sie haßte es selbst ja auch, ausgefragt zu werden. Also strich sie sich mit beiden Händen über den kahlen Kopf, streckte die Beine unter dem Tisch aus und schwieg ebenfalls. Nach einer Weile begann Vera, leise über einen ghanaischen Film zu sprechen, den sie am vergangenen Wochenende sonntagsmorgens um elf Uhr in einer Matinee gesehen hatte, einen kompletten zweieinhalbstündigen ghanaischen Film mit französischen Untertiteln – Thea staunte immer wieder über Veras Vorlieben. Sie selbst ging nie ins Kino. Auch nicht in Ausstellungen oder Museen. Dazu fand sie neben dem Videoladen und ihrer eigenen Arbeit einfach keine Zeit.

»Über dem ganzen Film lag eine Atmosphäre der Brüchigkeit, des Unfertigen und Bedrohlichen, kannst du dir vorstellen, was ich meine?«

Thea nickte, sie konnte es sich nicht vorstellen, aber was machte das für einen Unterschied. Vera gab ständig Bemerkungen von sich, zu denen man gar nichts sagen konnte. Jetzt nahm Vera erneut einen Schluck Kaffee, starrte ins Leere, ihre grauen Augen wurden hinter der Brille ganz weit.

»Ich habe morgen ein Vorstellungsgespräch, nein, das zu sagen wäre übertrieben. Aber ich werde eine Professorin treffen. An ihrem Lehrstuhl wird eine Stelle frei.«

Thea legte die Beine übereinander.

»Und was denn so?« fragte sie.

Vera lächelte nervös in sich hinein. »Eine Stelle im Mittelbau. Wissenschaftliche Mitarbeiterin. Es kommt dem, was ich arbeiten möchte, ziemlich nahe.« Nach einer Pause setzte sie noch leiser hinzu: »Ganz erstaunlich nah sogar. Es ist im Grunde genau das, was ich gerne tun würde. Ich kenne die Professorin noch aus dem Studium, ich habe ein paar Proseminare bei ihr belegt, eine sehr kluge und interessante Frau, wir hatten einen ganz positiven Draht zueinander, und ich könnte mir gut vorstellen – «

Sie brach ab. Sie wagte nicht zu hoffen. Das kannte Thea nur zu gut von sich selbst.

»Ich werde heute abend den Bruder meiner Ex anrufen«, steuerte Thea bei. »Er kann mir vielleicht ein Stipendium besorgen. Wenn ich das bekommen könnte, dann wären die vier Elemente komplett abgesichert!«

Vera löste sich aus ihrer eigenen Geschichte und wandte sich Thea zu. »Aber das ist ja wunderbar!« sagte sie anteilnehmend.

Thea nickte und versuchte, ein aufkommendes Lächeln zu verbergen.

»Ja«, sagte sie knapp. »Wär nicht schlecht. Er kennt eine Frau beim Kultursenat, die die Gelder verwaltet. Als ich letztes Wochenende im NightClub war, meinte Manuela, meine Ex, ich soll ihn unbedingt heute abend anrufen, er könnte mir mit absoluter Sicherheit weiterhelfen. Habe ich dir von meinem Vier-Elemente-Projekt erzählt? Die Grundidee ist – «

« Im NightClub?« hakte Vera nach.

»Ja. Kennst du den?

»Ich... ich weiß nicht,« stotterte Vera. »Keine Ahnung, ich dachte nur... aber ich glaube nicht, nein, ich glaube eigentlich nicht.«

»Ist ein neuer Laden, mittwochs nur für Frauen. Meistens mit Sexpartys und so. Manuela arbeitet hinter der Bar.«

»Ja, ich weiß, ich war wohl mal da«, sagte Vera, mit einem betont abschließenden Ton in der Stimme. Thea beobachtete Vera aus dem Augenwinkel. Was für eine merkwürdige Frau. So nett und bemüht, aber man verstand einfach nicht, was in ihr vorging. Jetzt rückte Vera ihren Stuhl zurück und stand auf.

»Ich glaube, da sind Kunden«, sagte sie, was nicht stimmte.

»Ich geh mal die Kühlbox auffüllen«, murmelte Thea.

»Gute Idee«, entgegnete Vera erleichtert.

Nach der Arbeit stromerte Thea noch ein bißchen durch die Stadt, die Karl-Marx-Straße entlang bis zum Hermannplatz und bei Karstadt durch alle Abeilungen. Ihr war nicht danach, etwas zu kaufen, sie brauchte nichts, es lenkte sie einfach ab, auf den Rolltreppen rauf und runter zu fahren. Ob die Frau, diese Schwimmerin, auch manchmal an sie dachte, zum Beispiel jetzt gerade, in diesem Augenblick?

Vielleicht war es dumm, sich diese Gedanken überhaupt zu erlauben, schließlich kannte sie die Frau gar nicht. Ganz abgesehen davon, daß sie weit weg wohnte, in einem anderen Land, und einem so seltsamen dazu.

Thea drehte sich um, kehrte zur Rolltreppe zurück und fuhr ins Erdgeschoß zurück, wo die Bücher und die Atlanten und Reisekarten standen. Island. Insel der Vulkane. Daß diese Frau jede Nacht so viel Zeit zum Schreiben hatte. Mußten Schwimmerinnen nicht reichlich schlafen und früh aufstehen? Andererseits mußte sie, Thea, auch oft früh aufstehen und hing zur Zeit dennoch jede Nacht vor dem Computer. In dem Buch über Island war ein Geysir zu sehen, eine heiße Wasserfontäne, die aus einer Erdspalte in die Luft hinaufschoß. Thea legte ihre Hand auf das Farbfoto, das sich körnig und uneben anfühlte. Ihre Affäre mit Manuela lag fast zwei Jahre zurück. Nicht, daß sie etwas vermißt hätte in den zwei Jahren. Die zähflüssigen Ölfarben, rote, blaue, grüne Striemen auf weißem Leintuch, oder auch die Videoarbeiten, rasante schräge Fahrten mit der Handkamera und die Bilder anschließend im Computer verzerren und mit Filterfunktionen verfremden – das konnte sie über Wochen hinweg erfüllen. Dennoch schaffte es diese Brit, sie zu berühren. Die hatte eine Art, sie ernstzunehmen und ihr zu zeigen, wie sehr sie sie mochte, daß Thea gar nicht anders konnte, als sich zu öffnen. So viel Freundlichkeit und überschwengliches Entgegenkommen, selbst wenn es nur in Form kleiner Buchstaben auf einem Computerbildschirm geschah, gingen nicht spurlos an einem vorüber.

Thea seufzte und legte den Bildband beiseite. Sie war das alles nicht gewöhnt, es regte sie auf. Die meisten Menschen, auch Frauen, die es mit ihr zu tun bekamen, ließen sich von ihrem wortkargen, spröden Äußeren gut von Überschwenglichkeiten abhalten. Und mit Manuela war sie damals auch nur zusammengekommen, weil sie beide betrunken gewesen waren.

Die Zeit, die sie bis zu dem Anruf bei Manuelas Bruder um zehn Uhr überbrücken mußte, kam ihr wie eine Ewigkeit vor. Sie füllte sie an mit einem Imbiß beim Libanesen und einer Vorstellung davon, wie sie Brit später erzählen würde, daß ihrem Vier-Elemente-Projekt nun nichts mehr im Weg stand. Nein, das ging ja gar nicht. Sie würde sich anders ausdrücken müssen, denn von dem tatsächlichen Projekt hatte sie ja Brit bislang nichts berichtet. Vielleicht konnte sie die Geschichte als Filmdrehbuch erzählen, als Erfolg der Produktionsfirma oder so.

Manchmal wurde es doch sehr anstregend, nicht zu vergessen, was sie gestern und vorgestern alles über sich geschrieben hatte. Jetzt, wo sie der Frau wirklich näher zu kommen schien, bereute Thea es mitunter, mit diesen vorgetäuschten Geschichten je angefangen zu haben. Was, wenn sie sich wirklich entscheiden sollten, einander kennenzulernen? War dieser Weg jetzt nicht völlig verbaut? Vielleicht ruinierte sie hier gerade die Liebe ihres Lebens. Thea spießte das letzte Falafelbällchen auf die Gabel und schob es sich in den Mund. Was für ein Unsinn. Diese Frau war nicht die Liebe ihres Lebens. Sie kannte sie nicht einmal, hatte sie nie gesehen. Wahrscheinlich stand die auf kompakte kleine Schwimmerinnen, braungebrannte muskulöse Sportasse, wie sie selbst eines war.

Thea trug ihre dünnen Knochen mit Stolz, aber man mußte zugeben, daß es doch eine andere Ästhetik war.

»Du kannst meine Vernissage besuchen, wenn du willst«, sagte der Bruder, als sie ihn endlich am Telefon hatte. »Sind ziemlich provokative Sachen dabei, ganz neues Material.«

»Und die zusätzliche Förderung? Die Gelder für neue Leute, andere Künstler... Künstlerinnen?« fragte Thea, während ihre Vorfreude jäh zu einem kleinen Knoten zusammenschrumpfte.

»Fehlanzeige. Hab ich mir gleich gedacht. Räume ja, Geld nein. Die Vernissage heute abend, kann sein, daß auch Leute von der Presse kommen. Sind ziemlich provokative Sachen dabei.«

Thea legte schnell auf.

Dann stand sie am Fenster und sah, wie so oft in dieser Zeit, zu dem Stückchen Himmel über dem Hinterhof hinauf, diesig und trist drückte es sich auf die Dächer. Ein paar Tauben hockten gelangweilt auf den Schornsteinen. Es würde doch nichts helfen, die Fenster aufzureißen und zu schreien, die Tauben zu verjagen und ihre Wut in den Himmel zu schleudern. Es half doch nichts, der Welt wieder und wieder zu eröffnen, ob wütend oder beharrlich oder unduldsam oder so direkt und klar wie möglich, daß sie anders nicht leben *konnte*, als sich auszudrücken, als vier Elemente zu einem neuen Sinn zusammenzufügen, als Farben auf Leinwände zu schmieren und rostigen Draht in sperrige Gebilde zu zwingen. Sie wußte doch selbst nicht, warum das so war. Sie brauchte es eben, wie atmen, schlafen, Menschen anfassen. Aber sie mußte doch auch leben, sich ernähren, ein Bett in ein Zimmer stellen, eine Telefonrechnung bezahlen können, um viel mehr ging es ihr doch gar nicht. Sie kaufte sich nicht einmal mehr Fahrkarten für die U-Bahn oder den Bus, aß Aldi und Pennymarkt und trug Hosen und Hemden vom Flohmarkt. Ein Knall, wie aus einem Schreckschußgewehr, zerriß den Moment, ängstlich flattern die Tauben auf. Thea sah ihnen nach, wie sie ihre nervösen Runden in den Himmel schraubten, schmutzige Stadtvögel, die sich von Dreck und Resten ernährten, selbst nichts anderes als Rest und Dreck, 'geflügelte Ratten', nannten sie manche Leute.

Wie aussichtslos das alles war. Hier gab es so viele, die nichts zählten und nur am Rande mitvegetierten, und sie gehörte dazu. Geflügelte Ratten. Alkoholisierte Nachbarn. Frauen mit Doktortiteln, die Videobänder über einen Plastiktresen schieben. Jungs in billigen Turnschuhen. Künstlerinnen, die mit Anfang zwanzig ahnen, daß sie vielleicht auch schon am Ende sind.

Thea drehte sich vom Fenster weg und setzte sich an den Computer. Sie lud die Post nicht herunter, die sie heute erhalten haben mochte. Sie wollte nicht hören, was andere ihr zu sagen hatten. Andere hatten ihr nichts zu sagen. Niemand sprach mit ihr. Nicht wirklich. Und sie sprach ja auch mit niemandem. Nicht wirklich. Sie schrieb einen Brief. Mitten auf das schmutzigweiße Nichts des Bildschirms.

»Liebe Brit«, schrieb sie. »Ich dachte, der Bruder von einer Freundin von mir könnte mir vielleicht helfen, Geld für ein Projekt zusammenzubekommen. Kein Film. Er kann mir aber auch kein Geld besorgen, womit das Projekt wahrscheinlich am Ende ist, wenn nicht noch ein Wunder passiert. Glaubst du an Wunder? Ich höre langsam auf damit. Ich wollte die vier Elemente inszenieren, auf einem Platz in Berlin, in jede Richtung ein anderes Element. Feuer, Wasser, Erde, Luft. Mit Tanz und Performance und so weiter, vielleicht aus verschiedenen Kulturen. Man könnte auch ein, zwei chinesische Elemente unterbringen, dann müßte man sich aber einen größeren Platz aussuchen. Obendrüber, sozusagen in der Mitte, aber in der himmlischen Mitte, wenn du vestehst, was ich meine, sollte ein Fesselballon in die Luft steigen. Ich hätte JETZT daraufgeschrieben, sehr groß. Am liebsten hätte ich den Ballon in der Luft verbrannt oder explodieren lassen. Aber ich weiß noch nicht, wie das technisch möglich ist. Ein gebrauchter Fesselballon kostet fast viertausend Mark, und das wäre nur ein Teil der Kosten. Liebe Brit, es geht mir ziemlich schlecht, ich glaube, wir sollten aufhören, uns zu schreiben. Thea.«

Thea wählte sich in die Chatline ein. Brit war da. Sie erkannte sie an ihrem Kürzel. Ohne zu grüßen oder auf eine Begrüßung zu warten, schickte Thea ihren Brief ab. Danach drehte sie sich eine Zigarette, legte die Beine auf die Schreibtischplatte und lehnte sich zurück. Sie wartete und versuchte, nicht zu warten. Nach einer Ewigkeit flammten die roten Buchstaben auf.

»Hallo Thea, was ist falsch mit dir?«

Thea glaubte nicht daran, aber sie gab sich einen letzten Ruck. »Es geht mir sehr schlecht«, wiederholte sie. »Im Moment klappt nichts in meinem Leben. Nichts funktioniert.«

»Morgen die Sonne wird wieder scheinen, Thea! Morgen du

mußt eine neue Anfang machen. Du wirst es schaffen, ich glaube fest an dir und dein Filme.«

»Es stimmt nicht, daß ich reich bin und Filme mache und in Rom lebe. Ich bin in Berlin und habe kein Geld.«

»Was ist mit deine Filmen? Du machst kein Filme? Dieses Projekt mit die 4 elements, es hat alles nichts mit Filme zu tun?«

»Nein. Ich wollte es inszenieren. Wie eine Performance. Aber ich habe nicht genug Geld dafür, wie es aussieht. Das deprimiert mich ziemlich. Es macht mich TRAURIG.« Müde schickte Thea die Nachricht ab.

»Hi Thea, ich muß jetzt stop machen mit schreiben. Mein Telefon klingelt. Morgen wir können mehr lang reden. Komm wieder! B.«

Thea beugte sich vor, verließ das Programm nicht einmal, sondern schaltete einfach das Modem und den Computer aus.

Morgen?

Manchmal gibt es kein Morgen.

Morgen, das würde ein anderes Leben sein.

17. Kapitel
Anfang August

Giovanna holte tief Luft, um zum Sprechen anzusetzen. Auf einmal stieg der Schmerz von unten hoch, wie gestern schon und wie vergangene Woche das erste Mal. Der Schmerz tauchte meist im Brustkorb auf, links hinter den Rippen, wo ihr Herz saß. Nicht rechts, nicht hinter dem Knoten. Ein dumpfer, rumorender Schmerz war das, schwer lokalisierbar, aber mitunter so stark, daß ihr minutenlang übel davon wurde. Die Ärztin sagte, es könne nicht an dem Knoten liegen, der Knoten wuchs nicht, es war etwas anderes, etwas, das sich nicht kontrollieren ließ.

Die Brustoperation war für Mitte Oktober angesetzt, drei Wochen nach dem Abgabetermin von Ettas Dissertation. Die Ärztin drängte bei jedem Besuch darauf, sie umgehend ins Krankenhaus zu überweisen, aber Giovanna wollte den späten Termin noch immer. Keine Operation, solange Etta noch an ihrer Arbeit schrieb. Keine Operation, solange sie nicht zusammen in Urlaub gewesen waren. Es war der Urlaub, den Giovanna mehr als alles andere wollte. Südfrankreich. Wilder Thymian und das Meer und die Felsen, gegen die es schlägt. Weiße Gischt und Algen und ein Dorf mit einer schiefen Kirche und schmalen Gassen und weit weg sein. Weit, weit weg von all der Anstrengung hier.

Im Vorlesungssaal kam Unruhe auf, Giovanna versuchte, sich zu fangen, so daß sie weitersprechen konnte.

»Das Marionettentheater gilt nun als Gesellschaft *en miniature* – ein ideales Weltmodell. Joseph Haydn schreibt Singspiele für seinen Arbeitgeber, den Fürsten Esterhazy, der ein großes Faible für die Marionettenkunst hat. Novalis schwärmt von ihrer edlen Künstlichkeit. Ihr Äußeres sei, so sagt er, 'ein in Geheimniszustand erhobenenes Inneres'. Die Marionette wird in ihrer tatsächlichen oder vermeintlichen Volksnähe, ihrer Genügsamkeit, ihrem Dasein bar jeden falschen Scheins – denn sie ist nichts als Schein, es gibt kein Leben jenseits der Rolle – zum besseren Schauspieler...«

Während Giovanna sprach, dehnte sich der Schmerz wie ein giftiger Nebel über ihren halben Brustkorb aus, eine neue Welle der Übelkeit stieg in ihr hoch, dann ebbte der Schmerz plötzlich ab, wurde weiter, durchlässiger, offener. Giovanna versuchte sich damit zu beruhigen, daß der Schmerz seelisch und nicht körperlich bedingt war, aber der Schmerz wollte nicht auf sie hören. Sie stand neben dem Pult und sprach, ohne zu denken; sie hatte diese Vorlesung schon so oft gehalten, daß ein Teil ihres Kopfes dabei schlafen oder abschweifen konnte, wären da nicht die Studentinnen und Studenten gewesen, denen sie sich verpflichtet fühlte. Dabei kannte sie die meisten nicht einmal vom Sehen. Als der Schmerz sie wieder freigab, versuchte sie, wenigstens so zu tun, als konzentrierte sie sich und als empfände sie ein Gewicht dessen, was sie lehrte. Als ginge es hier um etwas, das Bedeutung hatte.

Dabei war das nicht so.

Das stand ihr ganz deutlich vor Augen.

Fast nichts von dem, was sie hier an der Uni tat, hatte wirklich Bedeutung.

Es gab seltene Situationen in den Seminaren, in denen die Studierenden und sie selbst und die in den Texten verborgenen Gedanken- und Lebenswelten sich nahe kamen, näher als sonst, in denen die Schranken zwischen Text und Mensch, zwischen Denken und Sein sich für die Dauer einiger Atemzüge öffneten und Giovanna wußte: Diese Seminarstunde werde ich als eine andere verlassen; das gilt für mich, und für zwei, drei der Studierenden gilt es ebenso. Der junge Mann dort drüben mit dem dunklen, sperrigen Haar, der, obgleich er sonst ein Vielredner ist und auch ein Aufschneider, seit einer halben Stunde nichts mehr sagt, der verstummte, weil ihn der Satz einer Kommilitonin traf, nicht im schmerzhaften Sinne traf, sondern ins Sein, in das Gefüge von Glauben und Zu-Wissen-Meinen, auf das er sich innerlich stützt, und bevor er dieses Gefüge neu organisiert und gefestigt haben wird, horcht er erstaunt der Irritation nach, in einem wunderbar bloßen, verletzlichen Moment. Oder die junge Frau auf der Fensterbank, die lächelte, als ich sagte, »die beste aller *möglichen* Welten, das ist die Betonung, auf die es Leibniz ankam – die unmöglichen Welten schloß er in seiner Betrachtung nicht mit ein.« Die Studentin lächelt, als wäre ich einem ihrer Geheimnisse auf die Spur gekommen, einem Geheimnis, in dem es vielleicht um den Schmerz des Möglichen und des Unmöglichen geht, und mit dem Lächeln, das sie mir zukommen läßt, teilt sie ihr Geheimnis mit mir. Ja, solche Momente hielten stand, natürlich hielten sie stand, noch immer. Die anderen nicht. Zu viele, beschämend viele andere nicht. Nicht die heruntergespulten Vorlesungen und nicht die Fachbereichskonferenzen, deren entsetzliche Gruppendynamik ihre Vermittlungsbemühungen seit Jahren zunichte machte. Tausend Erfordernisse der Universitätsbürokratie hielten nicht stand, Formulare und Anträge und Telefonate, mit denen sie ihr Leben zustopfte, Minuten vernichtete, die so kostbar gewesen wären. Wege hielten nicht stand: der Weg vom Parkplatz in ihr Büro, Teer, eine Stahltür und dann, von weiteren Stahltüren unterbrochen, endloser roter Plastikteppichboden, kahle Wände. Die Wege am Autosteuer hielten nicht stand, die getönten Glasscheiben, hinter denen die Welt ihr verschwand und die sie fernhielten von etwas, das sonst ihr Leben gewesen wäre: der Geruch fremder Menschen, ein Zunicken, eine Begegnung, ein Vogel auf einer Mauer, ein Duft in ihrer Nase. Was ist denn das? Eine Blüte. An welchen Tag erinnert sie sich? Der Spaziergang mit Etta an einem Sonntag vor zwei Wochen, im Tiergarten, nichts Besonderes, aber sie hatten eine Kaninchenfamilie beobachtet, eine Mutter und fünf winzige Junge, die völlig zerzaust aussahen, als hätten sie sich das erste Mal aus ihrer Höhle gewagt. Das hielt stand.

Es erstaunte Giovanna, wie sehr sie, die durch und durch Nüchterne, mit einem Mal Sinn für sentimentale, anrührende, sogar kitschige Begebenheiten bekam. Eine Kaninchenfamilie. Ihre Hand in Ettas große Hand zu schmiegen, wenn sie schwiegen und sich an den Tieren freuten. Das hielt stand. Zu spüren, wie vergänglich dieser Moment war, die ganze schreckliche Flüchtigkeit des Lebens zu spüren und gleichzeitig zu ahnen, daß es das und nichts anderes war, aus dem Wert und Bedeutung und Freude herausdestilliert werden mußten, auch jetzt, gerade jetzt. Das war kein nachdenklicher Satz in einem Buch. Das war die Aufgabe, die sich ihr jetzt stellte. *Weil* dieser Moment so unwiederbringlich, so unwiederholbar, so einzigartig war, trug er in sich die Züge der Ewigkeit. Nie wieder würde sie mit Etta am Sonntag Hand in Hand in der Sommersonne fünf zerzauste Kaninchen beobachten. Es würde in alle Ewigkeit so gewesen, und es würde nie wieder so sein.

Seit zwei Wochen verabscheute Giovanna Wiederholungen, fuhr auf unterschiedlichen Wegen zur Arbeit, zog sich drei-, vier-, fünfmal am Tag um, meldete sich am Telefon in unterschiedlicher Weise, mit ganzem, mit halbem Namen, mit und ohne Titel. Aß in der Mensa und dann nicht in der Mensa und dann zwei Tafeln Schokolade hintereinander und dann eine winzige Menge Rohkostsalat. Weil die Zeit so rücksichtslos zerrann und sie mitriß, daß sie sich nicht halten konnte, wollte Giovanna einen Pakt mit ihr und gegen die Routine schließen: Die Zeit hastete vorbei, zwang sie mitzulaufen, aber das hieß auch, daß sie und das, was sie umgab, jede Minute neu und anders aussehen konnten. Giovanna erstaunte sich selbst mit diesem Wunsch nach Abwechslung, sie hatte das nicht geplant, obwohl sie seit Jahren jeden ihrer Schritte und sogar die meisten Gefühle plante und durchdachte. Der Wunsch nach Abwechslung brach einfach aus ihr hervor, eine gewaltige Not, ein existentielles Bedürfnis. Es war, als hätten andere Gesetze in sie Einzug gehalten, und Giovanna konnte nichts anderes tun, als das Seltsame, das in ihr geschah, hinzunehmen und, in raren Augenblicken, zu begreifen. Ihr Körper entglitt ihr, und in dem Strudel versank – schon jetzt, denn das hatte alles doch gerade erst begonnen – ein empfindlicher, großer, möglicherweise jedoch auch entbehrlicher

Teil ihrer Seele. Sie fragte sich, was an dessen Stelle zum Vorschein kommen würde.

Als die Vorlesung zu Ende war, stand ihr der Schweiß auf der Stirn. Die Studenten bemerkten es nicht, packten die Rucksäcke und Taschen und verließen den Raum wie sonst auch.

Eine Frau trat auf sie zu. Sie hatte dunkelblonde, auffallend dünne Haare, ein spitzes, aber eigentlich ganz hübsches Gesicht mit einer randlosen Brille. Blaß sah sie aus, und so, als wäre sie sehr streng mit sich. Ob die auf ein Jahr befristete Stelle noch frei sei, fragte sie. Die Mutterschaftsvertretung als wissenschaftliche Mitarbeiterin mit dem Schwerpunkt Betreuung des Grundstudiums? Giovanna tupfte sich mit einem Papiertaschentuch den Schweiß von der Oberlippe und nickte. Die Frau sah jung aus, als hätte sie ihr Studium noch vor sich. Bestimmt hatte sie innerhalb weniger Jahre studiert und promoviert, sie machte einen überaus zielstrebigen Eindruck.

»Die Bewerbungsfrist endet in zwei Wochen«, sagte Giovanna. »Ich muß gleich dazu sagen, daß es mehrere Bewerberinnen und Bewerber aus dem engen Umkreis des Fachbereichs gibt. Das sollte zwar nichts bedeuten, aber wie Sie sicher wissen... wo arbeiten Sie denn zur Zeit?«

»Im Dahlemer Filmarchiv«, beeilte sich die junge Frau. »Meine Aufgabe ist die Recherche. Leider nur ehrenamtlich. Es fehlen die Gelder für Stellen.«

Giovanna nickte abwesend und schob ihre Unterlagen auf dem Pult zusammen. Sie wünschte, die junge Frau wäre weggegangen. Sie hatte jetzt nicht die Energie, sich auf den nervösen Ehrgeiz einzustimmen, den sie wie einen beißenden Geruch verströmte.

Noch vor kurzem hätte sie die junge Frau zu dieser Gelegenheit in ein erstes Kreuzverhör genommen, sie auf Herz und Nieren befragt, um ihr von vornherein zu zeigen, daß wissenschaftliche Mitarbeiterinnen und Mitarbeiter an diesem Fachbereich, falls sie denn wirklich dazugehören wollte, etwas leisten mußten, bei aller Freundlichkeit. Jetzt fühlte sie sich seltsam unmotiviert, überhaupt etwas zu sagen oder zu fragen. Die junge Frau blieb unschlüssig vor ihr stehen, als hoffte sie auf etwas, ein Zeichen, das ihr Mut geben könnte.

»Bewerben Sie sich doch einfach«, sagte Giovanna lasch.

Die Frau nickte, bedankte sich, drehte sich um und ging.

Giovanna sah ihr nach. Es steckte Angst in ihrem steifen Gang. Angst vor der Zukunft. Vor der Erfolglosigkeit. Angst, niemals dazuzugehören. Wozu auch immer.

»Wie war noch mal Ihr Name?« rief Giovanna ihr hinterher.

Die junge Frau drehte sich rasch um. »Dr. Vera Siewert«, sagte sie, und wiederholte es sogleich. »Vera Siewert.«

»Bewerben Sie sich, Frau Dr. Siewert. Sie können die Bewerbung bei meiner Sekretärin abgeben, Zimmer 203, sie leitet das dann weiter. Machen Sie es ein bißchen spannend, zeigen Sie, daß sie etwas zu erzählen haben. Das kommt hier bei uns ganz gut an, ist meine Erfahrung. Einfallslose Bewerbungen gibt es alle Tage, das ist keine Kunst. Wenn Sie dann auch noch die notwendigen Qualifikationen haben, nun, wir werden sehen.«

Giovanna zwang sich zu einem Lächeln. Die junge Frau bedankte sich, sichtlich erleichtert über den Schimmer an Zuspruch, und verließ den Saal.

Giovanna lehnte sich in einem Moment der Erschöpfung an das Pult, die Aktentasche vor den Bauch gedrückt, und starrte auf das Halbrund der steil ansteigenden Stuhlreihen vor sich. Niemand saß mehr dort, alle Bänke lagen leer da, das Holz und seine unzähligen Einritzungen und Filzstiftbeschriftungen glänzten im Neonlicht. Was bleibt von den Gedanken, die man anderen Menschen erzählt? Bleibt etwas? Von all den Überlegungen, die Giovanna in den vergangenen acht, zehn, fünfzehn Jahren in aller Ernsthaftigkeit zu kommunizieren versucht hatte. Welche hatten eine Wirkung erzeugt? Und welche Wirkung? Und diese Wirkung – sie hatte eine neue Wirkung angestoßen, und die wiederum eine weitere, wie ein ins Wasser geworfener Stein Kreise von Wellen entstehen läßt, deren Ausbreitung man nur darum nicht mit den Augen verfolgen kann, weil die Wellen weit hinten auseinanderstreben, wo sich das Wasser längst im Nebel verliert. Giovanna ließ ihren Blick die erste, die zweite, die dritte Bankreihe entlangwandern, versuchte, sich die Gesichter der Studierenden vorzustellen, die vor wenigen Minuten noch hier gesessen hatten. Es gelang ihr nicht. Sie würde es nicht wissen. Sie würde nie wissen, welche Bedeutung ihr Leben für andere gehabt hatte und ob es überhaupt eine Bedeutung gehabt hatte. Ihr Leben, das zu neunzig, zu fünfundneunzig Prozent aus Gedanken, dem Aufnehmen, dem Sichaneignen, dem Weitergeben von Gedanken bestanden hatte. Die junge Frau vorhin, die mit der Angst in den Schultern – so jemand brauchte keine Gedanken, oder? Die hatte schon viel zu viele Gedanken. Das war offensichtlich gewesen in der Art, wie sie sich ausgedrückt und hinter ihrer Brille versteckt gehalten hatte. So jemand brauchte vielleicht ganz etwas anderes, etwas, das gar nichts mit dem Denken zu tun hatte, sondern mit der Stofflichkeit des Lebens, dem Anfassen, Riechen, Schmecken, der Kreatürlichkeit, dem Dasein, dem Baum, dem Tier, den Kaninchen. Giovanna preßte die Tasche noch fester vor ihren Bauch. Der Gedanke an die Stofflichkeit des Lebens brachte ihr keine Erleichterung. Die Stofflichkeit des Lebens war gefährlich genug, einem Menschen das Leben zu nehmen. Und außerdem war das eben auch nur ein Gedanke.

Giovanna wäre ihrem Kopf gern entronnen, doch als Strategie fiel ihr nichts anderes ein, als ihren Kopf in noch schnellere Bewegungen zu versetzen. Sie versuchte, mit dem Denken das Denken aufzuhalten. Und das ging nicht. Es war ganz und gar unmöglich.

Sie schreckte hoch, als einer der Hausmeister den Vorlesungssaal betrat, um das Licht auszumachen.

»Entschuldigung«, brummte er, als er sie vorn am Pult stehen sah. Er legte die Hand an den Lichtschalter und wartete darauf, daß sie den Saal verließ. Sie tat ihm den Gefallen. Als sie einige Minuten später den Schlüssel in das Schloß ihrer Bürotür steckte und umdrehen wollte, dachte sie: Nein! Das stimmt nicht! Es stimmt doch gar nicht! Ich muß es nur *tun* – darin liegt das ganze Geheimnis. Sie ließ das Büro verschlossen, lief all die Gänge entlang, hastete über den roten Teppichboden, drückte die Stahltür zum Seitenausgang auf und rannte quer über den geteerten Parkplatz. Dort sprang sie in ihr Auto, kurbelte die Fensterscheiben hinunter und fuhr so schnell es ging nach Hause. Sie würde ihre Sprechstunde platzen lassen, ohne Begründung. Die Studierenden würden vor der verschlossenen Tür ausharren und aufgeben, nicht einmal einen Zettel hatte sie angebracht.

Sie klopfte an Ettas Arbeitszimmer und öffnete die Tür. Das Zimmer war leer, der Computer ausgeschaltet. Giovanna schloß die Tür wieder und ging Richtung Küche.

»Etta?«

Jetzt ging die Badezimmertür auf.

»Du? Mitten am Tag? Was ist los?« fragte Etta. Sie hörte sich beinahe besorgt an.

»Mir geht's nicht so gut«, antwortete Giovanna wahrheitsgemäß. Sie wußte, daß sie zu blaß aussah, um es verbergen zu können. »Magenverstimmung oder so. Ich brauche ein, zwei freie Tage, fürchte ich.«

Etta nickte, stand auf und kam auf sie zu. Sie sah immer noch besorgt aus. Giovanna hatte nie ein, zwei Tage gebraucht, egal weswegen. Selbst mit 39 Grad Fieber schleppte sie sich gewöhnlich noch zur Uni, meist dachte sie nicht einmal darüber nach, ob es die Möglichkeit gab, ernsthaft krank zu sein. Wie ihr Vater. Der war auch mit Fieber noch ans Fließband gegangen. Kranksein, das gab es in ihrer Familie einfach nicht, dazu hatte es immer, seit Generationen schon, viel zu viel Arbeit gegeben.

»Soll ich dir einen Tee kochen?« bot Etta an und war schon auf dem Weg in die Küche. Giovanna lehnte sich an die Fensterbank im Flur und sah Etta durch den Türspalt zu, wie sie Wasser aufsetzte und die Teekanne aus dem Schrank holte. Sie liebte Ettas Bewegungen: dieses leicht rumpelige, fahrige Hantieren, immer fiel Etta etwas zu Boden, das sie dann achtlos mit dem Fuß beiseite schob, bis sie es Stunden später mit dem Handfeger beseitigte, nicht ohne dabei die Hälfte der Glasscherben oder der Reiskörner am Papierkorb vorbeizuschütten. Etta hatte so viel Lebenskraft, daß einfache Schraubgläser oder delikate Porzellantassen davon schlichtweg überfordert waren. Giovanna schoß etwas in die Brust. Nicht der Schmerz. Ein Aufwallen an Zuneigung und Verbundenheit. Ja, es gab auch in ihrem Leben etwas anderes als Gedanken: Dasein, mit offenen Augen, in den einfachsten und selbstverständlichsten aller Augenblicke. Wenn Etta Tee kochte, wenn sie den Schmerz und die Sorgen unter Kontrolle hatte und Hand in Hand im Park stand und schaute, wenn sie Musik hörte, allein oder mit Etta, wenn sie ihren Körper, der mitten im Sommer fror, an Etta wärmte, während sie fernsahen, wenn sie mit der Hand über die Rücken der Bücher im Arbeitszimmer strich, das Leinen oder das Leder oder den Karton unter den Händen spürte, nicht las, sondern nur an den Regalen vorbeiging und die Farben betrachtete, ein grüner, ein blaßblauer, ein buntbedruckter Buchrücken, die Form der Schriften, gewichtig dickschwarz, schnörkellos und schmal, schüchtern geschwungen, das Verblaßte, das Neue, das Umfangreiche, das nur Skizzierte, das Zerlesene, das Beiseitegestellte.

»Hier. Kräutermischung«, sagte Etta und drückte ihr eine heiße Tasse in die Hand. »Nehme an, du kriegst bald deine Tage.« Giovanna nickte dankbar und trank. In wenigen Wochen, dachte sie, wird es, wenn ich blaß aussehe, einen solch harmlosen Satz nie wieder geben. Es war nicht das erste Mal, daß sie Etta anlog. In den letzten Wochen hatte sie oft gelogen, wegen der häufigen Besuche bei ihrer Ärztin und wegen dieses Bedürfnisses, das sie im Wechsel mit ihrer Sehnsucht nach Etta immer wieder überfiel: allein zu sein, mit niemandem zu sprechen, nichts zu denken, nichts zu fühlen, allein im Kino zu sitzen, Bilder über ihre Augen fluten zu lassen, allein in der Bibliothek zu sitzen und zu lesen, was immer ihr in die Hände fiel und sie abzulenken vermochte und ihr Gedanken in den Kopf spülte, andere Gedanken, die Gedanken anderer Menschen. Also hatte sie Konferenzen erfunden, Seminare und Sondersprechstunden. Etta und sie lebten so eng zusammen und wußten alles voneinander, daß Giovanna sich mit ihren so banal klingenden Ausreden vorkam wie ein Familienvater, der eine Liebschaft vor seiner Frau zu verbergen versuchte. Liebling, ich komme heute erst zwei Stunden später nach Hause, du brauchst mit dem Abendessen nicht auf mich zu warten. Etta nahm jede Ausrede an, so sehr vertraute sie ihr. Etta war ohne Argwohn, nie fragte sie nach. Etta hatte nicht den leisesten Verdacht, daß es zwischen ihnen ein Geheimnis geben könnte.

»Kommst du voran?« fragte Giovanna und trank an ihrem Tee. Sie waren an der Wand heruntergerutscht und saßen jetzt mitten in dem schmalen Flur, ganz bequem, den Rücken an die eine, die Füße an die gegenüberliegende Wand gelegt.

Etta verzog den Mund. »Geht so«, entgegnete sie. »Könnte schneller gehen. Würdest du... wenn es dir besser geht heute abend... würdest du die letzten beiden Kapitel gegenlesen? Ich weiß überhaupt nicht mehr, ob das, was ich da zu Papier bringe, irgendeinen Sinn ergibt. Sag mal, da ist so eine seltsame Rechnung gekommen, die mußt du dir unbedingt mal angucken, der Vermieter ist jetzt völlig durchgedreht. Und Sybille, die Süße, hat angerufen! Sie hat furchtbaren Streß mit ihrem Hausdrachen, wird Zeit, daß die beiden sich trennen, meinst du nicht? Wie wär's – hast du am Sonntag Lust, mit Sybille und mir tanzen zu gehen?«

Drei Fragen und vier leidenschaftliche Meinungen in einem einzigen Atemzug. Giovanna mußte lächeln. Konnten zwei Frauen verschiedener sein? Sie beugte sich vor und griff nach Ettas Händen.

»Ich habe heute bei der Verwaltung Bescheid gegeben,« sagte sie leise, denn das Sprechen schmerzte sie. »Wegen des Urlaubs. Ich habe mir den September freigenommen, den halben September und die erste Oktoberwoche. Ich dachte, wenn wir sicher sein wollen, daß es nicht schon zu kalt und ungemütlich ist, sollten wir wirklich gleich im September fahren, sowie du deine Arbeit abgegeben hast.«

Etta sah zu Boden und schwieg.

»Meinst du, es könnte schon zu kühl sein im September?« nahm Giovanna sich rasch zurück. Sie versuchte, Ettas Gedanken zu erraten. »Ich weiß, daß es in Frankreich im September manchmal schon recht kühl wird, auf der anderen Seite, dachte ich, wir sind damals auch im September gefahren. Es war ganz warm noch damals, ideal, die paar Regentage haben uns nichts ausgemacht, es war eher gemütlich und romantisch.«

Etta schwieg noch immer.

»Etta?«

»Ja?«

»Kannst du nicht im September? Deine Arbeit muß doch bis Mitte des Monats abgegeben sein. Meinst du, es ist nicht zu schaffen bis dahin? Dachtest du an eine Verlängerung? Natürlich lese ich Korrektur, das ist doch ganz klar! Ich finde, wir sollten auf jeden Fall versuchen, es bis Mitte September zu schaffen.«

Giovanna fühlte Panik aufsteigen, als sie das sagte. Bitte, dachte sie. Bitte! Mitte September, das war offenbar doch die Grenze, bis zu der sie gehen konnte.

»Nein. Nein. Ich meine: ja!« Etta wachte endlich auf. »Bitte lies dir das Ding durch, das wäre eine riesige Hilfe! Das ist es nicht. Wirklich nicht. Das mit der Arbeit, das kriege ich schon hin. Wir kriegen es hin. Es ist nett, wie du das sagst, 'das werden *wir* schon hinbekommen.' Nein, das ist es nicht, Giovanna. Ich bin nur ein bißchen erschöpft, weißt du, einfach nur müde. Ich freue mich, wenn wir zusammen in Urlaub fahren. Ich bin ein bißchen überrascht, daß du dir auf einmal so viel Zeit für uns nehmen willst. Angenehm überrascht! Es kommt so plötzlich! Aber ich freue mich, wirklich.«

Etta breitete ihre Arme aus und zog Giovanna zu sich.

»Wir werden nachts am Meer sitzen und Rotwein trinken, bevor wir uns hinlegen und zwölf Stunden schlafen, mindestens«, murmelte Etta müde.

»Wir werden bis zur Hüfte im Meer stehen und den Mond und alle Sterne anheulen«, fügte Giovanna leise hinzu. »Wir werden so laut heulen, daß der große Bär erwacht. Komm herab, zottige Nacht, Wolkenpelztier mit den alten Augen...«

»Bis zur Hüfte im Meer? Du *wirst* heulen, das glaube ich auch!« Giovanna spürte Ettas ironisches Lächeln an ihrem Hals. Giovanna konnte nicht schwimmen und weigerte sich meistens – das heißt früher hatte sie sich geweigert, als sie noch zusammen in Urlaub gefahren waren – auch nur eine Zehe ins Wasser zu tauchen. Giovanna lachte und drückte sich enger in Ettas Arme.

»Es könnte sein«, fuhr sie mit geschlossenen Augen fort zu zitieren, »daß dieser Bär sich losreißt, er reißt sich los, und er jagt alle Zapfen... alle Zapfen, die von den Tannen gefallen sind, den großen geflügelten, die aus dem Paradiese stürzen.«

Etta öffnete die Umarmung und hielt Giovanna lächelnd von sich weg, eine leise Irritation lag in diesem Lächeln. Giovanna versuchte ihrem Blick auszuweichen. Sie wußte, was Etta denken mußte. Sie war so nicht. Sie weinte nicht. Sie heulte nicht. Sie betete den Mond nicht an. Ins Meer eintauchen, bis zu den Knien, den Hüften, bis zum Hals, das tat sie doch alles gar nicht.

»Fürchtet euch. Oder fürchtet euch nicht«, hörte Giovanna sich sagen.

»Haltet den Bär an der Leine! Und würzt die Lämmer gut!»

18. Kapitel
Anfang August

Der Besuch im Kloster war ein Bad aus Tönen, Licht und Hoffnung gewesen. Ich bat Jule auf ihrem Anrufbeantworter, sich bei mir zu melden, doch das tat sie nicht. Dann rief ich im Filmbüro an und ließ mir bestätigen, daß kein Irrtum vorlag und sie wirklich nicht dort arbeitete. Ich probierte es bei ein paar anderen Produktionsbüros in der Stadt mit demselben Ergebnis. Niemand kannte Jule Meissner. Dann lief ich noch einmal zu Karstadt in die Spielwarenabteilung, doch dort hatte man sie schon ewig nicht mehr gesehen. Schließlich erkundigte ich mich bei der Auskunft nach der Telefonnummer des Freundes, in dessen Wohnung sie zur Untermiete wohnte. Auch er wußte nicht, wo Jule steckte, sie seien ohnehin nur entfernte Bekannte gewesen, und Jule habe auch ihre Miete nicht regelmäßig bezahlt – er war nicht gut auf sie zu sprechen. Ich klingelte an Jules Wohnungstür, klopfte an, lauschte nach Geräuschen. Aber da waren keine Geräusche, nichts war da, absolute Stille. Einige Stunden lungerte ich vor ihrem Haus herum, fragte Passanten und Hausbewohner nach ihr. Niemand wußte etwas, und wen sollte es auch kümmern, wenn die junge Frau aus dem dritten Stock mal eine Woche oder zwei nicht nach Hause kam. Dann machte ich mir ganz plötzlich so viel Sorgen, daß mich das Bedürfnis überfiel, ihre Wohnungstür aufzubrechen. Vielleicht war ihr etwas geschehen? Und nun lag sie da oben, in ihrem eigenen Blut, überfallen, ausgeraubt, plötzlich schwer erkrankt. Der Schlüsseldienst kam eine Stunde nach meinem Anruf. Der Handwerker fragte mich, ob ich die Wohnungsinhaberin sei, notierte die Nummer meines Personalausweises und hebelte die Tür in einer halben Minute auf. Ich zog zwei Hundertmarkscheine aus der Tasche, einen Teil meiner Miete für den kommenden Monat. Und dann stand ich in Jules Wohnung.

Vorsichtig spähte ich in alle Räume. Aber auch hier war Jule nicht. Keine Spur von ihr. Im Kühlschrank dickgewordene Milch, das Haltbarkeitsdatum vor einer Woche abgelaufen. Ein hartes, altes Brot auf dem Tisch. Der Mülleimer voller Fruchtfliegen. Es sah aus, als wäre sie die ganze Zeit über nicht hier gewesen. Aber wo steckte sie dann? Ich setzte mich auf einen der Stühle in der Küche, sah mich um. Das schiefe verschmutzte Holzregal, die schwarzen Emailtöpfe, das bräunliche Poster an der Wand. Wie fremd mir das alles war. Ich hatte Jules Wohnung nie gemocht, aber jetzt kam sie mir unwirklich vor, abweisend und kalt, so ganz anders als Jule. Ich hatte nichts hier zu suchen. Ich stand auf, rückte den Stuhl wieder an seinen Platz, ging auf den Flur. Ein paar alte Zeitungen lagen dort, Anzeigenblätter, wie man sie umsonst verteilt. Ich hätte sie gern mit dem Fuß beiseite getreten, aber dann ließ ich mich doch auf die schmutzigen Dielen fallen und fing an, darin zu lesen. Was tat ich nur hier? Ich wollte nicht gehen und wußte doch auch keinen Grund zu bleiben. Also las ich Kleinanzeigen und noch mehr Kleinanzeigen. Unter dem letzten Anzeigenblatt lag ein Prospekt. Dreifarbig. Glänzend.

Hotel Neues Berlin – Ihr Wohlbefinden ist unser Auftrag.

Das Hotel klemmte zwischen zwei Wilmersdorfer Neubaublöcken etwas abseits der großen Straßen. Es sah wenig einladend aus, keine Wohnstätte, die ich mir ausgesucht hätte, um in Ruhe Kompositionen zu ersinnen und an Partituren zu feilen. Aber vielleicht hatte eine Komponistin keinen Blick für architektonische Kleinigkeiten, und alles, was sie interessierte, waren die Geheimnisse der Melodieführung und der musikalischen Dramaturgie. Als ich an die Rezeption trat, spähte ein junger Mann in Jeans und T-Shirt aus einer Seitentür, er hielt in der rechten Hand ein Hühnerbein, kaute geräuschvoll und machte nicht unbedingt den Eindruck, als empfände er mein Wohlbefinden momentan als seinen dringlichsten Auftrag. Ich fragte nach Frau Meissner, es dauerte eine Weile, bis er reagierte.

»Dritte Etage«, sagte er. »Warten Sie, ich rufe oben an. Wer weiß -« Er brach ab und schlurfte zurück in sein Zimmer, offenbar um zu telefonieren. Nach einigem Gemurmel hörte ich ihn rufen: »Wie war Ihr Name?«

»Ich bin eine Freundin von Jule Meissner«, antwortete ich. »Ich habe nur eine kurze Frage, ich will nicht lange stören.«

Eine weitere Minute verstrich. Dann kam er endlich zu mir an die Rezeption.

»Dritte Etage«, wiederholte er, den Mund noch immer voller Hühnerbein. »Der Aufzug ist kaputt. Zimmer 304. Sie findet, Sie hätten vorher anrufen können.«

Ich nickte und machte mich auf den Weg nach oben.

Als ich die Hand hob, um an die Zimmertür zu klopfen, beschlich mich ein ungutes Gefühl. Was hatte ich mit Jules Leben zu tun, daß ich so ungefragt hier eindrang? Vielleicht wußte Jules Mutter gar nicht, daß sie lesbisch war, vielleicht hatten die beiden viel weniger miteinander zu tun, als es ursprünglich den Anschein gehabt hatte, vielleicht haßte Jule es, wenn ich ihr nachspionierte. War ihr Abtauchen nicht schon Beweis genug dafür? Vielleicht machte ich mir hier gerade alles kaputt, die ganze schöne Liebesgeschichte, die so verdammt hoffnungsvoll angefangen hatte.

»Ja?« Eine dumpfe, seltsam tiefe Stimme hinter der Tür.

»Ich bin eine Freundin ihrer Tochter«, gab ich so ruhig wie möglich zurück. »Können Sie mir kurz aufmachen? Ich will Sie nicht lange stören. Ich habe nur eine Frage!«

Eine Weile tat sich nichts, dann drehte sich ein Schlüssel, und langsam ging die Tür auf. Auf diesen Anblick war ich nicht vorbereitet, er traf mich unerwartet tief, mir blieb die Sprache weg. Die Frau vor mir sah so zerstört, so ganz und gar zerrüttet aus, daß ich sie nur entgeistert anstarren konnte. Sie hielt sich mit beiden Händen an der Tür fest und fragte nicht einmal, ob ich eintreten wollte. Ihre Hände, die Haut in ihrem Gesicht sahen gelb aus, eingefallen und krank. Aus dem Zimmer kam ein Dunst von Zigarettenrauch und Alkohol und alter, kranker Frau, daß mir ganz übel davon wurde. Nein, dort wollte ich nicht hinein. Ich riß mich zusammen und brachte meine Frage vor.

»Ich bin eine Freundin ihrer Tochter«, sagte ich. »Jule ist seit über einer Woche verschwunden. Oder sagen wir, sie ruft mich nicht an, und wir hatten ziemlich viel Kontakt vorher. Ich dachte, Sie wissen vielleicht, wo sie steckt.«

Sie verstand nicht, wovon ich sprach. Mit erloschenen Augen sah sie durch mich hindurch.

»War Jule bei Ihnen in den letzten sechs, sieben Tagen?« präzisierte ich. Plötzlich machte mich dieses Wrack in der Tür wütend, diese ganze absurde Geschichte machte mich wütend. Wer war denn das hier vor mir? Jules Mutter? Warum hatte sie mir Geschichten erzählt? Von der erfolgreichen Komponistin, der sensiblen, weltweit auf dem goldenen Tablett herumgereichten Künstlerin, dem Geheimtip unter Freunden der modernen E-Musik?

»Jule?« wiederholte die Frau. Ihre Stimme klang rauh und ausgeleiert, wie bei Menschen, die seit Jahrzehnten saufen.

»Ja, Jule. Ihre Tochter! War sie bei Ihnen? Hat sie Sie besucht? Wo ist Jule, wissen Sie das denn nicht?«

Die Frau sah mich mit wässrigem Blick an. Sie sah auf einmal entsetzlich traurig aus, verloren und verwirrt. Jetzt ließ sie die Tür los und wankte mit ausgestreckten Armen auf mich zu, den Kopf noch immer hin- und herwiegend.

»Jule?« jammerte sie. »Jule? Jule, mein Kind?! Jule?«

Unwillkürlich wich ich zurück. Dann hörte ich eine Stimme hinter mir.

»Ist ja gut, Mutti. Hier bin ich doch. Ich bin doch gekommen. Du weißt doch, daß ich dich jeden Tag besuchen komme!«

Ich drehte mich um.

Jule stand im Schatten neben der Treppe und nahm ihre Mutter in den Arm.

»Es liegt nicht am Alkohol«, sagte sie und sah mich über die Schulter ihrer Mutter hinweg ruhig an. »Sie ist krank. Sie weiß nicht mehr, was sie tut. *Sie ist einfach eine alte, kranke Frau.*«

Draußen entlud sich meine Wut. Wir standen auf der Straße, vor uns das heruntergekommene Hotel mit den schiefen Fensterläden und der schmutzigen Fassade. Jule an meiner Seite schwieg freundlich und meinte offensichtlich, mir keine weitere Erklärung schuldig zu sein, und all meine Fragen schienen angesichts des Elends da oben in dem Hotelzimmer mit einem Mal so egoistisch und lächerlich. Sie ist einfach eine alte, kranke Frau.

»Das hättest du mir auch gleich erzählen können!« rief ich aufgebracht. »Oder meinst du, ich bin unfähig zu ertragen, daß deine Mutter ein bißchen säuft und spinnt? Ist es das? Hältst du mich für so desinteressiert?! Wofür hältst du mich eigentlich?«

Jule schien meine Wut nicht zu berühren. Sie hakte sich bei mir unter, zog mich von dem Hotel weg die Straße entlang und drückte ihren Haarschopf an meine Schulter.

»Ach, Süße«, sagte sie versöhnlich. »Reg dich doch nicht so auf. Meine Mutter war wirklich eine berühmte Komponistin. Eins ihrer Stücke wurde sogar mal vom Londoner Sinfonieorchester aufgeführt. Sie hat nur eben in den letzten zwei Jahren etwas abgebaut. Die Ärzte sagen, es hätte etwas mit dem Gehirn zu tun. Wie Alzheimer.«

»Jule, ich lasse mich doch von dir nicht zum Narren halten! Es ist doch egal, ob deine Mutter irgendwann einmal... darum geht es doch überhaupt nicht! Du hast mir von einer strahlenden, sensiblen, kreativen Komponistin erzählt, die die Konzertsäle der Welt zum Vibrieren bringt. Warum, verdammt noch mal? Was sollte das? Warum sollte ich nicht wissen, wie es deiner Mutter wirklich geht?«

Jule ignorierte meine Wut noch immer.

Sie lachte, nein, sie strahlte mich an. Die Nachmittagssonne fiel auf ihr Gesicht.

»So schöne schwarze Augen, ich will in deinen Augen ertrinken«, sagte sie und versuchte, mich zu küssen. »Du bist so schön«, murmelte sie.

Ich drückte sie von mir weg. Eine Art Schleier hatte sich in ihrem Blick gebildet, ich sah ihn heute zum ersten Mal, ein unruhiges, durchsichtiges Band über ihren Augen. Sie war auch schön. Viel zu schön. Hastig machte ich mich von ihr los und lief weiter. Sie folgte mir mit einigen Schritten Abstand.

»Maria, ist denn das alles so wichtig?« rief sie. »Es war mir eben ein bißchen peinlich, das ist alles. Meine Mutter war so besonders früher, ganz besonders, niemand hatte so eine Mutter wie ich, und so behalte ich sie gerne in Erinnerung. Sie war schön und berühmt, eine ganz stolze Frau, sie hat die Menschen richtig beeindruckt. Es fällt mir schwer, mich davon zu verabschieden. Kannst du das nicht verstehen?«

Da war es schon wieder. Ich wußte nicht, was ich denken oder fühlen sollte. Ergab das Sinn, was Jule mir erzählte? Ich wünschte, Gerlinde wäre bei mir gewesen, sie hätte sofort gewußt, was zu denken gewesen wäre, sie hätte mich beiseite genommen und gesagt, Maria, sieh mal, ganz nüchtern und mit etwas Abstand betrachtet...

Aber wie sollte ich Abstand haben, wenn mein Herz vor lauter Glück, Jule wiederzusehen, seine Form verlor und zerfloß? Wie sollte ich Abstand haben, wenn ich oder mein Körper oder meine unkontrollierbaren Innenwelten nichts anderes wollten, als Jule in die Arme schließen und sie lange nicht mehr loslassen?

Jetzt ging sie wieder neben mir, kramte einen Schokoladenriegel aus ihrer Tasche und fing an, ihn umständlich aus dem Papier zu wickeln.

»Willst du mal?« fragte sie und hielt mir den Riegel hin. Ich schüttelte den Kopf.

»Was ist mit deiner Arbeit?« fragte ich.

»Welcher Arbeit?«

»Diesem Filmbüro, kleingeschrieben und in der Oranienburger Straße.«

»Was soll damit sein?«

»Jule, bitte! Ich war da, du warst nicht da, bist nie da gewesen. Du hast nie da gearbeitet. Aber erzählt hast du es mir!«

Ich blieb stehen und sah sie an. Komm zu mir, dachte ich.

Erklär es mir, erklär mir irgend etwas, komm zu mir, laß mich bitte nicht allein.

Jetzt wurde Jule doch etwas unsicher. Sie schob den halb aufgegessenen Schokoladenriegel wieder in die Tasche und senkte den Kopf.

»Na und?« sagte sie. »Ich will schon immer Filme machen, ich mache auch einen Film, mit einer Freundin zusammen, sie muß nur noch etwas Geld organisieren.«

»Ist das diese... wie hieß sie noch? Sabine? Die Regisseurin?«

Jule nickte. Sie sah auf einmal unglücklich aus.

»Und arbeitet Sabine in dem Filmbüro?«

Jule nickte erneut. »Sie hat dort eine feste Stelle, ziemlich gut bezahlt. Sie ist eine gute Freundin von mir und braucht eine Kollegin, mit der sie sich austauschen kann, eine, die in einer ähnlichen Wellenlänge denkt und plant wie sie, weißt du. Die Typen in dem Filmbüro sind ziemlich, naja. Oberflächlich. Es geht ihnen ums Geld, in erster Linie. Wir reden viel über Filme, Sabine und ich. Und die aktuelle Idee, also das Projekt, an dem wir arbeiten, wird sehr unkommerziell sein, weil – «

»Warum hast du mir erzählt, du würdest auch in dieser Produktionsfirma arbeiten? Warum hast du mir das erzählt?«

Jule schob sich mit beiden Händen das Haar nach hinten und lächelte. Und schwieg.

Ich sah sie lange an. Dann sagte ich: »Du würdest gerne, habe ich recht? Du hast es dir so lange vorgestellt, bis es irgendwie so war, stimmt's?«

Jule lächelte noch immer.

»Darf ich dich noch etwas fragen? Ich wüßte gerne, wo du gesteckt hast die ganze Zeit über. Du warst fast zwei Wochen wie vom Erdboden verschluckt, nicht in deiner Wohnung, nicht... wo du sonst so bist. Wo immer das ist, das weiß ich ja auch gar nicht. Du hast immer gesagt, du fährst zur Arbeit.«

»Was willst du wissen? Wo ich in den zwei Wochen war oder was ich am Tag so mache?«

»Beides natürlich. Es sei denn — «

»Was?«

»Du fühlst dich ausgefragt oder so.«

Mädchen, hörte ich eine Stimme rufen, ein nüchternes Gerlinde-Echo in meinem Kopf. Mädchen, aufwachen! Du hast alles

Recht, diese Fragen zu stellen. Sei hartnäckig, sonst bekommst du nie eine brauchbare Antwort!

»Ich fühle mich nicht ausgefragt.« Jule hakte sich wieder bei mir unter, und wir gingen langsam weiter. Sie roch nach dieser Creme, mit der sie sich manchmal das Gesicht einreibt, ein südlicher Duft, mit einer Spur von Zimt darin.

»Ich war auf Sylt, eineinhalb Wochen lang. Ich mußte einfach mal raus hier. Sabine ist mitgefahren. Wir waren in Klausur sozusagen, um einen Drehplan für den Film zu erstellen. Es soll ein Dokumentarfilm werden, wir wollen – «

»Hast du nicht vorhin zu deiner Mutter gesagt, du würdest sie jeden Tag besuchen?«

»Ja. Wenn ich in Berlin bin natürlich nur. Wenn ich nicht in Berlin bin, kann ich sie logischerweise auch nicht besuchen, das versteht sogar meine Mutter!«

Jule lachte. Ich lachte auch.

»Und mir mal vorher Bescheid zu sagen, das war nicht drin?« fragte ich.

»Ach, du Seele!« Jule zog mein Gesicht an sich und küßte mich. Ich mußte mich beherrschen, um ihr nicht in die Arme zu fallen.

»Es tut mir leid, wirklich! Sabine wollte so dringend weg, und da bin ich einfach mitgefahren, Hals über Kopf. Ich habe dich gewarnt vorher, ich bin ein bißchen leichtsinnig manchmal, dann setze ich mir etwas in den Kopf, und es muß sofort, auf der Stelle und genauso werden, wie ich mir das vorstelle. Sabine sagt, pack deine Sachen, und sofort habe ich meine Sachen gepackt. Sabine sagt, deine Maria kannst du auch von Sylt aus noch anrufen, da gibt's ja schließlich auch Telefone, schon sause ich hier weg, ohne dich anzurufen. Und auf Sylt hatten wir beide nur noch einen Kopf für diesen Drehplan. Es soll ein Dokumentarfilm werden, über – «

»Stop«, sagte ich erschöpft. »Zu Hause, in Ordnung? Erzähl es mir zu Hause, ich muß das alles erst mal verdauen. Du willst doch mit zu mir kommen, oder? Ich meine, es ist doch in diesen zwei Wochen jetzt nichts anders geworden zwischen uns? Oder ist es dumm, wenn ich das frage?«

Jule griff in mein Haar, zog mich zu sich und legte ihre Lippen ganz leicht auf meinen Mund.

»Ja«, flüsterte sie. »Ja, es ist sehr dumm, unglaublich dumm. Das Dümmste, was ich seit langem gehört habe. Laß uns zu dir fahren. Ich brauche dich. Mehr als du dir vorstellen kannst. Ich habe mich ganz schrecklich nach dir gesehnt!«

Gerlinde sagte gar nichts. Nicht ein Wort. Sie sah mich nur an, schüttelte den Kopf und ging in die Küche, um Teewasser aufzusetzen. Mehr wäre sicherlich weniger gewesen, ihr Schweigen sprach Bände. Hören wollte ich davon kein Wort. Ich verkroch mich in den blau geschwungenen Sessel, den sie zum Vorzugspreis bei ihrem Möbelhaus erstanden hatte, und versuchte, halbwegs selbstbewußt zu bleiben. Schließlich hatte ich ein Recht auf meine eigene Meinung, und Gerlinde durfte zwar Vorschläge machen, aber mir doch nicht vorschreiben, was ich zu denken und zu fühlen hatte.

»Ich mache weder Vorschläge noch Vorschriften«, sagte sie, als die volle Teekanne zwischen uns auf dem Teppichboden stand. »Ich sage dir, was Sache ist, und bisher habe ich meistens richtig gelegen, zugegeben?«

So widerspenstig wie möglich nahm ich einen Schluck Tee.

»Ihr seid zu dir nach Hause, miteinander ins Bett gegangen, sie hat dir tausend Liebesschwüre gemacht und alles, alles war gut – stimmt es so in etwa?« fragte Gerlinde.

»Was fragst du noch, wenn du sowieso schon alles weißt?«

»Willst du meine Analyse hören?«

»Aber gerne doch. Fühl dich frei. Wofür hat man eine beste Freundin?«

»Du wirst dir die Finger verbrennen. Analyse Teil eins.«

»Und Teil zwei?«

»Du wirst fürchterlich leiden.«

»Gibt es noch mehr Teile?«

»Fünf, insgesamt. Teil drei: Was immer die Kleine da treibt – es hat nichts mit dir zu tun. Das ist gut und schlecht. Gut, weil du deine Sorgenmaschinerie ausgeschaltet lassen kannst. Es hat *wirklich* nichts mit dir zu tun. Schlecht, weil es ziemlich schade ist, wenn eine Liebhaberin sich so intensiv in Verwirrungen verstrickt, die nicht dein Problem sind und sich trotzdem heftig auf dein Leben auswirken. Denn schließlich zieht sie dich auf eine ganz verquere Art mit hinein.«

Ich umklammerte die Teetasse und schloß die Augen.

»Teil vier«, fuhr Gerlinde unbarmherzig fort, »Teil vier der Analyse lautet: Du wirst in Zukunft nie mehr sicher sein können, ob etwas, das sie dir erzählt, richtig oder falsch ist. Du wirst ab jetzt immer mißtrauisch sein. Kein leichtes Schicksal für eine gerade eben erblühte Romanze.«

»Teil fünf kenne ich schon«, sagte ich. »Du findest, ich sollte mich von ihr trennen.«

»Ja, natürlich finde ich das! Aber das wirst du nicht tun. Weil du verknallt bist. Weil du seit Jahren nicht so verknallt warst, ach, was rede ich, weil du seit Jahren gar nicht mehr weißt, was Verknalltsein überhaupt ist. Weil dir sämtliche Hormone durchgegangen sind, gut, gut, es geht nicht nur um Hormone – sagen wir, du bist auf dem Weg, dich ernsthaft in sie zu verlieben. Okay, sagen wir, du liebst sie. Meinst du im Ernst, du liebst sie? Nun gut, du liebst sie. Du liebst sie also. Die Frage ist: Liebt sie dich auch? Liebt sie dich und lügt dich an? Ihre Geschichte strotzt vor Ungereimtheiten. Sie erklärt dir etwas, aber es ist überhaupt keine Erklärung. Sie sagt, diese Sabine arbeitet in dem Filmbüro, aber weißt du das wirklich? Warum kennen die Jules Namen dann dort nicht, wenn die beiden ständig in Kontakt sind? Und war sie auf Sylt? Was macht sie jeden Tag, weißt du das inzwischen? Vielleicht... vielleicht, ach, jetzt fange ich auch noch an zu spekulieren. Das ist genau der Punkt: Sie zwingt dich, dir ständig Gedanken über sie zu machen. Sie manipuliert dich.«

»Soll ich anfangen, ihr hinterherzuspionieren? Das ist doch Gift!»

»Was ist Gift? Lügen ist Gift, oder etwa nicht? Scheißgeschichten erzählen ist Gift. Und dazu noch so unwichtige, unwesentliche Geschichten. Wen interessiert denn ihre Mutter schon? Und wo sie nun genau arbeitet oder nicht arbeitet und auf welchen unseligen Inseln sie ihre Ferien verbringt? Das ist alles komplett uninteressant, und trotzdem zwingt sie dich, dir permanent Gedanken darüber zu machen!»

»Was ist denn nun Teil fünf?«

»Teil fünf der Analyse? Guck nicht so erschrocken. Ich sage ja gar nicht, daß du dich von ihr trennen sollst. Das wirst du sowieso nicht tun, jedenfalls jetzt noch nicht. Teil fünf ist: Paß um Himmels willen auf dich auf. Paß auf dich auf. Paß gut, gut auf dich auf. Hörst du mich? Du bist für so etwas nicht geschaffen, Maria. Du bist selbst schon chaotisch genug. Du kannst nicht gebrauchen, daß eine dich auch noch in ihr Chaos hineinziehen will. Du wirst – und das meine ich, versteck dich nicht hinter deiner Tasse, sehr ernst – du wirst so etwas nicht durchstehen können!»

19. Kapitel
Mitte August

Die Fremde war keine Fremde mehr. Sie hieß Vera, war sechzehn Jahre jünger als Etta, und Etta begann, sich in sie zu verlieben. Sie wußte selbst nicht genau warum. Vera war nicht unbedingt ihr Typ, aber das war auch Giovanna nicht gewesen, und vielleicht hatte Etta auch gar keinen Typ. Die Fremde hieß Vera, Etta besuchte sie jeden dritten Tag, unter halbwegs brauchbaren oder reichlich fadenscheinigen Vorwänden, und redete mit ihr, trank Kaffee mit ihr, hörte ihren wohlsortierten kleinen Geschichten und ihren von Versagensängsten angetriebenen Sorgen zu und lauschte auf die unausgesprochenen Sehnsüchte Veras, die wie Fische im Teich knapp unter der Oberfläche schwammen und darauf warteten, ihr ins Netz zu gehen. In den beiden Tagen dazwischen versuchte Etta, sich das alles zu verbieten. Da saß sie an ihrem Schreibtisch und machte sich Vorhaltungen. Untreue hat eine ungute Dynamik. Sie fängt harmlos an, ein Frühlingsabenteuer, frischer Wind und zarte Blüten und in der Luft ein Duft von Aufregung und Jugendlichkeit, und sie endet in Vorwürfen und Qualen und Dramen. Es gibt keinen Platz für den Schmetterling. Es gibt keinen Platz dafür, über die Stränge zu schlagen, wild zu sein, verboten und verrucht. Selbst Schmetterlinge schaffen es nicht, im Herbst die Alpen zu überqueren, obgleich sie es, wenn es kalt wird, in einer zum Scheitern verurteilten Schmetterlingsflucht nach Süden häufig versuchen. Grenzen sind dazu da, beachtet zu werden, sagt Giovanna, und Etta denkt, sie hat recht.

Wir überschreiten keine Grenzen mehr. Wir schaffen sie höchstens ab und langweilen uns hinterher so wie zuvor.

Etta machte sich Vorhaltungen, daß sie zu wenig mit Giovanna sprach, und versuchte, ihr wieder nahezukommen und Giovannas Kokon an Disziplin und Pflichterfüllung zu durchbrechen. Doch ihre Freundin gebärdete sich in dieser Zeit unzugänglicher als je zuvor, und oft mußte Etta sich eingestehen, daß sie aufgeben wollte. Sich selbst oder die Liebe, je nachdem. Wann hatte sie Giovanna das letzte Mal darum gebeten, mit ihr im Bett zu frühstücken? Das war lange her. Sie hatte akzeptiert, daß es für Genuß und Muße wenig Raum gab in Giovannas Leben, und gleichzeitig hatte sie auch akzeptiert, etwas Wesentliches, ganz und gar Unverzichtbares, Lebendiges aus der Beziehung ausziehen zu lassen. Konnte Giovanna das wollen? Etta hatte Mühe, Giovanna nicht übelzunehmen, daß das Erstarren ihrer Liebe ihr weniger ausmachte als eine Einschränkung ihrer Karriere.

Am dritten Tag war sie dann wieder soweit, verließ den Schreibtisch, fuhr zu Vera, klingelte an der Tür, brach in ihr Leben ein. Vera war Giovanna ähnlich, auch sie wollte hoch hinaus, aber sie schaffte es nicht, das war der Unterschied. Es mißlang ihr gründlich, es wollte nicht funktionieren. Das lag nicht daran, daß sie unbegabt oder unfähig gewesen wäre. Sondern sie stand sich selbst im Weg, sie konnte das Tier in sich nicht zum Schweigen bringen, sie schaffte es nicht, genau wie Etta, den Schmetterling vom Flügelschlagen abzuhalten. Vera täuschte sich, wenn sie dachte, daß sie sich auf ihre Zukunft und Karriere konzentriere. In Wirklichkeit konzentrierte sie sich auf die offenen Fragen und die Geheimnisse, die sie mit sich umhertrug. Indem sie sich so bemüht unterjochte, nahm sie sich ernst – und das war es, was Etta zu ihr hindrängte. Ihre Freundin Giovanna hatte keine Mühe, sich zu unterjochen. Sie war viel zu eingeübt in ihre Disziplin. Sie hatte sich Etta ins Leben geholt, um von ihrer Lebenszugewandtheit mitzuzehren, das wußte Etta durchaus. Giovanna schätzte es, eine Freundin zu haben, die laut lachen und beherzt drauflosleben konnte. Sie liebte, lobte, bewunderte Etta und zeigte ihr das gern und häufig, das war viel wert. Es hob das Selbstbewußtsein und die gute Laune, keine Frage.

Aber kann ein Mensch gleichzeitig lebendig sein und Teile von sich sterben lassen?

Etta wußte nicht, wie sie das anstellen sollte. Sie versuchte es seit Jahren, sie gab sich aufrichtige Mühe, aber es fehlte ihr ganz grundsätzlich an einer Idee, wie das möglich sein sollte. Es hätte sie glücklich gemacht, wenn Giovanna es ein einziges Mal mit ihrer Sortiertheit und Geradlinigkeit auch nicht mehr hätte aushalten können. In einen solchen Bruch hinein hätte sie vielleicht mit Giovanna reden können. Dann hätte sie sagen können, Giovanna, ich kann das nicht mehr. Ich kann nicht gleichzeitig lebendig und nicht lebendig sein.

Etta beschloß, Vera in die Nacht zu entführen. Sie holte sie ab, abends, stellte sich vor das Tor des Filmarchivs, und als Vera auf den Bürgersteig trat, fing sie sie ab. Vera gab sich verwundert, rückte ihre Brille zurecht, wußte nicht, wohin mit ihrem Blick. Laß uns spazierengehen, sagte Etta.

Sie gingen zum See, den Weg zwischen den Holunderbüschen entlang. Etta wollte mit Vera am Wasser sitzen, wenn es dunkel wurde. Sie wollte bei ihr sein, wenn die Nacht sich auf Bäume und Wiesen senkte und Fragen an die Oberfläche traten, die im Licht keine Chance hatten. Auch wenn Vera nichts davon aussprächen, könnte sie dennoch neben ihr sitzen und spüren, wie Vera sich mühsam beherrschte. Sie könnte die Anstrengung spüren, mit der Vera sich den Anschein von Geradlinigkeit gab, und das könnte genug sein für einen dunklen Abend. Sie wanderten um den See, das dauerte fast eine Stunde. Sie setzten sich in ein Café am Ufer. Sie sprachen, wie häufig, über Filme, über Bücher, über Arbeit und Zukunft. Vera bewunderte Etta dafür, daß sie mit Anfang vierzig ihren Beruf aufgegeben hatte, um zu studieren und zu promovieren, nicht weil ihr das bessere Berufschancen geboten hätte, sondern weil sie noch einmal etwas anders machen wollte im Leben. Den Mut hätte ich nicht gehabt, sagte Vera. Meinst du, fragte Etta. Sie verließen das Café und setzten sich auf die Wiese, allmählich wurde es kühl. Sie erzählten sich aus ihrem Liebesleben, die einfachen und die schwierigen Geschichten, sie erzählten sich nur die Hälfte, das wußten sie beide. Es wurde dunkel. Da lag der See, da standen die Holunderbüsche. Etta spürte die Wiese unter ihren nackten Füßen. Ich werde nichts tun, dachte sie. Ich darf nichts tun. Untreue fängt harmlos an, ein Frühlingsabenteuer, und sie endet in Vorwürfen und Dramen. Vera erzählte, wie sie als Kind versucht hatte, mit Gott zu sprechen. Auf den Balkon hatte sie sich gestellt und in die Sterne gelauscht, bis sie Gottes Stimme hörte. Gott sagte wunderbare Dinge zu ihr, als sie ein Kind war. Er sagte: schön, daß du da bist. Mehr eigentlich nicht, aber es tat gut, das hin und wieder zu hören. Einmal hatte Vera zusammen mit einer Freundin einen Altar aus Lehm gebaut, einen Tisch und einen

Kelch und eine Hostie aus Lehm, bis ihre Eltern ihr dahinterkamen. Der Altar mußte wieder eingeebnet werden. Gott fand in der Kirche und nicht in einem Kinderspiel statt.

Etta stand auf und hob die Arme zu den Sternen. Warum nicht? Warum zum Teufel nicht, Herrgott noch mal, warum denn eigentlich nicht?

Sie lachte und drehte sich im Kreis, stampfte mit den nackten Füßen auf die Erde, bückte sich und streckte sich wieder, legte die Hände auf die Wiese und hob sie in den schwarzen Himmel. Warum um alles in der Welt denn eigentlich nicht?

Tanz mit mir, rief sie. Vera lachte, schüttelte den Kopf und blieb sitzen. Komm, tanz mit mir, rief Etta. Schön, daß du da bist! Vera zog die Jacke um ihre Schultern und sagte noch einmal nachdrücklicher, nein, nein, bitte nicht, ich will das nicht. Etta drehte sich immer wilder im Kreis, trommelte mit den Händen auf ihre Oberschenkel und stampfte mit den Beinen und fing an, laut zu singen. Dann ließ sie sich atemlos neben Vera fallen. Schamanen geben ihren Körper her, damit ein anderes Wesen ihn übernehmen kann. Sie ziehen sich ganz aus ihrem Körper zurück, um sich einer anderen Kraft zu überlassen, wie findest du das? Sie wandern auch in andere Welten, sie reisen in einer einzigen Nacht viele tausend Kilometer weit, in die Unterwelt, schleichen sich an den Höllenhunden vorbei, stolpern über Knochenfelder, treiben halbtot über Flüsse und Meere, völlig machtlos, monatelang, in einer einzigen Nacht. Wenn sie wiederkommen, haben sie alles gesehen, den Tod und die Angst und die Macht und die Liebe, das Licht der Götter und die Fratzen der Dämonen. Wenn sie wiederkommen, tragen sie in sich Muskeln und Knochen aus Metall, dann sind sie allem gewachsen.

Vera schwieg.

Wie findest du das?

Vera schloß die Augen und schüttelte den Kopf.

Sollen wir nach Hause gehen, fragte Etta.

Vera zog die Schultern hoch.

Komm, laß uns gehen, sagte Etta.

Sie standen auf, liefen schweigend den Weg zurück, fort vom See, fort von der Dunkelheit, den Straßenlaternen und Lichtreklamen entgegen, der Stadt, in der alles seinen Platz und seine Ordnung hat.

Neben Veras Fahrrad verabschiedeten sie sich voneinander. Etta hätte Vera gerne umarmt, aber sie verbot es sich. Sie dachte an Giovanna, an ihr Versprechen, an ihre Liebe. Untreue ist eine Gewalt, sie reißt alles auseinander, was wir so mühsam zusammenzuhalten versuchen. Wir dürfen uns nicht erlauben aufzubrechen, weil es keinen Platz dafür gibt. Die Welt ist schon zuende sortiert, wir haben sie aufgeräumt, Straßen gebaut und warme Häuser, Filme auf Rollen gewickelt, und wenn wir zu viel Leben spüren, dann schwimmen wir zwanzig Bahnen oder rennen eine Stunde durch den Park.

Etta schob die Hände in die Hosentaschen. Gute Nacht, sagte sie. Bis demnächst irgendwann.

20. Kapitel
Mitte August

Thea saß im NightClub am Tresen und versenkte ihre Gefühle in einem dritten Bier. Ein Bier mehr, und sie würde Mühe haben, mit dem Rad heile nach Hause zu kommen. Thea trank selten, und noch seltener mehr als eine Flasche Bier. Mit einem Meter sechsundfünfzig, aus denen jede Rippe einzeln herausstach, verfügte sie über wenig Stauraum für so viel Alkohol. Aber heute hatte sie einen Rausch verdient, nicht weil es etwas zu feiern gegeben hätte, sondern im Gegenteil — weil nichts in ihrem Leben klappte. Sie seufzte, hob die Flasche an den Mund und trank noch einen Schluck.

Immer wieder murmelte eine Frau »Entschuldigung«, drückte Thea gegen den Tresen und quetschte sich an ihr vorbei in den hinteren Raum. Thea mußte sich eingestehen, daß sie diese beiläufigen Körperkontakte heute abend genoß. Der Gang zwischen Vorder- und Hinterraum war an dieser Stelle so schmal, daß die Frauen gar nicht anders konnten, als sich gegen Theas Rücken zu lehnen und sich Fleisch an Fleisch vorbeizuschieben. Von solchen Beiläufigkeiten abgesehen, bekam Thea zur Zeit wenig körperliche Nähe, doch das war schon wieder ein anderes Thema, mit dem sie sich heute das Herz nicht zusätzlich schwer machen sollte, sonst wäre es nicht einmal bei drei Flaschen Bier geblieben. Thea seufzte erneut.

»Darf ich mal?«, fragte eine künstlich blondgelockte Frau mit üppigen Formen, die sich mit nicht mehr bedeckt hielt als einem grünschwarzen Minilederrock und einem hellgrün leuchtenden und ziemlich durchsichtigen BH. Die Frau lächelte Thea zu, ihr grünhäutiger Busen wogte vor Theas Augen, rasch wandte sie sich ihrem Päckchen Tabak zu.

»Na, willste noch eins?« fragte Manuela, die Barfrau, und schob ihr, ohne eine Antwort abzuwarten, die vierte Flasche Becks über den Tresen. Die Affäre, die Thea im vergangenen Jahr mit Manuela gehabt hatte, war mangels Gesprächsstoff nach zweieinhalb Monaten in eine schlecht funktionierende Freundschaft umgewandelt worden – Thea hatte einfach nicht gewußt, worüber sie sich mit Manuela hätte unterhalten können.

»Siehst traurig aus heute, Süße, was ist denn los?« Manuela kniff ihr in die Wange und gab ihr ein Küßchen aufs Ohr. Sehr anteilnehmend hörte sich die Frage nicht an, eher nach Barfrauen-Routine, aber Thea nahm die Gelegenheit trotzdem wahr. Das Bier hatte sie ein bißchen aufgeweicht.

»Ich hab heute die Ablehnung von der Prüfungskommission im Briefkasten gehabt«, sagte sie kläglich. »Sie haben mir geschrieben, daß ich meine Mappe abholen könnte und daß ich am besten aufhören sollte, mich zu bewerben – ich hätte einfach keine Chance. Das war jetzt das dritte Mal.«

»Wo hast du dich denn beworben?« fragte Manuela und legte eine Flasche in einen Sektkübel, für drei laute und ganz offensichtlich schon angetrunkene Frauen, die sich in eindeutiger Absicht bereits nach hinten in den dunkleren Teil der Bar begeben hatten. Für diese Frage hätte Thea Manuela schon wieder auf den Mond schießen können.

»Wo wohl?« sagte sie mißmutig. »An der Kunsthochschule natürlich. Drei Ablehnungen hintereinander. Ich glaube, jetzt gebe ich es wirklich auf.«

»Süße, wenn ich Geld hätte, ich würde deine Bilder sofort kaufen und bei mir an die Wand hängen«, sagte Manuela aufmunternd. Thea wußte, daß Manuela, die sich zu Hause ernsthaft Plakate von Madonna an die Wände heftete, mit ihren Bildern keinen Deut anfangen konnte, aber was scherte sie das heute, es war wenigstens nett gemeint. Thea wollte gerade den Mund aufmachen, um ihre Beschwerde über die Kunsthochschule weiter auszuführen, da hatte Manuela sich schon einer neuen Kundin zugewandt. Thea machte den Mund wieder zu, trank noch einen Schluck Bier, stand auf und ging gleichfalls ins Hinterzimmer. Eigentlich wollte sie nur noch weg hier, darum konnte sie auch genauso gut bleiben.

Im Hinterzimmer war es so dunkel, daß sie kaum etwas sehen konnte. Sie tastete sich zur Wand vor und lehnte sich dagegen. Irgendwo war ein Kichern zu hören, ein Stöhnen, es gab keine Lautsprecher, doch die Musik vom Vorderraum war bis hierher zu hören. Thea rutschte an der Wand hinunter und setzte sich im Schneidersitz auf den Boden. Langsam gewöhnten sich ihre Augen an die Dunkelheit. Dort hinten kniete eine Frau vor einer anderen und küßte sie. In dem Metallstuhl lagen zwei übereinander. Eine trug Fesseln, eine dritte hatte sich mit hochhackigen Stiefeln daneben aufgebaut. Aber Thea war nicht hier, um zu beobachten. Sie wollte allein sein, es beruhigte sie, daß andere Frauen mit ihrem Abend offenbar etwas anzufangen wußten. Sie wußte nichts mit sich anzufangen, sie würde einfach nur Bier trinken und so betrunken werden, daß sie sich ganz und gar vergessen und morgen woanders aufwachen konnte, in einem anderen Film, einem anderen Leben. Die Ablehnung von der Kunsthochschule war es ja nicht allein. Seit Monaten versuchte sie, etwas Geld zusammenzubekommen, um einen Fesselballon zu kaufen, gebraucht natürlich nur und relativ klein und ganz gleich in welchem Zustand, aber einen Fesselballon würde sie brauchen, das stand ihr ganz deutlich vor Augen. Sie hatte nur eine vage Vorstellung von ihrem Projekt, es würde etwas mit Feuer zu tun haben, fast gefährlich viel Feuer. Außerdem brauchte sie Wasser, und den Ballon, der in die Luft stieg. Die Elemente würden zusammenprallen, oder sich ergänzen, oder miteinander verschmelzen, und die Menschen, die Zuschauerinnen und Zuschauer könnten für die Erde stehen, ein Teil der Erde werden in ihrem Kunstwerk, wie, das wußte sie noch nicht. Es würde im Freien stattfinden, aber nicht außerhalb der Stadt, sondern mittendrin, auf den Straßen, unter den Häusern. Manchmal hörte sie eine Stimme, die ein Gedicht rezitierte, ein Lied sang, von einem Fenster aus, zwei, drei, vier Stimmen von den Balkonen, und der Ballon stieg in die Luft, rot über dem roten Feuer. Aber die Geldfrage erwies sich mittlerweile als kaum zu überwindendes Problem. Der

Senat würde keine Mark geben, sie hatte bei allen in Frage kommenden Förderungsmöglichkeiten und Geldtöpfen angefragt. Zum Teil waren die Gelder für dieses Jahr schon vergeben, zum Teil hatte man ihr herablassend zu wissen gegeben, daß sie sich ja wohl gänzlich in der Adresse geirrt habe, weil man hier den Etat der Schaubühne oder der Deutschen Oper verwalte. Dann hatte sie sich sogar dazu entwürdigt, Gundula, die Meisterschülerin, anzurufen, die im Kurs ab und zu angedeutet hatte, von Möglichkeiten zu wissen, durch eine Art Gemeinschaftsförderung diverser Mäzenatinnen an eine Finanzierung von Einzelprojekten zu kommen. Es gab offenbar Frauen, die irgendwie zu Geld gekommen waren und sich nun um Berliner Künstlerinnen bemühten.

»Feuer und Erde, ja?« hatte Gundula gefragt, der Ton ihrer Stimme sagte alles.

»Und ein Ballon oder so, der in die Luft fliegt«, setzte Thea hinzu.

»An der Hochschule bist du wieder abgelehnt worden, habe ich recht?« fragte Gundula.

Thea hatte aufgelegt. Vera in der Videothek hatte ihr dann doch noch geholfen, die Adresse des Mäzenatinnenvereins ausfindig zu machen. Thea war sogar persönlich dort hingegangen. Sie hatte gedacht, von Mensch zu Mensch, beziehungsweise Frau zu Frau, im direkten Sichtkontakt eher für ihr Anliegen werben zu können. Aber als Thea in ihren Militärhosen vor der Mäzenatin stand – einer beleibten Frau zwischen fünfzig und sechzig, die in einer Kunstzeitschrift blätterte und reich und streng aussah – da wurde ihr klar, daß sie auch hier keine Chance hatte.

Die Mäzenatin zog ihre Lesebrille ein Stück nach unten und sagte:

»Die vier Elemente, um den Sinn von Leben und Tod zu erklären? Und in Kreuzberg? Kreuzberg, ja?«

Ein Flammenmeer in Zehlendorf, hätte sie am liebsten gerufen. Ein Kübel Dreck in Spandau Altstadt. Ein Dammbruch über Konradshöhe. Statt dessen starrte sie die Frau einfach an und schwieg. Vielleicht gab es ja doch noch eine kleine Chance.

»Warum malen Sie kein *Bild* von den vier Elementen?« fragte die Frau. »Sie malen doch auch, sagten Sie, war mir nicht so? Da könnten sie auch Ihren Fesselballon unterbringen. Wir haben immer Kleinkredite für Künstlerinnen, die akut ein paar Mark brauchen. Wir nennen das Kredit, aber wir erwarten natürlich nicht, daß uns das Geld wirklich zurückgezahlt wird.« Die Frau lächelte mild, der Goldrand ihrer Brille versank dabei in den beiden Falten neben ihrer Nase. Dann strich sie das Lächeln rasch wieder von ihrem Gesicht, rückte die Brille nach oben und wandte sie ihren Papieren zu. »Aber viertausend Mark? So mir nichts, dir nichts hier zwischen Tür und Angel? Für ein paar Elemente in Kreuzberg? Nein, so etwas fördern wir nicht, tut mir leid.«

»Die viertausend Mark wären nur für den Ballon«, sagte Thea, so ruhig es eben ging. »Einen gebrauchten Ballon. Das Feuer kostet noch extra, und das Wasser, das wird auch noch kosten. Ich weiß noch gar nicht genau, wie ich das mit dem Wasser machen soll.«

Die Frau reagierte nicht mehr.

Draußen vor der Tür hatte Thea sich auf eine Mauer gesetzt, geraucht und in ihre Hoffnungslosigkeit hineingespürt. Sie hatte gewußt, daß es schwer werden würde, als Künstlerin zu leben. Aber jetzt, wo sie mitten darin war in diesem Leben, ohne jede Hilfe, immer am Rande des finanziellen Abgrunds, ohne irgend jemanden, der sich für ihre Arbeit interessierte, jetzt wurde ihr erst richtig klar, was das bedeutete: sich ganz allein tragen zu müssen, in jeder Hinsicht, emotional, finanziell, künstlerisch, und es schien ihr mitunter völlig unmöglich, einfach nicht zu bewältigen. Ihr Leben hatte nichts Romantisches mehr an sich, es war einfach nur ermüdend und schwierig. Sie hatte von einer Bildhauerin gehört, die war erst mit über neunzig Jahren bekannt geworden. Ihr Leben lang, mehr als sechs Jahrzehnte, hatte sie ganz allein vor sich hingewerkelt, Statue um Statue mit ihren Händen geformt und gestaltet. Was ist das? Kreativität? Besessenheit? Leidenschaft? Oder doch nur Arroganz? Angst vor der Leere, die sich auftäte, wenn man einfach anfinge, so zu leben wie andere Menschen auch, von einem Tag zum nächsten, von dem Alltäglichen und seinen Erfordernissen genügend erfüllt, ohne immer noch einen zweiten, dritten, vierten Gedanken zu den Dingen zu produzieren? Thea war nicht so, wie diese Bildhauerin vielleicht beschaffen sein mochte: jeden Tag überzeugt von ihren eigenen Ideen. Oft arbeitete sie an ihren Bildern oder ihren Türmen aus Stahlgeflecht, und wenn sie abends den Pinsel oder das Werkzeug beiseite legte, dann war da nichts, keine künstlerische Befriedigung, kein Gefühl, etwas Bedeutsames zustandegebracht zu haben. Dann stand dieser Turm vor ihr, dieses Geflecht, und starrte sie an, beliebig und zufällig und ohne jeden Ausdruck, oder wenn ein Ausdruck darin lag, dann vermochte sie ihn jedenfalls nicht mehr zu erkennen, und sie hätte den Turm einfach so umtreten können, und manchmal tat sie das auch. Draußen schien vielleicht die Sonne, andere waren an Seen gefahren und hatten ihre Haut in der Sonne gebräunt, sie hatten Schokolade gegessen und Bücher gelesen, einfach nur konsumiert, und die Mühen des Kreativseins der übrigen Menschheit überlassen, andere litten nicht unter dem zwanghaften Bedürfnis, der Welt immerzu neue Formen und Interpretationen hinzuzufügen, sie lebten einfach, waren lebendig, und verdammt noch mal, manchmal wußte Thea nicht, ob es darauf nicht viel mehr ankam. Auch jetzt, auch hier, in dieser Sekunde, die so bezeichnend war: Andere fielen in der Dunkelheit übereinander her, verausgabten ihre Körper und ihre Sinne, überließen sich ihren Instinkten, nur sie hockte hier am Boden, am Rand, halb betrunken, allein, und zermarterte sich den Kopf über Finanzierungsmöglichkeiten für einen Fesselballon, der es wahrscheinlich nie weiter bringen würde als von einer Ecke ihres Gehirns in die andere und wieder zurück.

»Mensch, Kleene, da biste ja! Alles in Ordnung?« Manuela kniete plötzlich vor ihr, ihr Gesicht sah aus wie ein Ballon und schwankte bedrohlich. Thea nickte und versuchte zu lächeln.

»Willste nicht mal an die frische Luft? Du siehst ganz grün aus, meine Süße!«

Thea nickte, ließ sich von Manuela auf die Beine hieven und durch die vielen Frauenleiber hindurch zum Ausgang geleiten. An der engsten Stelle, zwischen Bar und Wand, stand wie aus heiterem Himmel Vera vor ihr. Vera, die Kollegin aus dem Videoladen.

»Hallo!« sagte Thea erstaunt.

Vera lächelte sie unsicher an. Sie sah unbeholfen aus, als wäre sie das erste Mal in dieser Bar.

»Wie kommst du hierher?« Thea mußte sich an einem Barhokker festkrallen, weil Manuela sie jetzt losließ, um sich wieder hinter die Bar zu begeben.

Vera lachte. »Du brauchst dringend frische Luft!«

Thea nickte nur.

Dann gingen sie nach draußen und lehnten sich an die Fassade.

Es hatte geregnet, die Straße war voller Pfützen. Vera und Thea klemmten sich auf einen halbwegs trockengebliebenen Fenstersims, rauchten und sprachen über ihre Zukunft, die nicht beginnen wollte. Vera berichtete mit schmalen Lippen, wie sie an der Professorin abgeprallt war, nicht einmal an ihr Gesicht hatte sich die Professorin erinnert. Veras Bewerbung war in ein langwieriges und undurchschaubares Verfahren eingespeist worden, die Eingangsbestätigung hatte man ihr mit Fettflecken, Eselsohren und Rechtschreibfehlern zugeschickt. Rechtschreibfehler! An einem literaturwissenschaftlichen Fachbereich! Vera konnte es nicht fassen, Thea jedoch war zu betrunken, um dieses Entsetzen nachempfinden zu können.

Und außerdem hörte sie Vera kaum zu, denn sie hätte gerne einmal wieder gespürt, daß sie der Welt nicht gleichgültig war. Deshalb mußte sie auch ständig auf Veras Ledertop starren. Noch nie hatte sie Vera so gesehen. So freizügig und lasziv. Ihr Ausschnitt reichte sonstwohin, und ihr Busen war ziemlich beträchtlich. Thea mußte sich Mühe geben, nicht pausenlos hinzugucken.

Nach einer Weile streckte Thea ihren linken Arm aus und legte ihn Vera auf die Schulter, versuchsweise, so schwer es ging. Vera drehte sich sofort zu ihr, fast mechanisch und befremdlich weich und ergeben. Thea zog ihren Kopf zu sich, küßte sie hart auf den Mund und dachte an die Isländerin, die sicherlich etwas robuster gebaut war.

Vera ließ sich küssen und dachte auch nicht an Thea. Vera dachte an Edith, wie so oft in diesem Jahr. Und hinter dem verzweifelt nichtssagenden Kuß, den sie mit Thea teilte, lauerte Ettas blasses Bild.

21. Kapitel

»Am besten, du läßt die Schuhe an!« ruft Edith aus der Küche, als Vera die Wohnungstür aufdrückt. »Hier ist alles voller Tomatensoße! Tommy hilft mir mal wieder beim Kochen!«

Vera hängt ihre Jacke an die Garderobe, stellt die Tasche darunter, geht in die Küche und muß lachen. Die Küche sieht tatsächlich wie ein Schlachtfeld aus, der Herd und der Fußboden davor sind über und über mit Tomatensoße bedeckt, die aus einem viel zu vollen Topf blubbert. Überall liegt bekleckertes Spielzeug. Edith drückt gerade eine riesige Portion Spaghetti in einen zweiten Topf mit kochendem Wasser und sieht reichlich gestreßt aus.

»Was habt ihr vor?« fragt Vera entgeistert. »Wollt ihr eine ganze Kompanie verköstigen?«

»Das hier ist die Kompanie«, seufzt Edith und zeigt auf ihren Sprößling, der neben ihr auf einem Stuhl steht und beidhändig mit einem Kochlöffel in der Tomatensoße herumfuhrwerkt.

»Dann sollte ich mich mal beim Kompaniechef über die mangelnde Disziplin seiner Leute beschweren«, flüstert Vera und küßt Edith aufs Ohr.

Edith legt eine Sekunde lang ihren Kopf an Veras Schulter und bittet sie dann, den Tisch zu decken. Kurz darauf sitzen sie zusammen am Tisch, das Radio plärrt, Tommy setzt sein Zerstörungswerk mit der Tomatensoße auf der Tischdecke fort, aber jetzt ist auch schon alles egal. Vera freut sich einmal mehr, daß sie nicht mit den beiden zusammenwohnen muß. Das Chaos, das dieses Kind permanent anrichtet, ginge eindeutig über ihre Kapazitäten. Dennoch liebt Vera die gemeinsamen Abende, an denen Edith Tommys immense Lebhaftigkeit mit Geduld und mütterlicher Großzügigkeit neutralisiert und in jedem unkontrollierbaren Impuls des Kindes freudig Wachstum und Entwicklung entdeckt.

»Nicht wahr?« sagt Edith jetzt und streicht Tommy stolz übers Haar. »Die Tomatensoße hat er ganz alleine gemacht!«

»Das glaube ich gerne«, kommentiert Vera mit einem Augenzwinkern und rührt auf ihrem Teller in der weitgehend gewürzfreien Nudelmahlzeit.

»Was denn – schmeckt es so schlecht?« Edith läßt besorgt ihr Besteck sinken.

»Es war doch nur ein Scherz!« lacht Vera. »Die Soße schmeckt vorzüglich, Tommy wird mal ein großer Koch, stimmt's Tommy?«

Tommy schüttelt vehement den Kopf und tut lautstark seinen derzeitigen Berufswunsch kund: Hubschrauberpilot, im schnellsten Hubschrauber der Welt.

Etwas später sitzen sie gemeinsam vor dem Fernseher, um einen Zeichentrickfilm mit Tommys Lieblingshelden zu sehen, einem stolzen jungen Prinzen, der sein Fantasyreich gegen die üblichen Bösewichte verteidigt. Sie liegen zu dritt hintereinander auf dem

Sofa, vorne lehnt sich Tommy an Ediths Knie, in der Mitte lehnt Edith an Vera und starrt ebenso gebannt wie ihr Sohn auf die wilden Gefechte, hinten sitzt Vera und versucht, in einer Zeitschrift zu lesen. Plötzlich greift Edith nach hinten und nimmt Vera die Zeitschrift aus der Hand. Dann zieht sie Veras Kopf zu sich und raunt ihr ins Ohr:
»Ich war heute einkaufen. Ich habe etwas mitgebracht für uns beide!«
»Wer flüstert lügt!« ruft Tommy.
»Falsch. Wer heimlich lauscht, ist ein Fiesling!« gibt Edith zurück.
»Ich habe doch gar nicht gelauscht!« protestiert Tommy. »Lauschen ist mit dem Ohr an der Tür!«
Als Tommy wieder in seinem Film versinkt, fragt Vera leise zurück: »Was hast du uns denn mitgebracht?«
»Ich war in einem Sexshop.« Ediths Stimme ist kaum zu hören. »Ich dachte, ich sehe mich einfach mal um. Es gibt einen Laden in Charlottenburg, der einen Tag in der Woche nur für Frauen aufhat.«
Vera weiß nicht, was sie sagen soll. In der Anfangszeit ihrer Beziehung haben sie machmal mit dem Gedanken gespielt, sich mit irgendwelchen Gegenständen auszustatten, einem Dildo oder anderen Utensilien, die dort für Frauen angeboten werden, welchen Utensilien, das wußten sie auch nicht genau. Aber dann war die Idee in der aufkommenden Beziehungsroutine ziemlich schnell untergegangen, sie fanden utensilienfreie Wege, miteinander ins Bett zu gehen, und haben schließlich nie mehr davon gesprochen.
»Warum hast du mich nicht mitgenommen?« fragt Vera.
Edith lächelt, küßt sie auf die Wange und wendet sich wieder dem Fernseher zu. »Warum denn?« flüstert sie. »Laß mich doch. Ich fand das spannend. Schon allein zu gucken, ob ich mich überhaupt in so ein Ding reintraue. Aber es ging. Ich hab's gemacht. Wahrscheinlich bin ich knallrot geworden, aber ich bin reingegangen. Und ich habe sogar was gekauft.«
Vera lehnt sich zurück und drückt ihre Hand. Es gibt eine zwanghafte Munterkeit in Ediths Stimme, die sie beunruhigt.
Als Tommy und Edith nach dem Film ihre Abendrituale, Streitereien und Versöhnungen absolvieren, bleibt Vera auf dem Sofa liegen und liest noch ein bißchen. Nebenan flitzt Tommy hin und

her, Edith ihm auf den Fersen, Schlafanzug anziehen, Zähne putzen, ein Glas Wasser trinken, nein, nicht schon wieder mit den Autos spielen, Vera kennt das alles schon. Als Tommy sich glücklich ergeben hat und im Bett liegt, kommt Edith müde ins Wohnzimmer und setzt sich neben Vera auf den Boden.

»Geschafft?« fragt Vera.

»Und wie.«

Eine Pause tritt ein, ein überlanges Schweigen.

»Kommst du?« fragt Edith schließlich. Sie klingt nicht mehr munter, eher ein wenig verlegen.

Vera nestelt an ihrer Brille und fühlt sich nicht weniger verlegen. Sie fürchtet sich vor einer Katastrophe, das ist das letzte, was sie am Ende dieser Woche gebrauchen kann. Edith und sie haben ziemlich lange gebraucht, um die Episode im Wald einigermaßen zu verdauen. Aber sie kann Edith schließlich auch nicht auflaufen lassen. Also steht sie auf und geht hinter Edith her ins Schlafzimmer.

»Hier ist es«, sagt Edith und zieht eine kleine Schachtel unter dem Bett hervor.

»Was ist das?« fragt Vera und hebt die breiten roten Bänder hoch, die in der Schachtel liegen. »Es sieht aus wie...« Sie sagt lieber nicht, wie es aussieht. Es sieht aus wie Skizubehör. Oder wie ein Teil einer Kletterausrüstung.

Edith antwortet nicht, sondern drückt sie gegen das Bett und fängt an, sie zu küssen. Vera entgegnet den Kuß, während Edith sich ungewohnt vehement gegen sie preßt und ihr kaum Luft zum Atmen läßt.

»Komm aufs Bett«, flüstert Edith.

Sie erheben sich mühsam und lassen sich aufs Bett fallen, Edith legt sich halb über Vera, drängt ihr Knie zwischen Veras Beine und schiebt die rechte Hand unter ihren Pullover. Dann legt sie ihren Mund an Veras Ohr.

»Es ist eine Art Fessel. Man kann es um Hand- und Fußgelenke machen.«

Vera fühlt Ediths unruhige Finger auf ihren Brustwarzen, alle Nervosität Ediths, alle Unsicherheit teilt sich in diesen Fingerspitzen mit, sie kennen sich zu lang, Edith kann das nicht vor ihr verbergen. Edith ist auf der Suche, Vera kann das verstehen. Sie schließt die Augen. Sie will Ediths Berührungen genießen, sie will die Tür da drinnen aufstoßen, sich nicht länger verschließen, sie muß Edith doch wenigstens eine Chance geben. Doch ihr ist mehr zum Heulen zumute als alles andere. Am liebsten hätte sie Edith von sich abgeschüttelt und sich in ihre Decken vergraben. Laß uns schlafen, fernsehen, irgend etwas anderes tun als dieses hier, das doch niemand von uns wirklich möchte. Möchtest du das denn? Eine Kletterausrüstung an mir ausprobieren? Edith tastet jetzt nach der Schachtel und legt sie aufs Bett. Den Inhalt breitet sie auf Veras Bauch aus. Da liegen die roten Bänder, halb auf ihrem hochgeschobenen Pullover, halb auf ihrem nackten Bauch.

»Sieht nicht sehr gefährlich aus, oder?« fragt Edith nachdenklich.

Vera muß lachen. »Nein, das sieht überhaupt nicht gefährlich aus.«

»Soll ich es mal ausprobieren?«

Vera atmet tief durch. »Ja«, sagt sie leise. »Probier es doch mal aus.«

Edith nimmt eines der Bänder, führt es an Veras Handgelenk, dann besinnt sie sich anders.

»Ich glaube, du solltest dich ausziehen«, sagt sie.

Vera nickt, setzt sich auf und streift den Pullover ab. Edith zieht ihre Bluse ebenfalls aus.

»Die Hose auch?« fragt Vera.

Jetzt muß Edith lachen. »Wie alt sind wir?«

»Fünfzehn. Eindeutig«, antwortet Vera.

Sie ziehen ihre Hosen aus, bis sie nur noch in Unterwäsche dasitzen. Dann ziehen sie auch ihre Unterwäsche aus. Edith legt das rote Band beiseite und legte sich der Länge nach auf Vera, Haut an Haut, ganz nah, ganz still. Ich liebe deine Haut, denkt Vera, und sie weiß, daß Edith in diesem Augenblick ebenso empfindet. Ich liebe deine nackte Haut, von der ich alles weiß und alles kenne. Ich liebe deinen Geruch, den letzten Hauch deines Parfüms von heute morgen, die Baumwollbluse, ein bißchen Küche und Kind und Tomatensoße, und etwas Weites, Wohltuendes in deinem Haar. Edith drückt sich hoch, setzt sich gerade auf Veras Bauch und greift wieder nach den roten Bändern. Sie beugt sich vor, nimmt einen Arm Veras und legt das Band um ihr Handgelenk. Es hat einen Klettstreifen an der Seite, damit wird es verschlossen. Edith kriecht von Veras Bauch, zieht an ihrem Arm und bindet ihn an einem der

Bettpfosten fest. Vera beobachtet Ediths ernsthafte, konzentrierte Bewegungen.

»Drückt das an den Handgelenken?« fragt Edith, ohne sie anzusehen.

Vera schüttelte den Kopf.

»Gut.« Edith greift zu ihrem anderen Arm, um ihn am gegenüberliegenden Bettpfosten anzubinden. Als Vera mit ausgebreiteten Armen daliegt, legt Edith sich wieder neben sie und streicht ihr übers Haar.

»Ich brauche Zeit«, sagt sie leise. »Kannst du mir Zeit geben?«

Vera nickt.

»Wie fühlt sich das an?«

Vera sagt nichts.

Edith nimmt ihren Kopf, dreht ihn zu sich und legt ihre Lippen leicht auf Veras Mund.

»Wenn du so daliegst – was möchtest du dann?« fragt sie.

»Ich möchte es einfach spüren, glaube ich«, antwortet Vera zögernd.

»Soll ich deine Füße auch...?«

»Nein. Später. Ein anderes Mal. Ich brauche auch Zeit.«

Edith nickt. Vera schließt die Augen. Und dann nimmt sie all ihre Entschlossenheit zusammen und zieht Edith in ihrem Herzen an sich, umfängt sie mit einer wilden kompromißlosen inneren Bewegung, hebt den Kopf, sucht nach Ediths Mund und saugt Edith in sich, so weit es geht.

»Ja, bitte«, flüstert sie, »bitte küß mich, komm zu mir, faß mich an, bitte, es tut gut, so unter dir zu liegen, bitte faß mich an.«

Sie legt viel Kraft in diese Bewegung, alle Kraft, die sie aufbringen kann. Und endlich beginnt Edith zu vergessen, was sie sich für heute abend vorgenommen hat. Es macht sie an, wenn Vera so mit ihr spricht, das ist schon immer so gewesen. »Ja, Süße«, flüstert Vera. »Ja, komm zu mir! Bitte faß mich an!«

Edith gleitet an ihr hinunter, vergräbt ihr Gesicht zwischen Veras großen Brüsten, drückt ihre Lippen auf Veras Brustwarzen, sehr fest, fester als sonst, beißt hinein, was sie sonst nie tut. Vera preßt die Lippen zusammen und öffnet sie mit einem lauten Seufzer, dann spricht sie weiter, immer weiter, holt Edith mit Worten zu sich, so wie sie Edith kennt, und so, wie Edith Vera kennt. Komm zu mir! Das ist keine Lösung. Für nichts eine Lösung.

Morgen werden wir wieder ganz am Anfang stehen, und nichts wissen, und miteinander und allein nach Antworten suchen. Aber jetzt laß mich dich fühlen, da, wo ich bin, wo ich ich bin, wo ich keinen Widerstand mehr kenne. Vera reißt an den roten Bändern, bis sie schmerzhaft in ihre Handgelenke schneiden, und läßt sich von einer breiten Welle dem Höhepunkt entgegentreiben.

22. Kapitel
Anfang September

Vorsichtig ließen wir das Vergrößerungsgerät auf die Holzplatte sinken – alles paßte. Ich trat zufrieden ein paar Schritte zurück und betrachtete unser Werk: Da hing, fest verdübelt, das Regal mit den Chemikalien, den Flaschen und Wannen und elektrischen Zusatzgeräten. An der Wand war die rote Lampe befestigt. Ein Stück darunter lief die Schiene entlang, auf der sich das eigens im Baumarkt zugeschnittene Holzbrett mit dem Vergrößerungsgerät hin- und herschieben ließ, so daß ich auch in Zukunft auf die Badezimmerfunktion dieses Raumes trotz der beengten Verhältnisse nicht zu verzichten brauchte. Das mit der Schiene war Jules Idee gewesen: Wenn man das Holzbrett nach links schob, konnte man die Badewanne benutzen, schob man es nach rechts, stand das Waschbecken zur Verfügung. Erschöpft ließ ich mich auf dem Badewannenrand nieder. Doch Jule ließ das nicht gelten.

»Los!« rief sie. »Jetzt müssen wir es ausprobieren. Hol mal ein paar Negative, ich laß das Rollo runter!«

»Bist du überhaupt nicht kleinzukriegen?« protestierte ich matt. »Wir haben den ganzen Tag eingekauft, uns in drei verschiedenen Geschäften mindestens zwanzig Vergrößerungsgeräte im Detail erklären lassen, wir haben all die Sachen hin- und hergetragen, gebohrt und geschraubt – ich bin verschwitzt und völlig erledigt.«

Jule sprang auf mich zu und riß mich mit ihrer stürmischen Umarmung fast vom Badewannenrand.

»Dann laß uns nach draußen gehen und Fotos machen! Hast du

einen Film? Komm, sei nicht so faul, du willst eine berühmte Fotografin werden, jetzt hört das auf mit den gemütlichen Nachmittagen!«

»Es ist acht Uhr abends«, wandte ich ein. »Und berühmt werden will ich auch nicht. Nur Fotos machen, alles klar?«

»Ach, du wirst berühmt werden, ich weiß es, du hast Talent, du hast den künstlerischen Blick, das habe ich sofort gesehen, beim ersten Mal schon, als wir uns im Park getroffen haben, weißt du noch? Als der Junge mit dem Skateboard – «

Und dann redete sie weiter, wie sie gern und häufig redet, ohne Punkt und Komma, eine Geschichte jagt die andere, und ich höre ihr zu, manchmal ohne zuzuhören, denn es ist schwer, ihr zuzuhören, wenn ihre Worte und Eingebungen wie eine wildgewordene Büffelherde über die Prärie fegen. Ich saß im Badezimmer auf dem Rand meiner Badewanne, eingeklemmt zwischen Vergrößerungsgerät und Handtuchhalter, ließ Gesichter und Anekdoten und tiefschürfende Fragen und menschliche Abgründe und eklatante Nebensächlichkeiten an mir vorübertreiben und betrachtete meine wortreiche Freundin mit den vielen roten Haaren und dem lebhaften kleinen Gesicht, das innerhalb von Sekunden seinen Ausdruck wechseln konnte: erstaunt, von Herzen lachend, tieftraurig, nachdenklich, abwesend, verschlossen, vertraulich, überheblich, naiv, unendlich abgeklärt – sie war mir so ähnlich mit dieser Gabe zu überbordenden Assoziationen, und ich war so glücklich, daß sie mir Gelegenheit gab, meine eigenen, so viel depressiveren Tiraden unter ihrem Ansturm an Worten zurückzustellen. Ich ließ mich in die Badewanne rutschen, sie machte es sich in der anderen Hälfte bequem und sprach immer weiter, lachte immer weiter. Nebeneinander lagen wir da, in Turnschuhen, Jeans und T-Shirts, am Grund der Badewanne, die Beine über den Rand gelegt, und erzählten uns etwas, beziehungsweise Jule erzählte es mir – alles, alles, was ihr durch den Kopf ging. Sie riß meine Hände an sich oder umklammerte meine Knie oder stieß mir den Ellenbogen in sensible Muskelgruppen, und ich empfand, was ich meistens empfand in dieser Zeit: eine ausufernde, grenzenlose Freude, daß Jule zur mir zurückgekommen war.

Seit drei Wochen sahen wir uns jetzt wieder täglich, von Sylter Drehplänen war nicht mehr die Rede, ebensowenig von Dokumentarfilmprojekten oder filmbueros oder jener ominösen Sabine, der Regisseurin – mir sollte es recht sein. Noch immer wußte ich nicht, womit Jule eigentlich ihr Geld verdiente, wohin sie mit ihrem Rad unterwegs gewesen war, als ich sie im Park täglich sah, und was sie jetzt vorhatte, wenn sie morgens um sieben aus dem Bett sprang und laut singend in ihren Tag lief – ich hatte keine Ahnung wohin. Manchmal, unter Gerlindes strengen Fragen, besorgte mich das ein wenig, denn wenn ich nicht wußte, wohin sie ging, konnte ich auch nicht wissen, wie weit fort und für wie lange sie weggehen mochte. Ich hoffte einfach, daß sie abends wieder vor meiner Tür stehen würde, und seit drei Wochen tat sie das, allabendlich, ohne Ausnahme, manchmal mit Blumen, die sie in irgendwelchen Gärten geklaut hatte, manchmal mit einer Flasche sündhaft teurem Champagner, manchmal mit einem Buch, das sie bewegt oder einem Zeitungsausschnitt, der sie aufgeregt hatte. Gerlinde konnte nicht verstehen, warum ich Jule nicht bedrängte, mir ehrlich Rede und Antwort zu stehen. »Das ist doch keine Beziehung«, meinte sie, »wenn du keine Ahnung hast, was die Frau sonst noch tut, außer dich abzuknutschen und mit dir Champagner zu trinken.« Gerlindes Einwand leuchtete mir ein, und er ging völlig ins Leere. Ich fühlte mich Jule nah, gerade in dieser Trennung zwischen Innen und Außen, die sie in sich vornahm, gerade weil sie so vieles zeigte und so vieles verbarg. War es denn nicht genug, wenn sie mich küssen und mir Champagner ans Bett bringen wollte, wenn sie ihre Geschichten bei mir loswerden konnte und sich wohlfühlte in meinem Bett, wenn sie gerne loslief, von hier aus, wohin auch immer, und wenn sie meine Gegenwart schätzte und mir ihre Gegenwart schenkte? Mußte ich sie denn besitzen wollen? Ich wollte sie nicht besitzen. Ich wollte nie etwas besitzen. Mir war die Vorstellung zuwider, einen so ausufernd freiheitsbedürftigen Menschen wie Jule vertraglich in Bahnen zu lenken und das auch noch mir zuliebe. Und selbst wenn ich das gewollt hätte, wenn ich mich nicht hätte beherrschen können: Es gibt Grenzen des Schacherns und des Kaufens. Jule zeigte mir das. Jule war nicht käuflich, und sie ließ sich nicht berechnen. Von mir aus sollte Jule einfach nur sein: bei mir sein.

»Ich will sie nicht bedrängen, was soll denn das, ich will ja auch nicht immerzu bedrängt werden!« verteidigte ich mich vor Gerlinde, und Gerlinde sah mich an und tätschelte mitleidig meine Wange.

»Ich weiß«, seufzte sie dann, »ich weiß.«

Woher nahm Gerlinde nur ihren Instinkt, das frage ich mich heute. Oder brauchte man dazu gar keinen besonderen Instinkt, keine hellseherischen Fähigkeiten, und ich war einfach nur über alle Maßen naiv, daß ich nicht sehen konnte, in welchem Schmerz das alles enden würde? Erst spät am Abend, wenn Jule und ich nebeneinander lagen und sie ihre unbändige Energie endlich so weit erschöpft hatte, daß sie zur Ruhe kommen und einschlafen konnte, erst nachts um zwölf oder ein Uhr erlaubte ich mir, die Sorgen aufsteigen zu lassen. Ganz vorsichtig, um mir nicht zuviel zuzumuten. Vorher legte ich meinen Arm um sie, damit ich sie und die Lebendigkeit, die sie in die verwahrlosten Winkel meines Daseins getragen hatte, bei mir spüren konnte. Auf meinen Knien lag ein Buch, aber die Buchstaben verschwammen, fesselten mich nicht. Jule lag mit offenem Mund da und schwebte durch die traumlosen Leeren der ersten Stunden des Schlafs. Ich schob das Buch ein Stück beseite.

»Warum hast du mir gestern erzählt, du hättest deine Mutter besucht?« flüsterte ich.

Jule atmete tief ein und aus, die Augen glatt geschlossen.

»Ich habe dich im Park gesehen, zufällig, von weitem, du hast mit ein paar Kindern zusammengestanden und geredet. Ich bin sicher, daß du es warst. Du bist nicht bei deiner Mutter gewesen.«

Vor meinem Fenster stand ein Baum. Durch seine Äste konnte ich die Laterne auf der anderen Straßenseite sehen. Knorrige Zweige und schwarze Blätter und dahinter ein Kreis aus mattem Licht.

»Und dieser Urlaub auf Sylt, diese Sabine. Es gibt keine Sabine im Filmbüro. Es gab nie eine. Ich habe mich noch einmal erkundigt. Es gab auch keinen Urlaub auf Sylt. Ein Freund von deinem Vermieter meinte, daß du mit einem geliehenen Auto nach Italien gefahren wärst für zwei Wochen, allein.«

Jule legte sich die Hand über das Gesicht, schnaufte und drehte sich ein bißchen mehr zur Wand.

»Er sagte, das Auto wär dir unterwegs zusammengebrochen und du bist von Florenz nach Berlin zurückgetrampt und nächtelang nicht vorangekommen und mit neununddreißig Grad Fieber und einer beginnenden Rippenfellentzündung wieder hier aufgetaucht. Das war dein Urlaub auf Sylt. Deswegen hast du auch so mitgenommen ausgesehen, als wir uns wiedergetroffen haben.«

Ich spürte, wie sich eine Trauer auf mich legte. Ich verabscheute mich dafür, daß ich Jule hinterherspionierte. Ein Teil von mir konnte nicht anders, und ein anderer Teil reagierte mit Abscheu und Verachtung. Ein Teil von mir hielt es nicht mehr aus und hob den Telefonhörer ab, rief fremde Menschen an, täuschte Geschichten vor, um an Informationen zu gelangen. Und ein anderer Teil wollte sich umdrehen und fortlaufen, vor mir selbst, vor dem Recht auf Jules Leben, das ich mir anmaßte, vor der Verworrenheit der Situation und dem Treibsand an Lügen und Halbwahrheiten unter meinen Füßen. Ich legte vorsichtig meine Hand auf Jules Haar, ließ die roten Locken durch meine Fingerspitzen gleiten.

»Letzte Woche hast du mir erzählt, du könntest wahrscheinlich einen Superjob bekommen, Pressearbeit für die Berliner Filmfestspiele, dein schwuler Freund Ronny hätte dir versprochen, dich da einzuschleusen. Vier Monate Dauerstreß für fünfzehntausend Mark. Du würdest vielleicht Demi Moore persönlich kennenlernen.«

Irgendwo draußen fiel Glas zu Boden und zerschellte. Ein Fenster ging auf und zu, eine Männerstimme brüllte in einer Sprache, die ich nicht verstand. Jule vergrub ihren Kopf tiefer in der Decke.

Ich schlug das Buch zu, legte es neben die Matratze und beugte mich über Jules schlafendes Gesicht. »Ich habe Ronny angerufen, Jule!« flüsterte ich. »Ich weiß, daß ich das vielleicht nicht hätte tun dürfen. Aber ich konnte nicht anders. Er hat noch nie für die Filmfestspiele gearbeitet. Niemals. Er weiß gar nicht, wie du darauf kommst.«

Auf einmal drehte sich Jule von der Wand weg zu mir um und streckte mir ihre Arme entgegen.

»Du bist ja immer noch wach«, murmelte sie. »Komm, mach das Licht aus und leg dich zu mir. Ich kann nicht schlafen, wenn du mich nicht umarmst, das weißt du doch.« Sie lächelte und schlief sofort wieder ein.

Kurz darauf kam Jule am Abend nicht zu mir, sie tauchte einfach nicht auf. Ich schaffte es bis halb elf, mich auf den blutigen Science Fiction zu konzentrieren, den ich gerade las, dann verlor ich die Nerven und rief Gerlinde an.

»Hast du bei ihr zu Hause angerufen?« fragte Gerlinde, sachlich wie immer. Ich wußte, daß sie mit ihren Gedanken zur Zeit eigentlich woanders war. Das Gerücht, Jodie halte sich in der Stadt auf, machte schon wieder die Runde. Gerlinde war ganz wild darauf, ihr zu begegnen und verbrachte derzeit ihre halben Nächte damit, zusammen mit einer Freundin wie ein Groupie durch die Bars zu stromern, um ihren Star ausfindig zu machen.

»Natürlich habe ich bei ihr angerufen! Nur der Anrufbeantworter!«

»Vielleicht ist sie zu Hause und geht nicht ans Telefon«, überlegte Gerlinde.

»Findest du das etwa besser?«

»Meinst du, ihr müßt euch *jeden* Abend sehen?« hakte Gerlinde vorsichtig nach. Sie wußte, daß sie hier ein heikles Thema zwischen uns anschnitt – ich hätte Jule zur Zeit zweimal vierundzwanzig Stunden am Tag um mich haben können, Gerlinde hingegen fand meine neue Beziehung schon jetzt ungesund symbiotisch, zumal sie ja eben nur halb symbiotisch war – zur Hälfte krochen Jule und ich ineinander, zur anderen Hälfte lebten wir aneinander vorbei. Oder Jule tat das zumindest. Sie lebte an mir vorbei. Sie führte ein zweites, mir unbekanntes Leben.

»Natürlich kann Jule im Prinzip machen, was sie will. Verdammt nochmal, Gerlinde, ich mache mir Sorgen!«

»Komm zu mir«, bot Gerlinde an. »Ich spendiere dir eine Lasagne beim guten Italiener, und wir reden nochmal über alles, in Ordnung?«

Jule saß vor meiner Haustür, als ich abends zurückkam. Es regnete, und sie hockte einfach da in einem T-Shirt auf dem Bürgersteig, völlig durchnäßt, und hielt ein dunkles Bündel in den Armen, das sie in ihre Jacke eingewickelt hatte. Als sie mich sah, sprang sie auf und lief auf mich zu. Jetzt sah ich, daß ein Hund in ihrer Jacke lag.

»Ist der nicht süß!? Ich habe ihn im Park gefunden, er saß neben einem Baum und fror, irgend jemand hat ihn einfach ausgesetzt, es ist Wahnsinn, was die Leute in dieser Stadt alles machen, letzte Woche hat ein Freund von mir eine Katze gefunden, der ein Ohr fehlte, es war abgeschnitten, mit einem Messer glatt abgeschnitten, stell dir mal vor, der Kopf hat noch geblutet, als mein Freund – «

»Woher weißt du, daß der Hund niemandem gehört?« fragte ich.

Meine Stimme klang nüchtern und sachlich. Fast wie Gerlindes Stimme.

»Der ist jung, siehst du das nicht? Er ist nicht mal sechs Monate alt! So einen kleinen Hund läßt man doch nicht alleine im Park herumlaufen! Maria, wo lebst du? Im letzten Jahr habe ich einen Dokumentarfilm gemacht, mit Sabine zusammen, über Tiere in der Großstadt, du glaubst gar nicht, wie die Leute ihre Tiere behandeln, das ist ein Riesenthema, dieses Jahr werde ich das nochmal aufgreifen, ich habe die Idee – «

»Wie lange hast du gewartet, bis du ihn mitgenommen hast?« fragte ich weiter. Der Hund in ihren Armen zitterte, doch Jule hörte mich gar nicht, sie sprach einfach weiter, von Schildkröten in Badewannen und Krokodilen auf dem Balkon, von Falken in Kleiderschränken und Katzen in kleinen Wolljacken, sie redete und redete, lachte und küßte den Hund und küßte mich und drehte sich im Kreis, und als ich den Schlüssel hervorholte und die Haustür aufschloß, folgte sie mir mit lauten schweren Schritten, und zum ersten Mal war ich mir nicht sicher, ob ich sie heute nacht wirklich bei mir haben wollte. Oben kochte ich einen Kaffee und versorgte den Hund mit ein paar Wurstresten aus meinem Kühlschrank, während Jule sich mit dem Telefon auf mein Bett warf und mit Menschen telefonierte, deren Existenz mir neu war und deren Namen ich noch nie gehört hatte. Sie telefonierte laut und lang, ich versuchte, nicht hinzuhören, aber es gelang mir nur unvollständig. Wieder war von Tieren die Rede, von diesem Hund, von anderen Hunden, von Ideen und Plänen und Flugreisen und von der Artenschutzkonvention, von einem Ulrich bei der Senatsverwaltung für Umwelt und von Sabine im filmbuero, von der ich wußte, daß es sie dort nicht gab. Jule lachte oft, meistens über ihre eigenen Sätze, selbst wenn daran gar nichts witzig war. Und mit welchen Menschen sie auch immer da gerade telefonierte – sie kamen kaum zu Wort.

Als der Hund sich verunsichert und schüchtern auf die Decke neben dem Ofen zurückgezogen hatte, sprang Jule vom Bett auf, schleuderte das Telefon von sich, kam auf mich zu und fing an, mir ohne jede weitere Vorwarnung das Hemd aufzuknöpfen.

»Bitte«, sagte ich abwehrend.

»Was ist denn, meine Unnahbare?!« raunte sie. »Stört dich der Hund? Sieh mal, der schläft schon. Ich hab's mir den ganzen Tag schon vorgestellt, ich konnte an gar nichts anderes denken, ich kann mich kaum noch beherrschen, du kannst mir das nicht abschlagen, sonst sterbe ich auf der Stelle an Liebeskummer!«

»Das glaube ich dir gerne, so aufgedreht, wie du bist«, sagte ich und versuchte, ihre Hände von mir fernzuhalten.

»Aufgedreht? Ich bin nicht aufgedreht! Es geht mir gut! Gut, blendend, wenn du ein altmodisches Wort haben willst, superb, ausgezeichnet, hervorragend, bestens, allerbestens, das kann doch nicht verboten sein. Mein Leben läuft wie am Schnürchen, wenn ich jetzt nur noch ein bißchen Liebe bekommen könnte.«

Sie zog meinen Kopf zu sich und preßte mir einen heftigen Kuß auf den Mund, während sich ihre Hände wieder über die Knöpfe an meinem Hemd hermachten. Es kostete mich alle Kraft, sie noch einmal von mir wegzuschieben.

»Jule, wo bist du jeden Tag?« brachte ich endlich vor. Sie antwortete nicht, sondern preßte sich an mich und trommelte auf mich ein wie ein Boxer im Clinch.

»Komm!« flehte sie. »Laß dich doch nicht so bitten, ich liebe dich, okay? Ich liebe dich! Hier ist die Frau, die dich liebt, also mach ihr Herz glücklich und laß dich von ihr umarmen, komm zu mir, Maria, ich muß dich fühlen, ganz und gar, jeden Zentimeter, jeden Millimeter, gibt's noch was Kleineres? Jeden Bruchteil von jedem Bruchteil von jedem Millimeter von deiner Haut. Komm doch her Maria, komm doch endlich!«

Sie ließ von mir ab und fing an, sich selbst auszuziehen.

»Wo bist du jeden Tag, Jule? Wohin gehst du morgens? Was machst du, wenn du nicht bei mir bist?«

Jetzt stand sie vor mir, mit nackten Brüsten, ganz aufrecht und die Arme still an beiden Seiten, sie hielt den Kopf gesenkt und versuchte, nicht zu lächeln, aber das gelang ihr nicht. Du kannst dich mir nicht verweigern, sagte ihr Lächeln. Du begehrst mich, wenn du mich so siehst, du versuchst, mich nicht anzusehen, aber du mußt mich ansehen, um die Sehnsucht zu spüren, die dein Leben lebendig macht, du willst mich, du brauchst mich, genauso wie ich dich brauche. *Für alles andere ist es längst zu spät.*

Ich streckte die Hand aus und legte sie an ihre Wange.

»Sieh mich an«, sagte ich.

Sie hob den Kopf.

»Wir reden morgen weiter darüber, ja? Ich halte das nicht mehr aus, das ist kein Scherz, Jule, ich meine das sehr ernst. Ich möchte nicht, daß es Geheimnisse und Lügen zwischen uns gibt. Du bist ein freier Mensch, du kannst tun und lassen, was du willst. Aber du sollst mich nicht anlügen, sondern mich meine eigenen Entscheidungen treffen lassen. Hast du das verstanden?«

Sie legte den Kopf zur Seite, schmiegte sich in meine Hand und schloß die Augen. Nach einer Weile sagte sie leise:

»Morgen, morgen, Maria. Das ist noch so lange hin. Die ganze Nacht liegt dazwischen. Hast du gesehen, daß wir Vollmond haben? Hast du diesen unglaublich riesigen weißen Mond gesehen? Bitte laß mich nicht warten, ja? Komm näher, komm ganz nah, Maria, weißt du eigentlich, warum der Mond so groß ist, wenn er nah am Horizont steht? Ronny hat mir das erklärt, es ist so: Wenn der Mond ganz nah am Horizont steht, oder über den Häuserdächern, in diesem Fall, weil wir ja in Berlin sind, und hier in Berlin ist es ja so – «

»Pscht«, sagte ich leise und hielt ihr die Hand auf den Mund, bis sie schwieg. Dann zog ich sie in meine Arme. Ihre nackten Brüste drückten sich an mein Herz, aber ich empfand nichts weiter als den Wunsch, sie zu beschützen und ihre fiebrige, nervöse Seele in Sicherheit zu bringen. Sie wand sich schon wieder in meinen Armen, voller Unruhe, dabei wäre ich gern so stehengeblieben. Ganz ruhig. Ganz lange. Einfach stehengeblieben. Bis sie verstand, daß wir so nicht weitermachen konnten.

23. Kapitel
Anfang September

Nachts im Bett, während das helle Mondlicht in ihr Zimmer schien, nahm Thea sich vier Dinge vor. Sie würde sich an der Uni einschreiben, nicht an der Kunsthochschule, sondern an der Humboldt-Universität, Europäische Ethnologie oder Geographie oder einfach nur Germanistik und Anglistik. Zweitens würde sie ihre Eltern anrufen und deren Angebot, sie monatlich finanziell zu unterstützen, nun doch annehmen. Drittens würde sie mindestens sechs Monate lang nicht mehr in den NightClub gehen, wo nichts weiter geschah, als daß sie zu viel trank und dann Frauen wie Vera küßte, die auch nach einer halben Stunde Knutscherei nicht aufregender wurden – und später mußte man auch noch so tun, als wäre einem schlecht und man müßte schnellstmöglich alleine nach Hause. (Vera hatte nur gelächelt. Nachsichtig. Nicht einmal enttäuscht.) Und viertens würde sie aufhören, nachts mit der Isländerin zu kommunizieren. Sie würde überhaupt mit den Chatlines und den Mailinglisten aufhören, ein für allemal. Es gab keine Welt der Geheimnisse da draußen, die es wert war, kennengelernt zu werden. Es gab nur diese eine Welt, die Welt zwischen morgens und abends, Montag und Freitag, Telefonrechnung und Stromabschlag und Miete, die Welt der Berufschancen vor und nach dem dreißigsten Geburtstag, und in der mußte man überleben.

Drei Stunden, nachdem Thea die Augen geschlossen hatte, fing sie erneut an, von der Isländerin zu träumen. Sie besuchte als Zuschauerin einen Schwimmwettbewerb, lief am Beckenrand entlang, während die Isländerin sich im Schmetterlingsstil durchs Wasser wühlte. Mit weit ausholenden Bewegungen, zeitweise ganz der Anziehungskraft des Erdballs enthoben, flog sie durchs Becken, sank wieder zurück, tauchte auf, tauchte unter, auf, unter, streckte die Arme weit von sich. Ein Albatros, der mit seinen Schwingen Luft und Wasser umarmt, ihren Konkurrentinnen um Längen voraus.

»Ja!« rief Thea. »Komm, du schaffst es, drei Züge noch! Du schaffst es! Ja! Ja!!«

Da streckte die Isländerin ein letztes Mal ihren Körper aus, spannte sich weit, warf ihre Hände dem Beckenrand entgegen, berührte ihn – und das Publikum sprang jubelnd in die Höhe.

»Weil du mir zugesprochen hast«, flüsterte die Isländerin und strich mit dem Handrücken über Theas Wange. Nah stand sie vor ihr, das Wasser rann ihre braune Haut hinunter, alle Menschen konnten sie so sehen und daß sie zusammengehörten, daß sie sich liebten. Es war kein Geheimnis, nichts, das einer besonderen Höflichkeit oder Rücksichtnahme bedurft hätte. Sie standen da, Körper an Körper, und alle freuten sich darüber.

»Weil du an mich geglaubt hast, darum konnte ich es schaffen«, flüsterte die Isländerin. »Ich habe deinen Glauben gespürt, das hat mir die Kraft gegeben, Wasser, Erde und Luft zu überwinden. Vielen Dank.«

Thea nickte und schloß ihre Arme um die Isländerin, zog sie zu sich, spürte das Herz, das noch raste, die Nässe des Badeanzugs, die Entschlossenheit in den Sehnen und Muskelfasern.

»Ja«, sagte Thea. »Ich glaube an dich.«

Dann war die Isländerin plötzlich verschwunden, und Thea stand allein im Schwimmbad, die steinernen Ränge lagen menschenleer da. Sie tauchte den Fuß ins Wasser und fühlte sich verlassen.

Der Traum blieb den ganzen Tag bei ihr, all die Stunden, in denen ihre Kollegin Maria seltsam schweigsam in der Kaffeenische saß, anstatt zu lesen oder sich über irgend etwas Politisches aufzuregen. Die Käufer gingen im Videoladen ein und aus. Mittagspause, der Kaffee, ein neuer Kundenschwall rauschten an Thea vorbei. Innerlich war sie noch in dem Schwimmbad, überschwemmt von einer Zärtlichkeit und Liebe, für die es kein Gegenüber gab.

Abends kämpfte Thea lange mit sich, ob sie den Computer wirklich ausgeschaltet lassen sollte. Sie ging neben ihrem Arbeitstisch auf und ab und wollte nicht und wollte doch. Sie spürte den Handrücken der Frau an ihrer Wange. Es war schwer, die Frau in dem Computer von der Frau, die wirklich irgendwo leben mochte, von der Frau in dem Traum heute nacht zu trennen. Thea wartete bis um halb zwölf, bis sie sich einsam und müde genug fühlte. Dann wagte sie einen Blick.

Das Modem rauschte, sang, dockte an, da rollten die Nachrichten. Ein endloses Band. Stimmen ohne Münder. Ausrufe ohne Gesicht.

»Oh Mann, ich bin erleichtert total! Ich warte seit ein Stunde auf dich. Wo warst du? Du hast mir ein riesige Schreck gemacht mit dein letzte email, weißt du das?«

Thea beugte sich vor, das Bild der Schwimmerin vor Augen.

»Ich wollte mich verabschieden«, tippte sie.

»Ich weiß«, schrieb die Isländerin zurück. »Aber es ist falsch. Wir müssen mehr weiter sprechen.«

»Warum?«

»Weil ich hören will mehr von dein Kunst! Dein performance! Es macht kein Unterschied wenn du nicht Film produzierst oder performance machst, right?«

»Wenn ich Filme machen würde, wäre ich vielleicht reich und berühmt. Aber ich bin absolut pleite. Es geht nicht mehr. Ich habe kein Geld für Kunst. Money, verstehst du? Es geht nicht ohne!«

»Erzähl mir von das Ballon, wie willst du machen, damit es allein fliegen kann?«

»Es müssen nicht immer Menschen in einem Ballon sitzen. Die Wetterballons, mit denen man das Klima mißt – sie fliegen auch allein. Der Himmel ist voll von Wetterballons.«

»Und das mit die elements«, fuhr Brit fort. »Ich hab nachgedacht und ich glaube, das es gibt ein fünfte element.«

»Klar. Holz und Metall. In China. Dafür haben sie da keine Luft.«

»Das ist nicht, was ich meine«, erklärte Brit. Was ich meine ist: In dein vier elements Idee es gibt ein fünfte element. Denkst du nicht? Ich glaub, du sollst dir mehr Gedanken machen über dein fünfte element als über Geld. Und ich will dir sagen etwas anders. Ich bin nicht Brit.«

»Wer bist du?«

»Mein Name ist Lucy. Ich bin Amerikanerin. Von Boston.«

»Was machst du in Island?«

»Ich bin nicht in Island. Ich lebe in Deutschland. Ich arbeite in ein Krankenhaus, in ein psychiatrische Abteilung. Ich mache viel Nachtwachen und auch Tagesdienst.«

»Wo bist du in Deutschland?«

»Wo du bist. In Berlin.«

»Und du schwimmst nie?«

»Oh Baby, sure, ich schwimme. In Sommer, in Wannsee oder so!«

»Lucy, das ist doch bescheuert – warum haben wir uns diese Sachen erzählt?«

»Es hat Spaß gemacht, also don't worry! Aber jetzt ist besser diese andere Art. Mehr ehrlich. Denkst du nicht? Ich hab ein Idee für dein project. Ich denke das viele Menschen müssen helfen und es bezahlen. Alle die zu dein performance kommen müssen helfen es in die Luft bringen. Anders geht es nicht.«

»Ich will aber keinen Eintritt nehmen, das wäre gegen die Idee. Ich will, daß es total offen ist.«

»Ich versteh dein Idee gut. Es soll offen sein, die Leute sollen erleben etwas von frei und offen, right? Es soll die Leute mehr nah bringen an ihr Leben, an die Substanz von ihr Leben, woraus sie gemacht sind, Fleisch und Wind und so weiter. Es soll sie zeigen ein connection. Man kann nicht fünf Mark nehmen für bezahlen mit dein Idee.«

»Nein, das kann man nicht. Und fünf Mark würden ja auch nicht reichen. Brit, ich glaube, ich hab alles versucht. Es ist voll beschissen, aber es gibt einfach kein Geld dafür.«

»Liebe Thea, wenn es dein großes Wunsch ist mit so ein project – du sollst es nicht aufgeben. Das sollst du nicht. Wenn es ein großes Wunsch ist, du mußt es machen. Irgendwie. Ein großes Wunsch hat auch ein großes Kraft.«

»Ich würde dir gerne glauben. Sehr gerne.«

»Ein großes Wunsch ist wie ein Welle, es wird getragen. Aber es muß genug weit sein. Es muß für die Menschen gemacht sein, so wie dein project. Es ist so gemacht, die Menschen können kommen und etwas zu verstehen und zu fühlen. Es macht mir optimistisch für dein project.«

Thea beugte sich müde, aber konzentriert über die Tasten. Was Brit – oder Lucy – da schrieb, fühlte sich wie ein Beruhigungsmedikament an, wie eine sanfte Droge, die sich in die Adern ergießt und alles weich und friedlich macht.

»Wer trägt einen großen Wunsch?« fragte Thea.

»Du selbst. Du, und die Liebe, die in dein Wunsch ist.«

»Meinst du wirklich?« fragte Thea.

Und dann hörten sie auf, über das Projekt zu sprechen, und wechselten allmählich zu anderen Gedanken und Geschichten. Thea fragte Lucy nach ihrer Arbeit auf der psychiatrischen Station, und Lucy erzählte von den Kranken, mit denen sie viel Zeit verbrachte, von den Geheimnissen und Schrecken, die sich in den Krankheiten verbergen, dem Scheitern und der Ausdauer der Patienten. Thea sah innerlich noch immer die braungebrannte Schwimmerin vor sich, ließ sie nun in einem weißen Kittel über Krankenhausflure laufen und versuchte sich vorzustellen, wie Lucy mit den Menschen sprach, sie beruhigte, bei ihnen war. Sie jedenfalls hätte Lucy stundenlang zuhören können. Hin und wieder wechselten Antworten und Fragen, und Thea fing an zu erzählen, von ihren Drahtgebilden und Gipsbildern und von ihren gescheiterten Aufnahmeprüfungen an der Kunsthochschule. Auch andere Geschichten kamen zum Vorschein: wie sie als Kind verstehen wollte, warum Vögel fliegen können. Sie hatte sich Vorrichtungen aus Pappe und Tüchern auf den Rücken gebunden, um es ihnen nachzutun. Von ihrem Onkel erzählte sie, der es irgendwie schaffte, sich und seine Familie mit seiner Kunst über Wasser zu halten. Er malte warme, verschlungene Bilder in grün und blau, die zwar niemand verstand, die aber dennoch im ganzen Landkreis in Empfangszimmern und Amtsstuben hingen, weil sie so schön anzusehen waren. Als Kind hatte Thea bei ihm im Atelier sitzen dürfen, wenn sie still war und ebenfalls arbeitete. Auf Tapetenstücken, die auf dem Boden ausgebreitet lagen, hatte sie ihre ersten Bilder zusammengerührt, hatte sich und die Tapete und den Boden rechts und links davon mit teuren Ölfarben beschmiert, während ihr Onkel mit seiner blaugrünen Palette prüfend vor der großen Leinwand auf und ab ging und gleichzeitig ernst und zufrieden aussah. Am Abend nahm ihr Onkel sie dann in Schutz, wenn sie zu Hause bei ihrer Mutter die verdreckte Kleidung verteidigen mußte. Es ist wichtig, darauf einigten sich Thea und Lucy, einen Menschen zu haben, der dir eine Idee gibt. Einen Menschen, der dir sagt: Hier ist ein Weg, er ist vielleicht nicht gerade und nicht einfach, aber er lohnt sich, weil du etwas finden wirst, das man nur auf den mutigen Wegen findet. Einen Menschen brauchst du, einen einzigen, irgendwann – ein Mensch, der reicht. Manchmal schaffen es auch Bücher, meinte Lucy. Aber ein Mensch ist besser, sagte Thea. Ja, sagte Lucy. Weil er dir zeigen kann, wie es geht.

»Apropos Wegen und Idees. Denkst du nicht wir müssen uns treffen?« fragte Lucy. »Ich möchte mit dir weiter über dein Idee sprechen. Wir müssen herausfinden, wie wir es machen können. Hast du Zeit? Morgen mittag? In ein Café? Du mußt nicht nach Island kommen – ich komme zu dir nach Berlin ;-).«

Als Thea den Computer ausschaltete, war es halb fünf am Morgen. Draußen dämmerte es schon. In sieben Stunden würde sie Lucy treffen. Sie legte sich aufs Bett, schloß die Augen. Wann war sie das letzte Mal so froh gewesen? Froh war vielleicht nicht das richtige Wort. Sie fühlte sich nicht mehr allein, das war es. Heute nacht war ein Teil ihrer Einsamkeit von ihr abgefallen, jemand war ihr begegnet. Eine Frau, die Lucy hieß und manchmal schwimmen ging. Im Sommer, wenn es warm war. Und das fünfte Element? Thea zog sich die Decke über und versuchte, ihre Füße mit den Schuhen aus dem Bett herauszuhalten. Sie hatte eine blasse Ahnung, was Lucy damit gemeint haben könnte. Es hatte mit dem Zusammenhang der vier Elemente zu tun, es lag darunter oder dazwischen oder mittendrin, und bewegte sich irgendwie. Thea spürte es wie einen Pulsschlag, einen Rhythmus. Aber wie sollte sie nun noch ein fünftes Element in ihrem Projekt unterbringen? Müde drehte sie sich auf die Seite. Morgen würde sie weiter mit Lucy sprechen. Das war gut.

Um halb zwölf mittags wachte Thea auf, gerade rechtzeitig, um sich das Gesicht zu waschen, die Zähne zu putzen, einen Kaffee zu trinken und aus dem Haus zu stürzen. Nur eine Sekunde lang überlegte sie, ob sie sich etwas anderes anziehen sollte, etwas, das vielleicht einen zugänglicheren Eindruck machte als ihr khakigrünes, mit Horrormotiven bedrucktes T-Shirt und die Knobelbecher. Aber sie entschied sich dagegen. Mit Lucy, das mußte anders sein. Anders, als daß man es nötig hatte, sich dafür zurecht zu machen. Gegen halb eins stieß sie die Tür des Cafés auf und sah sich um. Sie hatten vereinbart, sich an einem Tisch möglichst weit hinten links zu treffen. Ich habe blonde Haare, bis auf den Rücken, hatte Lucy sich beschrieben. Ich habe ganz wenig Haare, hatte Thea über sich geschrieben. Beziehungsweise sie sind ganz kurz geschnitten, nicht mal Streichholzlänge. »Was ist ein Streichholzlänge?« hatte Lucy gefragt. Da saß eine Frau. Hinten links. Blonde Haare, bis auf den Rücken. Thea blieb zögernd stehen, da stand die Frau halb auf, schob dabei den Tisch ein Stück vor und lächelte. War sie das? Diese Frau dort hinten? War das Brit, oder Lucy? Thea ging langsam durch den Raum und streckte die Hand vor, etwas Besseres fiel ihr nicht ein.

Dick war die Frau. Aber dick war gar kein Ausdruck. Fett war sie, nein: enorm, gewaltig, monumental. Riesenhaft und riesendick, ein Berg, ein Gebirge von einer Frau, eine ganze Gebirgslandschaft, sie war mindestens einen Meter fünfundachtzig groß und halb so breit, sie paßte kaum auf die Sitzbank, auf die sie ihr Volumen, beziehungsweise einen geringfügigen Teil davon, mühsam gequetscht hielt. Mindestens hundertzwanzig Kilo wog sie, wenn nicht noch mehr, viel mehr. Nie zuvor in ihrem Leben hatte Thea eine solche in alle nur erdenklichen Dimensionen ausufernde Gestalt gesehen. Thea hielt ihre Hand in die Höhe, und Lucy ergriff sie voller Wucht.

»Guten Tag«, sagte Thea.

»Hi, Thea«, rief Lucy und lachte laut. »Wie schön, dich zu Dassehen, endlich!«

24. Kapitel
Anfang September

Wenn Etta mit Giovanna sprach, war sie Giovannas Etta. Sie lachte und erzählte unterhaltsame Geschichten. Sie griff nach Giovannas Händen und wärmte sie in ihren Achselhöhlen. Sie legte ihren Arm um Giovanna und wartete darauf, daß der immer gleiche abendliche Fluß an Geschichten von Fachbereichskonferenzen, Vorlesungen und Kollegenstreit abebbte und Platz entstand für die eine oder andere Frage an sie. Wie der Tag am Schreibtisch gewesen sei? Wie es den Einhörnern, Eseln und Meerjungfrauen gehe? Etta antwortete freundlich, aber knapp. Auch Geschichten von Einhörnern und Meerjungfrauen waren nach all den Jahren nicht mehr wirklich interessant, und wahrscheinlich ging es ohnehin mehr um die Gesten als darum, einander wirklich etwas zu erzählen. Etta spürte Giovannas Anspannung und wußte, daß es Giovanna in solchen Zeiten guttat, ihrer Nähe sicher zu sein. Mit freundlichen Antworten auf freundliche Fragen zu reagieren, gehörte einfach dazu.

Wenn Etta mit ihren Freundinnen am Doppelkopftisch saß, war sie die Etta des Bekanntenkreises. Sie donnerte die Asse und Buben auf den Tisch, warf sich fluchend in ihren Sessel zurück, riß die lautesten Witze und freute sich am unverschämtesten, wenn es ihr gelang, das gegnerische Team zu übertrumpfen. Sie gehörte zu den letzten, die aus der Haustür geschoben werden mußten, und winkte den anderen noch lange nach.

Wenn Etta am Schreibtisch saß, war sie manchmal die Etta der Promotion. Meist war sie niemandes Etta. Sie lachte nicht, und die Fragen gehörten ihr ganz allein. Sie schlichen sich aus ihr heraus und schaukelten im Raum, wächsern und kalt, bis sie sie wieder an sich nahm, weil es keine Antworten gab.

Darf ich mehr als zwei Menschen sein? Wie bringen andere es fertig, mit einem einzigen Gesicht zu leben tagaus, tagein? Ist es Unsinn, wenn ich sage: ich hätte gerne fünf, sechs oder sieben Leben, aber nicht nacheinander, sondern alle jetzt, in diesem Monat, in diesem Jahr? Und im nächsten Jahr sechs weitere Leben? Und immer so weiter, bis sich meine Augen schließen? Ich möchte nicht eine Art von Leben auf Kosten einer anderen Art von Leben führen, der Preis erscheint mir zu hoch. Ist es unreif, mit beinahe fünfzig Jahren zu diesem Verzicht noch immer nicht bereit zu sein? Schon einen Namen, eine Adresse und ein Lachen zu haben, an dem man mich erkennt, ist mir unerträglich. Ich würde mir gerne einen Hut aufsetzen, einen Mantel umwerfen und mich in das Getümmel auf den Straßen mischen, ein Schatten ohne Gesicht, fremd unter Fremden, so daß alles möglich wäre. Ich wüßte gerne, wie es sich anfühlt, leise zu lachen, zierlich zu gehen wie eine junge Frau, ein Schwuler zu sein, der sich mit offenen Hosen und offenem Mund gierig an Toilettenwände drückt, oder mir als Mann von einer Frau zu nehmen, was ich will, weil ich Gefallen daran finde, rücksichtslos zu sein. Und zehn, zwanzig weitere Möglichkeiten zu leben.

Ich wäre gern niemand, um alles andere sein zu können.

Das war naiv, Etta wußte das.

Es ging nicht, aber sie wollte, daß es ging.

Wenn Etta Vera ihre Besuche abstattete, hielt die Sehnsucht still, dann war sie ihre eigene Etta, die wichtigste Etta dieser Zeit. Dann zitterten die Schmetterlingsantennen in der Luft, die Flügel hoben und senkten sich langsam, ihr Körper pumpte Luft ein und aus, das war alles. Sie brauchte Vera nicht zu erklären, wie es ihr ging. Veras Antennen zitterten auch, und ihr Körper hielt auch still, wartete, regte sich nicht.

Abends im Bett schmiegte sich Etta an Giovanna, fühlte sich ein in die Vertrautheit und rückte dann innerlich davon ab, um sie wie etwas Ungewohntes wahrnehmen zu können. Wieviele Jahre lebten sie jetzt schon zusammen? Was gab es von Giovanna, das sie nicht wußte, in das sie nicht einbezogen worden wäre, das sie nicht gemeinsam mit ihr entschieden hätte in den letzten Jahren? Hatte sie denn nicht erlaubt, daß ihr Leben in einer Weise mit dem Giovannas zusammenwuchs, die kein Zurück erlaubte? Und warum auch zurück? Lebte sie denn nicht in dieser Vertrautheit wie in einem heimatlichen Land, genau wie Giovanna es tat? Sie brauchte das doch auch, das gemeinsame Wohnen, das Schweigen, das Lachen, das Aneinandervorbei und die Abende vor dem Fernseher oder im Theater. Es hatte sich, inmitten der Routine und den Gesten des Alltags, eine Perle gebildet, eine ruhig schimmernde, von den täglichen Reibereien und Anstrengungen umwachsene

Kostbarkeit, die sich nur hier und nur auf diese Weise hatte bilden können. Ihr helles mattes Licht gehörte ihnen gemeinsam, es war aus ihrer Verbindung hervorgegangen, aus der Widmung und der Beharrlichkeit und der Ausdauer und Zuwendung von Jahren. Es war ein durch Zeit und Mühe Schicht um Schicht erschaffenes Juwel, das sie miteinander teilten, und Etta wußte, daß Giovanna schon lange nicht weniger zu ihr gehörte als ihre Hände und ihre Füße und ihr eigenes Herz.

Wie sage ich meinen Händen, daß mich ihre Allgegenwart langweilt?

Wie erkläre ich meinen Füßen, daß ich gerne frei hätte heute abend, wenn es sich machen ließe?

Wie mache ich meinem Herzen begreiflich, daß ich nicht immer nur nach einem Rhythmus leben kann?

Etta legte der schlafenden Giovanna die Hand auf den Rücken und spürte den Bewegungen ihres Atems nach. Selbst im Schlaf verströmte Giovanna pures Gleichmaß. Sie lag ordentlich unter ihrer Decke, atmete ordentlich ein und aus, hielt die Augen ordentlich geschlossen. So würde sie liegen bis morgen früh.

Etta drehte sich von ihr weg auf den Rücken, schob sich das T-Shirt hoch, legte sich die Hände auf den Bauch und starrte in die Dunkelheit. An diesem Ort, dachte sie, verteidige ich hilflos, wofür es sonst keinen Ort gibt. Es müßte nicht dieser Ort sein. Ich müßte nicht mit Vera ins Bett gehen. Ist das denn nicht entsetzlich einfallslos? Gebt mir andere Orte. Gebt mir die Orte des Schamanen. Laßt mich in einer Höhle sitzen zwanzig Jahre lang, bis meine Haut gelb wie Pergament ist und ich ins Innerste der Welt geblickt habe. Laßt mich tanzen, meine Arme und Beine im Kreis wirbeln, bis Himmel und Erde ineinanderfallen. Laßt mich meinen Körper auf dem Boden wälzen und mit Schaum vorm Mund Irrsinn und Wahrheit predigen. Laßt mich mit einer Handvoll Gefährten quer durch die Arktis reisen, eine Expedition auf Leben und Tod, ich verstehe diese Männer, die Kälte raubt uns Knochen und Fleisch, das Eis greift nach uns, zieht uns zu sich, macht uns sich gleich. Nichts als Kälte und Auszehrung sind wir, was sollen wir dem schneidenden Wind entgegenstemmen? Wir sind nichts mehr, haben nichts, wissen nichts, wollen nichts mehr. Es gibt nur noch den einen Gedanken, wie wir es schaffen können, uns einen Schritt weiterzuschleppen. Nur einmal noch den tonnenschweren Fuß hochheben, ihn nach vorne schieben mit übermenschlicher Kraft, einen Schritt noch, und noch einen Schritt. Und jetzt geschieht es, das hat uns ins Eis getrieben, das zwingt uns Achttausender hinauf, an den buntverhüllten Leichen des Mount Everest vorbei. Das ist die Macht, von der wir uns im Genick fassen lassen wollen: Wir wollen das Außen so mächtig erleben, daß es das Innere ergreift. Wir wollen groß werden, indem wir eintreten ins Große. Wir wollen Teil der Macht werden, indem wir die Macht suchen und uns von ihr überrennen lassen. Wir werden aufhören zu behaupten, daß die Welt ordentlich und überschaubar wäre, daß wir sie kleinkochen und sortieren und in Puppenhäusern glücklich werden könnten. Deine Hingabe möchte ich sehen. Deine Schrankenlosigkeit und die Unbedingtheit, mit der du dich mir ergibst.

Giovanna seufzte leicht, bewegte sich aber nicht.

Etta legte die linke Hand unter ihren Kopf, die rechte ließ sie auf ihrem Bauch liegen. Hier gab es nur einen Ort. Diesen. Und alles, was ihr einfiel, war, sich zu verlieben. Dabei meinte sie das vielleicht gar nicht. Dabei meinte sie vielleicht etwas ganz anderes.

Und während Giovanna träumte, faßte Etta den Entschluß, mit einer Feile am Gitter zu sägen. Sie würde Bettlaken sammeln, um sie später zu einem Fluchtwerkzeug zu verknoten, und auch sonst alle Vorbereitungen für einen Ausbruch treffen.

Mit Giovanna würde sie wie immer weiterleben. Sie nahm sich vor, ihr nichts von ihren Plänen zu erzählen, weil Giovanna es ohnehin nicht verstünde. Sie nahm sich vor, es ihr zu erzählen, sobald alles vorbei war. Sie nahm sich vor, es ihr schon jetzt zu erzählen, aber nicht um Erlaubnis zu bitten, sondern sie vor vollendete Tatsachen zu stellen. Sie nahm sich vor, gleich morgen früh um Giovannas Verständnis zu ringen. Sie nahm sich vor, da war es schon drei Uhr morgens, einfach in eine Katastrophe zu schlittern und die Konsequenzen auf sich zu nehmen. Sie verstand sich nicht, verstand sich doch, setzte sich unter Druck, wehrte sich gegen den Druck, konnte sich zwischen dem einen und dem anderen Druck nicht entscheiden, ergab sich. Sie griff zur Feile und legte das rauhe Blatt an die Gitterstäbe.

Am nächsten Morgen berichtete ihr Giovanna von einer Exkursion, die sie mit einigen ihrer Studenten plante. Nach Wien, ein Wochenende lang, auf den Spuren romantischer Landschaftsarchitektur, zwischen Cornflakes und Frühstückskaffee erzählte sie das. Etta stand im Bad und putzte sich die Zähne. Das ist schön, rief sie, das freut mich für dich! Dann zählte sie die Tage bis dahin, es waren fünf. Fünf Tage noch. Fünf Tage, bis ich aus dem Fenster springe.

Am Abend kam Giovanna nicht nach Hause, sondern rief unterwegs von einer Telefonzelle aus an. Laß uns ins Kino gehen, brüllte sie in den Hörer, im Hintergrund Straßenlärm und Menschenstimmen. Ins Kino?, fragte Etta. Seit wann gehst du abends mit mir ins Kino? Seit wann hast du Zeit für solche Nebensächlichkeiten?

Das sind keine Nebensächlichkeiten!, rief Giovanna. Das habe ich nie behauptet! Ich habe einfach das Bedürfnis, mal ein paar Bilder an meine Augen zu lassen, ein paar andere Farben, verstehst du?! Hellblau, Schnitt, hellrot!

Im Kino legte Giovanna, noch bevor die Lichter ausgegangen waren, Etta die Hand aufs Bein und täschelte sie zärtlich. Etta beugte sich zu ihr. Was ist los, fragte sie entgeistert. Was ist los mir dir? Giovanna lächelte nur und schüttelte den Kopf. Sei doch still, sagte sie, der Film fängt gleich an.

Das ging so weiter. Da waren diese plötzlichen Urlaubspläne. Einmal forderte Giovanna Zärtlichkeiten von ihr, mitten am Sonntagnachmittag, aus heiterem Himmel, als gäbe es keine Schreibtische auf der Welt. Und ständig wollte sie spazierengehen, entzückte sich wie ein Kind an Kaninchen, Vögeln, Raupen, Käfern, Blüten, in Jahren hatte Etta Giovanna nicht so erlebt.

Etta geriet ins Straucheln. Wohin mit der Feile, mit den Laken? Verstecken, vergraben, vergessen. War sie überhaupt noch in der Lage, ihre Ausbruchspläne fallenzulassen? Gab es auch mehr als eine Giovanna? Warum hatten sich die anderen Giovannas nicht eher blicken lassen, warum erst jetzt, wo beinahe schon alles zu spät war?

Inzwischen besuchte Etta Vera jeden zweiten oder dritten Tag, ohne sie je um Erlaubnis zu fragen. Die Verfolgung fand nicht mehr heimlich und anonym statt. Es war eine offene, unverhohlene Treibjagd geworden. Vera hatte sich längst in den Fallen und Netzen verfangen, wand sich und zappelte, wenn Etta ihre Wohnung heimsuchte.

Die Spannung zwischen ihnen wuchs ins Unerträgliche.

Etta trat in eine dunkle Wand ein, wenn sie ihre Hand auf Veras

Türklingel legte. Sie versank in einer anderen Farbe. Dunkelblau. Schnitt. Dunkelrot.

Dann kam der Freitag, dann der Samstagmorgen. Giovanna umarmte Etta vorne im Flur und wünschte ihr eine schöne Zeit. Und was machst du dieses Wochenende? Nimm dir frei, forderte Giovanna sie auf, wenigstens einen Nachmittag lang. Mach was Schönes, genieß deine Zeit!

Etta schüttelte den Kopf und kniff Giovanna in die Wange. Was du immer mit deinem Genießen hast in letzter Zeit.

Giovanna wandte sich ab und wühlte in ihrer Reisetasche. Muß auch sein, sagte sie. Warum immer warten, warten. Vielleicht kommt da ja gar nichts mehr, auf das man warten könnte. Ich habe die Reise nach Wien schon so lange vor. Jetzt mache ich sie endlich. Und wenn man sich einmal für etwas entscheidet, dann kann man es auch irgendwie möglich machen.

Keine Ahnung, ob das Leben wartet, rief Etta fröhlich. Der Bus wartet auf keinen Fall. Also mach, daß du rauskommst. Ich liebe dich!

Ich liebe dich auch.

Samstag. Samstagabend. Vera wartete. Etta wußte das, heute hatte sie Vera angerufen. Ich komme, hatte sie gesagt. Aber nicht am Nachmittag. Ich besuche dich abends.

Etta stand vor Veras Haus, ging zur Haustür, legte langsam die Hand auf die Klingel. Der Summer ertönte. Sie drückte die Tür auf, betrat den Flur, setzte ihren Fuß auf die ersten Stufen, atmete tief durch, ließ jeden Zweifel hinter sich. Die Verfolgung hatte ein Ende. Die Treibjagd war angekommen. Die Fallen konnten geöffnet werden, die Netze eingezogen. Ich gehe in die Mauer, dachte Etta. Ich gehe in die Mauer und durch die Mauer hindurch.

25. Kapitel
Anfang September

Konstanze wußte, daß sie strategisch vorgehen mußte, und das bereitete ihr ein zusätzliches Vergnügen. Nadja nahezukommen war kein einfaches Unterfangen, es erforderte ein genau dosiertes Maß an Entgegenkommen, Abwarten, Schweigen, Lächeln, Arme öffnen, Arme ruhig liegen lassen, sich zurückziehen und wieder zugänglich geben. Konstanze wußte inzwischen auch, zu welchen Zeiten sie Nadja am besten telefonisch erreichen konnte, mittags irgendwann, oder am frühen Nachmittag, wenn Nadja sich von den geheimnisvollen Mühen ihrer Nächte erholt hatte und ihren ersten Kaffee trank. Nadja sprach nicht von ihrem Beruf, und Konstanze fragte auch nicht danach, jede Neugierde in diesem Bereich wäre ein Tabubruch gewesen, und so hütete sie ihre Zunge. Irgendwann, dachte sie. Irgendwann würde sie Nadja schon so weit haben. Statt dessen plauderten sie am Telefon über Belangloses, tauschten Albernheiten aus, lachten viel. Je häufiger es Konstanze während eines Telefongespräches gelang, Nadja aus der Reserve zu locken und sie zum Lachen oder – was weitaus schwieriger war – zum Erzählen zu bringen, um so größer war die Wahrscheinlichkeit, daß Nadja ja sagen würde. Ja zu einer Verabredung. Ja zu einem Besuch im Zirkus. Ja zu einem Spaziergang auf dem Teufelsberg. Ja zum Rollschuhfahren.

Konstanze wählte behutsam Orte und Beschäftigungen aus, die Nadjas Kindlichkeit engegenkamen, denn dieses Kinderherz in Nadja, ihre zerbrechliche Unschuld und zu Gemüte gehende Naivität in vielen Fragen, rührte Konstanze am allermeisten. Sie genoß es, neben Nadja auf einer Holzbank zu sitzen, wenn der Clown auftrat, an sich eine alberne Situation, unter keinen anderen Umständen und mit niemandem sonst wäre Konstanze allen Ernstes in einen Zirkus gegangen.

Aber wenn Nadja ihre winzige, zerschlissene, weiße Handtasche an sich drückte, die Füße mit den schiefen, hohen Absätzen quer voreinander stellte und der knallrot angemalte Mund alles Künstliche verlor und nur noch hell auflachte, wie die Kinder ringsum lachten, laut und voller Freude – dann fühlte Konstanze in sich so etwas wie überlegene Reife. Und das Gewicht des Älterseins. Und einen erheblichen erotischen Schauer.

Einmal waren sie zusammen einkaufen gegangen. Nicht, daß Konstanze reich gewesen wäre. Das war sie bestimmt nicht. Dennoch hatte sie Nadja ausgeführt wie ein Mann seine Mätresse, genau so. Sie waren den Kurfürstendamm auf- und abgeschlendert, hatten die Schaufensterauslagen und Boutiquen begutachtet, in den Geschäften war Nadja von einem winzigen Kleid in das nächste geschlüpft und hatte kleine Tänze vor ihr aufgeführt, barfuß natürlich, kichernd, zeitweise unverhohlen obszön und doch auch das kleine Mädchen, das sich aufrichtig freut, ein Geschenk zu bekommen. Ein rotes, rückenfreies, eng anliegendes Kleid, dafür hatten sie sich schließlich entschieden. Nadja wollte es so, und Konstanze konnte, obgleich sie das Kleid mehr als nur einen Hauch geschmacklos fand, nicht sagen, daß sie etwas anders gewollt hätte. So wollte sie es. Genau so.

Ein anderes Mal hatte Konstanze Nadja zum Elefantentor bestellt und sie waren zusammen in den Zoo gegangen. Die weißen Wölfe mit den schmalen, schrägen Augen, die rastlosen Tiger, die Giraffen mit ihren zeitlupenartigen Bewegungen, die stinkenden Dromedare. Im Nachttierhaus fingen sie an herumzuknutschen, und bei den Affen überfiel Nadja eine große Traurigkeit.

»Sie sollten sie nicht in diesen kleinen Gehegen einsperren! Sieh nur, wie unglücklich der aussieht!«

»Ach, Schätzchen, der sieht nicht unglücklich aus. Der ist hier ganz zufrieden, glaub mir. Tiere sind faul. Wenn sie was zu fressen bekommen und ein paar Artgenossen in der Nähe sind, geht's denen prima. Frag den Zoodirektor.«

»Wie kannst du das nur sagen?« Nadja trat näher an die dicke Glasscheibe, die die Zuschauer von den Menschenaffen trennte, und legte ihre Hand daran. Das riesige Gorillaweibchen, das auf der anderen Seite saß, nahm keine Notiz von ihr. Müde starrte es ins Leere.

»Er sieht nicht froh aus. Er träumt.« Nadja drehte den Kopf zu Konstanze, blies die dünne, blonde Haarsträhne beiseite und lächelte. »Er träumt vom Dschungel. Er stellt sich vor, wie es war, damals, als er noch in Freiheit war. Er hat gesehen, wie die Sonne im Nebel aufgegangen ist. Glaubst du etwa, Tiere mögen sowas nicht? Die lieben die Natur, genau wie wir. Die brauchen das auch, alles das, wo sie herkommen, das Meer oder den Nebel, Wind und Bäume, auf denen sie herumklettern können.«

»Der ist eine Sie. Und außerdem leben die in Bambuswäldern«, entgegnete Konstanze. »Da gibt's nichts zum Draufklettern.«

»Du bist herzlos.«

»Bin ich nicht.«

»Bist du doch.«

»Bin ich nicht.«

»Hör auf, meinen Arsch anzufassen, hier gibt's Schulklassen und alles. Die werden uns...

»... die werden uns einsperren«, flüsterte Konstanze. »Sie sperren uns ins Nachttierhaus, dann könnten wir Tag und Nacht unter der roten Lampe liegen und es uns gut gehen lassen. Draußen würden sie ein Schild anschrauben, lesbisches Paar, gefangen in Berlin, Lebenserwartung ca. 75 Jahre, Fortpflanzung in Gefangenschaft bislang nicht gelungen.«

Nadja lachte und fiel in Konstanzes Arme. Konstanze drückte sie an sich, die Gorillafrau drehte den Kopf und starrte sie an, als wüßte sie etwas, das sie nicht wissen sollte.

»Komm, laß uns gehen«, murmelte Konstanze. »Ich find's auch etwas bedrückend hier.«

Doch auch nach vier Wochen war es noch immer so, daß Nadja nie zurückrief. Wenn das Telefon klingelte, war nie Nadja am anderen Ende. Manchmal hoffte Konstanze darauf, lief durch die ganze Wohnung die Telefonschnur entlang, an ihrer kopfschüttelnden Mitbewohnerin Vera vorbei, die wie immer spitz und spröde meilenweit über den Dingen stand, und riß aufgeregt den Hörer von der Gabel.

»Hallo?! Hallo wer ist denn da?«

Aber Nadja war es nie. Konstanze hätte sie gerne gefragt, in manchen Situationen, nach dem Sex, wenn sie eng umschlungen lagen und Wein tranken und rauchten, oder früh morgens, wenn sie zur Arbeit gehen mußte und sie Nadja noch einen letzten Kuß auf den schläfrigen Mund drückte. Oder sie gebeten, ganz beiläufig. Rufst du mich an heute? So gegen halb vier kannst du mich am besten erreichen... aber sie wußte, daß sie sich beherrschen mußte. Abwarten. Zeit geben. Ruhe bewahren. Vertrauen schaffen. Gemach, gemach. Nadja würde sich öffnen, sie war ja schon dabei. Wer weiß, was sie alles hatte durchmachen müssen in ihrem jungen

Leben, nach und nach würde sich das enthüllen, sie lebte doch gewiß nicht umsonst allein in einer schäbigen, winzigen Wohnung in Tempelhof, jede Nacht unterwegs mit anderen Männern, die sie mit Champagner fütterten und plaudern hören wollten, während sie ihr die Hände unter den Rock schoben.

Und im Hintergrund diese seltsamen Freunde, mit denen sie auf Möllinghoffs Geburtstagsparty aufgetaucht und deren Bedeutung Konstanze noch immer nicht klar war. Sie glaubte nicht, daß Nadja im engeren Sinne einen Zuhälter hatte. Dazu bewegte sie sich zu unabhängig, zu selbstbewußt und autonom.

Vielleicht waren die Männer Familienmitglieder, Verwandte, Brüder oder Cousins. Oder sie waren tatsächlich Freunde, einfach nur Männer, wie man sie im »Milieu«, welchem auch immer, eben kennenlernte. Auf der anderen Seite... wenn Nadja tatsächlich jede Nacht arbeiten ging, dann stellte sich die Frage, wo ihre Einnahmen blieben, denn sie war notorisch pleite. Doch auch hier galt: Es war zu früh, Nadja danach zu fragen, wie sehr Konstanze auch darauf brennen mochte.

Manchmal beschlich Konstanze ein leicht ungutes, hohles Empfinden bei ihren gemeinsamen Unternehmungen, der vielen guten Laune, die sie gemeinsam produzierten. Nicht, daß Konstanze etwas gegen gute Laune gehabt hätte, ganz und gar nicht. Gute Laune war Teil ihrer Lebensphilosophie, mochten andere Leute leben, wie sie wollten. Dennoch gab es ein paar Dinge, die unausgesprochen zwischen ihnen standen und da bisweilen ein bißchen störten: Niemals sprachen sie darüber, welche Art von Beziehung sich eigentlich zwischen ihnen entspann. Konstanze hatte keine Ahnung, wie Nadja mit diesem neuen lesbischen Element in ihrem Leben klarkam. Sie hätte Nadja in dieser Hinsicht gern ein wenig zum Sprechen gebracht, allein schon, weil es sie reizte, diesem erotischen Erwachen beizuwohnen, aber eben das war ja noch nicht möglich. Und dann das viele Geld, das sie so locker wie möglich aus dem Portemonnaie holte, um es Nadja zuzustecken, für diese oder jene Kleinigkeit, etwas zum Anziehen oder eine Bahnfahrkarte oder die Taxifahrt nach Hause oder einen Friseurbesuch.

Einmal hatte sie ihr angeboten, ihr die Gebühren für den Sprachkurs, der immer noch wöchentlich stattfand, direkt aufs Konto zu überweisen, da hatte sich herausgestellt, daß Nadja gar kein Konto besaß. Statt dessen hatte sie ihr das Geld in einem

Umschlag gegeben, mit einer Postkarte von einer nackten Frau in Pin-up-Pose dabei. Nadja ließ den Umschlag in ihrer kleinen Handtasche verschwinden und wisperte das süßeste Dankeschön, das man sich nur wünschen konnte. Um das Geld tat es Konstanze nicht leid, auch das war Teil ihrer Lebensphilosphie; um Geld tat es ihr niemals leid. Konstanze wollte nur sicher sein, daß Nadja sie richtig verstand: Es war ein Geschenk, das Geld. Mehr ein Geschenk als eine Bezahlung. Obgleich der leise Anklang des Bezahlens, der sich mit diesen Transaktionen verknüpfte, unbestritten seine eigene Erotik hatte. Und ob bezahlt, geschenkt, geliehen oder ausgenommen: Wenn sie nachts beieinander lagen und Nadja ihren jugendlichen Körper hergab, wenn sie hemmungslos wurde oder sich weit zurücklehnte und Konstanze flüsternd und ungeduldig zu sich bat, dann lösten sich diese wenigen Fragen, die über ihrer Verbindung schwebten, in der Dunkelheit rasch auf. Im Bett öffnete sich Nadja ohne jeden Zweifel, da entfaltete sie eine Fähigkeit zur Hingabe und zur offenen Gier, die Konstanze ganz verrückt machte. Und dann war alles gut und alles andere belanglos:

Sie schlief mit einer Nutte, ja, sie hielt eine Nutte aus, sie war verknallt in eine Nutte, und was im Bett stattfand, das überstieg alles, was sie an Sex je erlebt hatte.

Und dann kam er tatsächlich, der denkwürdige Tag, an dem Nadja das erste Mal anrief. Es war Samstagabend gegen halb acht, sie stand gerade unter der Dusche und wusch sich das Haar, als das Telefon klingelte. Sie hörte, wie Vera aus ihrem Zimmer in den Flur ging und den Hörer abhob.

»Konstanze? Für dich!« rief sie.

»Ich kann gerade nicht! Wer ist denn da?«

»Nadja.«

»Ich faß es nicht, oh Gott, ich glaub's ja gar nicht!« Konstanze spülte sich rasch das Haar aus und lief, nur mit einem Bademantel bekleidet und ohne sich abgetrocknet zu haben, zum Telefon.

Nadja hörte sich ein bißchen kläglich an, aber das war jetzt nicht von Belang. Sie erzählte, daß ihr in der Nacht zuvor der Mantel gestohlen worden sei, einfach so, in einer Bar. Es war kein Geld darin gewesen, auch kein Schlüssel und nichts anderes, irgend jemand hatte es einfach nur auf ihren weißen Plüschmantel abgesehen gehabt, und offenbar traf sie dieser Verlust so sehr, daß sie ihre Scheu überwinden und bei Konstanze anrufen konnte. Mein Gott, wie süß, mußte Konstanze ohne Unterlaß denken, während Najda erschöpft diese kleine Geschichte ins Telefon hauchte. Mein Gott, wie über alle Maßen entzückend.

»Mäuschen, wir gehen einen Mantel kaufen, ja? Mach dir bitte keine Sorgen. Wir kriegen das schon hin, und bald sieht die Welt wieder anders aus, in Ordnung?« raunte Konstanze eifrig. Dann drückte sie den Hörer auf die Gabel, sprang auf und rannte jubelnd in die Küche, um, in Ermangelung besserer Gesellschaft, ihr Vergnügen wenigstens mit Vera zu teilen.

»Ich faß es nicht! Die Kleine hat angerufen! Nach sechs Wochen – sechs Wochen! – das erste Mal! Es ist doch nicht zu fassen! Weil sie ihr den *Mantel* geklaut haben! Auf sowas muß man erstmal kommen!«

»Den Mantel geklaut?« hakte Vera abwesend nach, während sie in einer Pfanne rührte. Auf dem Tisch standen zwei Weingläser und die schönen Teller, offenbar erwartete sie eine Freundin zum Abendessen. Konstanze warf sich an den Küchentisch und steckte sich eine Zigarette an.

»Ja, so ein Plüschteil, sieht völlig daneben aus, aber auch süß irgendwie. Ich kauf ihr einen neuen, was soll's. Aber ich habe sie *gezähmt*! Verstehst du? Die Kleine hat mich angerufen – *sie mich*, darauf warte ich seit sechs Wochen, sechs geschlagene Wochen! Oh Gott, ich komme mir vor wie ein Dompteur, dem seine verdammte Tigerdame endlich durch den Feuerreifen gehüpft ist. Dahinter kann sie nicht mehr zurück, das sage ich dir. Einmal angerufen, immer angerufen, jetzt ist das Eis gebrochen!«

»Wie du das sagst, Dompteur, Tigerdame, Feuerreifen. Das hört sich an, als ob du versuchen würdest, sie zu manipulieren.«

Konstanze verdrehte innerlich die Augen. Veras freudlose Bemerkungen waren wirklich selten zu übertreffen. Aber sie fühlte sich zu aufgekratzt, um ihren Gemütsäußerungen jetzt noch Einhalt zu gebieten.

»Ach was, manipulieren, manipulieren. Warum eigentlich nicht? Verliebtsein hat immer mit manipulieren zu tun. Oder zeigst du dich von deiner schlechtesten Seite, wenn du eine für dich interessieren willst? Die Kleine will mich jetzt, verstehst du? Sie will mich. Und heute hat sie sich das zum ersten Mal eingestanden, ob ihr das selber klar ist oder nicht. Mir ist es klar, das reicht doch, oder? Ich bin verknallt in das Mädchen, sie gefällt mir, wirklich, du solltest sie kennenlernen. Sie ist ein bißchen jung, aber absolut entzückend.«

Vera entgegnete nichts, stumm holte sie die Zwiebeln aus dem Tontopf und fing an, die Schalen abzureißen. Konstanze streifte die Asche am Aschenbecher ab, nahm einen tiefen Zug und sagte versonnen:

»Ein bißchen Geld auf der Tasche hat doch wirklich manchmal seine Vorteile. Wenn ich ihr nicht hin und wieder was zugesteckt hätte, wäre diese kleine Zähmung wahrscheinlich ganz schön schwierig geworden.«

Vera klapperte mit den Kochtöpfen und setzte Wasser für die Kartoffeln auf.

»Weißt du, wie das ist, wenn du Sex hast mit einer Frau, von der du wetten kannst, daß sie in der Nacht vorher mit irgend jemand anders im Bett gewesen ist?« Konstanze legte den Daumen an die Unterlippe. »Das ist doch echt so ein Männertraum, der gute Matthias in meinem Büro würde sich gar nicht mehr halten können. Die Kleine läßt sich in der Nacht von irgendwelchen Leuten anfassen, die sie dafür bezahlen müssen, aber mit mir.... mit mir *gefällt* es ihr.«

»Sag doch nicht immer 'die Kleine' und 'das Mädchen'.« Vera klang ungehalten, fast schon wütend. »Hat sie keinen Namen? Du sagst nie ihren Namen!«

»Du weißt doch, wie sie heißt.«

»Es ist vielleicht wichtiger, daß *du* weißt, wie sie heißt. Ich habe schließlich keine Affäre mit ihr.«

»Vielleicht solltest du.«

»Was? Eine Affäre mit ihr haben?«

»Nicht mit ihr. Überhaupt. Mal eine Affäre haben. Das befreit, sage ich dir. Ein echter Gewinn an Lebensfreude, so eine Affäre. Oder hast du dir etwa jetzt ewige Enthaltsamkeit geschworen?«

Vera versenkte die Kartoffeln im kochenden Wasser und sagte nichts. Ihre spitze Nase war bleich geworden, was sie noch strenger aussehen ließ als sonst.

»Ich weiß auch nicht, Enthaltsamkeit, das kriege ich einfach nicht hin«, fuhr Konstanze fort und steckte sich gleich die nächste Zigarette an. Inzwischen war es ihr auch egal, was Vera sagte, dachte oder meinte. Wenn sie sich mit Vera anständig unterhalten wollte, mußte sie das Gespräch selbst in die Hand nehmen, das war zeit ihres Zusammenwohnens noch nie anders gewesen. Das Schöne an Vera war, daß sie es einem so leicht machte, sie zu provozieren. Vera nahm alles bitter ernst, sie besaß nicht den geringsten Sinn für einen etwas gröberen Humor, hatte keine Ahnung, wieviel Spaß es machte, verbal mal so richtig über die Stränge zu schlagen. Vera lachte über so Dinge wie... Konstanze hatte keine Ahnung, worüber Vera lachte. Und Konstanzes Humor kam bei Vera so wenig an, daß sie ihn immer wieder an ihr ausprobieren mußte, nur um noch einmal mit eigenen Augen zu sehen, wie wenig Vera damit anfangen konnte.

»Enthaltsamkeit ist für mich wie Sieben-Tage-Körner-Kur, ich werde *rasend* ungeduldig, wenn's jeden Tag dieselbe Grütze gibt, jetzt mal im übertragenen Sinne«, führte Konstanze weiter aus und mußte kurz über ihre eigenen Worte lachen. »Auch mit der Treue hab ich's versucht. Glaub nicht, ich hätte das nicht getan. Kirstin und ich wollten uns treu sein, das heißt, sie hat darauf bestanden, aus Prinzip, wie sie immer sagte. Was für ein Prinzip bloß? Ich habe mich zu Tode gelangweilt! Und mit Elke erst! Damals hab ich ja sogar selbst noch an die Ehe geglaubt. Aber heute? Es ist doch absurd, wie verbissen die Lesben versuchen, die Heteroehe zu kopieren, diese ganze erzwungene Monogamie, die dann noch als große Liebe verkauft wird, und den ganzen Kontrollterror, der dazugehört. Das ist doch wirklich verlogen!«

Konstanze merkte, daß sie sich auf einmal gar nicht mehr humorvoll fühlte. Das hier war wirklich ihre Meinung, und eigentlich hatte sie das schon lange einmal bei Vera unterbringen wollen, nicht, um Vera zu provozieren, sondern weil sie ernsthaft der Ansicht war, daß Vera in ihrer Einsamkeit nicht glücklich sein konnte und in letzter Zeit sogar einen gravierenden Frust an den Tag legte. Irgend etwas stimmte nicht mit Vera, und je eher sich Vera damit befaßte, um so größer war die Chance, daß sie endlich aus diesem freudlosen Dauertief herauskam. Konstanze konnte auf Dauer eine Mitbewohnerin im Dauertief nicht ertragen.

»Wie kann man nur versuchen, sich selbst die Lebensenergie so abzudrehen? Wie kann man nur jemanden so an sich ketten? Wie kann man sich selbst in eine solche Gefühlszwangsjacke stecken? Wie kann man mit dem Menschen, den man, ach, so sehr liebt, eine derartige gegenseitige Überwachung veranstalten? Aber je feministischer die Lesben sind, um so mehr Wert legen sie auf diesen biederen Kram. Kannst du mir das erklären? Ich kann's mir nicht erklären. Ich bin nichts weiter als eine Telefontante im Büro, nein, da brauchst du gar nicht so zu gucken, ich stehe dazu. Ich sag dir was: Zeig mir eine Lesbe mit geisteswissenschaftlichem Uniabschluß, haufenweise schlauen Büchern und Weisheiten über Geschlechterdingsda und hast du nicht gesehen im Kopf – ich wette darauf, daß sie in ihrem Privatleben eine Ehe führt, die neurotischer und zwanghafter nicht sein könnte, sagen wir, mit fünfundneunzigprozentiger Wahrscheinlichkeit.«

Das war platt, und es ging direkt gegen Veras verlorengegangene Beziehung mit Edith, selbst Konstanze konnte das nicht überhören. Aber es stimmte trotzdem, im Kern jedenfalls. Vera stach mit der Gabel in die Kartoffeln, prüfte jede einzelne mit Wucht auf ihren Garzustand, während es hinter ihrer Stirn heftig arbeitete. Konstanze wollte ihr keine Zeit zu einer Entgegnung geben. Jetzt war ihre Stunde: weil es ihr gut ging, weil es Vera schlecht ging, weil sie in Form war, und Vera ruhig auch etwas davon abhaben sollte. Konstanze griff zur Weinflasche, angelte sich ein Glas von der Anrichte und goß es voll. Dann setzte sie zu ihrer Lieblingsrede an, die davon handelte, daß es im Leben darum geht, Freude zu maximieren und Schmerzen zu vermeiden, und daß das jeder so tut, ob er es zugibt oder nicht.

Irgendwann kam die Freundin, für die Vera da kochte, Konstanze kannte sie nicht, vespürte aber auch wenig Lust, aus der Küche zu verschwinden, zumal sie an dem Wein Geschmack gefunden hatte. Also aß sie mit, redete weiter. Die Freundin – Etta, eine ziemliche Butch mit kurzen schwarzen Haaren und einem breiten, freundlichen Lachen – war weitaus lustiger als Vera und schien nichts dagegen zu haben, daß das Abendessen nun zu dritt stattfand. Es freute Konstanze, daß Vera wenigstens ein paar lustige Freundinnen hatte. Außer dieser Maria aus dem Videoladen, die mal zum Kaffeetrinken in der Wohnung gewesen war und Konstanze mit ihren fulminant-düsteren Wortschwällen amüsiert hatte, schien es in Veras Leben weit und breit nichts zum Lachen zu geben. Doch mit dieser Etta machte der Abend Spaß. Sie streiften die Enthaltsamkeit und die Treue noch einmal, gingen über zu Urlaubsreisen, umrundeten Filme und Bücher und landeten schließlich bei Sextoys. Etta steuerte ziemlich offenherzig und tabufrei eigene Anekdoten bei, die manchmal sogar eine Pointe hatten, und es versprach, ein richtig netter Abend zu werden. Vera hatte zum Glück eine zweite Flasche Wein in petto, die machten sie auch noch auf. Inzwischen lockerte sich auch Vera ein wenig. Alkohol – das war auch so ein Punkt.

»Die Nüchternheitsapostel können sagen, was sie wollen«, rief Konstanze. »In meinen Augen ist das ein ausgekochtes System, um die Leute unter Kontrolle zu halten. Wer nie über seine Grenzen geht, der paßt sich zeitlebens an, der tut, was man ihm vorschreibt. Dieser ganze Gesundheitsquatsch, das dient doch nur dazu, daß die Leute ständig an ihrem Körper rumfeilen, anstatt sich zu fragen, was sie wirklich wollen.«

»Was meinst du mit, 'über seine Grenzen gehen'?« fragte Vera zaghaft. Etta lächelte auch über so viel Naivität. Sie schien Vera süß zu finden, warum auch immer. Vielleicht war es das, was Vera brauchte: eine heiße Nacht mit dieser Butch.

»Tun, was verboten ist!« rief Konstanze. »Tabus brechen. Unanständig sein! Aufhören mit dem braven Mädchen, ernsthaft aufhören damit. Als Lesbe mit Männern ins Bett gehen. Sowas. Vorschriften brechen, wo immer sie auftauchen. Es reicht doch nicht, sich einmal im Leben dafür zu entscheiden, etwas anders zu machen. Das kann man ruhig auch öfter tun, findest du nicht?!«

Vera trank an ihrem Wein, ihre Wangen waren gerötet, vom Alkohol, oder weil ihr all diese Themen in Gegenwart Ettas unangenehm waren.

»Was ist los? Gefällt dir was an dem Thema nicht?« bohrte Konstanze nach. »Erzähl doch mal – was würdest du denn darunter verstehen, über deine Grenzen zu gehen?«

Vera setzte das Weinglas ab und rutschte auf dem Stuhl nach vorn. Das war der wunde Punkt, wurde es Konstanze schlagartig klar. Hoffentlich würde sie sich morgen noch daran erinnern, wenn sie wieder nüchtern war. Sie lehnte sich zurück, beobachtete, wie Vera nach Worten rang, und verspürte auf einmal so etwas wie ein aufrichtiges, ehrliches Mitgefühl. Vera konnte ja auch nicht heraus aus ihrer Haut. Gut, sie war pedantisch und kleinlich und alles das, aber sie hatte auch ihre netten Seiten, und offensichtlich laborierte sie da mit einer persönlichen Frage herum, bei der Konstanze ihr vielleicht behilflich sein konnte. Später. Morgen oder so.

»Ich weiß nicht, Konstanze«, begann Vera zögerlich, rutschte noch ein Stück auf ihrem Stuhl vor und heftete den Blick auf den leeren Teller vor sich. »Das hört sich alles gut an, was du sagst. Spaß haben, Tabus brechen, Schluß machen mit der Nüchternheit. Aber... ich bin mir nicht sicher. Manchmal glaube ich, es ist gar nicht so leicht, Spaß zu haben, verstehst du, was ich meine? Du hast recht, alle versuchen, es sich gut gehen zu lassen. Aber sieh dich doch mal um – schaffen sie das denn?«

Du schaffst es nicht, Baby, hätte Konstanze am liebsten laut lachend gerufen. Doch da klingelte es an der Tür. Die drei sahen sich fragend an. Wer konnte das sein, um halb zwölf in der Nacht? Vera erhob sich schließlich und ging zur Tür. Kurz darauf stand sie atemlos wieder in der Küche.

»Konstanze – komm mal schnell nach vorne. Los, beeil dich doch!«

Konstanze sprang erstaunt auf, Etta folgte ihr. Zu dritt liefen sie den Flur entlang nach vorn. Nadja stand in der Wohnungstür. Ein Blick zeigte, daß sie betrunkener war als Konstanze, Vera und Etta zusammen. Sie konnte sich nur noch mit Mühe auf den Beinen halten, klammerte sich mit beiden Händen am Türrahmen fest, und ihre Augen drehten sich so, daß das Weiße sichtbar wurde. Vielleicht war sie auch gar nicht betrunken, sondern hatte sich mit irgend einem Zeug vollgepumpt? Das Schlimmste aber war, daß sie entsetzlich aus dem rechten Ohr blutete, das Blut lief ihr in Strömen aus dem Ohr, den Hals und die Schultern hinunter.

Konstanze hörte sich schreien, dann stürzte sie auf Nadja zu, riß ihre Hände vom Türrahmen und zog sie in die Arme.

»Schätzchen, was ist denn los mit dir? Was ist denn nur passiert? Nun, sag doch was, sag doch bitte etwas!« rief sie stammelnd. Sie fühlte, wie sich das Blut auf ihre Wange schmierte, warm, feucht und gefährlich. »Haben diese Kerle das gemacht? Diese Männer, die ich gesehen habe? Diese schnapstrinkenden Typen, mit denen du auf Möllinghoffs Geburtstag warst? Bitte sprich mit mir, du lieber Himmel! Ich will dir doch nur helfen, Süße!«

Auf einmal stand Etta neben ihr. Sie hatte einen Mantel und Schuhe an und sah plötzlich ernst und nüchtern aus. Sie griff nach Nadja und zog sie von Konstanze weg. Dann legte sie sich Nadjas rechten Arm um die Schulter. Vera öffnete die Tür.

»Was macht ihr denn?« fragte Konstanze, während sie sich mit dem Ärmel ihrer Bluse das Blut aus dem Gesicht wischte. Etta drehte sich zu ihr um, Nadja hing leblos an ihrer Schulter.

»Ruf doch bitte ein Taxi, Konstanze«, sagte sie ruhig. »Ich warte unten mit ihr. Wir müssen sie ins Krankenhaus bringen.«

»Ja, sicher doch, natürlich. Ich rufe ein Taxi an. Wie war nochmal die Nummer?«

»Sechundzwanzig zehn sechsundzwanzig«, sagte Vera. »Am besten du bringst ihr einen Pulli oder sowas mit nach unten. Guck mal, die hat doch kaum was an.«

Fünf Minuten später standen sie zu dritt unten auf der Straße und hievten Nadja in das Taxi. Vera blieb hier, aber Etta hatte darauf bestanden, mitzufahren, obwohl sie Nadja gar nicht kannte. Konstanze hielt Nadjas Kopf in ihren Händen und sah, während das Taxi losfuhr, Vera mit hängenden Armen am Straßenrand stehen. Ich habe ihr den Abend verdorben, dachte sie unwillkürlich. Dann riß sie sich zusammen und konzentrierte sich wieder auf Nadjas Kopf. So ein Unsinn. Vera dachte doch wahrscheinlich gar nicht in solchen Kategorien, verdorben, nicht verdorben – Vera war wahrscheinlich schwer beeindruckt, daß ihre Bekannte Etta so großzügig mit ins Krankenhaus fuhr. Konstanze seufzte, hob ihren Ärmel an Nadjas Ohr, tupfte das Blut auf und wünschte sich – wenn das nur nicht so entsetzlich langweilig wäre – ab und zu auch mal ein etwas besserer Mensch sein zu können.

26. Kapitel
Anfang September

Etta saß breitbeinig in der Küche, starrte aus dem Fenster, rauchte, trank ein Bier und wartete darauf, daß Vera sich zu ihr setzte. Inzwischen war es fast zwei Uhr. Konstanze war nicht wieder mit zurückgekommen. Nadja hatte ambulant behandelt werden können, und sie brauchte jetzt eine, die bei ihr war. Vera, aufgestanden, um den Korkenzieher für die Weinflasche zu holen, blieb vor der geöffneten Schublade stehen und beobachtete Etta, die in der Betrachtung des Nachthimmels da draußen versunken war. Wie ruhig Etta da saß. Ganz entspannt, ganz bei sich, obwohl sie von der Aktion mit Nadja und dem Krankenhaus doch müde sein mußte. So ähnlich hatte sie auch bei ihrem ersten Treffen ausgesehen, auf dem Kettenkarussel, als sie lachend und mit einer kurzentschlossenen raschen Bewegung Veras Sitz an sich gezogen hatte.

Vera wußte, daß man Etta auch anders sehen konnte. Dann war sie nur eine fahrige, laute Frau, etwas füllig, die fortwährend Dinge umwarf oder zu Boden fallen ließ, ohne sie wieder aufzuheben. Eine dicke lustige Frau war sie dann, die viel lachte und etwas Lautes, Unbeschwertes vor sich hertrug. Aber Vera konnte noch eine andere Seite Ettas erkennen, seit dem Moment, als Etta sich entschied, einfach die Hand auszustrecken und sie in ihr Leben zu ziehen.

Vera fühlte einen Strom von Verliebtheit in sich aufsteigen, fast gegen ihren Willen. Ihr Herz zog sich zusammen, und ein Tuch von Sehnsucht senkte sich auf sie. Wie konnte sie sich das erlauben, nach diesem dramatischen Abend, der Etta zugesetzt haben mußte? Und nicht zuletzt hatte Etta eine Freundin, seit Jahren schon. Seit Etta das erste Mal vor ihrer Wohnungstür gestanden hatte, versuchte Vera sich einzureden, daß es ihre Pflicht war, sich zurückzuhalten. Sie würde sich zurückhalten und Etta die Entscheidung überlassen. Nur unternahm Etta gar nichts, entschied sich weder so noch so. Sie schneite jeden dritten Tag ungefragt vorbei, flirtete ohne Ende, und wenn Vera es nicht mehr aushalten konnte, stand sie auf und verabschiedete sich lächelnd. So ging das seit Wochen.

»Kein Korkenzieher?« fragte Etta.

»Doch. Sicher. Ich glaube schon. Hier.« Vera hielt den Korkenzieher hoch und schob die Schublade wieder zu.

»Gib mal her.«

Etta legte ihre Zigarette in den Aschenbecher und zog den Korken mit einem kräftigen Ruck aus der Flasche. Sie schwenkte den Korkenzieher mit dem Korken daran eine zeitlang in der Hand, als wollte sie sein Gewicht fühlen. Dann legte sie ihn langsam direkt vor Vera auf den Tisch, so daß seine Spitze fast ihren Bauch berührte.

»Bitte«, sagte Etta und zog an ihrer Zigarette.

Vera hustete leise, rückte ihre Brille zurecht und bedankte sich.

»Konstanze war sehr durcheinander, oder? Das war ja auch ein ziemlicher Schock«, sagte Etta.

»War sie durcheinander? Ich bin mir immer nicht so sicher, was bei Konstanze los ist. Ich könnte mir auch gut vorstellen, daß sie einfach nur genervt war, weil ihr netter Abend unterbrochen wurde. Du erinnerst dich – sie will Spaß maximieren.«

»Und das ist nicht immer einfach, wie du uns ganz richtig erklärt hast.«

Etta legte den Kopf in den Nacken und verzog die Mundwinkel. Es klang seltsam, wie Etta das sagte. Anzüglich irgendwie. Der Ton in ihrer Stimme hatte mit dem Satz nichts zu tun. Vera suchte nach einer passenden Entgegnung.

»Konstanze hat andere Interessen als ich«, sagte sie schließlich lahm, und schämte sich gleichzeitig. Trotz der vielen Streitereien hatten Konstanze und sie doch zumindest hin und wieder freundliche Gespräche. Konstanze wollte sie ja nicht nur kritisieren, das wußte Vera. Konstanze wollte ihr begreiflich machen, daß es nicht gut ist, sich wirklich wichtige Dinge zu versagen.

»Kontanze und ich können uns selten darauf einigen, was wichtig und was unwichtig ist«, sagte Vera und nippte an ihrem Wein.

Etta lächtelte und trank Bier, weil sie immer Bier trank, aus der Flasche, die sie mit einer unangemessen kraftvollen Bewegung an ihren Kopf stemmte, nie trank sie Wein, nie aus dem Glas. Sie spekulierten noch ein bißchen über Nadja und Konstanze, dann verlor sich das Thema und sie sprachen über Kinofilme.

Etta hatte sonst einen eher konzentrierten, nachdenklichen Zug an sich in diesen Filmgesprächen, den Vera sehr mochte, wie sie überhaupt so vieles an Etta mochte. Jetzt war Etta abwesend, schien beinahe desinteressiert, verlor ständig den Faden, genau wie Vera. Aber das lag nicht an der Müdigkeit. Sie redeten und redeten, während ihre Gedanken woanders waren. Warum tut sie nichts, dachte Vera ungeduldig. Sie kann nicht im Ernst erwarten, daß ich etwas unternehme.

Vera lachte zu laut und zu leise, verhaspelte sich, trank noch mehr Wein, viel zu viel, Etta hätte dumm sein müssen, völlig unerfahren, um das zu übersehen. Aber Etta war nicht dumm. Und unerfahren bestimmt auch nicht.

Jetzt sprach Etta plötzlich gar nicht mehr, sah Vera nur an, die Augen zusammengezogen, den Kopf leicht schräg gestellt, eine neue Zigarette in der Hand.

Vera nippte an ihrem Wein und tat so, als bemerkte sie nichts. Dabei war das Schweigen unerträglich, noch unerträglicher, als sich in ziellosen Gesprächen zu verlieren.

Etta rückte auf dem Stuhl ein Stück zurück und lehnte sich schwer vornüber auf den Tisch.

»Du weißt, daß ich eine Freundin habe, nicht wahr?« begann Etta leise.

Vera nickte.

»Und ich bin eigentlich ziemlich glücklich mit ihr.«

Vera nickte erneut.

»Ich werde meine Freundin nicht verlassen oder so«, fuhr Etta fort. »Es gibt keinen Grund dafür. Wir sind seit sechs Jahren zusammen, manchmal gibt es etwas viel Routine, aber kein Grund, sich zu trennen, meine ich.«

Etta sah ernst aus, viel ernster als sonst. Eine Spur von Traurigkeit mischte sich in ihre Stärke. Es ist nicht leicht zu betrügen, dachte Vera. Behaupte niemand, daß es einfach wäre.

»Warum tust du das dann?«

»Was tue ich denn?«

»Du besuchst mich ziemlich oft«, erklärte Vera hilflos.

Etta blickte auf die Tischplatte und lächelte in sich hinein. Vera war erstaunt, wieviel Zuneigung in diesem Lächeln steckte. Zuneigung, Wärme, Respekt, Sehnsucht, die ihr galten. Vera hätte sich gern vorgewagt und Ettas Hand gespürt, aber sie wußte, daß sich das verbat.

Dieser Moment schwang zwischen zwei Möglichkeiten, und Vera wollte sie beide erhalten.

»Es ist nicht sehr geschickt, es so zu beginnen«, sagte Etta. »Aber es geht, glaube ich, nicht anders. Wärst du bereit, eine Affäre mit mir zu haben? Etwas, das einen Anfang und ein Ende hat?«

»Wenn es sein muß.« Veras Stimme war kaum zu hören.

Sie schwiegen wieder.

»Ich werde mich in dich verlieben und mich doch wieder von dir trennen. Es wird fürchterlich weh tun«, sagte Etta.

»Ja«, sagte Vera. »Das wird mir auch so gehen.«

»Was willst du von mir?« fragte Etta schließlich leise und ohne sie anzusehen.

Vera antwortete nicht. Sie wußte nicht wie.

»Sag es«, forderte Etta sie auf. »Ich will es von dir hören.«

Vera drehte das Glas in den Händen und schwieg.

»Sag es«, wiederholte Etta. »Worauf wartest du? Erzähl es mir. Sag es.«

Vera blickte zu Boden.

»Sag es.«

»Ich... ich... es kann sein, daß ich mich in dich verliebt habe.«

»Verliebt?« Das klang spöttisch.

»Ja. Verliebt.«

»Was heißt das, verliebt? Was möchtest du tun, wenn du verliebt bist?«

»Ich möchte berührt werden.«

»Sag es«, flüsterte Etta.

»Ich möchte, daß du mich nicht fragst... mich nicht um Erlaubnis fragst... daß du einfach...«

Etta zog an ihrer Zigarette und richtete den Blick zur Zimmerdecke.

»So geht das nicht«, sagte sie kopfschüttelnd. »Sag mir mehr. Ich glaube nicht, daß mir das reicht.«

»Wenn ich dich sehe, muß ich immer daran denken, wie es wohl wäre, wir würden... du würdest mich zwingen...« Vera hörte auf. Mehr Mut hatte sie nicht.

»Ich verstehe«, sagte Etta ruhig und sah wieder aus dem Küchenfenster. Nach einer langen Pause setzte sie hinzu: »Das ist etwas, das ich tun kann, Vera. Ich *muß* es nicht tun. Aber ich habe auch nichts dagegen. Es macht mir durchaus Spaß, etwas... direkter zur Sache zu gehen. Ich habe das lange nicht mehr gehabt, aber, ja – es ist mal wieder Zeit dafür.«

Etta drehte sich zu ihr, lächelte schon wieder, aber es lag etwas ungewohnt Kühles, Distanziertes darin.

Vera spürte, wie ihr Atem langsamer wurde, schwerer. Ihr Atem färbte sich rot, füllte sich mit Hitze. Vera wich Ettas Blick aus und legte verlegen die Hände vor sich auf den Tisch.

»Nein.« Etta schüttelte den Kopf. »Nein, so nicht. Gib mir deine Brille.«

Vera griff mit beiden Händen nach ihrer Brille und überreichte sie Etta.

»Und jetzt rück deinen Stuhl ein Stück zurück und leg dir die Hände zwischen die Beine.«

Veras rückte den Stuhl zurück, setzte sich wieder, legte die Hände auf die Innenseiten ihrer Beine.

Etta musterte sie. »Wo solltest du die Hände hinlegen?«

Veras Mund wurde trocken. »Zwischen meine Beine.«

»Und wo liegen sie?«

Vera öffnete die Beine und zog ihre Hände langsam zu sich, bis sie da lagen, wo sie liegen sollten, wo sich die Hitze und die Sehnsucht zusammenballten.

Etta blickte kühl auf Veras Hände, auf ihre Beine, auf ihre Brüste, und zog wieder an ihrer Zigarette.

»Du sagst mir, wenn es dir zu viel wird, in Ordnung?«

Vera nickte. Etta drückte ihre Zigarette aus und stand langsam auf. Vera dachte an Edith, die jetzt zu Hause im Bett lag und schlief, Wand an Wand mit Tommy. Sie dachte an Ediths schmales Gesicht, den leicht nervösen Ernst, der sich darauf festbiß, wenn es um Tommys Zukunft und um Tommys Schulnoten ging. Vera wünschte, sie hätte sich nicht von Edith getrennt, sie könnte nach Hause zurückkehren heute nacht, morgen früh, sie hätte noch ein Zuhause. *Ich brauche das, Edith, das wußtest du doch.* Diese Frau trifft mich an einem Ort, den ich nur mit ihr zusammen finden kann. Sie nähert sich mir, hebt mein Kinn, sieht mich an, ich wage es plötzlich nicht mehr, ihren Blick zu erwidern. Aus den Augenwinkeln sehe ich, wie sie lächelt – überlegen, mitleidig, kopfschüttelnd, sie lacht mich aus, das erregt mich. Wir stehen im Flur, ich mit dem Rücken zur Wand, sie dicht vor mir. Ich weiß, und sie weiß, daß ich mich nicht wehren werde. Ich werde mich nicht wehren. Ich kann mich nicht wehren. Jede Schicht, mit der ich mein Leben umgeben habe, sehnt sich danach, von ihr fortgetragen zu werden. Ich möchte mich auflösen in den Bildern, die sie entwirft. Ich träume von ihr, während sie da ist, und es ist erlaubt zu träumen. Ich phantasiere von ihr, während sie mich anfaßt, und auch das ist erlaubt. Nichts und alles ist erlaubt, ja, ich glaube, so ist es. Sie öffnet meine Bluse, sieht mir ins Gesicht dabei, sie weiß, daß sie Macht über mich hat, und sie genießt das. Ihr Genuß erregt mich, es erregt mich der blanke Egoismus, den sie sich erlaubt. Was sie tut, tut sie nicht mehr für mich. Sie tut es für sich. Sie wird ihre Macht ausüben und Genuß daran finden, und mein Genuß wird es sein, ihren Willen an mir zu spüren. Sie wird ihr Hoheitsgebiet abschreiten und sich an seinen Ausmaßen erfreuen. Sie wird wie eine Fürstin durch ihr Land reisen, von Grenze zu Grenze, stolz und unnahbar, wird Gnade erweisen und unerbittlich sein. Und der Weg, das Feld, die Kutsche und das Land bin ich.

Veras Bluse stand offen, Etta griff nach ihrem BH und zerriß ihn, mit einer raschen Bewegung, Vera war erstaunt, wie schnell das ging. Etta warf den BH zu Boden.

Heb das auf, sagte sie.

Vera bückte sich, hob den BH auf, streckte ihn Etta unsicher entgegen.

Meine Unsicherheit ist echt. Ich bin ganz und gar von Unsicherheit erfüllt, ich zittere sogar. Es gefällt ihr, daß ich zittere. Es gefällt ihr, daß ich nicht weiß, was ich tun soll. Sie läßt ihren Blick auf mir ruhen und hat Gefallen an ihrem Werk. Sie wird etwas erschaffen, etwas bauen aus meinen Gefühlen, sie wird ihre Hände in mich tauchen, und ich werde Lehm und Sand für sie sein.

Heb es höher, sagte Etta.

Vera hob den BH höher.

Sie riß ihn Vera aus der Hand und warf ihn unter den Tisch.

Du wirst von nun an tragen, was ich dir gebe. Du wirst mich fragen, was du anziehen darfst. Du wirst mich um Erlaubnis bitten, hast du das verstanden?

Vera nickte stumm.

Mach dir die Hose auf, sagte Etta.

Dann griff sie nach Veras Arm, Veras Hand, führte sie zwischen ihre Beine.

Was ist das, fragte sie.

Vera konnte nicht sprechen.

Was ist das?

Ich bin feucht, sagte Vera.

Warum?

Kalt fragte Etta, technisch, ohne Gefühl.

Warum?

Es macht mich an.

Was macht dich an?

Ich schweige. Ich schäme mich.

Nichts davon ist gespielt, unwahr oder gewollt. Ich schäme mich zutiefst, und es ist das, wonach ich mich sehne. Vor ihr zu stehen und mich zu schämen und mich ihr auszuliefern. Mit jedem Atemzug verliere ich mehr von mir.

Es macht dich an, wenn du mir gehörst, nicht wahr? Etta lachte. Unfreundlich. Du gehörst mir, ich kann mit dir machen, was ich will, du wirst tun, was ich sage, du kannst gar nicht anders, du bist ganz heiß darauf, stimmt das?

Vera nickte stumm.

Ich will vor ihr vergehen, ich will mich auflösen vor ihr, stumm werden, Sache, Ding werden, nichts mehr sein. Ich bete sie an. Ich bin nichts, und sie ist alles, sie darf alles, und ich folge ihr stumm.

Etta nahm aus der Küchenschublade eine Schnur, band Veras Hände auf dem Rücken zusammen und stieß sie vor die Brust, so daß Vera auf die Knie fallen mußte. Mit der rechten Hand griff sie ihr ins Haar und zog mit einem Ruck ihren Kopf hoch. Vera hörte sich stöhnen, es tat weh, Etta riß in ihrem Haar.

Zeig mir deine Titten, sagte sie.

Vera wölbte den Oberkörper vor, zeigte sich ihr. Sie, die sich im Bett mehr versteckte als zeigte, preßte sich Etta schamlos entgegen.

Mehr, sagte Etta.

Vera versuchte es. Es ging kaum.

Mehr!

Etta zog Veras Kopf nach hinten, ungeduldig, ungehalten. Vera spürte, daß Etta wütend wurde. Ernsthaft wütend, wirklich wütend. Etta hatte auf den Moment gewartet, diese Wut zu empfinden, und jetzt stieg die Wut machtvoll in ihr auf. Sie brauchte diese Wut, sie wollte die Wut spüren, sie brauchte die Aggressivität, um sich davontragen zu lassen. Vera wußte das alles, schon immer.

Etta ließ Veras Haar los, griff an ihre Brüste, nahm sie so fest in die Hände, daß Vera aufstöhnen mußte, die Augen schloß und die Lippen aufeinanderpreßte. Das spornte Etta an, schmerzhaft quoll Vera aus ihren Händen, all die weibliche Fülle ihrer Brüste, die sie immer so beschämend gefunden hatte, quoll aus Ettas Händen, sie umfaßte Veras Brustwarzen und zog daran, lachte dabei, Etta konnte weit gehen, weit, ohne daß Vera einschreiten würde. Sie schritt nicht ein. Etta drückte ihr Knie in Veras Brüste, provozierend, mit sichtlicher Lust an ihrem Schmerz. Vera schritt nicht ein. Sie sehnte sich nach allen Schmerzen, die Etta für sie finden wollte.

Etta hob den rechten Fuß, legte Vera den Schuh zwischen die Beine und forderte sie auf, sich an ihr zu reiben.

Dann zog sie den Schuh zurück, ließ ihr Haar los, löste die Fesseln an Veras Händen, um sie an den Beinen des Küchentisches festzubinden. Sie öffnete ihren Gürtel, zog ihn aus der Hose, faltete ihn in der Mitte zusammen und befahl Vera, ihr den Rücken zuzudrehen.

Vera drehte sich ihr zu.

»Halt den Arsch hoch«, sagte Etta. »Zeig mir, wo du mich fühlen möchtest.«
Vera bückte sich.
»Zähl mit«, sagt Etta. »Zähl von eins bis zehn. Bedank dich jedes Mal. Sag danke, sag es laut, ich will es hören.«
Etta schlug Vera fester, als sie erwartet hatte, die Schläge berührten die Grenze zwischen dem Schmerz, den Vera zulassen wollte, und dem Schmerz, der ihr unangenehm war. Vera zählte, sprach ihren Dank aus, und es erregte sie, daß Etta über sie lachte. Wenn Etta sie auslachte und verachtete, erregte das Vera mehr als alles andere. Vera stellte sich vor, wie es wäre, wenn Etta wegginge und sie stehenließe. Auch das erregte sie. Wenn Etta sie mitleidsvoll oder mitleidslos betrachtete, den Kopf schüttelte, ins andere Zimmer ginge und eine Stunde lang nicht wieder auftauchte. Wenn sie sich anderen Dingen widmete und Vera warten ließe. Wenn sie sie nackt vor sich knien ließe, während sie telefonierte und sie nicht beachtete. Es würde Vera erregen, wenn Etta sie einen ganzen Tag lang nicht entweichen ließe. Sie würde alles sein, wonach Vera sich sehnte, ihr Fokus, ihre Mitte, ihr Anfang und Ende, jede Stunde an diesem Tag gälte ihr, wäre Dienen, Warten, jede Stunde wäre lauschen auf das, was Etta will. Vera würde sie lieben, mehr als ihr guttäte. Sie würde sich verzehren nach einer Berührung, selbst wenn Etta sie nicht berührte, oder wenn sie ihr Schmerzen zufügte damit. Dabei ging es nicht um den Schmerz. Um die Erniedrigung ging es. Die Auslieferung. Stumm zu werden. Nur noch erfüllt zu sein, einzutauchen in diese übergroße, endlos weite Sehnsucht.
Und Vera ließ sich jetzt los, sie gab sich auf, sie riß alles in sich nieder und schenkte es Etta. Sie ist meine Lotsin, dachte Vera. Es ist ihre Macht, die mich erregt, an der ich mich festketten, von der ich getragen werden und mich nie mehr lösen möchte. Als hätte ich eine Wahl. Aber ich habe keine Wahl. Wenn sie mich zu etwas zwingt, wenn sie mich zwingt, stillzuhalten, während sie mich berührt, unbarmherzig, oder achtlos, oder provozierend, oder zärtlich, ihre Hand streicht langsam über meine Haut, nackt stehe ich vor ihr, sie will mich bloß und wehrlos, sie will, daß ich mich nirgendwo vor ihr verstecken kann. Sie wählt die Symbole, und alle sind mir wie im Schlaf vertraut. Sie läßt ihre Hand über mich streichen, langsam, wie jede andere Liebende auch. Ich weiß, daß ihr Blick zärtlich wird jetzt. Sie berührt mit ihren Fingerkuppen mei-

nen Hals, mein Kinn, meine Lippen. Ich sehe sie nicht an. Ich schließe die Augen nicht. Ich blicke zu Boden, wie immer. Ich warte. Ich ergebe mich, auch in diese Zärtlichkeit. Sie preßt meine Beine auseinander und fährt mit dem Schwanz in mich, plötzlich und hart. Sie fickt mich so schmerzhaft und fest, daß mir Tränen in die Augen schießen. Sie weiß, daß ich all meine Kraft brauche, sie so in mir zu ertragen. Sie will das, genau so will sie es, sie verlangt, daß ich ihr alles an Aushalten und Ertragen schenke, das ich in mir finden kann. Ich weine, ich gebe alles, ich halte nichts zurück, gar nichts mehr. Sie kommt zum Orgasmus, während sie mich fickt, sie ohrfeigt mich, fest, schmerzhaft, stößt sich noch einmal in mich, dann brechen wir ineinander zusammen, sie auch, sie bricht auch zusammen. Jetzt werden wir einander alles glauben.

Sie sagt, daß sie mich liebt.
Sie atmet tief, daß sie mich liebt.
Sie stammelt, daß sie mich liebt.
Sie gräbt ihren Kopf in mich, daß sie mich liebt.
Sie wendet sich von mir ab, daß sie mich liebt.
Etta holt Vera zu sich, legt alles von sich um Vera, umfaßt sie, trägt sie, läßt sie in ihren Armen weinen.

Wir werden ruhig, ganz ruhig, wir sinken tief. Stille tritt ein. Schweigen. Langsam öffnet sich der blaue Raum und zieht uns in sich hinein. Wir schließen die Augen, jetzt sind wir ineinander, ich bin in ihr, ich kann in ihr umherlaufen wie in einem Haus, und sie ist in mir, ich spüre sie deutlich, sie kann jedes Zimmer betreten, vom Dachboden bis hinunter zum Keller, auch den innersten aller Räume, den tiefblauen Quader im Mittelpunkt, von dem aus alles seinen Anfang nimmt. Wir kennen einander so gut. Wir waren nie getrennt, von nichts je getrennt, wir sind an der Quelle, weit unten, wo das Wasser geboren wird, das überall fließt, wir sind der Raum, sind das Wasser.

Vera möchte aufhören zu atmen. Sie möchte ihr Selbst wie ein Boot in ihren Atem legen und forttragen lassen, fortfliegen lassen, eine Schwalbe aus dünnem Papier. Zitternd erhebt sie sich in die Lüfte, schwankt in die Atmosphäre empor, taumelt weit hinauf in den Himmel, den blauen, der alles in seinen Farben erschafft und in seinen Farben sterben läßt.

Vielleicht wollte sie einfach nur beten, egal wohin.
Vielleicht wollte sie einfach nur ergriffen werden, egal wovon.

Ich liebe dich, dachte Vera, auch wenn ich es dir vielleicht nie sagen werde. Ich liebe dich, weil ich alles liebe und weil alles mich liebt. Ich liege hier, mit geschlossenen Augen, es riecht nach Haut und nach Salz. Ich schwebe durch die Stille meines Herzens, und es schert mich nicht, wie ich hierher gekommen bin. Es gibt so viele Wege. Manchmal durchkreuze ich weite Meere, ruhig unter weißen Segeln stehend, eine Hand am Steuerrad, die andere über den Augen, aufrecht stehe ich und stolz. Das Meer breitet sich vor mir aus, der Wind bläht die Segel, sanft legt der Horizont sich um die Erde. Entdeckerin bin ich, Eroberin, auch Getragene, Ausgelieferte, dem Wind anheimgestellt. Manchmal schweige ich mich zu dir, sitze auf dem Moos, im Schatten unter immergrünen Zweigen, sage nichts und ertrage die Dunkelheit und die Stille des Waldes. Der weiche Boden schluckt jeden Laut, ich fühle nichts, leer bin ich, wie tot. Auch das halte ich aus, das Schweigen, die Abwesenheit jeden Trostes, denn auch der Tod und das Nichts gehören zu deinen Stimmen. Manchmal, so wie heute, laufe ich durch Dornbüsche zu dir, unter meinen nackten Füßen brennt die Luft, meine Haut ist von Wunden gezeichnet, ich habe Durst und Hunger empfunden, bin allein in der Wüste umhergeirrt und habe mich nicht empört. Doch, ich habe mich empört! Aber auch das habe ich zur dir getragen: mein Unverständnis und meinen Schrei. Nichts habe ich zurückgehalten, keine Schande, keine Scham, keinen Teil meines Körpers, keinen Schmerz. Manchmal werde ich klug, erfinde Worte und Gedanken, erspüre den Strom der Kreativität, bringe Weisheit aus mir hervor, werde Regisseurin, Architektin, Baumeisterin, Astronomin, erspähe durchs Fernrohr fremde Welten oder türme kunstvolle Gebäude auf, nicht zu niedrig und nicht zu hoch. Alles ist Weg. Alles ist Gebet. Alles trägt und leitet mich. Vielleicht wäre es klug, still zu halten? Hilfreich, die vielen Wege nicht zu gehen? Beruhigend, von den zahllosen Bildern Abstand zu nehmen, die ich an mich dringen lasse jeden Tag, jede Woche, in all den Texten und Filmen, mit denen ich mich befasse. Vielleicht würde mir das Ruhe schenken, Abgeklärtheit und Konzentration. Aber ich möchte mich anders entscheiden! Ich möchte laufen, rennen, hasten, auf einem Bein hüpfen, ich möchte den Mond anheulen und meine Haut in der Sonne verbrennen, ich möchte Kinderlieder singen, mit Kinderaugen im Kino sitzen, mich im Dunkel der Hauseingänge verstecken, möchte fremd sein und Freundin, ein Teil sein und niemandem bekannt. Ich spanne mein Seil weit über den Himmel und laufe los mit ausgebreiteten Armen, oder flüstere, oder schreie, laut. Ich hebe die Hände und begrüße die Dornen und die Horizonte und alles Schweigen, das ich finden kann. Ich erlaube der Fülle, mich zu überrennen und zu überwinden. Darauf konzentriere ich mich. Es ist das Auge des Hurrikans, in dem ich sterben möchte.

Geht es dir gut, fragte Etta und strich Vera vorsichtig übers Haar.
Ja, danke, flüsterte Vera und drehte sich zu ihr. Ja. Vielen Dank.

27. Kapitel
Mitte September

Die Ärztin zog die Spritze aus Giovannas Arm, drehte sich um und begann, mit ihren Gerätschaften zu hantieren. Giovanna fühlte das kalte Plastik der Liege unter ihrem nackten Rücken und blickte auf die Neonlichtröhren an der Decke des Behandlungszimmers. In diesem Raum fühlte sie sich nicht geschützt oder geborgen. Ausgeliefert fühlte sie sich. Alleingelassen. Und das stimmte ja auch. Sie war allein.

Sie vertraute auch Ärzten nicht mehr. Ärzte wußten nicht, ob das, was sie taten, helfen würde, und diese Unsicherheit teilte sich in jeder Berührung, jedem Aufsetzen der Nadel, jedem Einstellen der Instrumente, jedem Blick mit. All die demonstrative Routine war doch nur Schein, die chromglänzenden Instrumente, die blitzenden Kacheln, das technische, nüchterne Licht, mit dem sie jeden Winkel des Raums ausleuchteten, als wären auf diese Weise die Geister zu vertreiben, die Dämonen, Schmerzen, Schrecken, Qualen und Ängste, die Auflösung und der Untergang.

»Frau Laurenti«, sagte die Ärztin und half Giovanna, sich ein wenig von der Liege zu erheben, »ich weiß, daß Sie mich nicht anhören wollen, aber ich halte es für meine unbedingte Pflicht, Sie mit allem Nachdruck darauf hinzuweisen, daß Sie Ihr Leben auf's Spiel setzen, wenn sie die Operation und eine Chemotherapie noch länger hinauszögern. Ich kann das, was Sie tun, als Ihre Ärztin nicht mehr verantworten.«

Giovanna schob das schmerzende Rumoren in ihrem Brustkorb beiseite und schüttelte, so energisch sie es eben vermochte, den Kopf.

»Ich habe mich entschieden«, sagte sie zum wiederholten Mal. »Hören Sie auf, mich zu bedrängen. Ich werde nächste Woche in Urlaub fahren. Vorher werde ich viel Arbeit haben, und nach dem Urlaub können Sie mich haben. Mit Haut und Haaren.«

Sie lächelte bitter, ließ sich von der Liege rutschen und begann, die Schuhe anzuziehen.

Die Ärztin trat hinter sie. Giovanna spürte die aufgestaute Hilflosigkeit in ihrem Rücken.

»Sie dürfen nicht aufgeben«, sagte die Ärztin mit bemüht fester Stimme. »Der Überlebenswillen der Patienten ist ein wichtiger Faktor für eine Genesung, das muß ich Ihnen nicht noch einmal erzählen. Es geht hier nicht um die Theorie, jetzt geht es um die Praxis, um die Wirklichkeit, Frau Laurenti. Sie müssen auch ein bißchen kämpfen *wollen*! Ich können das nur mit Ihnen zusammen tun!«

Giovanna zog die Schnalle ihres Schuhs fest zu, sie sah, daß ihre Hände zitterten. Kämpfen. In der letzten Woche war ein Schatten in ihrer Lunge aufgetaucht, der sie mehr erschütterte als jemals etwas zuvor in ihrem Leben. Obwohl sie es gewußt hatte, sie hatte es doch geahnt.

Sie hatte gewußt, daß es nicht bei dem Knoten in der Brust bleiben würde, daß es von Anfang an mehr war als dieser eine Knoten, etwas in ihr hatte das instinktiv geflüstert. Deshalb die Kälte, die in sie eingezogen war. Die Kugel in der Brust war von Anfang an nur ein Teil der Wahrheit gewesen.

Kämpfen. Was für ein albernes Wort war das denn? Mit einem Knoten in der Brust und Metastasen in der Lunge? Sie erhob sich, drehte sich um und betrachtete die Ärztin. Eine junge Ärztin. Eine entschlossene, fleißige, ernsthafte Ärztin. Der Kittel so weiß, die Haare so fest zusammengebunden, die Hände so sauber, der Körper so durchtrainiert und athletisch. Eine Ärztin, die bereit war, es mit allem aufzunehmen, im Schutze des Chroms und der Kacheln und der hellen Neonröhren und all des Wissens, das sie im Verlaufe ihres anstrengenden Studiums in sich aufgesogen hatte. Giovanna trat einen Schritt näher zu ihr. Die Ärztin sah wirklich besorgt aus. Sie sollte ihr nicht unrecht tun.

»Sie wissen doch genauso gut wie ich, daß mir nur noch ein Wunder helfen kann.«

Die Ärztin schüttelte den Kopf und schwieg.

»Habe ich recht?« fragte Giovanna.

Die Ärztin antwortete nicht.

»Nach der Operation kommt die Chemotherapie, sagten Sie? Und was kommt danach?«

»Wenn alles gut geht, -»

»Und wenn nicht? Was kommt, wenn nicht alles gut geht?«

»Dann werden wir eine weitere Chemotherapie machen. Ich habe Ihnen nie weisgemacht, daß es einfach wird.«

»Noch eine Chemotherapie. Und danach? Was kommt danach? Eine dritte Chemotherapie? Und was kommt danach?«

Giovanna trat ans Fenster, schob die Gardine beiseite und sah hinaus.

»Wissen Sie, seit wievielen Jahren ich die Zähne zusammenbeiße und das tue, was wichtig ist und mich weiterbringt und vernünftig ist? Und jetzt sagen Sie mir, daß ich vernünftig Schritt für Schritt nach vorn gehen soll – aber was ist denn da vorne? Sie sagen, eine weitere Chemotherapie. Aber das stimmt doch gar nicht. Da vorne ist etwas ganz anderes, das wissen Sie genauso gut wie ich. Soll ich denn ordentlich und diszipliniert und allen Regeln gehorchend... wollen Sie... « Giovanna merkte, wie ihre Stimme sich überschlug. Sie brach ab und drehte sich um. Die Ärztin war zur ihrem Schreibtisch gegangen und schob mit gesenktem Kopf einige Papiere hin und her.

»Es tut mir leid, daß ich Ihnen nicht den Gefallen tun und einfach wieder gesund werden kann«, fuhr Giovanna fort. »Nein, nein, das ist nicht ironisch gemeint. Ob Sie es glauben oder nicht, ich verstehe Ihre Situation. Sie sind jung, ich habe viel mit jungen Menschen zu tun. Sie haben sich etwas vorgenommen in Ihrem Beruf. Sie geben all Ihre Zeit und Energie. Aber nach mir werden noch viele andere zu Ihnen kommen, und vielen davon wird es genauso ergehen wie jetzt mir.« Giovanna zog die Gardine wieder vor das Fenster und ging ein Stück in den Raum hinein. »Das Leben hört manchmal auch einfach auf«, sagte sie. »Es ist wichtig, sich das hin und wieder vor Augen zu führen. Ich wünschte, ich hätte mich darauf ganz anders vorbereitet. Das habe ich nicht getan. Und jetzt? Jetzt fragt mich niemand mehr danach.«

Die Ärztin ließ von ihrem Schreibtisch ab, richtete sich auf und verschränkte unsicher die Arme.

Giovanna fühlte sich nicht mehr wütend, nur noch sehr müde. »Sie haben noch Zeit«, sagte sie, ging hinüber zur Wand, wo ihre Tasche lag, und legte sie sich über die Schulter. »Nehmen Sie mich als Gelegenheit. Wir werden noch ein paar Monate miteinander verbringen, nehme ich an. So oder so. Sie werden dabei sein, ganz gleich, was mit mir passiert. Dieser Urlaub... man braucht so etwas. Mit Krankheit. Ohne Krankheit. Man braucht Ruhe und Zeit, um nachzudenken. Zeit, in der man stillhält. Ich will nicht gegen die Uhr anrennen, die Uhr rennt schon genug gegen mich an, meinen Sie nicht? Nach meinem Urlaub habe ich genug Kraft für die Chemotherapie. Oder genug Kraft, um mich dagegen zu entscheiden.«

Am Abend saßen Giovanna und Etta über dem Ausdruck der Dissertation, wie so oft in den letzten Wochen. Es ging auf den 20. September zu, inzwischen mußte man die Zeit bis zum Abgabetermin schon nicht mehr in Wochen zählen, sondern in Tagen, bald würden es nur noch Stunden sein, zweiundsiebzig, achtundvierzig, vierundzwanzig.

»Oh nein!« Etta raufte sich die Haare. »Das Resümee – ich habe das Gefühl, das kommt überhaupt nicht auf den Punkt, es wird gar nicht ersichtlich, warum ich diese ganze Arbeit überhaupt geschrieben habe!«

Giovanna hatte dasselbe Gefühl, aber sie wollte sich hüten, Etta noch mehr aus dem Konzept zu bringen. Etta würde ihre ganze Disziplin brauchen, um das hier zuende zu bringen, und allzuviel Disziplin hatte Etta noch nie an den Tag gelegt, jedenfalls nicht, wenn es um intellektuelle Beschäftigungen ging. Kochen konnte sie mit Hingabe, Fußballspielen, mit den Nachbarskindern herumtollen, Blumen umtopfen, sogar staubsaugen und bügeln, obgleich sie bei all diesen Tätigkeiten wirklich nicht das klassische Bild einer Hausfrau abgab, Etta machte das alles wie ein Handwerker, wie ein Junggeselle, der auf den Geschmack der Hausarbeit gekommen ist. Aber sobald eine Beschäftigung Bücher involvierte, gingen Etta Spaß und Disziplin verloren. Die Dissertation hatte ihr immer nur dann Freude gemacht, wenn sie sich über Textstellen und Abbildungen amüsieren konnte, Nixen in der Tiefsee, das Liebesleben der Riesenschildkröten, Drachen beim Geschlechtsakt. Doch das genaue Abgleichen der Quellen, die peniblen Forschungstätigkeiten, wie sie Givoanna so viel Vergnügen bereiten konnten, waren für Etta eine dreijährige Quälerei gewesen und infolgedessen für Giovanna nicht minder. Sie würde froh sein, wenn Etta das Kapitel Dissertaton endlich beendet hatte.

Giovanna streckte die Hand nach dem Stapel Papier aus, vor dem Etta gerade der Verzweiflung anheimfiel.

»Zeig mal«, sagte sie und überflog die Seiten. »Es fehlt der klare Aufbau, das ist alles. Die Grundgedanken sind alle vorhanden, ich würde die Reihenfolge etwas anders wählen, hier... das gehört an den Anfang, und das hier...«

Etta ließ sich in ihren Stuhl zurücksinken. »Was würde ich ohne dich machen?« fragte sie erschöpft.

»Du würdest eine mittelmäßige Dissertation abgeben, einfach nur, weil du keine Ahnung von Gliederungen hast und dich unter Wert verkaufst,« entgegnete Giovanna abwesend und fing an, mit einem Stift Anmerkungen an den Rand des Ausdrucks zu schreiben.

»Das ist alles?« gab Etta belustigt zurück und lehnte sich wieder vor. »Wenn das alles ist, dann sollten wir uns trennen. Auf der Stelle!«

»Hör auf zu flirten«, gab Giovanna zurück. »Und wirf den Computer an. Ich glaube, wir haben eine Nachtschicht vor uns. Du hast recht. Das Resümee ist komplett... ich werde dir einen Gegenvorschlag unterbreiten. Einverstanden? Du kannst es ablehnen oder annehmen, aber solange ich daran schreibe, läßt du mich in Ruhe.«

»Ein Kuß. Vorher ein Kuß. Ich kann den Computer nicht einschalten, wenn ich vorher nicht geküßt werde!«

Giovanna beugte sich zu Etta vor und küßte sie. Der Schmerz rumorte dunkel zwischen Brustkorb und Unterleib.

»Du schmeckst nach Pfirsichen«, sagte Etta, schloß die Augen und fuhr sich mit der Zunge über die Lippen.

»Ich habe vor einer Viertelstunde ein Brötchen mit Käse und Gewürzgurke gegessen«, sagte Giovanna lachend.

»Sei doch nicht immer so unromantisch!«

»Mach den Computer an! Wer will hier promovieren? Ich bin schon schlau.«

Später in der Nacht – Giovanna hatte es bis um halb drei geschafft, das Resümee vollständig umzuschreiben, trotz des rumorenden Schmerzes, der sie bisweilen sogar ins Bad laufen ließ, wo ihr Gesicht in die Handtücher drückte und um Fassung rang – später versuchte Etta, mit ihr zu schlafen. Aber Giovanna wehrte sie ab. Sie wollte nicht angefaßt werden. Sie sehnte sich danach, sich in Ettas Arme fallen zu lassen, wenn Etta nichts von ihr wollte, nichts als sie halten, als bei ihr sein, als mittragen und mitwissen und teilen. Giovanna hielt das Lügen kaum noch aus. Das Lügen begann schlimmer zu werden als die Angst zu sprechen, als den Knoten und das, was er prophezeite, Etta gegenüber Wirklichkeit werden zu lassen. Etta, ihrer Liebe, ihrem Leben.

»Du bist müde, hm?« fragte Etta zärtlich und drehte sie wieder auf den Rücken. Giovanna nickte.

»Du brauchst nicht... es ist okay. Ich brauche nichts weiter. Mein Gott, danke für deine Hilfe, ich wüßte überhaupt nicht, wie ich das ohne dich schaffen sollte. Entschuldige den Gedankensprung – ich bin schon wieder bei meiner Dissertation!«

»Ich weiß«, sagte Giovanna.

»Vielleicht meine ich auch noch mehr«, setzte Etta hinzu, rollte sich nah zu ihr und legte ihr Gesicht an Giovannas Hals. »Jetzt, wo du wieder häufiger zu Hause bist, am Wochenende wenigstens, da merke ich, wie sehr ich dich vermißt habe. Ich habe so oft allein hier gesessen. Es macht mir keinen Spaß, allein zu sein. Von allen Menschen, mit denen ich gern Zeit verbringe – ich verbringe meine Zeit am liebsten mit dir.«

»Danke«, sagte Giovanna gerührt.

»Ich freue mich auf unseren Urlaub, und wie ich mich freue!« Etta wollte Giovanna ungestüm in die Arme schließen.

»Bitte nicht!« wehrte Giovanna rasch ab.

»Entschuldige. Was ist denn los mit dir?« Etta klang verdattert, daß sie sich nicht einmal mehr umarmen lassen wollte.

Giovanna ärgerte sich, daß sie Etta so heftig abgewehrt hatte.

»Ich glaube, ich kriege meine Tage. Ich habe so seltsame Bauchschmerzen«, brachte Giovanna rasch vor und drehte sich zur Wand.

»Schon wieder?« fragte Etta erstaunt.

»Du hast recht«, gab Giovanna zu. »Es ist erst eine Woche her. Ach, ich weiß auch nicht. Ich glaube, ich bin einfach erschöpft.«

»Sieh mich wieder an.«
»Laß uns schlafen, bitte.«
»Sieh mich an. Bitte.«
Giovanna drehte sich um und legte beide Hände an Ettas Wangen. Manchmal war Etta wie ein Kind, unmittelbar in ihren Bedürfnissen, ganz direkt, ohne jeden Filter.
»Süße, ich bin wirklich müde. Morgen habe ich zwei Seminare und am Nachmittag eine Konferenz, Fachbereichssitzung, ein Sondertermin wegen Verwaltungsinterna, langweilige Angelegenheiten. Und abends müssen wir an deiner Sache hier weiterarbeiten. Es liegen noch mindestens drei Nachtschichten vor uns.«
»Dreh dich nicht von mir weg. Ich kann das nicht leiden.«
»Denkst du daran, morgen die Fußnoten umzuformatieren?«
»Ich hasse dich.«
»Nein!« Giovanna lachte leise. »Das tust du nicht.«
Aus drei Nachtschichten wurden vier, dann fünf. Fast eine Woche nahm die Fertigstellung schließlich in Anspruch; diese Zeit ging über die Kräfte beider weit hinaus. In den letzten zwei Nächten lebte Etta nur noch von Chips und Rotwein, während Giovanna sich an Kräutertee hielt und feilte, schrieb, umschrieb, ausdruckte, wieder verbesserte, wieder ausdruckte und Etta ansonsten den Mund verbot, weil sie sonst niemals fertiggeworden wären.
Der Moment der Abgabe gestaltete sich seltsam unspektakulär. Giovanna saß im Auto und sah zu, wie Etta im Eingang zum Verwaltungstrakt ihres Institutes verschwand. Es nieselte, die Straße lag leer und nichtssagend da. Semesterferien. Schon nach wenigen Minuten tauchte Etta wieder auf, kam zum Auto gelaufen, öffnete die Wagentür und ließ sich neben Giovanna fallen.
»Die Sekretärin hat sich nicht mal bedankt«, sagte sie.
»Das ist auch nicht üblich«, gab Giovanna zurück.
»Ich weiß«, sagte Etta.
Am Abend standen einige Freundinnen Ettas plötzlich mit Sekt und Wein vor der Tür. Die Gratulation mündete in eine Überraschungsparty – die Frauen hatten Musik mitgebracht und räumten die Wohnzimmermöbel zur Seite, so daß auf dem Parkett Walzer und Tango getanzt werden konnten. Giovanna saß erschöpft auf dem Sofa und sah dem Treiben zu. Ettas Freundinnen waren genauso wie Etta, laut und lustig; es tat gut zu sehen, wie wohl sich

Etta in dem Trubel fühlte. Gerlinde, eine von Ettas besten Freundinnen, brüstete sich damit, Jodie Foster persönlich in einer Bar gesehen zu haben, und wenn sie Jodie nicht für eine ägerliche, für die ägerlichste Minute ihres Lebens aus den Augen gelassen hätte, und wenn Jodie nicht in just jener Minute wieder aus der Bar verschwunden wäre – dann hätte sie vielleicht schon jetzt eine Nacht mit ihrer Traumfrau verbracht.

»Morgen hol ich sie mir!« rief Gerlinde.

Die Frauen lachten, und Etta drehte sich theatralisch zu Giovanna und verbeugte sich. »Komm, du meine Traumfrau!« rief sie. »Einen Foxtrott gewährst du mir!« Ohne lange auf eine Antwort zu warten, warf sie sich Giovanna entgegen und zog sie vom Sofa aufs Parkett.

»Die hier!« rief Etta laut in die Runde und schleuderte Giovanna in eine Drehung. »Die hier hat heute zum zweiten Mal promoviert!« Die Frauen klatschen begeistert.

»Warte ab, noch ist die Arbeit nicht benotet. Und eine mündliche Prüfung gibt es schließlich auch noch!«, wehrte Giovanna ab.

»Ganz die Dozentin! Hättet ihr geglaubt, daß ich es so viele Jahre mit einer Lehrerin aushalte?«

Wieder lachten die Frauen. Giovanna tanzte näher zu Etta hin und lachte auch. Die meisten Freundinnen Ettas stammten aus einem Volleyballkurs, der vor zehn Jahren einmal stattgefunden hatte. Sie interessierten sich für Sport und Spieleabende und Saunabesuche, Beschäftigungen, die Giovanna zu keiner Zeit gegen ihre Bücher eingetauscht hätte. Jetzt zog Etta Giovanna an sich.

»Was für ein Glück, daß ich ein Faible für Lehrerinnen habe«, flüsterte sie.

»Stimmt.« Giovanna drückte sich in Ettas Arme. »Mit deiner Promotion wäre das sonst nie was geworden.«

Einige Tage später, an einem Sonntagmorgen in aller Frühe, luden sie ihre Sachen ins Auto und fuhren los. Das Wetter hätte nicht besser sein können, klar und septemberlich warm, ohne allzu heiß zu sein. Anfangs wechselten sie sich alle Stunde beim Fahren ab, dann übernahm Etta das Steuer. Sie fühlte sich einfach am wohlsten, wenn sie, eine Hand am Lenkrad, die andere auf Giovannas Oberschenkel, über die Autobahn brausen konnte, und Giovanna konnte gut auf das Fahren verzichten. Während Etta sich über die

Fahrbahn schlängelte, rechts und links blinkend und meistens auf der Überholspur, betrachtete Giovanna die Landschaft auf beiden Seiten.

Wie gut es tat, in Urlaub fahren zu können. Etta hatte recht, all die Jahre hindurch hatte sie recht gehabt: Es würde ihnen gut tun, so viel wirkliche Zeit füreinander zu haben. Nicht die müden Abende nach der Arbeit, noch aufgeladen von all dem Streß und Ärger des Tages, und auch nicht die Samstage und Sonntage, die für alles herhalten mußten, was man in der Woche sonst nicht schaffte, Wäsche waschen, staubsaugen, Gespräche führen, Sex, Kino. Aber jetzt... Zeit. Endlich. Ruhe. Ausschlafen. Brot in Olivenöl tunken. Die Sonne! Die Weinberge! Spaziergänge.

Etta war eine leidenschaftliche Wanderin, und Giovanna erinnerte sich, daß in den Ferien auch an ihr solche Seiten zum Vorschein kommen konnten: ausdauernd zu laufen, stundenlang mit schweren Schuhen über Stock und Stein zu schreiten, voller Glück über all das Leben ringsum. Wandern würden sie, ja. Und am Meer sitzen und Rotwein trinken, wie Etta prophezeit hatte. Schweigend zusammen auf die Schaumkronen starren. Und reden... Erst ganz am Ende des Urlaubs würde sie von der Krankheit erzählen, hatte Giovanna sich vorgenommen.

Erst in der letzten Woche, oder irgendwann in den letzten drei, vier Tagen vielleicht. Damit sie vorher eine unbeschwerte Zeit haben konnten, noch einmal, ein letztes Mal vielleicht. Giovanna sah der Schar Saatkrähen nach, die neben der Autobahn plötzlich aufflog. Woher nahm sie nur all die Kraft, das allein zu tragen so viele Wochen lang? Und selbst jetzt wollte sie noch einmal allein damit sein.

Sie dachte an ihren Vater, seine abgearbeiteten Hände, das zerfurchte Gesicht. Zeit seines Lebens hatte er wie ein sizilianischer Bergbauer ausgesehen, selbst nach Jahren der Fabrikarbeit in Ludwigshafen sah sein Gesicht noch aus wie täglich von der Sonne gegerbt. Jeden Morgen um fünf aus dem Bett, um in eine Fabrikhalle zu gehen, die nichts als Lärm und Dreck für ihn bereithielt, und die Bemerkungen des Vorarbeiters, der sich mit seiner Abneigung allem Nichtdeutschen gegenüber nicht zurückhielt.

Ihr Vater hatte nie viel darüber gesprochen, sie wußte es nur, von den Kindern ringsum, besonders von denen, die nicht mit ihr spielten. Und nach der Arbeit fuhr ihr Vater mit seinem altersschwachen

Kombi durch die Straßen und reparierte die Waschmaschinen und Kühlschränke der Nachbarn, fast immer bis tief in die Nacht. Von ihrem Vater hatte sie das, ihre Disziplin, diese Mischung aus Nachgiebigkeit anderen und Härte sich selbst gegenüber.

Sie konnte sich nicht erinnern, jemals ein böses Wort aus seinem Mund gehört zu haben. Nie, gegen sie nicht und nicht gegen ihre Geschwister und ihre Mutter, die viel aufbrausender sein konnte.

Wenn ihre Mutter anfing zu schimpfen, ging er nach draußen auf den Bürgersteig und rauchte eine seiner starken italienischen Zigaretten, bis das Unwetter vorbei war. Manchmal zwinkerte er ihr von draußen zu, wenn sie ihre Nase an die Küchenscheibe drückte und ihn beobachtete, wie er rauchend hin und her ging, während ihre Mutter in den Kochtöpfen rührte und möglichst viel Krach zu machen versuchte.

Er war mit fünfundfünfzig an einer Erkältung gestorben, genauer gesagt an einem Penicillinschock. Eine dumme Sache, wie die Ärzte damals sagten. Niemand hatte gewußt, daß er gegen Penicillin allergisch war. Er war nie zuvor damit behandelt worden und dann an einem Erstickungsanfall gestorben, während die Feuerwehr ihn mit Blaulicht ins Krankenhaus fuhr. Eine dumme Sache.

Manche Menschen, so scheint es, sterben einfach an einem Zufall.

»Woran denkst du?« fragte Etta.

Giovanna schüttelte den Kopf. Etta lächelte und sagte nichts weiter.

Am Meer, ja, da würden sie sitzen, in der Dämmerung, und da würde sie es Etta sagen. Vielleicht sollte sie aufhören, sich einen Kopf um die richtigen Worte und die besten Formulierungen zu machen.

Es gab für das, was sie Etta eröffnen mußte, keine besten Worte. Das gab es nicht. Es würde, so oder so, der Anfang eines Abschieds sein, Abschied von der Unschuld, der Leichtigkeit, Abschied von einer Zeit miteinander, und am Ende würde es eine große, offene Frage geben, wie eine Wunde, klaffend und häßlich.

Es würde aber auch, das wünschte sich Giovanna, der Anfang einer großen Nähe sein; denn Etta würde dies mit ihr tragen, durch alle Schwierigkeiten und Schmerzen hindurch bis zum letzten Augenblick, das wußte sie. Nicht, daß sie das verlangte. Giovanna verlangte das nicht. Aber Etta würde es tun. So war Etta. So hatten sie, Giovanna und Etta, sich füreinander und für ihre Liebe entschieden.

Gegen halb neun fuhren sie von der Autobahn ab und suchten sich in einem Dörfchen nahe der Straße einen Gasthof für das Abendessen und die Nacht. Nachdem sie ihre Taschen auf das Zimmer gebracht hatten, nahmen sie in der Gaststube Platz, wo einige Familien saßen; am Tresen debattierten die üblichen, angetrunkenen Männer. Erst jetzt spürte Giovanna, wie müde die lange Fahrt sie gemacht hatte. Sie bestellte einen Salat, Etta nahm Roastbeef und Backkartoffeln. Schweigend warteten sie auf das Essen, Etta machte ebenfalls einen erschöpften Eindruck. Giovanna sah, wie Etta begann, die Serviette auf- und zuzufalten, und dachte sich nichts dabei.

»Die Fahrt war anstrengend.« Giovanna rieb sich die Augen. »Morgen sollten wir uns wieder abwechseln. Es ist nicht gut, so lange am Steuer zu sitzen.«

»Das ist es nicht«, sagte Etta.

Da kam auch schon das Essen, der Salat sah winzig aus. Ein wenig verärgert begann Giovanna, darin zu stochern. Etta schnitt schweigend an ihrem Roastbeef.

»Wie meinst du das?« fragte Giovanna irgendwann.

»Bitte?« Etta hatte den Mund voller Kartoffeln.

»Du hast vorhin gesagt, das ist es nicht. Das sei es nicht. Fühlst du dich etwa krank? Oh Gott, nicht am ersten Urlaubstag, das wäre doch schrecklich!«

Etta anwortete nicht, aber Giovanna sah plötzlich, daß ihr Gesicht kreidebleich wurde, als wäre ihr übel geworden. Rasch legte Giovanna ihre Gabel beiseite, tupfte sich den Mund ab und beugte sich zu Etta hinüber.

»Was ist los, Schatz?« flüsterte sie besorgt.

Etta schüttelte den Kopf, ihre Augen sahen hart und seltsam aus, ein Kind am Nachbartisch drehte sich neugierig um.

»Ich hatte schon länger vor...«, begann Etta stockend.

»Iß jetzt!« zischte die Mutter nebenan ihrem Kind zu, das sich in seinem Starren aber nicht beirren lassen wollte. Mit schiefem Kopf versuchte es, seine Beobachtungen und die Nahrungsaufnahme zu koordinieren. Auf einmal beschlich Giovanna ein ungutes Gefühl, eine instinktive Gewißheit, daß dieser Abend ganz anders verlaufen würde, als sie es geplant hatte. Ihre Brust begann zu schmerzen, aber das war eine andere Art Schmerz als der, den sie schon kannte, als der Terror, der in ihrem Körper zeitweise die Herrschaft übernahm. Der Schmerz jetzt breitete sich in der Herzgegend aus, im Brustkorb, ein beängstigendes Ziehen in beiden Lungenflügeln.

»Was hast du schon länger vor?« Giovanna versuchte, ihrer Stimme einen ruhigen Klang zu geben. Was hatte sie schon länger vor? Wenn Etta nur nicht so bleich aussähe, so schrecklich weiß und von sich selbst entsetzt. Was hatte sie schon länger vor?

Etta lachte. Und spießte eine Kartoffel auf die Gabel. Ihr Lachen klang verkehrt.

Etta verspeiste das Kartoffelstückchen. Dann atmete sie tief durch, sah Giovanna direkt in die Augen, nagelte sie mit ihrem Blick fest und sagte:

»Ich hatte mir das für den Urlaub aufgespart, und jetzt muß es auch raus. Ich will das nicht auch noch mit in den Urlaub nehmen. Kurz gesagt: Ich hatte eine Affäre. Ich habe das beendet, glaube ich jedenfalls, bevor wir losgefahren sind. Ich denke, damit hat sich das Ganze auch. Ich merke, daß ich damit nicht allein sein will, ich möchte... ich wollte noch nie Geheimnisse vor dir haben. Wir beide sind uns dazu viel zu nah.«

Etta lächelte in sich hinein, griff wieder zur Serviette, sie schien auf einmal wirklich ruhig zu werden.

»Es ist mir nicht gelungen, das mit dem Geheimnis«, fuhr sie fort. »Ich habe es versucht. Ich dachte, jetzt habe ich mal ein Geheimnis, jetzt begehe ich mal eine kleine Beziehungssünde. Aber ich glaube, das kann ich gar nicht. Dazu habe ich dich viel zu gern. Ich liebe dich, Giovanna.«

»Was meinst du mit 'ich glaube, es ist vorbei'? Giovannas Unterlippe zitterte so heftig, daß sie kaum sprechen konnte, eine Mischung aus Schock und hemmungsloser Wut bemächtigte sich ihrer.

Etta starrte auf ihren Teller und schien nach einer guten Antwort suchen zu müssen. »Du weißt doch, wie das ist. Weißt du das nicht? Man kommt sich doch irgendwie nahe, obwohl es gar nicht so geplant war. Es ist vorbei. Ich habe ihr gesagt, es ist vorbei. Es ist wirklich vorbei, denke ich. Ich hab mich ein bißchen in sie verliebt, ach Gott, verzeih mir, Giovanna. Es war ganz anders geplant gewesen. Ich wollte es gar nicht so weit kommen lassen... «

Etta hörte auf, hilflos.

Frag mich nicht, ob ich dir erlaube, daß es weitergeht. Wage es nicht, mich zu fragen, ob es weitergehen darf.

»Wie lange hat es gedauert?« Giovanna zwang sich zum Reden, sie mußte sich zwingen, überhaupt eine Stimme zu haben, einen Mund, eine Zunge, mit deren Hilfe sich Worte hervorstoßen ließen.

»Wie lange? Oh. Kennengelernt habe ich sie vor einigen Monaten, die Affäre... vielleicht ein paar Wochen, nicht lang, nicht wirklich lang.«

Etta stotterte, sie verhaspelte sich, sie versuchte, die Geschichte kleinzukochen, zu beschwichtigen, Giovanna in Sicherheit zu wiegen.

»Du meinst, in all der Zeit, in der ich nachts an deiner Dissertation geschrieben habe, hast du tagsüber... *du hast eine andere Frau gesehen? Die ganze Zeit?*«

Etta senkte den Kopf, machte eine abwehrende, abwiegelnde Bewegung mit den Schultern, den Händen.

»Du meinst, du hast mich *monatelang betrogen*, während ich....«

»Es waren keine Monate!« verteidigte sich Etta. »Es waren ein paar Wochen. Eine richtige Affäre – mit allem, was dazugehört, wenn du verstehst – war es nur eine ganz kurze Zeit. Ein paar Wochen, meine Güte! Es war kein *Verbrechen*! Und ja, bitte sehr, wenn du es unbedingt hören willst: Ich würde sie gerne ab und zu noch mal sehen, einfach so. Es hat nichts mit uns zu tun, überhaupt nichts. Es ist ganz anders als alles, was wir haben. Absolut anders. Aber ich weiß, daß das nicht geht. Ich respektiere es. Ich beuge mich diesen verdammten Treuegesetzen, aber gerne tue ich es nicht!« Etta hatte Mühe, ihre Stimme zu senken.

Giovanna drehte den Kopf von rechts nach links, von links nach rechts. Ein Teil von ihr stand weit außerhalb ihres Körpers, sah ihr zu, sah ihre wutverzerrten Züge, die zitternden Hände, das absurde Hin- und Herwackeln des Kopfes.

Da war das Kind, es starrte, die Gabel halb im Mund, die Mutter, der Vater, sie alle starrten, die Gabeln halb im Mund, die ganze Zeit über, all die Wochen, die Monate, all die Zeit, diese entsetzliche, furchtbare, furchterregende, einsame, einsame Zeit?

Giovanna schob ihren Stuhl zurück und stand auf. Etta wollte sich ebenfalls erheben. Giovanna schüttelte den Kopf.

»Ich gehe aufs Zimmer«, sagte sie. »Laß mich einen Augenblick allein.«

Etta nickte, mittlerweile so etwas wie Schuldgefühle auf dem Gesicht, doch vielleicht bemühte sie sich auch nur um Schadensbegrenzung.

Giovanna schaffte es gerade noch, die Zimmertür hinter sich zuzuziehen, da mußte sie sich auch schon übergeben, die Hälfte des halb verdauten Salats ging auf den Teppichboden, schließlich konnte sie sich ins Badezimmer schleppen und würgte über der Toilettenschüssel weiter.

Dann lag sie auf den weißen, kalten Fliesen. Wie tot lag sie da. Arme, Beine, Körper verrenkt. Es gab nichts zu denken, nichts zu fühlen. Gar nichts. Bilder zogen an ihr vorüber, der Behandlungsraum, das nackte Neonlicht, die blanken Kanülen der Spritzen, die Stunden im Wartezimmer, so viele verschlossene Gesichter, die Geheimnisse verbargen, wie sie selbst. Fassung bewahren, wenn man aufspringen und die Wände anschreien möchte, in Frauenzeitschriften blättern, wenn man innerlich erstickt an Fragen. Sind Sie der Sommertyp?

Mein Körper löst sich auf, ohne mich zu fragen. Ich werde bei lebendigem Leibe überwachsen, überwuchert, wie ein Glas schlechtgewordener Milch, wie eine schimmelnde Orange. Fremde Zellen finden in mir ein Substrat ihrer Vermehrung, und es scheint nichts zu geben, was man dagegen tun kann, und warum auch, warum, warum ich, warum irgend jemand, warum nicht irgend jemand anders. Fremde Zellen, geboren aus meinem eigenen Fleisch und Blut!

Wissen Sie, ich sitze nicht hier im Wartezimmer, weil ich ein Kind gebären möchte. Ich gebäre kein Kind. Ich gebäre mich selbst, in neuen Formen. Mein Fleisch und mein Blut wollen nichts mehr zu tun haben mit mir – wie können wir alle leben, wenn dies geschieht?

Wie können wir es nur ertragen, mit dieser empörenden Tatsache zu leben, daß alles, was uns je wichtig war, überwuchert werden wird von Zellen und Mikroben?

Mein Schmerz, meine Ängste, meine Fragen, meine hilflosen Antworten, alles das gilt nichts mehr, es geschieht einfach, und ich kann nichts weiter tun, als hilflos meiner eigenen unaufhaltbaren Auflösung beizuwohnen und sie im Herzen zu einem Sinn

zusammenzufügen, der am Ende mit mir und meinem Herzen untergehen wird!
Es klopfte.
»Laß mich rein!« rief Etta.
Giovanna reagierte nicht.
»Bitte laß mich zu dir. Laß uns reden. Laß uns kein Drama machen, bitte, es tut mir leid!« rief Etta, die helle Angst in ihrer Stimme.
Giovannas Körper stand auf. Ging zur Tür. Öffnete. Wich zurück.
Faß mich nicht an. Wage es nicht.
Giovanna stand mit dem Rücken am Fenster. Etta mitten im Raum. Unsicher, verwirrt.
»Laß uns kein Drama machen, bitte. Ich habe doch gesagt, daß es mir leid tut.«
»Ich habe dich auch angelogen«, sagte Giovanna.
»Mich?« fragte Etta.
»Ich habe gesagt, ich bin auf Konferenzen, Seminaren. Das stimmte machmal, aber oft auch nicht.«
»Aber warum?« Ettas Stimme klang hoffnungsvoll. In Giovanna stieg mehr als Wut hoch. Es war Haß. Eine Kälte in jeder Körperfaser, die sie von jetzt an bis zum letzten aller Tage in sich wohnen lassen wollte.
»Ich habe gesagt, ich muß den ganzen Sonntag nach Genf, zur Expertentagung. Das stimmte nicht. Ich war nicht in Genf.«
»Nicht in Genf? Aber... «
Giovanna schüttelte den Kopf. »Nein, nicht in Genf. Und der neue Termin freitagsabends – es gibt keine wöchentliche Fachbereichskonferenz. Nie. Es gab nie eine.«
Etta lachte jetzt, setzte sich auf die Bettkante und legte die Ellbogen auf ihre Knie wie ein Bauarbeiter. »Süße – jetzt mußt du es mir erklären! Ich komme nicht mehr mit.«
»Nein«, sagte Giovanna und ging zum Schrank, um ihren Koffer hervorzuziehen. »Ich fahre jetzt zurück. Ich nehme das Auto, ich hoffe, du hast nichts dagegen. Ich zahle dir später die halbe Zugfahrkarte, wenn du möchtest.«
»Verzeih mir«, bat Etta.
»Ich denke, du kannst hier morgen fragen, wann ein Zug fährt, nach Frankreich oder nach Berlin, wie du willst. Lieber wäre es

mir, du fährst nach Frankreich und gibst mir Zeit in Berlin, damit ich alles regeln kann.«
»Verzeih mir! Oh Gott, Giovanna, was ist denn nur los hier?!«
Giovanna drehte sich um und sah Etta an.
»Es ist vorbei, Etta. Wir werden uns nicht wiedersehen.«

28. Kapitel
Mitte September

Nadja rief jetzt oft an. Es war nicht mehr außergewöhnlich, wenn das Telefon klingelte und Nadjas Stimme wisperte:
»Hallo? Konstanze?« Und dann sagte sie immer ganz lange gar nichts, und Konstanze mußte fragen, wie es ihr ging.

Es war keinesfalls Nadja, sondern Konstanzes Mitbewohnerin Vera, die Konstanze zunehmend unerträglich war, weil sie mit ihrem spitzen Mund durch die Wohnung lief und keine Gelegenheit ausließ, Konstanze auf Nadja anzusprechen, und immer begann Vera diese Gespräche mit dem Satz: »Ach, was ich dich noch fragen wollte, wie geht es eigentlich Nadja?«

Diese betonte Beiläufigkeit. Dieses aufgesetzte Interesse. Dieses nachdrückliche Herumzuppeln an den Brillenbügeln. Dabei ging es Vera doch gar nicht um Nadja. Es ging darum, eine moralische Überlegenheit zur Schau zu stellen. Sie wollte Konstanze zu verstehen geben, daß sie wohl wußte, was Mitgefühl und Verantwortung waren, Konstanze hingegen davon keine Ahnung hatte.

Je länger sie zusammenwohnten, umso deutlicher traten die echsenhaften Züge Veras zum Vorschein, die reptilienartigen Bewegungen, mit denen Vera sich gedanklich und körperlich durchs Leben schob, und die kalten Augen, mit denen sie die Welt taxierte. Es wurde Zeit, dachte Konstanze, daß man sich über die Zukunft Gedanken machte.

Dabei gab Konstanze sich Mühe mit Nadja. Sie konnte sich nicht erinnern, sich für eine Frau je soviel Mühe gegeben zu haben. Sie mochte Nadja. Nadja war mehr als süß, sie war rührend, sie war weich und jung und verletzlich, sie begann, Konstanze zu brauchen, und Konstanze hatte genug Energie, um für Nadja da zu sein. Denn schließlich brauchte man nicht unbedingt ein zartfühlendes Herz, um anderen Menschen etwas geben zu können. Was man wirklich brauchte, Veras Hochmoral in allen Ehren, waren Optimismus, Lebensenergie und eine zupackende Art, und daran hatte Konstanze keinen Mangel.

»Hallo? Konstanze?«

Meist rief Nadja wegen Kleinigkeiten an, kleine Sorgen, das verstopfte Ofenrohr in ihrer Wohnung, eine verlorengegangene U-Bahn-Fahrkarte, ein körperliches Wehwehchen. Es rührte Konstanze, wie vertrauensvoll Nadja auf einmal wurde, sie faßte wirklich Vertrauen, eröffnete sich mit all ihren kleinen Geschichten. Ein streunendes Kätzchen, das man im Park aufgesammelt hat und das langsam anfängt, sich zu Hause zu fühlen und inzwischen sogar mal die Augen zumacht und einfach schläft, ohne immerzu Gefahren zu wittern. Oft telefonierten sie am frühen Abend eine Stunde oder anderthalb, oft sagte Konstanze, komm, wirf dich in ein Taxi, ich bezahl es auch, komm einfach zu mir, ich koch uns einen Kaffee und kraule dich ein bißchen. Das ließ Nadja sich selten zweimal sagen.

Dann stand sie vor der Tür, so süß mit ihrer Haarsträhne und dem weißen Täschchen. Zusammen gingen sie in Konstanzes Zimmer, legten sich aufs Bett, erzählten sich etwas, knutschten ein bißchen, tranken Kaffee, bis Nadja wieder weg mußte, weil es später Abend wurde. Hin und wieder kam Nadja auch frühmorgens vorbei, so gegen sieben, halb acht. Diese Besuche waren Konstanze weniger recht, weil Nadja dann häufig noch etwas betrunken war, nach Alkohol und Zigarettenrauch roch und erbarmungswürdig aussah, mit ihrem abbröckelnden Lippenstift und den großen, übernächtigten Augen. Konstanze hatte Nadja beibringen müssen, daß sie frühmorgens doch lieber in ihre eigene Wohung fahren und ihren Rausch ausschlafen sollte. Ich habe nichts gegen deine Champagnergelage, hatte sie gesagt. Aber morgens um sieben bin ich in einem anderen Film.

Nadja hatte begriffen, daß Konstanze doch mehr ein Tagleben führte, nicht aus bürgerlicher Biederkeit, sondern gezwungenermaßen, denn das Büro öffnete nun mal zwischen neun und fünf, und sie schien es zu akzeptieren.

Das verletzte Ohr hatte sich als Angriff eines durchgedrehten Kunden herausgestellt. Er war sauer geworden, weil Nadja nach dem Theaterbesuch nicht mit ihm ins Hotel wollte. Ein Professor, hatte Nadja erklärt, einer von diesen schlauen hohen Herren, wie überhaupt die Intellektuellen und Professoren die schlimmsten Kunden waren. Je prolliger umso unkomplizierter, meinte Nadja. Die Prolligen erwarteten nicht so viel, es waren die Intellektuellen, die ausgefallene Wünsche und Vorlieben hegten und verlangten, daß die Frauen sich in jede ihrer Gehirnwindung hineindachten, um ihnen auf diese ganz spezielle und hochkomplizierte Weise Befriedigung zu verschaffen. Dieser Professor jedenfalls hatte angedeutet, daß er eine harte Nummer mit ihr wollte, irgend etwas mit Knebeln und Peitschen, wobei er derjenige mit der Peitsche in der Hand gewesen wäre, und das war nun überhaupt nicht Nadjas Metier.

Er hatte sie in einen Hauseingang gedrückt und mit den Fäusten auf ihren Kopf eingetrommelt, mitten auf der Lindenstraße. So lange getrommelt, bis eben das Blut aus ihrem Ohr gelaufen kam.

Seitdem war so etwas nicht mehr vorgekommen. Es kam auch selten vor, meinte Nadja. Es war die absolute Ausnahme.

Der Sommer hatte seine heißeste Zeit überschritten. Die halbe Bürobelegschaft war im Urlaub, weshalb Konstanze, die ihren Urlaub schon verbraucht hatte, dreimal so viel Arbeit erledigen mußte wie sonst. Matthias war in Costa Rica, ihre Kollegin Anne wie jeden September mit Freund und Kind auf Langeoog. Die Versicherungsnehmer knäulten sich in den Leitungen, alle Welt schien in Unfälle und Autopannen verwickelt zu sein. Konstanzes Arbeitstage wurden länger und anstrengender, manchmal kam sie erst nach neun oder zehn Stunden aus dem Büro.

Zusätzlich hegte Nadja einen neuen kleinen Wunsch: Sie wollte umziehen, ihre Wohnung in Tempelhof verlassen und sich in einem schöneren, lebhafteren Stadtteil niederlassen, vielleicht auch mehr in der Nähe Konstanzes.

Konstanze ahnte schon, daß dies erneut mit einer finanziellen Belastung für sie verbunden sein könnte, und die Vorstellung, Nadja dauerhaft in ihrer Nähe zu haben, behagte ihr auch nicht besonders. Sie konnte sich nicht erinnern, Nadja je mehr als eine Affäre in Aussicht gestellt zu haben. Von Liebe war noch nie, weder von ihr noch von Nadjas Seite, die Rede gewesen. Und was das

Geld anging, darum tat es ihr noch immer nicht leid, schliesslich half es auch, eine Art Klarheit und Sicherheit in ihr Verhältnis zu bringen. Aber es ist doch ein Unterschied, hin und wieder hundert Mark aus dem Portemonnaie zu ziehen oder sich auf Dauer an der Finanzierung einer Wohnung beteiligen zu sollen.

Sie lagen wieder einmal auf Konstanzes Bett, es war Samstagnachmittag, der freie Tag, auf den Konstanze seit Montag um acht Uhr gewartet hatte. Konstanze lehnte an der Wand, spielte mit einer Haarsträhne Nadjas, und Nadja lag quer über ihren Beinen und träumte von einer Wohnung mit Dachterasse und Sonne von Süden.

»Ich würde mir eine Katze holen, aus dem Tierheim, sie kann auf der Terasse rumlaufen zwischen den Blumentöpfen. Ich würde Gras pflanzen auf meiner Terasse, eine richtige kleine Wiese!« Nadja lachte glücklich.

»Du? Eine Katze?« fragte Konstanze kopfschüttelnd. »Du musst doch erstmal für dich selber sorgen!«

Nadja entgegnete nichts. Sie hatte den boshaften Unterton nicht wahrgenommen. Oder nicht wahrnehmen wollen. In Konstanze baute sich das Gefühl auf, Nadja arbeite sich langsam zu den Finanzierungsmöglichkeiten für diese Wohnung vor. Auf einmal beschlich sie die ungute Ahnung, Nadja könne noch mehr solcher Liebschaften unterhalten, liege an anderen Tagen auf anderen Betten, um kleine Wünsche zu formulieren und wie selbstverständlich Hundertmarkscheine in ihrem Täschchen verschwinden zu lassen. Es war nur eine Ahnung, ein Verdacht, eine Verdächtigung, aber der Gedanke barg eine Giftkapsel in sich, die sich jetzt öffnete. In Sekundenschnelle breitete sich das Gift in Konstanzes Adern aus, so dass es ihr kaum gelang, die unangenehme Anwandlung wieder zu unterdrücken. Sie liess Nadjas Haarsträhne los und griff nach ihrer Kaffeetasse.

»Ich habe kein Geld für eine neue Wohnung, ich meine deine neue Wohnung«, sagte sie kühl.

Nadja drehte ihr erstaunt die Augen zu.

»Ich habe doch gar nichts gesagt. Habe ich von Geld gesprochen?«

Konstanze schüttelte den Kopf. »Nicht direkt«, sagte sie.

»Ich werd's von meine Sparkonto nehmen«, sagte Nadja und machte es sich wieder auf ihren Beinen bequem.

»Welchem Sparkonto? Du hast kein Konto, oder?«
»Kein Girokonto. Ein Sparkonto hab ich schon.«
»Und wieviel Geld hast du da, wenn ich fragen darf?«
»Ein paar tausend. Wieso?«
»Weil ich dir seit Wochen Geld für Sprachkurse gebe, die du angeblich nicht allein bezahlen kannst!«
Nadja hob den Arm hinter sich, legte ihre Hand an Konstanzes Wange. Ihre Stimme wurde jetzt weich, ganz leise.
»Das Sparkonto ist... wie heilig. Ich weiß, daß sich das komisch anhört. Ich denke selbst fast nie an das Geld. Es ist nicht für den Alltag da, sondern für besondere Situationen. Notsituationen. Wenn ich... ganz plötzlich mal weg muß oder so.«
»Warum solltest du denn ganz plötzlich mal wegmüssen? Wohin willst du denn?«
»Wohin will ich denn?« Nadja wiederholte es nachdenklich.
»Ja, wohin?!« hakte Konstanze ungehalten nach.
»Wohin ist nicht das richtig Wort. Ich... weißt du... ich... «
Najda erhob sich, drehte sich um, die Matraze schwankte, und fiel Konstanze wie ein Kind um den Hals.
»Es geht nicht um wohin! Ich will nicht, daß sie immer wissen, wo ich bin! Sie rufen ständig an, sagen mir, geh hierhin, geh dahin. Niemand weiß von dem Konto, und ich kann manchmal nicht mehr, und solange das Konto da ist, kann ich immer abhauen, verstehst du das denn nicht?!«
»Wer sind 'sie' denn?« fragte Konstanze und versuchte, sich aus Nadjas Armen zu lösen.
»Wer sind sie denn, um Himmels willen?«
»Peter, Michail. Du hast sie doch gesehen! Du kennst sie doch!«
»Was wollen sie denn von dir? Du erzählst mir ja nie was, ich kann doch deine Gedanken nicht lesen. Ich dachte, du arbeitest manchmal in einem Café und für diesen Begleitservice.«
»Das gehört den beiden doch! Das Café, und auch der Service! Es sind alles Branchen von dem, was sie machen.«
Konstanze stellte ihre Kaffeetasse beiseite, zog Nadjas Arme von ihrem Hals, nahm ihr Kinn und sah ihr forschend in die Augen.
»Branchen? Was soll das heißen?«
Nadjas Gesicht verschloß sich.
»Antworte mir.«

»Ich mache den Begleitservice und manchmal noch andere Sachen.«
»Was für Sachen?«
Nadja zögerte, Konstanze umfaßte ihr Kinn etwas fester. Sprich, dachte sie.
»Reisegruppen und so. Oder wenn Messe ist. Größere Gruppen. Zwei oder drei Frauen, mehrere Männer. In einem Hotel oder in einer Sauna, die sie mieten. Solche Sachen.«
»Und wenn Peter und Michail anrufen und sagen, es ist wieder eine Gruppe da... kannst du nein sagen? Kannst du sagen, heute nicht, ich hab schon was anderes vor?«
Nadja preßte die schmalen Lippen aufeinander, Konstanze ließ ihr Kinn los und fühlte sich auf einmal sehr überfordert.
»Du mußt dir was überlegen, meine Kleine«, sagte sie leise. »Du mußt dir wirklich überlegen, wie du weiterleben willst. Du bist jung, hübsch, jetzt läuft das noch alles halbwegs, aber in ein paar Jahren? Hast du darüber schon mal nachgedacht?«
Nadja antwortete nicht. Was sollte sie auch antworten? Auf einmal stand Konstanze Nadjas ganzes Elend vor Augen, die Tristesse, in der sie schon so lange lebte, seit sie als Kind mit ihren Eltern hierher gekommen war wahrscheinlich. Konstanze hatte ja die Gegend gesehen, in der sie aufgewachsen war, die grauen Häuserblocks, die schäbigen Straßenecken. Und jetzt lebte Nadja in tatsächlicher und auch berechtigter Angst vor diesen Kerlen, in deren Fänge sie geraten war, vor wer weiß wie vielen Jahren schon. Vielleicht war sie mit diesen Männern sogar aufgewachsen, vielleicht hatten sie alle in derselben Straße gelebt, früher, als Kinder, vielleicht waren sie Nachbarskinder gewesen. Nadja verbrachte ihre müden Tage in dieser leblosen Wohnung in Tempelhof und sehnte sich nach einem Ausbruch, den sie alleine nicht bewerkstelligen konnte. Sie hatte ja niemanden, auf den sie zählen konnte, niemanden, der wußte, wie man ein anderes Leben lebte, jenseits der kalten, lauten Nächte, jenseits der endlos knallenden Champagnerkorken und der in rotem Licht schwimmenden Bars. Obwohl Konstanze sich überhaupt nicht bieder fühlte, war sie wahrscheinlich der erste Mensch in Nadjas Leben, der zumindest zum Teil noch etwas anderes von ihr wollte als ihren Sex und ihre Fassade.
Es kam gar nicht darauf an, daß sie eine Frau war.

Das spielte überhaupt keine Rolle.

Es kam darauf an, daß Konstanze Nadja in ihr Leben gelassen hatte, daß sie, anders als alle Freier zuvor, die Tür zu ihrer Wohnung geöffnet und Nadja Zugang gewährt hatte zu einer Normalität, so widersinnig sich das anhörte, zu der Nadja nie zuvor Zugang gehabt hatte.

Konstanze fühlte das immense Gewicht dieser Erkenntnis, es drückte sich auf sie, bleiern und lähmend. Ihr fiel nichts ein, das sie sagen konnte. Sie trank etwas Kaffee, lächelte Nadja an, sah auf die Uhr und fragte sich, wie lange Nadja heute noch bleiben würde.

Am Montagmorgen kam Nadja schon wieder vorbei, früh am Morgen um zwanzig nach sieben, obwohl sie doch ausgemacht hatten, daß das nicht mehr vorkommen sollte. Sie klingelte einfach Sturm, Konstanze saß gerade beim Frühstück, Vera öffnete vorne die Tür, und dann stand Nadja auch schon in der Küche, mit einer anderen jungen Frau im Schlepptau, eine Thailänderin oder Philippinin, dem Aussehen nach. Die beiden waren völlig aus dem Häuschen, hatten eine riesige Tüte mit mindestens zwanzig Croissants unter dem Arm, was sie offenbar höflich fanden oder angemessen für einen Frühstücksbesuch.

Sie kicherten und gackerten und kreischten und fielen sich in die Arme, während Konstanze neuen Kaffee kochte und sich fragte, was die beiden genommen hatten, um derartig überdreht zu sein. Speed wahrscheinlich. Oder Kokain.

Konstanze sprach Nadja nicht darauf an, daß diese frühen Besuche abgeschafft waren. Nicht jetzt. Nicht während Vera über den Flur lief und diese Thailänderin ausgehungert Croissants in ihren Mund stopfte. Das würde in einem ruhigeren Augenblick geschehen müssen.

Nach dem Frühstücksbesuch allerdings meldete sich Nadja ein paar Tage überhaupt nicht, was Konstanze erst angenehm war, dann aber wieder Grund für neue Sorgen lieferte.

Nadja lebte ein so unsicheres, ja auch wirklich gefährliches Leben, daß Konstanze es nicht gut ertragen konnte, tagelang in Unkenntnis zu sein, wie es Nadja ging. Das störte sie. Eine Affäre sollte von solchen Sorgen nicht belastet sein.

In einer Affäre mußte es möglich sein, im Zweifelsfall wochenlang nichts voneinander zu hören, ohne Anlaß für Sorgen zu haben.

Am Freitagmittag schließlich rief Nadja an, im Versicherungsbüro, zu allem Überfluß auch noch heulend. Sie hatte ihr Portemonnaie verloren, oder es war ihr geklaut worden, in einer Bar. Siebenhundert Mark waren darin gewesen, ungefähr siebenhundert Mark, die ihr nun gegenüber Peter und Michail fehlten. Konstanze hatte gerade einen Kunden in der anderen Leitung und vertröstete Nadja auf den Nachmittag, wenn ihre Arbeitszeit vorbei war.

Sie trafen sich in einem Straßencafé am Barbarossaplatz. Nadja sah völlig erledigt aus, die Augen von dunklen Schatten umrandet, mehr denn je, oder vielleicht fiel es an diesem sonnigen Septembertag auch nur besonders auf. Das mit dem Geld machte Nadja wirklich Kopfzerbrechen. Möglicherweise auch richtige Angst. Konstanze saß ihr gegenüber, rührte energisch in ihrem Capuccino und nahm kein Blatt vor den Mund.

»Du mußt endlich mal eine Entscheidung treffen!« sagte sie ungeduldig. »Du hast diese Sprachkurse gemacht – jetzt kümmere dich auch um den Job im Reisebüro! Worauf wartest du da eigentlich?«

Nadja saß wie ein Schulmädchen da mit ihren dünnen blonden Haaren und zog kläglich die schmalen Schultern hoch.

»Hast du je nochmal angerufen in dem Reisebüro? Du hattest doch da jemanden, der dich einstellen wollte?!«

Nadja zündete sich eine Zigarette an und sagte nichts. In der Art, wie sie rauchte und ruckartig den Rauch in die Luft blies, steckte ein Trotz, der Konstanze noch wütender machte.

»Ist dir klar, wieviel Geld ich für diese Sprachkurse ausgegeben habe?! Ich wollte damit in deine Zukunft investieren, falls dir das noch nicht aufgegangen ist. Ich wollte, daß du die Chance hast, dir etwas aufzubauen. Aber du mußt auch ein bißchen, ein kleines bißchen Eigeninitiative an den Tag legen!«

Nadja blies Rauch in die Luft und starrte auf die Nachbartische. Ihre Fingernägel sahen schmutzig und eingerissen aus. Sie hatte nichts mehr von Jodie Foster, keinen Glanz, keine Lebendigkeit, nicht mehr das Feuer in den Augen.

»Ich muß ihnen das Geld heute abend um elf vorbeibringen«, sagte sie mit kaum geöffneten Lippen.

»Warum holst du es nicht von deinem Sparkonto?« Konstanze merkte, wie Nadja bei dem Wort Sparkonto zusammenzuckte, wahrscheinlich bereute sie, Konstanze je davon erzählt zu haben.

Aber darauf konnte Konstanze jetzt wirklich keine Rücksicht nehmen. Wütend löffelte sie den Schaum vom Boden ihrer Kaffeetasse.

»Mein Ausweis war in dem Portemonnaie«, sagte Najda. »Ohne Ausweis komme ich nicht an mein Geld.«

Ein schlagendes Argument.

»Hast du keinen Reisepaß?« fragte Konstanze.

Nadja schüttelte den Kopf.

Konstanze lehnte sich langsam zurück. Sie nahm sich Zeit, Nadja anzusehen, im Licht des Tages, die zerschlissene weiße Bluse, das schmutzige Täschchen, die ungekämmten dünnen Haare, den verschmierten Lippenstift.

»Ich mache dir ein Angebot«, sagte Konstanze. »Hör mir gut zu. Entweder wir kümmern uns auf der Stelle zusammen darum, daß du einen Job bekommst und mit diesem Begleitservice aufhörst. Mit auf der Stelle meine ich – sofort. Diese Woche. Oder es ist vorbei. Hast du mich verstanden? Wenn du mein Angebot annehmen möchtest, kannst du mich nochmal anrufen. Wenn nicht – dann nicht. Dann kannst du mich vergessen, dann ist es vorbei. Das heißt, als Affäre ist es, glaube ich, sowieso vorbei. Ich kann das nicht mehr. Das ist mir alles eine Nummer zu groß. Aber ich mag dich, wirklich, ich mag dich sehr gern. Ich würde dir gern helfen. Aber du mußt dir auch helfen lassen.«

Dann stand sie auf, warf einen Zwanzigmarkschein zwischen die Kaffeetassen, schob ihren Stuhl an den Tisch zurück und verließ das Café.

Nadja rief nie wieder an.

Offenbar wollte sie das Angebot nicht annehmen.

Konstanze meldete sich auch nicht wieder.

Was aus den siebenhundert Mark wurde, hat Konstanze nie erfahren. Sie hätte gerne gewußt, wie Nadja sich da herauslavierte. Aber Nadja war solche Situationen gewiß gewöhnt, so lange wie die auf der Straße arbeitete. Sicherlich war ihr etwas eingefallen, um ihren Kopf aus der Schlinge zu ziehen.

29. Kapitel
Mitte September

Der Hund war braun, mit einem weißen Fleck direkt über der Nase. Er hatte ein glattes Fell und einen geschmeidigen, schmalen Körper. Nachts schlief er neben den Büchern bei meinen Füßen. Er roch sogar gut, nachdem ich ihn bei Gerlinde in die Badewanne gesteckt und eingeseift hatte.

Ich überlegte, welchen Namen ich ihm geben könnte, aber mir fiel keiner ein. Gerlinde schlug Mädchennamen vor, etwas wie Brigitte oder Hannelore. Sie sagte, es sei nicht so schlimm, einem Rüden einen Frauennamen zu geben, schließlich kämen auch die Hunde in der Zeit der Gender-Debatten nicht um ein bißchen Grenzverwischungen herum. Ich überlegte es mir anders und erklärte ihr, daß ich doch lieber auf die Namensgebung verzichten wolle, weil der Hund schließlich nicht mir, sondern Jule gehörte und es ihre Aufgabe und ihr Recht gewesen wäre, ihm einen Namen zu geben, was Gerlinde verstand.

Also hieß der Hund Hund, und wir mußten warten.

In der Zwischenzeit fotografierte ich viel. Ich lief mit der Kamera durch die Stadt, wie in Trance, sah alle Häuser und Straßen zum ersten Mal, die Höfe, die Perspektiven. Ich betrachtete die Vögel in ihrem Ernst und Menschen, die mit Armen und Beinen seltsame Bewegungen vollführten.

Alles atmete einen geheimnisvollen Zusammenhang ein und aus, der mir vorher nicht sichtbar gewesen war. Vielleicht lag das noch immer an dem Konzert im Kloster, eine Prägung, die sich mir eingedrückt hatte. Oder der Schmerz war der rote Faden, der alles miteinander verband, und ich hätte Jule dankbar dafür sein sollen.

Zu Hause ließ ich das Rollo im Badezimmer herunter, richtete das Vergrößerungsgerät aus, erprobte die Belichtungszeiten, bewegte meine Hände vorsichtig durchs rote Licht, beugte mich über Plastikschalen, die nach Chemie und scharfem Essig rochen, und beobachtete, wie sich auf dem weißen Nichts der Papiere Konturen bildeten, erste Formen, blasse Gesichter, Straßenzeilen. Ein Mann. Ein Kind. Das Geländer am Rande der Eisenbahnbrücke. Darunter nur der jähe schwarze Abgrund.

Ein Bild hatte ich sogar verkaufen können, gleich beim ersten Versuch. Es zeigte zwei Mädchen mit ihren Skateboards, beiden fehlten die Schneidezähne. Die Mädchen sahen klein und gemeingefährlich aus, wie winzige Mafiosi. Ich bot es dem Lokalteil der Berliner Zeitung an, und sie wollten es sofort haben.

Jule kam am Donnerstagabend, ich hatte die Tage nicht mitgezählt, die sie fortgewesen war, zehn waren es mindestens gewesen. Ich hatte nicht einmal versucht, mir bei Gerlinde Rat zu holen, nur fotografiert hatte ich, wie besessen.

Mit der Kamera durch die Straßen zu laufen, das war die Nabelschnur, die mich ans Leben band, ein Rinnsal in der Wüste, eine Hand im Nichts. Die einzige Alternative wären der Park und die Saugkraft der Bücher und eine ganz neue Form von Einsamkeit gewesen – und dann hätte ich auch aus dem Fenster springen können. Wenn man es einmal zugelassen hat, aufzuleben und aufzuatmen und gegenwärtig zu sein, dann kann man nicht in das alte Gefängnis zurück. Dann stirbt man am alten Gefängnis. Ich wollte nicht sterben.

Jule klopfte um halb sieben an meine Tür, nein, sie warf sich mit ihrem ganzen Oberkörper dagegen, so daß sie fast das Gleichgewicht verlor, als ich öffnete. Sie stürzte in meine Wohnung, lief ins Bad, riß das Rollo hoch und griff nach den Bildern, die an der Wäscheleine hingen.

»Das hier!« rief sie heiser. »Das ist genau das, was ich suche. Hier ist alles drauf, es steht da, wie in einer Akte, kapierst du das? Wir müssen los, komm, zieh die Schuhe an, mach doch endlich!«

Ich stand nur da und sah sie an, der Hund verkroch sich ängstlich im Flur unter der Garderobe.

»Maria!« rief sie und starrte weiter auf die Bilder. »Beweg dich endlich! Du kannst nicht immer so tun, als ob dich das alles nichts angeht!«

»Möchtest du Abendbrot haben?« fragte ich. »Ich hab ein Toastbrot und Oliven da, vorhin erst gekauft. Wir könnten was essen, und du erklärst mir, worum es geht. Tut mir leid, daß ich so schwer von Begriff bin. Ich fürchte, ich bin noch nicht ganz wach.«

Jule blätterte durch die Bilder und starrte plötzlich auf die Abbildung einer Litfaßsäule. »Das gibt's doch gar nicht«, murmelte sie entgeistert und hielt sich das Bild noch dichter vor die Augen. »Hast du eine Lupe?«

»Du sieht aus, als hättest du mindestens fünf Kilo abgenommen in den paar Tagen«, erwiderte ich. »Wann hast du denn das letzte Mal gegessen?«

»Eine Lupe, Maria! Hast du sowas? Sieh doch nur mal, hier, dieses Plakat, auf der Säule. ‹Oboenkonzert› steht da, aber sieh dir doch nur mal das Foto an, das Gesicht der Oboenspielerin, siehst du das? Wir brauchen eine Lupe oder irgend etwas!«

Ich nahm sie am Arm, zog sie in die Küche und drückte sie auf einen Stuhl. Als sie gleich wieder aufspringen wollte, hielt ich sie vorsichtig fest. Dann schob ich ihr, während sie weiterredete, Kuchen in den Mund, Stückchen für Stückchen, sie wehrte sich nicht. Wie ein Kind machte sie den Mund auf und zu und kaute und schluckte und sprach immer weiter und pochte mit den Fingern auf die Fotografien, die auf dem Küchentisch lagen.

»Und hier kommt noch ein Stück, den Mund auf bitte, ja, so ist es schön«, sagte ich.

»Die Oboenspielerin, Maria! Ich sage dir, das sind genau diese Sachen. Daß ich das nicht früher verstanden habe!« Sie schlug sich lachend mit der Hand vor die Stirn. »Dabei ist es so offensichtlich! Sieh nur, wie die Frau guckt! Die Augen, guck dir das an! Depressionen, eindeutig, die Frau ist nicht glücklich, die Frau leidet, kapierst du das? Verstehst du, was ich meine?! Maria, diese Stadt ist krank, es gibt eine Krankheit in dieser Stadt, und diese Krankheit ist inzwischen, man will das gar nicht glauben, es kommt mir fast komisch vor, das zu sagen, aber diese Krankheit breitet sich aus, und das mit einem ziemlichen Tempo, ich meine, jetzt findet man sie sogar schon auf Plakaten, die überall aufgehängt sind, verstehst du? Das hört überhaupt nicht mehr auf!«

Sie wehrte meine Hand ab, sprang auf und lief in der Küche hin und her.

»Ich bin so froh, daß du diese Fotos gemacht hast! Das ist eine Erleichterung, eine echte Erleichterung, wirklich. Weil du das auch sehen kannst. Ich dachte erst, du verstehst mich nicht. Ich meine, man weiß ja nicht, man läuft durch die Straßen und fragt sich... »

Sie blieb stehen, drehte sie sich zu mir, sah plötzlich unendlich hilflos aus. Etwas Angestrengtes breitete sich auf ihrem Gesicht aus, eine tiefe Sorge, ein Schmerz, es zerriß mir das Herz, sie so zu sehen.

»Ich verstehe, was du meinst«, sagte ich so ruhig wie möglich.

»Komm, setz dich wieder zu mir, laß uns darüber reden. Vielleicht solltest du dich auch etwas hinlegen, ich bin auch auf einmal müde, komm wir gehen ins Schlafzimmer und machen ein bißchen die Augen zu.«

»Hinlegen?! Du weißt nicht, was du sagst! Ich habe wirklich keine Zeit, mich hinzulegen.« Sie lachte, wieder ganz befreit, lief zu mir, nahm eifrig meinen Kopf in ihre Hände. »Oh Süße, wir können uns nicht hinlegen! Wir müssen etwas unternehmen.« Sie streichelte meine Wangen, gab mir einen Kuß auf die Stirn und schüttelte mitleidig den Kopf.

»Wir haben eine Aufgabe, Maria, das ist dir doch klar, oder?« Sie zog den anderen Stuhl näher heran, setzte sich darauf, nahm eines der Bilder und legte es mir in den Schoß.

»Was siehst du da?« fragte sie.

»Eine Brücke. Eine Eisenbahnbrücke.«

Darunter nur der jähe, schwarze Abgrund.

»Und auf der Brücke?«

»Nichts. Doch. Da hinten ist eine Figur, ziemlich hell, ziemlich klein, man sieht sie kaum, das ist ein Mann oder so, ein Mann in einem Sommeranzug. Er hat eine Aktentasche in der Hand, vielleicht. Man kann es nicht genau sehen.«

Jule lehnte sich zurück und lächelte triumphierend.

»Sie sind schon hier«, sagte sie bedeutsam. »*Sie sind schon hier*. Maria, du weißt doch, von wem ich spreche?«

Ich vermied es zu nicken oder den Kopf zu schütteln. Ich hätte gern wieder ihre Hände auf meinem Gesicht gefühlt, ich hätte gern die Augen geschlossen, ihre Hände gefühlt und mich der Einbildung hingegeben, alles sei gut. Meine Freundin ist bei mir, meine Frau, die, nach der ich mich gesehnt habe so viele Jahre lang, die mich hat aufwachen lassen aus einem Schlaf, in dem ich nicht wieder versinken möchte, die zu mir gehören sollte und mit der ich mein Leben einswerden lassen wollte nach und nach, über die Jahre hinweg. Jule stand auf, trat ans Fenster, sah hinaus in den Hinterhof, vergrub die Hände in den Hosentaschen.

»Sie meinen, wir sollten jetzt endlich eine Entscheidung treffen«, sagte sie. An ihrer Stimme war zu hören, wieviel Gewicht sie dieser Entscheidung beimaß. Sie wog schwer, die Entscheidung, es fiel ihr nicht leicht, sie zu treffen.

»Wer meint das?« fragte ich.

Jule antwortete nicht.

»Der Mann auf dem Foto?« fragte ich. »Der Mann mit der Aktentasche?«

Jule drehte sich um, die Hände noch immer in den Hosentaschen, den Kopf gesenkt.

»Maria, du weißt doch, von wem ich spreche. Mach es mir doch nicht doppelt schwer. Die weißen Gestalten natürlich, du kannst sie doch auch sehen. Du kannst«, sie hob den Kopf und lächelte, »du kannst sie sogar fotografieren. Wenn das keine Meisterleistung ist. Du bist wirklich eine gute Fotografin.«

»Meinst du, der Mann ist eine von diesen weißen Gestalten?«

»Aber selbstverständlich ist er das! Ohne Frage. Ich kenne ihn sogar persönlich, aber das tut jetzt nichts zur Sache. Man sollte nicht zuviel darüber sprechen, das ist nicht gut. Das einzige, was zählt, ist zu entscheiden, auf welcher Seite man stehen möchte. Das ist das Wichtigste, und dann muß man möglichst viele Menschen auf diese Seite ziehen, sie haben ja sonst keine Chance, und ich sage dir, Maria, wir haben noch viel, viel Arbeit vor uns. Sieh dich doch mal in Berlin um! Wieviel Arbeit das ist! Alles, was hier lebt, ich meine die Menschen, die Tiere, selbst die Bäume, das verrottet doch in dieser Stadt, und sie wollen es nicht mal wahrhaben! Maria, wenn wir uns für die weißen Gestalten entscheiden, dann bedeutet das viel, viel Arbeit und wenig Zeit. Das mach dir bitte ganz klar.«

Ich stand auf, ging zu ihr.

»Du siehst blaß aus, Jule. Du mußt dich etwas hinlegen. Du schaffst diese viele Arbeit nicht, wenn du nicht jetzt ein bißchen ausruhst und schläfst. Bitte nimm wenigstens auf mich Rücksicht. Ich schaffe das nicht, ohne ein bißchen Schlaf vorher, komm mit mir. Eine halbe Stunde nur, ich packe das sonst nicht, verstehst du?«

Meine Stimme klang gepreßt, flehend, vielleicht wünschte ich mir wirklich, daß sie mich wenigstens einen kurzen klaren Moment lang hören konnte, daß sie wieder bei mir sein konnte, so wie früher, so wie die wenigen Wochen, die wir miteinander glücklich gewesen waren.

Ich wußte, wie dumm mein Wunsch war, naiv und lächerlich, er hatte keine Zukunft. Darum ging es doch gar nicht mehr. Es ging nicht mehr um meine Wünsche. Die einzige Frage war, wieviel Kraft ich haben würde, für sie und für mich, und wo Jule eine

Grenze finden würde in sich selbst. Jule trat näher zu mir, umarmte mich kurz und steif.

»Also los, ab ins Bett, eine halbe Stunde. Dann müssen wir aber wirklich los.«

»Du kommst mit?« fragte ich. »Du legst dich neben mich, ja? Ich kann nicht schlafen sonst!«

Es war erst acht Uhr abends und noch hell. Ich hängte die alte Wolldecke vor das Fenster und legte mich hin, zog Jule neben mich, sie trug noch ihre Jeans, ihre Schuhe, das war mir alles gleich, solange sie nur müde werden und schlafen konnte. Sie versuchte, weiter mit mir zu sprechen, aber ich hielt ihr den Mund zu, bat sie, leise zu sein, die Augen zu schließen, auf mich Rücksicht zu nehmen, ich spürte die Anspannung in ihrem Körper, die übermächtige Unruhe, die in ihr wütete, sie drehte sich von rechts nach links, sprach halbe Sätze und verstummte, lachte mit einem Mal in sich hinein, gestikulierte, ich tat so, als schliefe ich, atmete tief, um sie mit meiner Ruhe anzustecken, um sie einzulullen irgendwie, zog die Decke über uns, aber sie wand sich sofort wieder frei, es war alles so vergeblich. Dann sprang sie auf.

»Wohin gehst du?« rief ich.

»Ins Bad«, antwortete sie, ich lauschte ihr nach, hörte, wie sie den Flur entlangging, die Badezimmertür öffnete und schloß, die Klospülung betätigte, ich hätte heulen können, was sollte ich denn nur mit ihr tun? Sie würde nicht ruhiger werden, sie würde immer noch unruhiger werden, sie war in Richtung Unruhe unterwegs, dann hörte ich, wie sie in die Küche lief, vielleicht hatte sie Hunger, wollte endlich etwas essen, das war gut, es würde ihr helfen. Ich stand auf, zog meine Hose an und folgte ihr.

Sie saß am Küchentisch.

Das Brotmesser in der Hand. Hob den Kopf und sah mich erstaunt an.

»Wolltest du nicht noch ein bißchen schlafen?« fragte sie freundlich. »Du warst so müde vorhin.«

Ihr linker Arm sah grauenhaft aus. Alle drei Zentimeter klaffte ein tiefer, diagonaler Schnitt, sie hatte sich das Fleisch förmlich in Stücke zerteilt, von den Ober- bis zu den Unterarmen, wie war das nur möglich, in dieser einen Minute, die ich sie alleingelassen hatte?!?

Jule streckte den Arm aus, hielt in der Rechten das Brotmesser, ließ ihr Blut in Strömen über meine Fotos fließen und betrachtete zufrieden ihr Werk.

Ich streckte die Hand aus.

»Gib mir das Messer«, sagte ich.

Sie schüttelte den Kopf.

»Gib es mir.«

Sie setzte das Messer erneut an, drückte sich die Klinge fest auf die Haut.

»Bleib stehen, wo du bist«, entgegnete sie kalt und begann, das Messer über ihre Haut zu ziehen.

»Die weißen Gestalten warten«, sagte ich. »Sie haben eben angerufen. Vorhin, als du im Bad warst. Sie sagen, wir müssen sofort los.«

Jule lachte. »Du hast doch keine Ahnung!« schrie sie plötzlich, riß das Messer mit einem glatten Schnitt durch ihren Arm, schrie weiter, von irrer Wut erfüllt. Ihr Gesicht lief rot an, Adern traten an ihren Schläfen hervor, sie schleuderte das Messer auf den Tisch und sprang auf. Der linke Arm hing an ihrer Schulter wie ein Stück rohes Fleisch.

»Du hast doch nicht die geringste Ahnung!! Du gehörst doch auch zu diesem widerwärtigen Pack, das einem einreden möchte, die Welt wär anders! Du gehörst doch auch dazu! Du dreckige Hure, du widerwärtiges Stück Scheiße, du widerliche Lügnerin!«

Sie legte den Kopf nach hinten, schleuderte ihn nach vorn und spuckte mir mitten ins Gesicht. Ich hob die Hand, wischte mir über die Wange und schob mich zwei Schritte weiter vor, zum Küchentisch hin, wo das Messer lag. Dann machte ich einen Satz nach vorn, griff zu dem Messer und riß es an mich. Jule lachte hysterisch und sprang vor mir auf und ab.

»Was jetzt, was denn jetzt, was willst du jetzt machen? Los, stich schon zu, wenn du dich traust! Ihr werdet mich nicht kriegen, du nicht, niemand, dieses ganze widerwärtige Pack nicht! Ich weiß, wohin ich gehöre! Ich habe mich entschieden, falls du das vergessen hast. Ich habe gedacht, daß du mit mir gehst, aber bitte, ich will dich nicht aufhalten, du kannst machen, was du willst!«

Wie eine Boxerin umrundete sie mich, tänzelte vor und zurück, tippte mich mit den Fingern an, versuchte mir das Messer zu entwenden, griff mitten hinein in die Klinge, jetzt schrie ich auch, rannte zur Fensterbank, riß das Fenster auf und warf das blutige

Messer hinaus in den Hinterhof. Jule versuchte hinter mir, auf die Fensterbank zu klettern, rasch schloß ich das Fenster wieder, zerrte sie zurück, ohrfeigte sie, so fest ich konnte.

»Jule! Komm zu dir! Du bist völlig übergeschnappt, du weißt doch nicht mehr, was du tust!«

Ich versuchte, sie festzuhalten, aber ihre Kraft war meiner weit überlegen. Vielleicht hätte ich längst Angst vor ihr haben sollen, aber das hatte ich nicht, das konnte ich nicht, ich hatte einfach nur schreckliche Angst um sie. Mit aller Macht versuchte ich sie festzuhalten, damit sich nicht noch mehr antat. Meine Hände waren schon ganz rot von ihrem Blut, sie blutete so schrecklich, sie mußte umgehend in ein Krankenhaus, verbunden und versorgt werden, sie brauchte eine Tetanusspritze und ein Bett und Fürsorge, Hilfe, viel Fürsorge.

»Die weißen Gestalten werden schon wissen, was sie mit dir zu tun haben« schrie Jule und spuckte schon wieder. »Ich hätte es dir gerne erspart, aber du willst ja wohl nicht anders! Du hast mich geschlagen, das wird sich rächen, das schwöre ich dir, das wird man dir nicht verzeihen!«

Sie bückte sich, senkte den Kopf und rammte sich mir mit voller Wucht in den Bauch, so daß ich zurücktaumelte, gegen den Herd prallte und mir schwarz vor Augen wurde. Diese Sekunde nutzte sie, um sich ganz von mir loszureißen. Sie lief zum Flur, zur Wohnungstür, riß sie auf und rannte laut schreiend das Treppenhaus hinunter. Ich griff schon zum Telefon, um Hilfe herbeizurufen, aber dann lief ich ihr doch hinterher.

Ich wollte keinen Arzt anrufen, oder nur einen, bei dem ich mir sicher war, daß er ihre Arme verbinden und ihre Wunde versorgen, sie mir aber nicht wegnehmen würde. Doch wie sollte ich mir da sicher sein? Ich wollte nicht, daß Jule an Orte verfrachtet wurde, an denen man ihr Gewalt antat. Ich streifte meine Schuhe über und rannte ihr hinterher. Als ich das Tor zur Straße aufdrückte, sah ich sie, sie lief Richtung U-Bahnhof. Ich nahm eine Abkürzung, um sie an der Straßenecke abzupassen, hastete eine der Querstraßen entlang, bog nach links ab und nochmal nach links, betete, daß sie wirklich vorhatte, zur U-Bahn zu laufen und es sich nicht unterwegs anders überlegte. Schließlich hatte ich die Ecke erreicht, blieb stehen, blickte um die Hauswand. Tatsächlich, da kam sie. Sie ging mit raschen, unnatürlich großen Schritten, aber lief nicht mehr, wirbelte mit den Armen in der Luft und führte laute Selbstgespräche, manche Leute drehten sich nach ihr um. Sie hatte ihre Jacke wieder angezogen, ich sah, daß Blut aus ihrem linken Ärmel tropfte, der sich langsam rot färbte. Ein paar Schritte noch, dann würde sie bei mir sein. Ich trat zurück, sammelte meine Kräfte. Dann machte ich einen Schritt nach vorn.

Jule war nicht da. Ich blickte mich um. Wohin, gottverdammt, war sie gelaufen?

Dann sah ich sie. Sie sprang gerade hinten in einen der Busse an der Bushaltestelle. Ich hastete los, aber es war viel zu spät. Der Bus hatte die Türen längst geschlossen, blinkte und fädelte sich in den Verkehr ein, Jule entdeckte mich, lachte und winkte durchs Fenster, streckte mir die Zunge heraus, schmierte ihren Speichel an das Fenster, zog Fratzen. Verzweifelt blickte ich mich nach einem Taxi um, aber da war kein Taxi, nirgendwo. Jule feixte und lachte und tanzte im Bus umher. Mit unbeweglichen Mienen saßen die Menschen rechts und links von ihr und rührten sich nicht.

Schon wieder eine.

Eine Verrückte mehr in der Stadt.

Kommt irgendwoher und fährt irgendwohin, da kann man nichts machen, nur den Kopf senken und sich verstecken und so tun, als ginge einen das alles nichts an.

Die Stadt ist krank, voll von Kranken ist diese Stadt. Sie sitzen in den Bussen und U-Bahnen oder führen Selbstgespräche in ihren Autos, sie sind für immer zu Steinen geworden, oder sie laufen über an seelischer Inkontinenz, weil sie nicht wissen, wohin mit sich. Sie fühlen zu wenig oder zu viel, schreien grundlos oder spüren nichts mehr außer Wut oder trinken wie verrückt, sie leiden und wissen nicht, warum sie leiden müssen.

Hilflos stand ich da, an der Bushaltestelle, mit hängenden Armen, und starrte in die Autolawinen.

Ich habe es versucht, Gerlinde. Ich habe es redlich versucht. Ich habe fotografiert und mir Mühe gegeben, ein Teil zu sein und meinen Teil zu geben. Aber stimmt es denn nicht? Hat Jule nicht recht? Ist diese Stadt nicht krank?

Liegt nicht ein Schmerz auf diesem Land und dieser Stadt, auf mir und allen, denen ich nahe kommen möchte? Wer würde denn nicht gerne an Gestalten glauben, die vom Himmel schweben und uns vor uns selbst erretten?

Aber wir sind nicht zu retten, wir retten uns nicht, wir retten niemanden, Gerlinde, du rettest mich nicht, und ich werde Jule, trotz aller Liebe, niemals retten können.

Ich drehte mich um, schlich zu meiner Wohnung zurück, all die Blutstropfen entlang, die Jule auf den grauen Steinen hinterlassen hatte.

Ja, dachte ich, so ist das wohl: Wer glaubt, daß das hier noch zu retten wäre, der gehört doch längst auch zu den Verrückten.

»Versink nicht in Selbstmitleid«, sagte Gerlinde knapp. »Und verschon mich mit der alten Leier. Leg jetzt auf und ruf den Krankenwagen an, du weißt doch schließlich die Buslinie. Doch! Du kannst das! Widersprich mir nicht. Du mußt das können. Alles andere ist sentimentaler Kram und absolut unverantwortlich. Außerdem habe ich einen Interessenten für ein paar Fotos von dir. Morgen nachmittag. Einen Rückzieher kann ich mir nicht leisten, also verschwende deine Zeit nicht.«

Ich glaube, in ihren eiskalten Momenten hat Gerlinde mir immer am meisten geholfen.

30. Kapitel
Mitte Oktober

Eine kühle, klare Luft stieg von der Wasseroberfläche auf. Kein Stern am Himmel, der sich spiegeln ließe, und der Mond stand hinter Wolken verborgen.

Vera hatte Mühe, die Badestelle zu finden, so dunkel war es. Jetzt spürte sie das kalte Wasser an den Fußgelenken, an den Knien, den Hüften, am Bauch.

Sie schloß die Augen, breitete die Arme aus und ließ sich sinken. Bevor das Wasser ihr Gesicht benetzte, roch sie den leichten Moder des Sees, den Schmutz der Stadt, Reste von Sonnenöl und aufgeregten Hundeschnauzen. Sie tauchte unter.

Sie blieb lange unter Wasser. Als könnte sie endlos die Luft anhalten. Hin und wieder streiften Schlingpflanzen und Gestrüpp ihre Beine, das ängstigte sie nicht.

Der See ist nicht sauber. Es gedeihen seltsame Pflanzen und Tiere darin. Es wuchert ein Leben unter den Oberflächen. Ich begrüße es.

Als sie wieder nach oben kam, weinte sie. Nicht aus Trauer, sondern weil sie hier war, weil sie das getan hatte: Sie war mitten in der Nacht an den See zurückgekehrt, um der Dunkelheit und dem Moder und den Tiefen ihre Aufwartung zu machen.

Ihre Tränen vermischten sich mit dem Wasser, Vera schwamm und schwamm. Irgendwann orientierte sie sich zum rechten Seeufer hin, durchquerte den Schilfgürtel und fand einen Ast, an dem sie sich festklammern konnte.

Sie löste ihre rechte Hand von dem Ast und wischte sich Wasser und Tränen aus dem Gesicht. An ihrem Kinn hielt ihre Hand inne, strich mit dem Zeigefinger über den Hals, fühlte das Schlucken der Kehle, folgte der klaren Linie des Schlüsselbeins. Ihre Hand sank unter die Wasseroberfläche, umfaßte ihre linke Brust, hob sie an mit all ihrem Gewicht. Heute nacht schämte sie sich nicht. Ihre Finger umfaßten die Brustwarze und faßten sehr plötzlich sehr hart zu. Ein helle Säule aus Schmerz durchfuhr ihren Körper, und Vera mußte die Lippen aufeinanderpressen, um nicht laut aufzustöhnen.

Auf einmal kam ein Licht vom Himmel. Vera ließ ihre Brust los und sah nach oben. Die Wolken lockerten sich auf, nach und nach wurde die Mondsichel sichtbar, ein schmaler heller Streifen, umgeben von einem diesigen Hof.

Vor einem Monat hatten Etta und Vera sich voneinander verabschiedet, für immer, oder für eine Zeit, in der sie es wieder fertigbringen würden, einfach nur gute Freundinnen zu sein. Der Abschied war in beiderseitigem Einverständnis vollzogen worden, ohne Vorwürfe, ohne Dramen, ein unschöner, schneller Schnitt, der sich das Bluten für hinterher aufsparte.

Etta hatte sie vom Filmarchiv abgeholt und es ihr auf der Straße mit den Händen in den Hosentaschen mitgeteilt. Es sei jetzt soweit. Es gehe nicht länger, sie wolle ihrer Freundin gegenüber keine Geheimnisse haben, jedenfalls keine wirklich großen. Vera hatte nicht widersprochen. Eine flüchtige Umarmung. Ein schiefes Lächeln. Vorbei.

Vera stieß sich vom Ast weg und schwamm in die Mitte des Sees. Dort drehte sie sich auf den Rücken, ließ sich treiben und blickte in den Himmel, wo die Wolken jetzt ganz verschwunden waren. Sie konnte die Venus erkennen, das Sternbild des Großen Bären mit seiner grünlich schimmernden Lende und den Polarstern darüber. Vera weinte nicht mehr. Es gab ja auch keinen Grund zum Weinen. Sie vermißte Etta, natürlich tat sie das. Sie vermißte Etta so sehr, daß sie nächtelang nicht schlafen konnte. Aber sie war Etta auch dankbar. Es würde eine Zeit geben, in der sie sich wieder befreunden konnten, ganz sicherlich. Die wenigen Nächte mit Etta aber hatten sich ihr für immer eingeprägt. Etta hatte ihr eine Landkarte geschenkt, einen Kompaß und einen Horizont, auf den sie sich zubewegen konnte. Eile verspürte sie nicht, es drängte sie nichts. Sie hatte sich entschieden, alles von sich mitzunehmen, egal wohin sie jetzt ging. Sie würde Zeit brauchen, um zu erkennen, wieviel alles war.

Seit den Nächten mit Etta war sie sich sicher, daß es das gab. Es gab ihre Art zu lieben. Es gab darin Grenzen. Es gab Orte vor und hinter den Grenzen, Liebe und Verlassenwerden, und es gab eine Art von Gebet. Es hatte Etta darin gegeben, und Vera war auch da gewesen.

Ich war da, dachte Vera.
Ich bin da.
Ich bin wirklich da.

Sie drehte sich wieder um und schwamm zum Ufer zurück, stieg aus dem Wasser in die kalte Oktoberluft, trocknete sich zitternd ab und zog sich wieder an. Dann hob sie ihr Rad auf und nahm den Weg zwischen den Holunderbüschen zurück in die Stadt.

31. Kapitel
Mitte Oktober

Ein Dämmerlicht lag auf den Straßen der Stadt, als Giovanna mit ihrem Auto in die Suarezstraße einbog und einen Parkplatz suchte. Sie klingelte an einem Eckhaus. Brigitte, die Sekretärin des Fachbereichs, und ihr Mann Georg begrüßten sie freundlich. Brigitte hängte ihre Jacke an die Garderobe, und die beiden führten sie ins Wohnzimmer. Der Tisch war schon gedeckt, zwischen weißen Tellern stand eine kleine runde Vase mit drei grünen Zweigen darin. Georg bat Giovanna Platz zu nehmen, dann nahm er selbst auch Platz, während Brigitte wieder verschwand, wahrscheinlich, um in der Küche nach dem rechten zu sehen.

»Ein schönes Bild ist das«, sagte Giovanna und deutete auf ein grünblau verschlungenes Gemälde an der Wand.

»Ja, es gefällt mir auch sehr gut. Meine Mutter hat es uns zu unserer Hochzeit geschenkt«, sagte Georg. Er lächelte, zwei tiefe Furchen bildeten sich auf seinen schlecht rasierten Wangen. »Das Bild ist nachmittags besonders schön, wenn die Sonne darauf scheint«, setzte er hinzu.

Georg sah aus, als lächelte er oft und gern. Giovanna beglückwünschte Brigitte zu ihrer Wahl. Auf einmal ging die Tür auf und ein Junge schob sich schüchtern um die Ecke, eine Holzkiste mit Spielzeug unterm Arm.

»Das ist Felix«, stellte Georg vor.

»Hallo Felix«, sagte Giovanna. »Ich bin eine Arbeitskollegin deiner Mutter.«

Felix reagierte nicht, sondern lief zu Georg und kletterte ihm auf den Schoß. Brigitte kam mit der Vorspeise, und sie begannen zu essen. Sie hatte Brigitte vor einigen Wochen von ihrer Krankheit erzählt, um zu erklären, warum sie häufiger das Büro verließ und weniger konzentriert arbeitete als früher. Sie hatte versucht, es eher beiläufig zu erzählen, und Brigitte hatte sich Mühe gegeben, mitfühlend zu sein. So viel Mühe, daß Giovanna sie mehr als einmal zurückweisen mußte. Auch die Einladung heute abend hatte sie eher widerwillig angenommen. Sie brauchte kein Mitleid. Mitleid erdrückte sie.

Das Gespräch plätscherte freundlich dahin. Giovanna fragte sich, ob die beiden sich vorher Gedanken darüber gemacht hatten, worüber und worüber nicht gesprochen werden durfte heute abend.

Es gibt viele Themen, die man in Gegenwart einer Todkranken besser nicht anschneiden sollte. Urlaubspläne für das nächste Jahr. Die Haltbarkeit von Keramikplomben. Die Dürre und das Sterben im Südsudan. Die Kostenexplosion im Gesundheitswesen. Auch Familienthemen wären unangemessen gewesen, aber diese Klippen umschifften die beiden elegant, fanden immer ein neues Flüßchen, auf dem sich friedlich weiter entlangschippern ließ.

Giovanna entspannte sich nach einer halben Stunde tatsächlich. Das ist jetzt mein Leben, dachte sie. Das sind jetzt meine Freunde. Ich habe jetzt Freundinnen und Freunde, die ich kaum kenne und mit denen sich wichtige und heikle Themen auch spät am Abend nur umschiffen lassen.

Doch sich zu entspannen, tat nicht nur gut. Wenn Giovanna sich entspannte, hörte sie auf, sich zusammenzureißen. Und wenn sie aufhörte, sich zusammenzureißen, dachte sie an Etta.

»Herr Dr. Dr. Winnert kam doch gestern tatsächlich in mein Büro und hat mir vorgeworfen, die Studenten gegen ihn aufzubringen, nur weil niemand seine Seminare belegt«, mischte Giovanna sich rasch wieder in das Gespräch. »Das muß man sich mal vorstellen! Am liebsten hätte ich ihm gesagt, wenn er es nicht wenigstens schafft, seine Vasallen in seine Kurse zu locken, dann sollte er sich vielleicht wirklich mal Gedanken über seine Berufswahl machen!«

Brigitte und Georg lachten. Die Kolleginnen und Kollegen und ihre vielfältigen Absonderlichkeiten gaben ein unverfängliches Gesprächsthema ab, deshalb verlegten sie sich jetzt für eine Weile ganz auf den Fachbereich.

Felix taute endlich auch auf und unterstützte die allgemeine Heiterkeit lautstark mit eigenen Darbietungen.

»So, mein Süßer, ich glaube, es ist jetzt an der Zeit«, unterbrach ihn Brigitte, stand auf und zog ihren Nachwuchs an der Kapuze Richtung Bad und Bett. Erstaunlich bereitwillig ließ er sich ziehen, protestierte nicht und ersann keine Verzögerungen.

»Ich bin beeindruckt – läßt er sich immer so einfach ins Bett schicken?« fragte Giovanna.

Georg lachte. »Bis jetzt noch! Wir fragen uns auch, wo die Trotzphase bleibt! Meinen Sie, wir machen etwas falsch mit ihm?«

Doch kurz darauf war auf einmal ein Heulen vom Ende des Flurs zu hören. Brigittes Stimme mischte sich hinein, leise und beschwörend, aber das Weinen hörte nicht auf. Nach einigen Minuten sah Georg besorgt aus.

»Entschuldigen Sie«, sagte er. »Ich sehe kurz nach, was da los ist.«

Giovanna drehte an ihrem Weinglas, dann stand sie auf und schritt das Bücherregal ab, viel Computertechnik, Georg arbeitete als Programmierer, ein paar Romane, hier und da ein Band mit Gedichten.

Giovanna stellte sich vor das Gemälde, betrachtete die grünblauen Schleifen und Schlingen. Felix weinte noch immer.

»Ich will aber nicht! Nur heute nicht! Bitte, Mama!« hörte Giovanna ihn flehen.

Brigitte öffnete die Wohnzimmertür und entschuldigte sich etwas betreten bei Giovanna.

»Es ist eine ganz dumme Sache«, sagte sie. »Ich muß ihn wohl noch eine Weile beruhigen. Aber du hast sicher auch keine Lust, den Abend allein mit Georg zu verbringen, es tut mir wirklich leid.«

»Was ist denn los?« fragte Giovanna.

Brigitte bat sie mitzukommen. Neben dem Kinderzimmer gab es eine Kammer, darin stand ein großer metallener Käfig.

»Wir haben es ihm erst vor zwei Wochen zum Geburtstag geschenkt«, erklärte Brigitte. »Er hatte es sich gewünscht. Ich bin ja nicht so für Tiere in der Wohnung. Aber dann dachten wir, hier mit dem Käfig in der Kammer, das müßte gehen.«

»Und dann muß man eben die elektrischen Kabel in Sicherheit bringen«, sagte Georg. »Ich habe alles einen halben Meter nach oben verlegt.«

Giovanna beugte sich über den Käfig, vor dem Felix kniete. Ein schwarzes Kaninchen lag darin, die Augen stark gequollen. Der Rücken war mit seltsamen Ausbuchtungen übersät, und aus der Nase lief eine durchsichtige Flüssigkeit. Das Tier lag auf der Seite, die Beine zuckten über dem Käfigboden.

»Wir glauben, es ist Myxomatose«, sagte Georg. »Wir bringen es morgen zur Tierärztin. Wenn es so lange überhaupt durchhält.«

»Ich bleibe hier«, sagte Felix.

»Spätzchen, du kannst ihm jetzt nicht helfen. Es muß schlafen, und du schläfst dich lieber auch aus. Der Papi bringt es morgen zur Ärztin.«

Aber das Kaninchen würde die Nacht nicht überleben, das war offensichtlich. Und wenn doch, würde die Tierärztin es auch nur einschläfern können, mehr war da nicht zu machen.

»Ich glaube nicht, daß es Myxomatose ist«, sagte Giovanna. »Es sieht eher aus wie Knochentuberkulose. Diese Ausbuchtungen da auf dem Rücken, das ist ganz typisch, glaube ich.«

»Ich will nicht schlafen gehen.« Felix weinte nicht mehr. Er trotzte.

»Du kannst ihm nicht helfen«, wiederholte Brigitte.

»Ich will aber nicht schlafen gehen!«

Giovanna betrachtete das zuckende Kaninchen, dann streckte sie langsam die Hand aus und legte sie auf die Schulter des Kindes. War es die Schulter, die sich heiß anfühlte? Oder war das ihre eigene Hand? Lag ein Kaninchen dort? Das Kaninchen, das wenige Wochen zuvor auf einer Wiese umhergelaufen war, ganz lebendig und jung und voller Erwartung auf ein Leben zwischen Grashalmen, traumgrün, totengrün? Oder war sie selbst selbst da unten im Käfig, war es ihr Körper, der zuckte, war das ihr eigenes Sterben, das sie sah?

Sterben. So hieß das Wort.

»Es lebt nicht mehr lange. Es stirbt, Felix«, sagte sie. »Und es ist sehr anständig von dir, daß du bei ihm bleiben willst. Das machen Freunde so.«

Brigitte und Georg sahen ihr Kind an und schwiegen. Felix wurde etwas ruhiger und streckte einen Finger durch die Gitterstäbe.

»Tut ihm das weh?« fragte er.

»Es spürt sicher, daß es sehr krank ist. Aber es sieht auch ganz betäubt aus, findest du nicht? Es sieht aus, als ob es schon in Trance wäre. Dann fühlt es wahrscheinlich keine Schmerzen«, antwortete Giovanna.

Einige Minuten standen sie alle vier vor dem sterbenden Tier und sagten nichts weiter. Giovanna ließ ihre Hand auf der Schulter des Jungen liegen. So sieht das Sterben aus, dachte sie plötzlich erleichtert. So sieht es aus! Man löst sich auf. Man fällt auseinander, ich falle auseinander, ich, Giovanna. Und es bleibt nichts, das schön wäre, perfekt und wohlbehalten. Das Wohlbehaltene vergeht. Es verliert sich. Das Leben hat Bestandteile, aus denen ist es zusammengesetzt, und in die zerfällt es wieder. Was bleibt?

Das Tier wird nicht bleiben. Der Junge wird älter werden und diesen Abend vergessen oder nur als blasse Erinnerung aufbewahren. Der Vater wird einen zuckenden Körper forttragen und ohne Körper nach Hause zurückkehren. Im nächsten Jahr wird es einen Hund oder eine Katze geben, ein haltbareres, weniger flüchtiges Tier. Muß denn etwas bleiben? Vielleicht suche ich den Wert am falschen Ort, wenn ich – noch immer, selbst in dieser dunkelsten Zeit meines Lebens – auf die Dauer der Dinge starre. Doch die Dinge haben keine Dauer, und mit jedem Tod geht alles unter. Heißt das denn wirklich, daß kein Wert darin liegt? Ist es nicht so, daß wir den Wert erschaffen können, aus dem Nichts und der Vergänglichkeit und der Unbeständigkeit heraus durch eigenen Entschluß in die Welt setzen können, genau wie wir unsere Kinder in die Welt setzen oder ein Bild, ein Buch, eine Skulptur? Freundschaft: Hiermit setze ich dich in die Welt.

Giovanna drückte die warme Schulter des Jungen, der nicht von dieser Stelle weichen wollte. Der Junge wollte eine Freundschaft halten, ganz egal, wohin sie ihn führte. Er hatte verstanden, daß er heute abend und unter diesen Umständen oder nie ein Freund sein würde. Es ging gar nicht darum, gut zu sein. Darum war es Etta nie gegangen. Etta erlaubte sich zu leben, und das erlaubte Etta auch ihr. Sie durfte leben. Sie durfte zerfallen. Sie durfte zerrissen sein und sich gehenlassen.

Giovanna spürte, wie die Kälte von Monaten aus ihrem Körper wich, als hätte jemand ein Ventil gezogen. Und zur gleichen Zeit spürte sie etwas, das sie noch nie gespürt hatte: eine umfassende Bedürftigkeit.

»Aber natürlich«, sagte Giovanna. »Natürlich merkt es das. Wir merken immer, ob jemand bei uns ist oder nicht. Sogar in Trance. Sogar wenn wir betäubt sind.«

Brigitte sah sie erstaunt an. Rasch löste Giovanna ihre Hand von dem Jungen. »Kann ich mal telefonieren?« fragte sie.

»Ja, sicher doch.« Brigitte trat zur Seite. »Das Telefon steht vorne im Flur.«

Etta ging sofort an den Apparat.

»Ich bin's«, sagte Giovanna. »Hast du Zeit? Kann ich vorbeikommen? Jetzt gleich?«

»Fragst du das im Ernst?« Etta lachte bitter. Sie hatten sich seit der Trennung nicht mehr gesehen.

»Dann bin ich in etwa einer halben Stunde da. Es kann länger oder kürzer dauern. Ich habe schon etwas Wein getrunken und möchte mein Auto stehenlassen und weiß nicht genau, wie die Busse sonntags fahren, vielleicht sollte ich auch die U-Bahn nehmen, aber ich denke – »

»Bitte, Giovanna! Erspar mir die Details der Busfahrpläne!

Komm einfach her.«

Sie legten auf. Giovanna verabschiedete sich von ihren Gastgebern und verließ das Haus.

Sie nahm weder den Bus noch die U-Bahn. Zu Fuß wanderte sie von Charlottenburg bis nach Wilmersdorf. Oder viel weiter. Sie ging an dunklen Schaufenstern entlang, überquerte Kreuzungen und breite Straßen, achtete nicht auf die Ampeln und den Verkehr. Ich gehe nicht auf dem Asphalt, dachte sie. Ich gehe auf dünnem Eis. Da ist nicht viel, auf das ich mich verlassen könnte. Der Boden unter meinen Füßen trägt mich kaum. Ich gehe in die Schwäche, das fällt mir nicht leicht. Ich gehe in die Hilflosigkeit, da wird das Eis noch dünner. Ich gehe zu dir und gestehe dir, daß ich dich brauche. Ich brauche dich. Ich kann das nicht alleine. Ich schaffe das nicht. Ich fürchte mich davor. Jetzt, wo ich es mir eingestehe, merke ich erst, wie sehr ich mich fürchte. Ich habe Angst vor der Operation, vor den Ärzten, vor der Chemotherapie und der Bestrahlung und davor, daß mich das alles in die Knie zwingt. Ich habe Angst, eine Brust zu verlieren und daß ich an dieser Krankheit sterben könnte.

Aber weißt du was? Ich fürchte mich noch mehr davor, allein zu sein, als mich dir zuzumuten. Mich mit all meiner Schwere und all meinem Gewicht jemandem zuzumuten – das habe ich, außer als kleines Kind, noch nie getan. Ich habe mich immer alleine getragen. Meine Kraft und meine Disziplin waren mir so wichtig, sie waren mein ganzer Stolz. In dieser Nacht gebe ich sie auf. Ich lege meinen Stolz ab. Ich werde weich. Ich werde schwach. Ich komme zu dir zurückgeschlichen. Ist das ein Sieg der Liebe? Ich bin krank. Es wird nicht lange dauern, bis ich dir zur Last fallen werde. Ich werde dich bis über deine Liebe hinaus strapazieren. Du wirst die Liebe hinter der Liebe finden müssen, genau wie ich; denn ich werde statt Liebe Mitleid in deinen Augen finden, Anstrengung und Zusammenreißen und Durchhalten. Natürlich wird es so sein, ganz gleich, was wir uns heute versprechen.

Giovanna stieg die Stufen der Unterführung hinab, ihre Schritte hallten von den gekachelten Wänden wider. In was für ein Leben gehe ich denn hier? Es ist anders als alles, was ich kenne. Das dünne Eis trägt nur kurz, dann wird es zerbrechen. Schon jetzt spüre ich das Zerren und Schieben unter meinen Sohlen. Das Leben, in das ich heute gehe, ist rissig, schwach, verletzbar, verformbar, angewiesen, bedürftig, es riecht nicht gut. Es stinkt wie diese Unterführung. Es ist das Leben in der unerhörten Intimität des Krankseins und des Sterbens.

Giovanna stand vor Ettas Haustür und legte ihre Hand auf die Klingel. Der Summer ertönte, sie drückte die Tür auf. Jetzt konnte sie es kaum noch erwarten. Sie hastete die vielen Stufen in den dritten Stock hinauf und lief Etta atemlos entgegen.

32. Kapitel
Mitte Oktober

Ich kann nicht sagen, daß ich glücklicher sei als damals, als ich im Park saß und niemanden kannte und einfach nur las und mir aus der Passivität meines Körpers und dem Ekel meiner Seele heraus eine geistige Welt erschloß, eine Welt der klugen, wohlformulierten Gedanken, erfüllt von der gleichen Grundsätzlichkeit, die auch ich empfand.

Ich saß auf meinem Posten unter dem Ahornbaum, ein schweres Buch auf meinen Knien, und beobachtete die Kinder, die alten Frauen, die Spatzen und Tauben, und eine Fremde, eine Radfahrerin mit rotem Haar. Sie holperte quer über die Wiese auf ihrem Rad, ich weiß immer noch nicht, woher sie kam und wohin sie unterwegs war. Sie weiß es selbst nicht, sie kann sich nicht daran erinnern, und sie wird wohl vom Geld ihrer Mutter gelebt haben. Aber sie sang, damals. Sie summte vor sich hin und sah so fröhlich aus. Ich habe sie beneidet.

Ich dachte, es gebe ein Leben, das sie bei sich trage und von dem ich getrennt sei und das, könnte ich es mir erschließen oder mich ihm zugänglich machen, mir eine Lebendigkeit und Kreatürlichkeit schenken würde, eine Art andauernder, aufregender Lebensfreude, die dann einfach da wäre, und ich bräuchte mich nicht weiter darum zu kümmern.

Ich fotografiere immer noch, täglich. Ich lebe sogar davon. Die Jobs in den Videoläden habe ich aufgegeben. Ich stehe früh auf und arbeite, wie andere Leute auch. Zum Lesen finde ich wenig Zeit, auch wenn ich es immer noch versuche. Ich lese abends im Bett und morgens mit dem ersten Kaffee. Ich lese und beuge mich tief über die Seiten, aber dann hebe ich doch den Kopf und sehe mich um oder stehe plötzlich auf und gucke aus dem Fenster. Es gibt eine Welt da draußen. Sie blickt zurück. Fremd. Fern. Unerklärlich. Beängstigender als früher. Aber sie sieht mich an, und ich ertrinke nicht mehr in Büchern.

Meine Augen sind so weit offen, daß ich es nur noch schaffe, sie zu schließen, wenn ich sehr müde bin.

Was die Fotos angeht, hat Gerlinde einiges für mich eingefädelt, und vieles lief von selbst, ergab sich, ich bin selbst erstaunt, wie leicht es letztlich war. Meine Fotos gefallen mir. Meistens. Oft ist es auch nur Routine.

Ich habe auch hin und wieder, gar nicht einmal selten, mit netten Menschen zu tun, freundlichen und interessierten Menschen, Redakteurinnen und Redakteuren, die meine Bilder mögen. Meistens jedoch lebe ich hinter dem Auge meiner Kamera, weit entfernt vom Ahornbaum, und versuche zu vergessen, daß ich mit meinen Bildern Geld verdiene. Die Kamera soll nicht zum Geldverdienen da sein. Sie ist wie eine Freundin, die Kamera, jetzt, wo ich nicht mehr lesen kann.

Verliebt habe ich mich nicht wieder, mir ist nicht danach. Ich lebe auch ohne meinen Unterleib ganz brauchbar.

Ich weiß, ich sollte es nicht darauf reduzieren. Es hat nicht mit dem Unterleib, es hat mit *allem* von dir zu tun, erklärt mir Gerlinde, was ich selbst doch weiß. Es ist nur so, daß es mir hilft, mich zu reduzieren. Wenn ich mich reduziere, tut es nicht ganz so weh.

Manchmal, wenn ich abends in meinem Bett liege, muß ich an die Nächte mit Jule denken. Dann erinnere ich mich, wie das war, wenn sie bei mir lag, wie sie roch, wie sie mich angefaßt hat, wie sehr ich mich bei ihr zu Hause fühlte. Wenn ich mich zu gut erinnere, schlafe ich schlecht.

Dann kriecht die Trauer in meine Träume, und ich laufe durch Gärten ohne Blumen im Winter oder so. Lieber hantiere ich in der Dunkelkammer, bis ich müde werde, und erinnere mich nicht.

Es hat mir mal jemand gesagt, daß ich mir ein gutes Zuhause sei. Ich wollte davon nichts hören. Heute weiß ich, daß es dazu keine Alternative gibt.

Dreimal in der Woche besuche ich Jule. Ich laufe mit meinem Hund am Kanal entlang, binde ihn unten am Tor fest, bei den Obdachlosen, und bleibe ein, zwei oder drei Stunden bei ihr, je nachdem, wie ich mich frei machen kann.

Wenn die Sonne scheint, schieben wir die Liegestühle auf der Veranda zusammen, wenn es regnet oder kalt ist, sitzen wir in einem der Aufenthaltsräume und erzählen uns etwas. Ihr Tag ist mit Therapiestunden ausgefüllt, mit Gymnastik und Malen und solchen Dingen. Davon erzählt sie mir.

Ich weiß, wen sie mag und wen sie verabscheut, kenne allen Klatsch des Kliniklebens. Jule redet noch immer gerne viel, wenn auch nicht mehr so viel wie früher. Die Medikamente haben sie müde gemacht, sie schläft manchmal ein mitten in unseren Gesprächen, oder verliert den Faden, oder versinkt in einer Trauer, zu der ich keinen Zugang habe. Ich habe mir abgewöhnt, sie zu bemitleiden oder mich von ihrer Trauer anstecken zu lassen. Das hat keinen Sinn. Am meisten helfe ich ihr, indem ich etwas Leben und Optimismus zu ihr trage.

Ich zu ihr.

Der Ort tut ihr keine Gewalt, das hat mich beruhigt. Es gibt eine freundliche Ärztin dort, resolut, aber auch ernsthaft und vorsichtig in ihren Methoden. Und eine Krankenschwester gibt es, die Jule in ihr Herz geschlossen hat und sich viel um sie kümmert. Lucy heißt sie, sie fegt durch über die Klinikflure, als gehörte ihr jedes Fieberthermometer und jedes Medikamentendöschen persönlich, und sie trägt gerne gelbe Schlabberkleider, was sie mir gleich sympathisch gemacht hat.

Lucy nimmt mich nach meinen Besuchen oft beiseite, zieht mich zu den Toiletten und raucht eine Zigarette, macht mir Mut und freut sich so sehr über Jules Fortschritte, daß ich mich mitfreuen muß. Nach der Zeit in der Klinik wird Jule in einer therapeutischen Wohngemeinschaft leben, und man kann nur hoffen, daß es nicht zu bald wieder geschieht.

Es war der erste Ausbruch mit dieser Heftigkeit, sagt jedenfalls Jule. Man weiß noch immer nie genau, was stimmt und was nicht stimmt, wenn sie redet. Aber es wird wieder geschehen. Die Wahrscheinlichkeit, daß es wieder geschieht, ist um vieles höher als die Wahrscheinlichkeit, daß die Krankheit Jule von nun an verschont. Die Krankheit sitzt in ihr, wie sie in ihrer Mutter gesessen hat. Jule muß, besser als ihre Mutter, lernen, auf sich aufzupassen. Sie muß lernen, die Zeichen zu erkennen und früh Maßnahmen zu ihrem eigenen Schutz zu ergreifen. Sie muß lernen, in sich hineinzufühlen, bei allen kleinen Verrichtungen des Alltags.

Sie muß viele einfache Dinge lernen, die alle nichts mit der Unübersichtlichkeit von Liebesbeziehungen zu tun haben und auch nicht damit vereinbar sind.

Das sagt auch Lucy. Sie sagt: Laß Jule mal. Sie ist noch nicht so weit. Sie braucht ein paar Jahre, um auf eigenen Beinen zu stehen.

Vielleicht sind wir uns da gar nicht so unähnlich, Jule und ich.

33. Kapitel
Ende Oktober

Der Taxifahrer trat ungehalten auf die Bremse.

»Da kommen wir nicht weiter«, sagte er und wendete den Wagen. »Straßensperre. Wahrscheinlich eine Demonstration.«

Nadja drehte den Kopf und blickte sich um, während das Auto an der Ampel stand und auf grünes Licht wartete. Da brannte etwas, und viele Menschen standen da.

»Sollen wir die Köpenicker Straße entlang fahren?« fragte der Taxifahrer.

Nadja wandte ihren Blick von dem Geschehen auf der Straße ab, zog ihre Handtasche an sich und nickte.

Bis heute habe ich keine Ahnung, wie man sich in einem Computer kennenlernen kann, aber genau das war meiner ehemaligen Kollegin Thea und Lucy widerfahren, und die Liebe schien den beiden gut zu tun.

Manchmal konnte Thea jetzt sogar lächeln. Dann huschte ein ungeübtes, spitzes, kleines Grinsen über ihr Gesicht, und wenn man sie auf Lucy ansprach, lief sie rot an und wechselte das Thema.

Den heutigen Abend hatte sie allein Lucy zu verdanken, was sie wohl wußte, denn Lucy hatte sich um alles gekümmert.

Es war der letzte Tag im Oktober und noch immer so warm,

daß man ohne Jacke draußen sein konnte; der Sommer hörte einfach nicht auf in diesem Jahr. Lucy hatte mir so viel von dem Projekt vorgeschwärmt, daß ich mich haltlos einverstanden fühlte, Theas Kunstgeschmack hin oder her.

Als der Menschenzug die Skalitzer Straße überquerte und sich auf das Gelände des Görlitzer Parks ergoß, holte ich meine Kamera aus der Tasche, nahm sie in beide Hände und lief mitten in die Prozession. Heute abend wollte ich die Chronistin des Happenings sein, das hatte ich Lucy versprochen. Nicht dieses grelle gelbe Licht und auch keine traurigen schwarzweißen Bilder, hatte Lucy gemahnt. Keine weißen Gestalten. Keine einsamen Nächte, keine endlosen Flure in der Psychiatrie.

Ich schwamm mit der Menschenmenge, bückte und streckte mich, wechselte die Objektive, drängte mich auf und trat zurück und machte ein Bild nach dem andern, alle in Farbe: Der glatzköpfige Feuerschlucker, der, nur mit einem Lendenschutz bekleidet, fackelschwingend in der ersten Reihe schritt.

Ich schob mich ganz nah an sein sonnenverbranntes, pockennarbiges Gesicht, auf dem dunkelblau die Tätowierungen schimmerten. Dann drehte ich mich ein Stück weiter. Da stand Lucy in ihrer blondgelockten Fülle, Thea an ihrer Seite. An Lucys Hand sah Thea noch schmaler aus als sonst, ein bissiges, hilfloses Hündchen. Jetzt legte Lucy ihren Arm um Thea und küßte sie leidenschaftlich auf den Hals, wobei Thea glücklich an ihrem Busen verschwand. Ich drückte auf den Auslöser.

Vor der hellen Sandsteinlandschaft des Pamukkale-Brunnens machte die Prozession halt. Ich setzte mich gegenüber auf die Stufen des alten Bahnhofs und fotografierte die Menschenmenge von unten; hinter den vielen Köpfen kletterten die Brunnenstufen in den abendblauen Himmel.

Das Wasser rann zur Feier des Festes großzügig über den Sandstein. Das Bezirksamt Kreuzberg hatte dem Brunnen gleich nach dem Bau den Hahn abgedreht, um Geld zu sparen, aber Lucy war es mit ihrem Charme und ihrem Verhandlungsgeschick gelungen, einige türkische Geschäftsleute von einer Wasserspende zu überzeugen. Ich richtete mich wieder auf. Auf dem großen Platz vor dem Brunnen versenkte der Feuerschlucker seine Fackel feierlich in den drei großen Metallkübeln, die Thea vorbereitet hatte. Ein dreifaches olympisches Feuer schoß in die Luft der frühen Nacht, aus Kreuzberger Unrat und Abfällen lodernd. Das Publikum klatschte. Jetzt trat Thea neben einen der Feuerkübel, hob die erste, aus Bild-Zeitungen gefertigte Pappmaschee-Puppe in die Höhe und warf sie in die Flammen. Die Leute lachten und klatschten, ich ließ die Kamera sinken.

Das mit den Zeitungen war meine Idee gewesen. Solche Ideen habe ich immer noch und werde auch nicht aufhören damit. Laßt uns Buchstaben verbrennen, hatte ich Lucy und Thea vorgeschlagen. Laßt uns verlogene Zeitungen und Werbeprospekte und Wahlplakate und all den Dreck verbrennen, mit denen sie uns das Gehirn zukleben wollen!

Thea hatte zunächst gezögert, wegen des Tabubruchs, und dann doch zugestimmt, aus demselben Grund – allerdings wollte sie »eine Art Entfremdung gepaart mit Vermenschlichung« erreichen, indem sie uns vorher aus den Druckwerken Puppen basteln ließ. An Puppen lasse sich zeigen, worum es heute abend gehen solle: um Tod und Wiedergeburt, um Sterben und Wiederaufstehung. Heute nacht sollten wir verbrennen, der Erde zurückgeben und von uns waschen, was uns am Leben hinderte und uns erdrückte, innerlich wie äußerlich, »und zum Teufel«, hatte Thea gerufen, »warum nicht Werbeprospekte verbrennen?!«

Das fand ich auch.

Jetzt waren die Zuschauerinnen und Zuschauer an der Reihe, zu Akteuren zu werden. Die erlesene Kunstszene der Stadt war nicht erschienen, das schien Thea nichts auszumachen. Dafür erklang jetzt Musik von den Hügeln des Parks – es waren arabische Klänge geworden. Ein arabischer Kulturverein hatte sich, durch Lucy angesprochen, ganz begeistert gezeigt, den Kunstabend am Pamukkale zu unterstützen. Sie fanden die Idee mit den vier Elementen gut, das sei ihnen aus ihrer Kultur ebenfalls vertraut, meinten sie, und kümmerten sich nun also um die musikalische Begleitung.

In allen vier Richtungen oben auf den Hügeln und auf sämtlichen Stufen der Sandsteinterassen standen Männer und Frauen in traditioneller Kleidung, spielten auf arabischen Instrumenten und tanzten ziemlich ausgelassen.

Nachdem Thea und Lucy sich von ihren Puppen befreit hatten, begannen die Besucher in die Kübel zu werfen, was sie heute Nachmittag auf dem Heinrichplatz angefertigt hatten und schon lange loswerden wollten: Puppen aus Fernsehzeitungen, aus Postwurfsendungen mit Lotterieangeboten, aus Flugblättern von schlechten Lieferservice-Pizzerien, aus Werbeprospekten mit immer noch billigeren Computern und Mobiltelefonen und häßlichen Möbeln und überflüssigen Do-it-yourself-Geräten flogen in die Flammen. Eine Tageszeitung nach der anderen zerstob im Feuer, sämtliche Presseerzeugnisse der Stadt waren in figürlicher Form vertreten.

Die Menschen schienen eine ähnlich umfassende Abneigung zu hegen wie ich. Mehrfach wechselte ich den Film, ich konnte nicht aufhören zu dokumentieren. Nachdem tausende von entbehrlichen, unnützen, lästigen und zudringlichen Buchstaben in Asche transformiert worden waren, durften alle, die sich danach fühlten, in einen weiteren Kübel springen, der bis zum Rand mit hennaversetztem Schlamm gefüllt war.

Die Kreuzberger ließen sich das nicht zweimal sagen. Sie rissen ihre Kleidung herunter und stellten sich bis zum Hals in den Sumpf. Die nächste Station war der Brunnen selbst – hier konnte man den Schlamm wieder abwaschen und die roten Spuren betrachten, die einige Tage anhaften würden. Ich lief zum Brunnen und kletterte die Sandsteinmauern hinauf, um von oben zu fotografieren. Hoch spritzte der Schlamm aus dem Kübel, als sich Lucy dort hineinversenkte. Dann hüpfte Thea ihr hinterher und paßte problemlos noch dazu.

Der Fesselballon hatte die ganze Zeit über ruhig in der Mitte des Platzes gelegen. Als sich der Brenner unter dem Ballon endlich in Gang setzte, traten wir alle unwillkürlich ein Stück zurück. Der Lärm war beträchtlich, der Brenner knatterte und spuckte, seine bläulichen Flammen zuckten durch die Nacht, und da Thea es irgendwie geschafft hatte, die Straßenlaternen in der Umgebung ausschalten zu lassen, sah schon allein das blaue Licht der Flammen ziemlich beeindruckend aus.

Über den Rand des Korbs hinweg flatterten Dutzende von verschiedenfarbigen Tüchern, auf denen etwas geschrieben stand. Das wiederum war Lucys Idee gewesen: Alle, die Lust dazu hatten – und sich nebenbei durch den Kauf eines Tuches an der Finanzierung des Projektes beteiligen wollten – sollten ein Tuch bemalen und es dem Ballon mitgeben können. Sie konnten einen Wunsch darauf schreiben, einen Gedanken, ein Gedicht, einen Gruß oder auch ein Bild malen, wenn ihnen danach war. Die Malaktion hatte nachmittags am Heinrichplatz stattgefunden, in einem Chaos aus Farbtöpfen, Pinseln, bunten Tüchern und einer Sammelbüchse, die sich schnell füllte. Die Vorfinanzierung des Fesselballons hatten Lucy, zwei weitere Krankenschwestern und sogar eine Ärztin aus der Psychiatrie in einem Hauruckakt gemeinsam vollbracht. Und nachdem dieses Geld erst einmal aufgetrieben worden war, hatte es sich dann auch das Kunstamt Kreuzberg nicht mehr nehmen lassen, einen Zuschuß beizusteuern.

Jetzt sollte der Ballon also in die Luft aufsteigen und alle Wünsche und Gedanken mit sich nehmen. Nach einigen Kilometern Flug würden die Wände des Korbes sich öffnen, dank einer technischen Vorrichtung, die Thea mit dem Schweißbrenner eingebaut hatte, und die Tücher würden mit dem Wind davongetragen werden. Feuer, Wasser, Erde, Luft.

Als der Ballon sich schwankend einige Meter über den Boden erhob, wurde die Musik noch lauter. Der Feuerschlucker entließ eine rote Stichflamme aus seinem Mund, ich fotografierte das von züngelnden Flammen erfüllte Rund des Ballons vor dem schwarzen Himmel. Neben mir griff Thea nach Lucys Hand.

»Dankeschön!« rief sie.

»Oh shit!« schrie Lucy und schüttelte Theas Hände. »Oh shit, man, I can't believe it! See – it works!!«

Dann riß Lucy mich an der Schulter, so daß mir beinahe die Kamera zu Boden fiel.

»Maria, wie findest du?« rief Lucy. »Habe ich zu viel versprochen? Es sieht gut aus, denkst du nicht?! Hast du ein Tuch geschrieben? Was hast du aufgeschrieben?«

Ich schüttelte den Kopf, lachte nur und gab ihr keine Antwort. Thea reckte sich an mein Ohr.

»Ich hab's ihr auch nicht gesagt! Sie will immer alles wissen!«

»Ich habe sechsundzwanzig Tüchern vollgeschrieben!« rief Lucy und verdrehte die Augen. »Sechsundzwanzig! Ich will noch mehr schreiben, aber ich denke, ich lasse ein paar Tüchern für die andere Leute!«

Ich lachte, umfaßte meine Kamera und hob sie wieder an mein Auge.

Ich hatte nichts geschrieben. Ein leeres Tuch hatte ich in den Korb gelegt. Darauf standen alle meine Wünsche und Fragen.

Jetzt konnte sich der Ballon nicht mehr halten. Er hob mit einem plötzlichen Ruck vom Boden ab und schoß bald zehn, zwanzig, fünfzig Meter in die Höhe. Bis zum Schluß sah man die gelben und roten Tücher flattern. Morgen würden sie irgendwo in der Stadt zu finden sein, so viele Sehnsüchte, so viele Gedanken. Manche anonym, manche mit einem Namen unterschrieben, manche mit Zeichnungen darauf, manche so leer wie meines, manche würden für immer verschwunden bleiben.

Dann driftete der Ballon mit dem Wind nach links weg und verschwand aus unserem Blickfeld. Auf einmal fing es an zu regnen. Der glatzköpfige Feuerschlucker ließ sich nicht beirren und schleuderte weiter seine Fackeln in die Nacht, spuckte Flamme um Flamme aus seinem benzintriefenden Mund. Der Regen war ganz warm, ein später Sommerregen, ein Regen zwischen Sommer und Herbst. Diejenigen, die sich bis jetzt noch hatten beherrschen können, rissen sich nun auch die T-Shirts vom Leib, schleuderten die Schuhe von den Füßen und fingen an zu tanzen.

Erst jetzt sah ich, daß auch Vera hier war. Sie stand etwas abseits.

»Los, die Schuhe runter!« rief ein junger Mann ihr zu.

Vera hielt sich die Arme über den Kopf, um den Regen abzuhalten.

»Ich sehe euch lieber zu«, rief sie zurück.

»Oh nein, nein, nein, nein!!!« Lucy, die Hände rot vom Hennaschlamm, nahm Vera am Jackenärmel und zog sie mitten zwischen die Tänzerinnen und Tänzer. »Heute niemand guckt zu!« rief sie. »Heute alle machen mit!«

Der Mond schien. Lucy tanzte mit dem jungen Mann. Vera stand wieder abseits. Thea starrte in den Himmel und fragte nach dem fünften Element. Der Feuerschlucker gab sich Mühe. Die arabischen Tänzerinnen genossen den Regen. Die Wände des Fesselballonkorbes klemmten. Konstanze bot in einer Bar der schmalen Amerikanerin an ihrer Seite Feuer an. Jule saß auf einer Bank im Flur auf ihren Händen. Etta schlief und träumte schwer. Giovanna kauerte im Nebenzimmer auf dem Sofa und sah sich eine Talkshow an. Vor einem Hotel am Brandenburger Tor stieg Nadja aus dem Taxi.

Lesbenromane im neuen Jahrtausend
– selbstbewußt und witzig

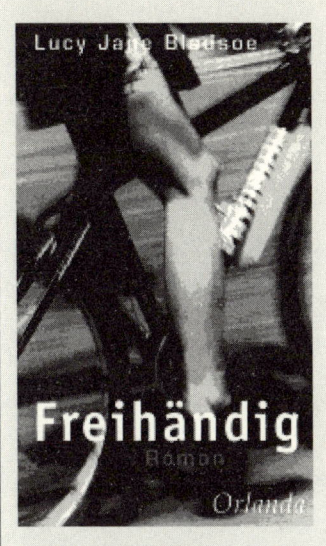

240 Seiten, DM 29,80
ISBN 3-929823-61-6

240 Seiten, DM 29,80
ISBN 3-929823-54-6

Die Fahrrad-Expertin Lori hat nicht nur mit Drahteseln ein Händchen. Durch Sprachgewandtheit, Witz und Charme ist es ihr bisher gelungen, ihrer Umwelt zu verbergen, daß sie nicht lesen kann. Doch dann geht sie mit ihrem Freund Mickey einen Pakt ein: wenn sie lesen lernt, muß er es schaffen, eine Frau zu küssen.

Willkomen in der Welt von Maria: toughe Großstadtneurotikerin, sexuell versiert und Kennerin der lesbisch-schwulen Szene in Los Angeles. Ihre Liebste hat sie verlassen, die Chefin macht ihr das Leben zur Hölle und ihre Vagina, liebevoll Mona genannt, hat sich scheinbar aus dem Staub gemacht. Maria begibt sich auf die Suche ...

Orlanda Frauenverlag
Großgörschenstr. 40, 10827 Berlin
Mehr Infos unter: www.orlanda.de

Die Stadtbegleiterin für Lesben

Traude Bührmann (Hg.)

LESBISCHES BERLIN
Die Stadtbegleiterin

280 Seiten, DM 24,-
ISBN 3-929823-59-4

Der Stadtführer, der Lesben die Haupstadt erschließt: Infos aus erster Hand über Berlins lesbische Geschichte und die Frauen, die sie prägten, über die heutigen Szene-Queens, alle einschlägigen Clubs und Kneipen, lesbische Stadtrundgänge in Ost und West, kulturelle Attraktionen, Lesbenprojekte und -einrichtungen.

Hier findet frau alles, was einen Berlin-Trip für Lesben lohnenswert macht und auch eingesessene Berlinerinnen auf dem laufenden hält.

Zur Orientierung dienen Kiezpläne sowie ein umfangreiches kommentiertes Adressenverzeichnis.

Orlanda Frauenverlag
Großgörschenstr. 40, 10827 Berlin
Mehr Infos unter: www.orlanda.de